Arthur e Teddy SAÍRAM do ARMÁRIO

RYAN LOVE

Arthur e Teddy SAÍRAM do ARMÁRIO

UM ROMANCE SOBRE FAMÍLIA, COMUNIDADE
E AMOR FORA DA CASINHA

TRADUÇÃO DE **Flávia Souto Maior**

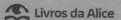
Livros da Alice

Título original: *Arthur and Teddy Are Coming Out*

Copyright © 2023 by Ryan Love

Direitos de edição da obra em língua portuguesa no Brasil adquiridos pela Livros da Alice, selo da Editora Nova Fronteira Participações S.A. Todos os direitos reservados. Nenhuma parte desta obra pode ser apropriada e estocada em sistema de banco de dados ou processo similar, em qualquer forma ou meio, seja eletrônico, de fotocópia, gravação etc., sem a permissão do detentor do copirraite.

Editora Nova Fronteira Participações S.A.
Av. Rio Branco, 115 – Salas 1201 a 1205 – Centro – 20040-004
Rio de Janeiro – RJ – Brasil
Tel.: (21) 3882-8200

Dados Internacionais de Catalogação na Publicação (CIP)

L897a   Love, Ryan
        Arthur e Teddy saíram do armário / Ryan Love; traduzido por Flávia Souto Maior. – Rio de Janeiro: Livros da Alice, 2025.
        352 p. ; 15,5 x 23 cm

        Título original: *Arthur and Teddy Are Coming Out*

        ISBN: 978-65-85659-07-9

        1 . Literatura infanto juvenil – Reino Unido. I. Maior, Souto. II. Título.
                                CDD: 820.83
                                CDU: 82-93(410)

André Felipe de Moraes Queiroz – Bibliotecário – CRB-4/2242

CONHEÇA
OUTROS
LIVROS DA
EDITORA

Mãe, em poucas palavras, este livro não existiria sem você. Obrigado por jamais duvidar que eu pudesse escrevê-lo, por manter meus sonhos vivos quando eu havia desistido e por ser a primeira pessoa para quem envio cada capítulo. Espero que eu, Arthur e Teddy a deixemos orgulhosa.

ARTHUR

CAPÍTULO 1
ARTHUR

Tudo parecia o mais perfeito possível para o que poderia ser a última refeição de família deles. Não se reuniam desde que Arthur e sua esposa, Madeleine, comemoraram cinquenta anos de casados, no mês anterior. O casal "mais feliz, mais perfeito" havia sido celebrado e paparicado por amigos e família em uma festa extravagante oferecida pelos dois filhos, Elizabeth e Patrick.

Hoje, Arthur estava acordado desde as seis da manhã, andando pela casa. Havia sido mais uma longa noite de sono interrompido. Toda vez que ele conseguia fechar os olhos, um novo cenário surgia em sua cabeça, arrancando-o de seu cochilo leve sem dó. Depois de um tempo, ele havia desistido de encontrar algum conforto na cama de solteiro que agora ocupava. Já fazia duas semanas, mas ele não ia reclamar com Madeleine. A nova cama de casal já tinha sido comprada, não demoraria muito mais para chegar. Ele passava grande parte do dia meio atordoado, olhando com frequência para o relógio enquanto contava as horas para o jantar.

Madeleine sorriu com doçura quando apareceu na porta entre a cozinha e a sala de jantar. Continuava tão bonita quanto no dia em que Arthur a conhecera. O pai dele, então prefeito de Northbridge, tinha ficado particularmente empolgado ao apresentar o filho a Madeleine e seu pai, William Montgomery. A família Montgomery era praticamente realeza para os moradores de Northbridge. Arthur ainda conseguia ouvir a mãe claramente: "Dinheiro atrai dinheiro, e os Montgomery são sinônimo de dinheiro." Arthur imaginou o que seu pai e seu sogro, ambos já falecidos, achariam do que ele estava prestes a fazer. Após todos esses anos, a ideia ainda fazia seu estômago revirar.

— Está quase tudo pronto — disse Madeleine. Ela se aproximou e parou atrás do marido. — Tudo parece perfeito.

Arthur sorriu.

— Nem sei como agradecer. Eu não estaria fazendo isso sem você.

— Não se preocupe, quando a noite de hoje chegar ao fim, será um novo começo.

Ela segurou a mão dele e a apertou com força antes de voltar à cozinha. Arthur sabia que ela tinha razão, havia dito a si mesmo exatamente a mesma coisa. Este era o momento que estava esperando, não havia mais como voltar atrás. Puxou a cadeira para mais perto e se sentou. Podia sentir o coração batendo mais rápido. Fechou os olhos e se concentrou na respiração.

Inspira.
Expira.
Inspira.
Expira.

A luz ofuscante dos faróis iluminou toda a sala de jantar quando o relógio avisou que faltavam quinze minutos. Arthur ouviu uma porta de carro bater. Os saltos de Elizabeth confirmaram sua chegada do outro lado da porta da sala antes que ela a abrisse. Era impossível não sorrir quando Elizabeth entrava em um cômodo. Arthur sempre soube que ela estava destinada à grandeza. Mesmo quando criança, ela cativava as pessoas com sua confiança e sua personalidade extrovertida. A confiança lhe serviu muito bem ao seguir uma carreira bem-sucedida como jornalista — ela agora era conhecida por suas colunas de opinião. Assim que teve idade suficiente para perceber que sua mãe era editora do jornal local, decidiu seguir seus passos. Arthur e Madeleine nem sempre concordavam com as opiniões da filha, mas sabiam que tinham criado alguém para defender com firmeza aquilo em que acreditava — mesmo que de vez em quando levasse algumas discussões tensas à mesa de jantar.

— Oi, pai — disse ela, atravessando a sala para abraçar Arthur. Ela deu um beijo no rosto dele e se sentou na cadeira ao seu lado. — Cadê a mamãe?

— Ela está na cozinha dando os toques finais no jantar.

— O cheiro está ótimo. E qual o motivo disso tudo?

Arthur sentiu o peito apertar enquanto obrigava a boca a abrir um pequeno sorriso.

— Nada com que você precise se preocupar, só é bom passarmos um tempo juntos. E como estão as coisas em casa?

— Você sabe como são as meninas. — Ela suspirou, embarcando com satisfação na mudança de assunto de Arthur. — Hoje foi o primeiro dia do Teddy no *Post*. Ele ainda não tinha chegado em casa quando eu saí, mas vou considerar isso um bom sinal.

— Como você acha que ele vai se sair lá? Ele é um escritor tão talentoso, igual a sua mãe e sua avó.

— Eu sei disso e você também, pai. Espero que esse trabalho o ajude a perceber isso e dê a ele algum rumo na vida de novo. Cobrar um favor como esse não é fácil, principalmente depois que ele já recusou tantas vezes.

— Não o pressione tanto, Lizzie. No fim das contas ele disse sim. Deixe-o encontrar o próprio caminho, como fizemos com você.

Arthur se serviu de um copo de água da jarra que estava no meio da mesa.

— Como está o Ralph?

— Está bem, obrigada. Ocupado como sempre. Ficou um pouco decepcionado por não ter sido convidado para este jantar, na verdade.

— Eu só queria passar um tempo com você e com seu irmão.

— Suponho que Patrick não vá trazer a Scarlett, então?

— Não, como eu disse, somos só nós quatro hoje à noite.

— Oi, mãe — disse Elizabeth, virando-se quando Madeleine voltou à sala com uma garrafa de vinho.

— Olá, querida. Você está linda — respondeu Madeleine, beijando a filha no rosto.

— Como foi a reunião municipal de planejamento hoje?

— Nem me fale. Estou pensando em me candidatar ao conselho no ano que vem se eles não começarem a prestar mais atenção na comunidade local. E quanto àquele nosso parlamentar... nem deu as caras.

Arthur riu, mas sabia que nada impediria Madeleine depois de ter colocado uma coisa na cabeça. Após se aposentar, ela havia sido convidada para participar de todas as organizações e comitês possíveis. Ele ainda ficava impressionado com o malabarismo que ela fazia para encontrar tempo para todos os seus compromissos.

— Esta cidade teria muita sorte de ter você — disse Elizabeth, enquanto um segundo carro parava na frente da casa. — Patrick chegou. Só vinte e cinco minutos atrasado, ele está melhorando mesmo.

Estava quase chegando a hora. Ele esperaria até depois da sobremesa. Foi o que ele e Madeleine combinaram. Talvez os filhos reagissem melhor de estômago cheio.

— Boa noite a todos — disse Patrick, entrando na sala. Ele jogou o casaco sobre o encosto da cadeira mais próxima. — Antes que você diga qualquer coisa, Lizzie, eu fiquei preso no trânsito.

— Você está aqui e isso é o que importa — disse Madeleine, dando um beijo no rosto do filho. — Lizzie, você poderia me dar uma mão na cozinha?

Patrick sentou-se na cadeira ao lado do pai. Arthur não pôde deixar de notar o quanto ele parecia cansado, mas não tocaria nesse assunto. Depois do término de um relacionamento anterior e da morte de seu melhor amigo, o filho havia recorrido ao álcool. Só depois de a mãe implorar e chegar ao limite que ele concordou em ir para uma clínica de reabilitação. Com a vida de volta nos eixos, Patrick se jogou no trabalho depois da aposentadoria de Arthur.

— E aí, o que está acontecendo? Imaginei que fosse algo ruim quando você disse que eu não poderia trazer a Scarlett.

— Como estão as coisas entre vocês?

— Quer saber, está tudo ótimo. Acho mesmo que ela pode ser a pessoa certa para mim, pai.

Arthur sorriu. Ver Patrick feliz depois dos últimos anos significava muito para ele.

— Bem, então você já sabe o que tem que fazer, filho. Ela é uma moça especial, não deixe passar nenhum dia sem fazer ela se sentir assim.

Elizabeth voltou com tigelas de comida.

— Se você tem duas pernas, poderia ir ajudar, Patrick.

— Já estou indo, o sarcasmo é desnecessário — disse Patrick, virando-se em seguida para o pai. — Nunca vou entender como ela conseguiu ser pedida em casamento por dois homens.

Arthur tentou o máximo possível participar da conversa e das risadas durante o jantar. De vez em quando, sentia sobre ele os olhos verde-claros de Madeleine do outro lado da mesa. Ainda estavam repletos da mesma energia de quando olhou dentro deles pela primeira vez, cinquenta anos antes. Seus cabelos brancos como a neve, recém-cortados em camadas, emolduravam seus traços delicados.

— Você está distante hoje, pai. Quer que eu complete seu copo?

— Pode ser, por que não?

Elizabeth se esticou e encheu o copo dele.

— Há tanta profundidade no sabor deste aqui.

Madeleine deu uma balançadinha na taça.

— É um pouco forte para mim.

— Diz ela depois de quase meia garrafa.

Arthur riu alto. Era bom esquecer por um instante, mesmo que fosse fugaz. Patrick estava jogado na cadeira, com a mão sobre a barriga. Ele tinha engordado um pouco durante o verão e rapidamente colocou a culpa na boa culinária caseira de Scarlett.

— Mãe, o jantar estava incrível. Temos que fazer isso mais vezes se você vai nos mimar desse jeito.

— Deixe isso pra lá, eu quero saber o que está acontecendo e por que estamos aqui hoje — disse Elizabeth, antes de tomar outro gole da taça quase vazia. — Conheço vocês, tem alguma coisa aí. Vi os dois trocando olhares.

— Você tem razão — retrucou Arthur, fazendo os três virarem a cabeça em sua direção. — Tem um motivo para termos pedido que viessem até aqui hoje.

Madeleine esticou o braço e estendeu a mão. Arthur segurou-a e seus dedos se entrelaçaram. Ele apertou com força.

— Tem algo errado? — perguntou Elizabeth.

O clima da sala tinha mudado. Arthur odiou a repentina sensação de pânico na voz da filha. Ele sentiu a aliança de casamento de Madeleine pressionada em seu dedo conforme apertava a mão dela cada vez mais forte.

— Algum apresentador de TV está prestes a chegar com nosso irmão perdido?

— Cale a boca, Patrick — resmungou Elizabeth. — Pai, por favor, o que está acontecendo?

Arthur respirou fundo.

— A mãe de vocês e eu sempre vamos nos amar muito, mas não estamos mais juntos. E não é por não nos amarmos muito.

Arthur fez uma pausa. Suas próximas palavras mudariam tudo. Não havia mais como interromper agora que os dois filhos o encaravam com os olhos arregalados, em expectativa. Ele fechou os olhos e, finalmente, permitiu que as palavras saíssem de sua boca:

— A verdade é que sou gay.

CAPÍTULO 2
TEDDY

— Edward Marsh?
— Oi, pode me chamar só de Teddy. — Ele se inclinou para a frente a fim de apertar a mão do homem. — Obrigado pela oportunidade, sr. Stone. É ótimo estar aqui.
— De nada. Estamos muito satisfeitos por ter você com a gente. Quando Elizabeth Marsh diz que seu filho quer ser jornalista... bem, sua mãe é uma mulher convincente.

Começou. Teddy sabia que não demoraria muito: aquela seria a primeira de muitas menções à sua mãe, Elizabeth Marsh, uma colunista premiada e querida. Sem dúvida já deveria ser de conhecimento de todos que ela havia falado em particular com alguém para garantir uma vaga de repórter estagiário para seu único filho. Ele estava sinceramente grato pela chance de poder provar que era bom, mesmo que isso significasse aceitar que precisou de uma mãozinha. Não tinha sido fácil de engolir, mas ele sabia que não tinha outra escolha. Precisava pôr a vida de volta nos eixos.

Era estranho estar de terno e gravata. O sol forte do verão refletia na grande janela de vidro e entrava no espaço de planta aberta da redação. Ele havia sido conduzido até a mesa de Dylan Wicks. Depois de uma espera de dez minutos, Dylan chegou resfolegante com uma caneca de café bem quente na mão.

— Esqueci que você começava hoje — disse ele, antes de tomar um gole. — Certo, então, para resumir, eu vou ser seu mentor pelos próximos meses. Sua mãe fez minha mentoria quando comecei, então tenho certeza de que já faz uma ideia do que esperar por aqui. Não a vemos mais penando na redação hoje em dia, é claro.

Teddy já sabia de tudo isso, obviamente. Elizabeth tinha lhe contado que ajudara a transformar Dylan no jornalista experiente que era hoje. Ela havia deixado bem claro que ele precisaria estar à altura. Podia ter aberto as portas para ele, mas ela ainda tinha grandes expectativas.

— Sente-se aqui. — Dylan apontou para uma mesa ao seu lado. — Você vai precisar fazer umas ligações ao TI para entrar no sistema, mas vamos resolver isso até o fim do dia. Alguma pergunta?

Teddy quebrou a cabeça para pensar em algo, alguma coisa para perguntar. Não queria que Dylan achasse que ele pensava que sabia de tudo.

— Hum, eu queria saber...

— Com licença, você por acaso é o Dylan?

Dylan e Teddy olharam para a pessoa que os havia interrompido. Ele tirou o cabelo lambido da testa. Seu rosto parecia um pouco corado, como se tivesse acabado de fazer um exercício leve.

— Quem quer saber?

— Sou Benjamin King, vou começar um estágio com você hoje.

Dylan virou a cabeça para Teddy, como se esperasse que ele soubesse o que estava acontecendo.

— Isso não pode estar certo. Ninguém falou de você para mim. Deixe eu dar uma ligada lá para cima.

Teddy permaneceu em silêncio, sentindo-se cada vez mais constrangido. Parecia que, por uma falha de comunicação, Dylan não havia sido avisado que receberia dois estagiários. Ele não parecia nada feliz com a descoberta.

— Estou surpreso — disse Dylan assim que Ben se sentou ao lado de Teddy. — Supus que, depois que sua mãe tivesse resolvido sua colocação, eles não mandariam mais ninguém. Quer dizer... afinal, por que se preocupariam em me contar?

Teddy sentiu o rosto queimar. Ótimo, era tudo que ele precisava. Outro estagiário, do qual haviam esquecido porque sua mãe tinha mexido uns pauzinhos.

— Bem, foi um desperdício de manhã — completou Dylan depois de confirmar que Teddy e Ben trabalhariam juntos sob sua orientação. — Dois estagiários. Até parece que não querem que eu faça meu próprio trabalho.

Teddy sentiu Ben se inclinando em sua direção.

— Não foi uma recepção muito calorosa, não é? Agora sinto que estou sobrando.

— É, desculpe. Eu não sabia que o fato de eu estar aqui causaria algum transtorno — disse Teddy. Ele se mexia de maneira desconfortável na cadeira.

— E por que saberia? — questionou Ben. — Se minha mãe pudesse estalar os dedos e fazer as coisas acontecerem, eu também não estaria preocupado.

Teddy o encarou, perplexo com a afirmação de que ele passaria alegremente por cima dos outros em prol de si mesmo. Quando estava prestes a se defender, Ben girou a cadeira e ficou de frente para ele.

— Pode me chamar de Ben, por sinal — ele sussurrou, estendendo a mão. Ele apertou com força a mão de Teddy, alheio à ofensa que tinha acabado de provocar. — E aí, Teddy Marsh, qual é a sua?

— Não tenho muito a dizer. Só estou aqui para aprender.

Teddy não ia se abrir muito com o recém-chegado.

As sobrancelhas perfeitas de Ben estavam erguidas enquanto ele observava a reação de Teddy a seu questionamento.

— Não vai pôr as cartas na mesa, não é? Você já está é correndo por fora.

— Não estou correndo por fora. Só quero fazer meu trabalho sem problemas e levar as coisas adiante.

— Não se incomode comigo.

Ele sorriu. Teddy não pôde deixar de notar as covinhas profundas que se formaram em suas bochechas. Passou os olhos pelo belo rosto de Ben. A barba por fazer acentuava seu queixo perfeitamente esculpido. Irritado, Teddy voltou os olhos novamente para a tela.

Quase uma hora depois, Teddy sentiu o estômago roncar ao terminar a tarefa que Dylan tinha passado. Olhou para o relógio na tela: felizmente, era quase hora do almoço. Pensou no sanduíche que tinha colocado na mochila pela manhã e desejou ter lembrado de perguntar a Dylan se havia uma geladeira para guardá-lo. Não queria pegá-lo na frente de Dylan e Ben agora. Seria menos estranho dar uma escapada e comer sozinho, onde ninguém reparasse.

— Tenho uma reunião na hora do almoço, então vocês dois podem... — Dylan nem se deu ao trabalho de terminar a frase. Pegou o celular e saiu da redação.

— Você vai fazer alguma coisa? — perguntou Ben.

— Vou encontrar um amigo. — Teddy não sabia por que havia dito isso. As palavras tinham escapado antes que ele tivesse a chance de pensar direito.

— Legal. Bem, eu vou me apresentar para as pessoas. Fazer alguns contatos, sabe?

— Ah é? — Teddy disse, surpreso com o plano de Ben de se enturmar.

— É, não vai fazer mal dar oi e mostrar para as pessoas que estou aqui para aprender e ajudar o quanto puder.

Teddy se levantou e pegou a mochila. Sentia-se ridículo por ter se metido em uma mentira esquisita enquanto Ben pretendia conhecer seus novos colegas. Ele deveria ter pensado com antecedência.

— Não devo demorar, então te vejo quando eu voltar.

Ele seguiu apressado para o banheiro. Se comesse rápido, poderia voltar em alguns minutos e dizer que seu amigo tinha cancelado na última hora. Teddy entrou em uma cabine vazia e trancou a porta. Pegou a pequena lancheira e desembrulhou o sanduíche de presunto e queijo que ele mesmo tinha preparado. Depois de algumas horas dentro da mochila, não estava no mais fresco dos estados. Ele imaginou sua mãe fazendo cara feia por ele ter se escondido em vez de se esforçar para se integrar como Ben. Empurrou o sanduíche insípido e úmido com um gole de água sem gelo de uma garrafa que estava no fundo da mochila. Não foi assim que imaginou seu primeiro dia, mas ainda havia tempo para dar a volta por cima. Saiu do cubículo e parou na frente do espelho. Seus cabelos pretos estavam desgrenhados, mas de uma forma que parecia intencional. Verificou os dentes para ver se não havia nenhum resto de comida.

— Acho que já saiu tudo.

Teddy deu um salto quando Ben apareceu atrás dele no espelho.

— Ah, é, só estou dando uma olhada.

Teddy podia sentir suas orelhas queimando ao ver Ben desaparecer dentro de uma cabine sem dizer mais nada.

— *Acho que já saiu tudo* — ele murmurou para si mesmo, franzindo a testa.

Correu do banheiro para sua mesa, esperando se recompor antes de Ben voltar. Alguns minutos depois, ele se deu conta de que Ben agora estava conversando com outra pessoa no meio da redação. Era impossível ouvir a conversa, mas tinha certeza de que ambos haviam olhado em sua direção pelo menos duas vezes.

— Desculpe por aquilo — Ben disse quando se sentou em sua cadeira, alguns minutos depois. — Eu estava conversando com Manoj, você conhece ele?

— Não, o que ele...

Teddy parou de falar quando percebeu que Ben estava olhando para ele com um sorriso forçado.

— Aconteceu alguma coisa? — Teddy se preparou para perguntas sobre o motivo de ter resolvido almoçar sozinho no banheiro.

— Não foi nada. Eu só estava me perguntando quanto tempo você manteria segredo sobre sua mãe ser Elizabeth Marsh.

Teddy sentiu um aperto imediato no peito.

— Ah, hum, não é uma coisa que eu gosto de ficar falando.

— Eu deveria ter me ligado quando Dylan mencionou sua mãe ter resolvido sua colocação aqui. Você tem um emprego praticamente garantido.

— Você pode achar o que quiser. Estou aqui porque quero trabalhar e aprender, assim como você.

Ben revirou os olhos.

— Ah, qual é. Eles até esqueceram que eu viria. Aposto que isso não aconteceu com você. Eles se esqueceram de estender o tapete vermelho?

— Você fala demais.

— Só estou dizendo o que as outras pessoas estão pensando. E, sim, eu ralei muito para conseguir essa chance e depois descubro que se esqueceram de mim logo no primeiro dia. Não é uma sensação muito boa.

— Isso não é culpa minha — disse Teddy. — Você e os outros podem achar o que quiserem. Como eu disse, estou aqui para aprender.

— Contanto que você saiba que eu estou aqui para conseguir o emprego que eu quero. Pelo menos sei que estou entrando na competição em desvantagem.

— O quê? Isso não é uma competição — retrucou Teddy, mas, de repente sentindo menos confiança em sua resposta, rapidamente acrescentou: — É?

— Acho que não oficialmente. Depois do estágio costuma vir um emprego. Se somos dois, é provável que um de nós volte para casa desempregado. E não posso deixar isso acontecer.

Até onde Teddy sabia, aquilo não passava de uma chance de aprender e experimentar a vida na redação. Agora aqui estava ele, competindo com alguém que ele tinha acabado de conhecer, por um emprego que ele nem tinha certeza se queria. Precisou se controlar muito para não sair da mesa e ligar para a mãe. Ele se deu conta de que ela não havia lhe contado aquilo para que finalmente aceitasse a oferta.

Dylan parecia alheio a qualquer tensão entre a dupla quando voltou da reunião que teve na hora do almoço. Teve um momento em que Teddy teve certeza de que ele havia quase esquecido que eles estavam lá, só se lembrando de dar uma tarefa a eles quando uma de suas colegas passou por ali para se apresentar. Teddy teve ainda mais certeza de que ouviu um barulho vindo da direção de Ben quando ele respondeu ao pedido dela para dizer oi a sua mãe. Ela tinha, pelo menos, indicado que sabia quem ele era de uma maneira mais sutil. Ele poderia tolerar aquilo se precisasse. Foi um alívio quando Dylan finalmente disse que os dois podiam ir para casa.

— Algum plano para hoje à noite? — perguntou Ben, rompendo o silêncio enquanto ambos esperavam pelo elevador.

— Vou encontrar alguns amigos agora. Eles trabalham aqui perto. E você?

— Parece legal. Eu estou indo para ca... para o meu apartamento primeiro e depois vou para um trabalho.

— Você mora sozinho?

— Acabei de me mudar para um pequeno estúdio. Nada sofisticado. Você pretende se mudar para a cidade?

— Não, vou ficar em casa, em Northbridge, e pegar o trem para vir.

As portas se abriram, permitindo que um grande grupo de pessoas se amontoasse para entrar no elevador. Eles ficaram em silêncio até chegar ao térreo. Quando atravessavam o saguão, Teddy avistou seus melhores amigos, Shakeel e Lexie, parados do lado de fora, conversando.

— Bem, eu vou para esse lado. Tchau — disse, virando-se para a direção oposta o mais rápido possível, sem esperar uma resposta. — Vamos, preciso de uma bebida — continuou para a dupla, olhando para trás a fim de confirmar que Ben ainda o observava.

CAPÍTULO 3
ARTHUR

A sala estava em silêncio. Era como se ninguém ousasse respirar nos segundos que se seguiram.

Estava feito: ele havia dito as palavras em voz alta e não tinha mais como voltar atrás. Ele olhava atentamente para os dois filhos.

Patrick se levantou, balançando a cabeça devagar.

— É alguma pegadinha? Não entendi.

— É verdade. Pode se sentar, Patrick, por favor — respondeu Madeleine.

Ela tinha sempre uma fala suave, mas eles sabiam quando estava falando sério. Todos que já tinham trabalhado para ela sabiam quando não se devia discutir com Madeleine. Como ela pediu, Patrick voltou a se sentar. Nem ele nem Elizabeth olhavam na direção de Arthur. Em vez disso, dirigiam sua atenção a Madeleine.

— Você sabia disso? — perguntou Elizabeth.

— Já sei há um tempo, sim. Mas não é isso que importa aqui. Seu pai está contando uma coisa muito pessoal a vocês.

— Acho que temos o direito de saber que droga é essa que está acontecendo aqui e por que você está tolerando isso.

— Não, Elizabeth, vocês não têm. Vocês só precisam saber que estou aqui ao lado de seu pai e pedindo que o ouçam e o amem, porque ele continua sendo o mesmo homem. Ele ainda é o pai de vocês.

Elizabeth apoiou a cabeça entre as mãos.

— Não posso acreditar no que estou ouvindo. Vocês são casados há cinquenta anos e você está aí como se ele tivesse acabado de dizer que se esqueceu de comprar leite.

— Chega — disse Arthur. — Não perturbe sua mãe. Ela não merece ficar ouvindo isso.

— Eu só estou confusa — respondeu Elizabeth, antes de se virar para Madeleine. — Você pode ficar na minha casa, mãe. Fique o tempo que precisar.

— Não vou sair da minha casa, Elizabeth. Nem seu pai.

Patrick estava em silêncio, assimilando todas as palavras, alternando os olhos castanho-claros entre as duas mulheres como se assistisse a uma final acirrada do torneio de tênis de Wimbledon.

— Pode dizer alguma coisa? Por que está parado aí, mudo como sempre? Coloque algum juízo na cabeça dela! — gritou Elizabeth para o irmão.

— O que eu posso fazer? Não podemos obrigar a mamãe a fazer algo que ela não quer.

Arthur podia ver a filha ficando cada vez mais frustrada. Seu pescoço e a parte de cima do peito estavam começando a ficar com manchas avermelhadas.

— Lizzie, por favor. Me deixe explicar — disse ele, estendendo a mão para tocá-la.

— Nem venha com *Lizzie* para cima de mim. E não me toque. Não consigo acreditar nisso. Tudo não passa de uma grande mentira.

— Preciso que entendam que eu nunca quis magoar nenhum de vocês, principalmente sua mãe.

— Por que agora? Que motivo pode ser bom o suficiente para destruir a vida que você tinha? A vida de todos nós.

Arthur hesitou. Enfim tinha chegado a pergunta que ele mais temia. A resposta que teria que acertar mais do que qualquer outra.

— Eu não podia viver nem mais um dia sem ser quem eu sou. Eu sei… eu sei que parece muito simplista e ridículo para você, mas eu precisava fazer isso gora.

— Precisava? Você não precisava fazer nada. Está dizendo que passou cinquenta anos mentindo para si mesmo? Para a mamãe?

— Eu não estava mentindo. Amo sua mãe mais do que jamais poderei explicar. Ela é a melhor amiga que já tive. Tivemos uma vida incrível juntos e fomos agraciados com vocês dois, mas isso não muda quem eu sou, quem fui a vida toda.

Sua voz estava começando a falhar. Ele tomou um gole de água do copo à sua frente.

— Tem outra pessoa? Você está traindo a mamãe? Porque, se estiver, eu juro que...

— Não estou, eu juro. Eu nunca faria isso.

— Então por quê? Por que agora? Não faz nenhum sentido.

— Sei que é difícil para vocês entenderem, mas estou com 79 anos, vocês são adultos, cada um está vivendo sua vida e eu... bem, eu simplesmente não podia passar mais nenhum dia sem ser verdadeiro comigo mesmo. Com todos vocês.

— Bobagem. Isso é tudo por você. Como pôde fazer isso com a gente? O que eu vou falar para as crianças? Você parou para pensar nos seus netos?

— Não fale por mim ou por eles, Elizabeth — interrompeu Madeleine. — Eu sei o que estou fazendo. Entendo que você esteja chocada e com raiva, mas não se posicione por mim. Crescemos em tempos diferentes. Seu pai fez o que teve que fazer e me deu uma vida ótima. Você não tem o direito de julgá-lo dentro da nossa casa.

— Nada disso faz sentido. Vocês dois enlouqueceram. Tenho que sair daqui.

— Por favor, Elizabeth...

— Não! Estou sentindo um enjoo, agora. Preciso ir. Não consigo respirar.

— Não saia assim. Ainda sou seu pai.

— Pai?! — repetiu ela, incrédula. — Não, não é. Não é mais. Eu preferia que você estivesse morto. Você morreu para mim.

— Pare com isso, Lizzie — disse Patrick, tentando alcançá-la. Ela afastou a mão dele.

— Estou falando sério. Fique longe de mim e da minha família.

Sem dizer mais nada, Elizabeth pegou a jaqueta no encosto da cadeira e saiu da sala furiosa. Ninguém abriu a boca quando eles ouviram a porta bater, rapidamente, seguida do som do carro dela saindo da frente da casa.

— Você está bem, Patrick? — perguntou Arthur. — Tem alguma coisa que queira dizer ou mesmo perguntar?

— Tenho muitas perguntas, mas, para ser sincero, não sei nem por onde começar.

— É perfeitamente compreensível. Estarei aqui quando estiver pronto.

— Vocês dois vão mesmo morar aqui?

— Sua mãe foi muito gentil e disse que eu poderia ficar. Estamos em quartos separados, mas estamos nos acostumando à nova organização.

— É muita coisa para assimilar. Não acredito que isso tudo estava acontecendo e vocês simplesmente estavam aqui, um do lado do outro.

— Ainda nos amamos, Patrick — disse Madeleine. — É um tipo diferente de amor, mas espero que um dia você e Elizabeth consigam entender isso.

Patrick levantou-se da cadeira.

— Talvez. Olha, me desculpem, preciso ir. Eu... eu só não consigo fazer isso agora.

Madeleine apertou a mão de Arthur quando o filho saiu da sala. A noite tinha saído tão mal quanto ele temia.

CAPÍTULO 4
TEDDY

Teddy, Shakeel e Lexie estavam em um barzinho fofo chamado Mayflower, perto do trabalho. Depois de beberem, Teddy os atualizou sobre seu primeiro dia. Quando ele terminou, Lexie estava com um sorriso satisfeito.

— Ah, Teddy. Só te conheço há alguns anos e até eu sei que esse seu comportamento é típico.

— Do que está falando?

— Você presume que alguém vai te julgar pelo que é e transforma a pessoa em inimigo antes que ela possa se mostrar de verdade. Você fez a mesma coisa quando me conheceu, mesmo eu não fazendo ideia de quem era sua mãe!

— Dessa vez não foi assim. Esse cara é muito convencido, ficou fazendo pequenas observações... você tinha que ver. Não é culpa minha terem se esquecido de dizer para o Dylan que ele viria, é?

Teddy entendeu o que Lexie estava dizendo, mas na maior parte das vezes ele estava certo sobre o fato de as pessoas o julgarem. Elas não precisavam lembrá-lo de quem era sua mãe ou aproveitar a oportunidade para criticar suas escolhas de vida só porque ela escolheu escrever sobre as dela.

— Pode achar esse cara no Instagram? — perguntou Lexie. — Quero ver se ele é gato.

— Não tão gato quanto deve se achar — afirmou Teddy ao pegar o telefone e digitar o nome de Ben, reconhecendo de imediato sua foto de perfil. Ele clicou nela e passou pelas poucas imagens que ele tinha postado.

— Deixa eu dar uma olhada — disse Lexie, pegando o celular de volta e começando a percorrer o perfil. — Huum. Muitas selfies. Nenhuma foto com família. Nenhum animal de estimação. E, o mais importante, nada de namorado ou namorada. Só vejo um problema.

— O quê?

— É óbvio que ele é muita areia para o seu caminhãozinho.

— Dá licença, achei que tinha saído para beber com meus amigos. Você viu algum deles?

— Olha só pra ele, Shak! — disse Lexie, lhe empurrando o telefone.

Shakeel encarou a tela durante poucos segundos e encolheu os ombros, indiferente. Teddy não conseguiu conter o sorriso ao ver Shakeel tomando partido dele. Se havia uma pessoa com quem ele podia contar era Shakeel. A amizade deles só havia se fortalecido quando entraram na adolescência e ambos se deram conta de que eram gays. Trocarem confidências foi o que tornou aqueles anos toleráveis e, quando Shakeel foi para a universidade, Teddy sofreu ao se ver sem seu melhor amigo. Quando o pai de Teddy faleceu repentinamente, Shakeel se ofereceu várias vezes para largar o primeiro ano e voltar para ficar ao lado dele. Teddy impediu até a mínima possibilidade de Shakeel fazer algo tão drástico, mas o gesto havia significado muito para ele, mesmo não sabendo como demonstrar.

— Acho que Teddy consegue coisa melhor — disse Shakeel, e Teddy respondeu com um sorriso.

— Ah, o que é isso? Você também não acha ele gato? — Lexie suspirou. — Lá se vai sua oportunidade de ter um romance no trabalho, Teddy.

— Nem pensar. Vai ser um pesadelo conviver com esse cara, posso sentir.

O telefone de Teddy estava vibrando. Era sua mãe. Ele não estava a fim de falar com ela no momento, então guardou o celular no bolso.

— Sinceramente, vocês dois, hein... Dá vontade de bater a cabeça de um na cabeça do outro. Vocês têm 21 anos, saiam por aí e comecem a se divertir um pouco!

— Já falamos sobre isso, Lex.

— Sei, sei — provocou Lexie. — Eu sei. Mas por quê? Por que não pode simplesmente ir para casa hoje, arrancar o curativo de uma vez e contar para todo mundo que você gosta de meninos?

Se ao menos fosse simples assim. Ele tinha chegado perto de se assumir para a mãe várias vezes, mas sempre havia desistido. Ninguém mais conseguia entender suas justificativas para adiar isso, e só Deus sabe quantas vezes tinham tentado. Mas, propositalmente ou não, Elizabeth fazia uma enorme pressão para sua família corresponder às suas altas expectativas. Falava com frequência do desejo de ver Teddy com uma "boa menina" e até havia escrito várias colunas sobre sua empolgação com a ideia de ter netos. Levar um menino de que ele gostasse para casa só proporcionaria a ela mais um assunto sobre o qual escrever.

Shakeel, por outro lado, só teve alguns poucos encontros, para a decepção de Lexie. Apesar de todos os medos em relação a se assumir, a família de Shakeel o havia apoiado muito, e tanto seu pai quanto sua mãe tinham entrado para um grupo local a fim de conhecer outros pais de pessoas LGBTQIA+. O único momento em que Shakeel reclamava deles — para a diversão de Lexie — era quando sua mãe o pressionava a conhecer um "garoto legal e inteligente." Shakeel e Lexie tinham se conhecido na universidade. Confiando no julgamento de Shakeel sobre Lexie como amiga, Teddy também se aproximou dela durante suas frequentes visitas, então ficou empolgado quando ela resolveu se mudar para a cidade por causa do trabalho. Apesar do apoio dos dois, Teddy ainda não estava pronto para dizer à mãe que era gay, mesmo que a experiência de Shakeel tivesse lhe dado mais esperança.

— Desculpe, gente. Eu tenho que ir. Preciso comprar umas coisas antes de ir para casa — disse Shakeel, pulando do assento. — Eu devo estar livre no fim de semana se você ainda quiser ver aquele filme.

— Combinado — disse Teddy.
— Ótimo, então temos um *date*.
— Temos um *quê*?
Lexie riu e as bochechas de Shakeel ficaram coradas.
— Eu não quis dizer isso... eu só...
— Só estou zoando, Shak. Eu também posso ir, então?
— É claro que pode, certo Shak? — disse Teddy.
— Hum, sim... é claro... é só modo de dizer — disse Shakeel, gaguejando.
Lexie esperou até Shakeel sair e se virou para Teddy.
— Aquele cara precisa transar. Sei que vocês dois precisam, mas já faz quase um ano desde o Marcus.
— Nem todo mundo tem seu próprio apartamento para fazer o que quiser, Lex.
— Ah, tá. Porque é isso que ele está esperando.
— O que você quer dizer? O que ele está esperando?
— Nada, sei lá, só acho que ele precisa se divertir um pouco. Se soltar. Vocês dois precisam. Bem, como estava dizendo, você vai direto para casa contar para sua mãe que você é gay e acabar com isso de uma vez pelo bem de todos nós.
Acabava de passar das 21h quando Teddy desceu do táxi, ainda rindo da possibilidade de seguir a ordem de Lexie e anunciar sua sexualidade no minuto em que chegasse em casa. Não havia como negar que seria uma forma rápida e fácil de acabar com isso. Ele poderia simplesmente entrar, desembuchar e seguir para as escadas. Ele pegou na maçaneta da porta.
— Você consegue — disse a si mesmo. — São só algumas palavras.
Ele baixou a maçaneta e entrou no corredor iluminado. Assim que entrou, soube que as palavras nunca sairiam de sua boca naquela situação. Lexie teria que esperar um pouco mais.
— Oi, cheguei.
Ele pendurou a jaqueta no cabide do hall de entrada.
— Estou aqui — gritou Eleanor da sala de estar.
A TV estava ligada, mas ela estava grudada no celular. Era três anos mais velha que Teddy, a mais velha dos três irmãos.

— Ainda nada da mamãe? — perguntou Teddy da entrada. Ele esperava que ela já tivesse voltado da casa de seus avós àquela altura.

— Nem sinal. Achei que ela poderia mandar uma mensagem para acabar com nosso sofrimento. Quanto mais tempo ela demora, mais preocupada eu fico.

— Eu sei, eu estava tentando não focar nisso hoje. Não queria pensar demais e depois descobrir que não é nada.

— Vamos ter que esperar e lidar com o que quer que seja quando alguma notícia chegar — disse Eleanor. — E aí, como foi o primeiro dia no quartel-general Elizabeth Marsh?

— Nem brinca! Todo mundo soube quem eu era no instante em que passei pela porta. E vou ser obrigado a trabalhar com um metido a sabe-tudo que já me odeia.

— Fica na sua. Você sabe que a mamãe tem olhos e ouvidos espalhados naquele lugar. Ela vai saber o que você está fazendo antes mesmo de você imaginar.

Só de pensar naquilo, o estômago dele revirava. Era exatamente o que Lexie não conseguia entender. Por mais que ele amasse sua mãe, a sensação que ele tinha era de ter entrado em uma armadilha perfeita. Era exatamente por isso que ele tinha recusado a oferta de ajuda várias vezes. Só havia cedido e aceitado depois de mais um dia se candidatando a empregos que sabia que não queria de verdade. Com Shakeel e Lexie aproveitando as novas carreiras, ele não queria ficar para trás por muito mais tempo.

— Ela chegou! — gritou Evangelina do alto da escada, fazendo Teddy e Eleanor darem um pulo.

A irmã mais nova veio saltitando pelos degraus, vestindo seu roupão rosa e felpudo no caminho.

— Ela mandou mensagem para algum de vocês?

— Não. Não estamos sabendo de nada.

Os três ficaram esperando no hall de entrada, trocando olhares preocupados ao ouvirem a porta do carro bater.

A porta da frente se abriu e a mãe deles entrou, avistando seu comitê de boas-vindas.

O rímel escorrido pelo rosto não escondia as bochechas vermelhas e manchadas.

— Mãe? Você está bem? Venha, sente-se — disse Eleanor, apressando-se. — Teddy, pegue uma cadeira.

Teddy não se mexeu. Sua mãe estava balançando a cabeça.

— Tudo bem, tudo bem. Não preciso sentar.

— O que está acontecendo? Tem alguma coisa errada com a vovó ou com o vovô?

Ela soltou uma risadinha rouca. Sua garganta lutava para produzir qualquer tipo de som.

— Depois de todos esses anos. Você acha que conhece uma pessoa.

— Mãe, por favor, você não está falando coisa com coisa. O que aconteceu? É o vovô Arthur?

— Nunca mais quero ouvir o nome desse homem nesta casa. Vocês não vão falar com ele. Vocês não vão encontrar com ele.

— Por quê? O que ele fez? — Teddy perguntou.

— Seu avô decidiu que, depois de cinquenta anos de casamento, ele cansou.

— O que? Isso não faz sentido. Por que ele faria isso?

— Bem, essa é a melhor parte — disse ela, arregalando os olhos. — Ele decidiu nos contar que ele... que ele é gay.

Teddy ficou paralisado. Sentia-se completamente entorpecido. Todas as conexões entre seu cérebro e seu corpo tinham sido perdidas. Em qualquer cenário que já tinha passado em sua cabeça nos últimos anos em que ele potencialmente se assumiria, a única coisa que não tinha considerado era a possibilidade de ser superado por seu avô.

CAPÍTULO 5
ARTHUR

Arthur acordou com um susto. Luna o encarava, e fechou de novo os olhos azuis quando ele estendeu o braço e a acariciou. Ela ronronou de leve, aninhando-se para baixo de modo a ficar com a cabeça apoiada em seu joelho. Ele havia cochilado na poltrona grande em algum momento, não sabia ao certo quando. O tempo parecia ter se tornado insignificante desde que Elizabeth tinha saído furiosa mais cedo. Madeleine, após parar de chorar, havia ficado ao lado dele na sala por um tempo, mas depois subiu para se deitar. Ela insistiu que ele deveria fazer o mesmo, mas Arthur sabia que não adiantaria. Ficaria bem ali, principalmente agora que Luna tinha chegado para ficar com ele.

Às vezes ele pegava no sono. O ronronar suave de Luna o ajudava a descansar com alguma tranquilidade. Mas não durava muito. Imagens do rosto indignado de Elizabeth o faziam se levantar sobressaltado. As palavras duras proferidas por ela ecoavam em seus ouvidos. O silêncio absoluto da escuridão só serviu para fazer cada uma delas soar mais alto, conforme ele as rememorava repetidas vezes. Ele sabia que seria difícil, mas ter imaginado inúmeras vezes como seria aquele momento não o preparou para a reação da filha.

Madeleine se esforçou ao máximo para tentar convencer Arthur a sair de casa nos dias que sucederam o jantar.

— Por que não vem comigo para ajudar? — sugeriu ela, com esperança.

Ela era voluntária no banco de alimentos local havia dez anos. Mas Arthur não queria sair de casa. Se saísse, com certeza seria o momento em que o telefone tocaria. Ele ficou sentado na mesma poltrona, a mais próxima ao telefone fixo. Seu celular ficava na mesinha ao lado. Com relutância, ele só saía da poltrona para ir ao banheiro ou à cozinha para comer.

— Tenho uma coisa para você — disse Madeleine, colocando uma sacola sobre a mesa ao lado dele.

Intrigado, Arthur a abriu e tirou a revista que havia dentro. Era uma edição de uma revista chamada *Vida Gay*. Ele já a tinha visto na banca anteriormente. Sentiu as bochechas queimarem quando abriu em uma página que mostrava um modelo atraente vestindo apenas cuecas justas.

— Não se preocupe, há artigos para você ler também, não só fotos de homens de cueca — complementou Madeleine, sorrindo.

— Você não precisava ter feito isso — disse Arthur, apoiando a revista sobre a mesa. — Obrigado. Acho que eu nunca teria coragem de comprar essa revista.

— E nem vai precisar. Eu fiz uma assinatura.

Arthur sentiu os olhos começarem a se encher de lágrimas. Ele nunca havia se permitido imaginar o mais perfeito cenário: ter o apoio de Madeleine enquanto vivia uma vida de homem gay assumido.

— Não sei o que fiz para te merecer, Madeleine Edwards. Você esteve comigo nos dois momentos mais difíceis de minha vida e aqui está, ainda ao meu lado. Você sabe que não tenho arrependimentos em relação à vida incrível que tivemos juntos, não sabe?

— Eu sei, Arthur. Não importa o que os outros digam ou pensem. Sei que você me salvou de uma vida que eu não queria, e serei eternamente grata por isso.

Com lágrimas nos olhos, Arthur pegou Madeleine pela mão e a colocou em pé. Ela apoiou a cabeça em seu ombro e ele a abraçou forte.

Depois, naquela mesma tarde, o telefone finalmente tocou. Na pressa para atender, Arthur derrubou seu copo d'água. Ele tinha cochilado na poltrona com a revista aberta no colo.

— Alô, alô, Arthur Edwards falando — disse ele, pegando o fone.

— Vô. É o Teddy.

A decepção esmagadora por não ser Patrick nem Elizabeth do outro lado da linha foi rapidamente substituída pela alegria de receber uma ligação de seu neto.

— Teddy, que bom ouvir sua voz.

— Desculpe por ter demorado a semana toda para entrar em contato. Você está bem?

— Já tive semanas melhores. Sua mãe sabe que está ligando?

— Não, e isso não importa. Eu só queria saber se vocês estarão em casa amanhã. Vou dar uma passada aí.

— Tem certeza de que é uma boa ideia? Sua mãe não vai gostar.

— Não seja bobo, vô. Só não comente com ninguém, amanhã vejo você e a vovó.

A ligação de Teddy foi curta, mas significou muito para Arthur. Seu neto tinha entrado em contato e pretendia visitá-lo. Ele não faria isso se estivesse zangado, faria? Arthur balançou a cabeça. Não. O neto parecia preocupado com ele. Elizabeth ficaria furiosa se descobrisse. Teddy podia ter 21 anos, mas ainda morava sob o teto dela. Ainda faltavam 24 horas para a visita de Teddy, muita coisa podia acontecer nesse meio-tempo.

— Talvez Elizabeth venha com Teddy — disse Arthur a Madeleine enquanto discutiam a iminente visita.

Ela acenou com a cabeça em silêncio, claramente não querendo se comprometer com aquela teoria.

— Tenho que ir até o centro, gostaria de ir comigo?

Madeleine tinha aproveitado a oportunidade da boa notícia para plantar a ideia de levá-lo junto enquanto fazia diversas coisas na rua. Ele sabia que era intencional, mas não importava.

— Só me deixe ativar o encaminhamento de chamadas, caso Lizzie ligue no telefone fixo.

Arthur e Madeleine tinham passado a vida toda em Northbridge. Consideraram se mudar no início do casamento, mas a morte da irmã mais nova de Madeleine em um acidente de carro colocou um fim nessa conversa. Os pais dela, William e Alice, nunca mais foram os mesmos após a morte de Gracie. O nascimento da neta, Elizabeth, tinha ajudado, mas, conforme os anos foram se passando, o sonho de Arthur e Madeleine de escapar das garras da cidade se desvaneceu. Isso não quer dizer que não tiveram uma vida feliz em Northbridge — ambos negariam isso fortemente. Arthur se afastou dos próprios pais, mas eles ainda fizeram parte da vida de Elizabeth e Patrick até ambos falecerem, no início da década de 1980. Foi só no último mês que Arthur andou pensando em seus pais com mais frequência.

Arthur suspirou quando eles passaram pela antiga prefeitura.

— Você não tem nada a ver com seu pai. — Madeleine o tranquilizou. — Para começar, você aceitaria Elizabeth e Patrick independentemente de quem eles amassem.

No fundo, Arthur sabia disso, mas quanto mais velho ficava mais considerava a posição em que havia colocado seu pai quase sessenta anos atrás. Madeleine sabia o que estava se passando em sua cabeça sem que ele precisasse dizer uma palavra.

— Pare de remoer isso, Arthur. Você sabe, mesmo naquela época, que nunca teria feito o que aquele homem fez. Foi mais do que cruel.

Mesmo agora, Madeleine ainda pensava o melhor dele.

Ele olhava pela janela enquanto eles passavam de carro pela cidade. As tardes de sexta-feira sempre tinham sido movimentadas em Northbridge. A feira semanal não era tão grande quanto costumava ser, mas ainda atraía multidões ao centro. Eles pararam em uma vaga em frente ao açougue. Toda sexta, Madeleine passava lá para retirar seu pedido de carnes para o fim de semana. O bisneto do homem que atendia os pais deles era o dono atual. Northbridge era composta de negócios passados de geração em geração. Arthur mesmo era culpado disso, após se aposentar e entregar a Patrick as rédeas da empresa que havia herdado e expandido. Arthur observava do carro várias pessoas pararem Madeleine na rua para cumprimentá-la. De vez em quando, ele se convencia de que alguém passaria pelo carro e o encararia por mais tempo do que deveria.

Madeleine apareceu poucos minutos depois, carregando duas sacolas grandes de carne.

— Pedi para o jovem Henry me dar umas costeletas de porco. Podemos ver se Teddy quer ficar para o jantar — ela explicou, acomodando as sacolas com cuidado no banco de trás.

Eles foram até o outro lado da cidade, estacionando o mais perto possível da banca de jornal.

Arthur hesitou quando Madeleine pediu que ele a acompanhasse, mas, antes que pudesse se convencer do contrário, já tinha tirado o cinto de segurança e saído do carro. Nem sabia por que estava tão nervoso. Ele não era notícia de primeira página nem havia surgido um arco-íris piscante sobre sua cabeça. Ele era apenas Arthur; o mesmo que as pessoas sempre conheceram. Acompanhou Madeleine quando entraram na grande loja. Ela o deixou olhando as prateleiras de livros coloridos e foi à agência dos correios nos fundos. Arthur nunca foi de ler muito. Acabou escutando um dos audiolivros de Madeleine outra noite e assim descobriu o quanto gostava da experiência. Agora, contava com as recomendações e a ajuda dela para adicionar novos livros no celular. Arthur foi para o grande expositor de revistas.

Fotos de celebridades que ele não conhecia ocupavam as prateleiras. No passado, ele se pegou aprendendo os nomes que via nas capas só para repeti-los para Elizabeth, deixando-a perplexa.

"Como você ficou sabendo disso?", indagava ela quando ele mencionava um escândalo sobre o qual não sabia mais nada. Sempre valia a pena vê-la iniciar um monólogo de quinze minutos sobre a celebridade e a cadeia de eventos que levou às últimas manchetes dramáticas. Ela normalmente terminaria insistindo que só estava acompanhando por alto o que quer que estivesse acontecendo, caso precisasse fazer referência àquilo em sua mais recente coluna. A mesma edição de *Vida Gay* que estava agora em sua sala de estar o encarava. Ele ainda não conseguia acreditar que Madeleine a havia comprado para ele. Seus olhos se arregalaram quando ele viu outra revista com as palavras A QUESTÃO DO SEXO impressas na capa, protegendo a modéstia de três homens aparentemente nus.

— Quer aproveitar que estamos aqui e comprar mais alguma coisa?

— Ah, não, não, nada — disse Arthur, virando-se e vendo Madeleine ao seu lado. — Conseguiu fazer tudo?

— Está tudo resolvido. Foi a neta da Cicely que me atendeu. Lembra? Aquela que mora naquele condomínio novo. Estava perguntando de você.

— Sério? Por quê? Ela sabia de alguma coisa?

Arthur sentiu um frio repentino na barriga.

— Não, nada, ela só estava sendo simpática. Ninguém sabe de nada, Arthur.

Quando estavam quase saindo, a porta abriu. Elizabeth entrou e fechou a porta antes de se dar conta de que seus pais estavam bem na sua frente. Sem dizer uma palavra, ela girou nos sapatos pretos de salto alto e tentou alcançar a maçaneta novamente.

— Lizzie, por favor! — chamou Arthur. — Não se afaste de nós.

— Estou me afastando de *você*, não da mamãe.

— Então fale com ela. Você está magoando sua mãe sem motivo.

Elizabeth olhou diretamente para ele. Ela tirou os grandes óculos de sol de aro preto. Seus olhos estavam arregalados e repletos de fúria.

— *Eu* estou magoando a mamãe? É preciso muita coragem para me dizer isso. Não sei por que ela está andando com você por aí como se tudo estivesse completamente normal, mas não vou fazer parte dessa palhaçada.

— Por favor, não faça isso aqui, Lizzie — Madeleine sussurrou, olhando ao redor para ver se alguém na loja estava prestando atenção.

— Por que não? Se o papai quer destruir a família para ser quem quer que ele pense que seja, ele não deveria ter orgulho disso?

Ela jogou os braços para cima e levantou a voz.

— Oi, pessoal, vocês conhecem meu pai, um pilar da comunidade, sr. Arthur Edwards, recém-saído do armário e pronto para viver a própria vida!

Ela saiu da loja furiosa, batendo a porta.

Arthur e Madeleine permaneceram em silêncio pelo choque. Arthur ouviu uma leve tossida atrás dele, olhou e viu a neta de

Cicely com as sobrancelhas perfeitamente delineadas tão erguidas que ameaçavam escapar da testa. Não havia nada que ele pudesse dizer ou fazer; ambos sabiam que seu segredo seria a fofoca da cidade dentro de uma hora.

CAPÍTULO 6
TEDDY

Teddy tomou dois comprimidos de paracetamol enquanto esperava, sozinho, o elevador chegar ao décimo terceiro andar. Ele tinha sobrevivido até o fim da semana. Sentia-se exaurido física e emocionalmente, mas só precisava chegar até as 18h e depois poderia sair para beber com Shakeel.

"É bom você estar com uma cerveja esperando por mim", dissera ele a Shak, em tom de aviso. "Talvez duas."

O choque inicial do que sua mãe tinha anunciado a ele e às irmãs na segunda-feira havia dado lugar a um misto de confusão e tristeza. Como o vô Arthur podia ser gay? Teddy mal havia dormido aquela noite. Ele estava revivendo todos os momentos passados na casa dos avós de que conseguia se lembrar. Não havia nada que deixasse transparecer. Ele não teria notado *alguma coisa*? Eles tinham um relacionamento próximo, principalmente após a morte de seu pai, Harry, quando Arthur se tornou uma espécie de figura paterna nos momentos mais difíceis de Teddy. Nas semanas e meses seguintes ao falecimento do pai, Teddy ficou morando a maior parte do tempo com seus avós, desesperado para fugir da casa que então estava repleta de lembranças dolorosas.

Seu avô foi extremamente importante para ele, mas ainda assim aquela revelação o havia deixado chocado e, por algumas horas, ele havia compreendido o choque e a raiva de sua mãe enquanto processava a novidade. Na manhã seguinte, Teddy tinha tentado falar com a mãe quando estavam sozinhos na cozinha.

— Você vai falar com o vovô hoje?

— Não tenho nada para dizer a ele, Edward — Elizabeth disse, e continuou digitando na tela do celular. — E eu prefiro que você também não tenha contato com ele.

— O quê? Você não espera que...

— Isso não está aberto a discussões, Edward. Você pode querer ser o homem da casa, mas, enquanto estiver debaixo do meu teto, vai fazer o que eu mandar.

Teddy continuou preparando seu café da manhã. Estava cedo demais para brigar.

Foi quase um alívio escapar das fronteiras da casa e passar um tempo na redação. Pelo menos ninguém ali sabia de nada. Sua mãe tinha feito questão de pedir para os três filhos não abrirem a boca sobre o assunto fora da família. Por enquanto, ele teria que deixar tudo como estava e se esforçar para manter a própria sexualidade em segredo.

Teddy havia se jogado em todas as tarefas que foram pedidas por Dylan, determinado a aproveitar qualquer coisa que o distraísse enquanto pudesse. Tudo o que tirasse sua cabeça dos acontecimentos de sua casa era bem-vindo; tudo, exceto a pessoa com quem tinha que fazer dupla na maior parte do trabalho.

— Obrigado por ter me mandado aquela matéria ontem à noite, Teddy. Era exatamente o que eu precisava — Dylan afirmou. — Vou te mandar ir atrás de outra mais tarde.

— Obrigado, Dylan — Teddy disse, satisfeito com o feedback. — Posso fazer agora, se você quiser.

— Isso pode esperar. Tenho outra coisa para vocês dois esta manhã. A Sarah, da edição digital, está procurando um resumo das reações ao documentário sobre a família real que passou ontem à noite.

— Eu assisti — disse Ben.

— Quero que vocês tentem escrever — explicou Dylan. — Sarah vai avaliar as duas matérias e publicar a melhor versão. Vai ser a primeira matéria on-line assinada de vocês. Ela quer tudo pronto ao meio-dia, então podem ir, apressem-se.

— Já escrevi alguns artigos desse tipo. Esse não deve ser muito difícil — replicou Ben.

Teddy já estava se acostumando com Ben ser o mais barulhento e mais agressivo dos dois. Embora ele nunca tivesse escrito esse tipo de matéria, já tinha lido muitas delas. Os textos normalmente reuniam uma seleção de reações nas redes sociais sobre os pontos mais falados do programa. Ele desejou ter assistido ao documentário com suas irmãs, assim já saberia o que procurar. Primeiro ele tinha planejado dormir cedo, mas acabou ficando acordado, olhando para a tela do celular, até depois da meia-noite. O som de Ben digitando alto no teclado estava afastando todos os pensamentos de sua cabeça.

— Já mandei o meu texto para a Sarah — disse Ben a Dylan, com 22 minutos sobrando. — Tem mais alguma coisa que eu possa fazer nesse meio-tempo?

— Vou te mandar por e-mail esse release que eu acabei de receber. Você pode escrever enquanto esperamos o Teddy.

Teddy revirou os olhos. Ele não pretendia fazer um muxoxo com a boca, mas foi alto o bastante para chamar a atenção de Ben.

— Aconteceu alguma coisa?

— É só algo na minha garganta. Já estou quase terminando — disse Teddy, evitando contato visual.

Faltando apenas dois minutos, Teddy mandou sua matéria para Sarah. Ele sabia que não era seu melhor trabalho; precisaria melhorar seu desempenho se quisesse ter alguma chance contra seu novo rival.

— Por que não subimos para almoçar agora? — disse Dylan depois de olhar para o relógio. — Vai ser melhor para um de vocês aceitar a má notícia de barriga cheia.

O refeitório dos funcionários ficava no décimo sétimo andar. Depois do erro na segunda-feira, Teddy tinha comido lá no restante da semana. Depois que Dylan informou que os estagiários tinham desconto, Teddy ficou mais do que feliz em não precisar sair para procurar alguma comida barata no supermercado mais próximo. Até então, ele tinha evitado comer com Ben, mas, agora que Dylan estava acompanhando os dois até o refeitório, seria impossível fugir para uma das poucas mesas vazias.

— Como você acha que foi sua primeira semana? — perguntou Ben.

Eles tinham comido a maior parte do almoço em silêncio depois que Dylan saiu para conversar com outro colega.

— Até que não foi tão ruim. E você?

— Melhor do que eu esperava, considerando como começou a segunda-feira.

Lá vai ele de novo, pensou Teddy, mencionando aquilo como se ele fosse responsável por alguém ter se esquecido de contar a Dylan sobre Ben.

— Você já deixou bem claro, Ben. Já entendi, você acha que só estou aqui porque minha mãe mexeu alguns pauzinhos.

— Eu nunca disse isso — afirmou Ben, arregalando os olhos.

— Você é claramente paranoico, isso não é problema meu.

— Especialista em jornalismo e psicólogo. Tem mais alguma coisa que eu precise saber sobre você?

— Ah, vai, você claramente se ressente da associação. Toda vez que falam da sua mãe, você fica na defensiva. É você que anda por aí nervosinho.

— Não preciso de uma sessão de terapia de alguém que eu não conheço. Por que você está tão preocupado comigo e com quem eu sou? Concentre-se em si mesmo, Ben.

Ben encarou Teddy, estreitando os olhos como se estivesse pesando sua resposta.

— É o que estou fazendo, Teddy. É isso que você não entende. Pessoas como eu, nós trabalhamos duro todo santo dia e de vez em quando conseguimos uma oportunidade como esta. É uma coisa que pode mudar minha vida. Então eu chego aqui e encontro alguém como você, naturalmente talentoso, cheio de conexões. Saber que tenho que lutar por tudo o tempo todo é tipo levar um soco no estômago, quando para você tudo é tão simples quanto alguém mexendo uns pauzinhos.

Antes que Teddy pudesse pensar em responder à acusação de Ben, Dylan voltou para a mesa:

— Sarah vai descer e dar um retorno para vocês dois. Se já tiverem terminado, podemos voltar agora.

De volta a suas mesas, Sarah puxou uma cadeira e se sentou entre eles.

Teddy a reconheceu de outra parte da redação. Depois de rápidas apresentações formais, ela começou a falar das duas versões do artigo.

— Este tem uma variedade de opiniões levemente melhor, o que é uma coisa que lutamos muito para conseguir nessas matérias. Gostamos de encontrar o ponto mais comentado, trabalhar o ângulo que rende mais notícias e depois fornecer uma seleção equilibrada de comentários — explicou ela.

Teddy soube imediatamente que ele não havia feito aquilo tão bem quanto deveria. Ben concordava com a cabeça a cada palavra dita por Sarah.

— Ben, você fez uma excelente seleção de comentários de espectadores e selecionou algumas opiniões de grandes celebridades, também. Belo toque incluir Elizabeth. Ele te venceu nessa.

Teddy levou um segundo para perceber que o comentário foi direcionado a ele.

— Minha mãe? Ela comentou sobre isso?

— Sim, ela tuitou sobre isso — explicou Sarah, olhando para Teddy como se de repente ele estivesse com duas cabeças.

— Ah, eu não sabia. Nem pensei em olhar.

Teddy se distraiu do restante da conversa, só se dando conta de que Sarah tinha escolhido o artigo de Ben quando ele comemorou de leve. Sarah os deixou sozinhos e foi conversar com Dylan.

— Sem ressentimentos, certo? — disse Ben, estendendo a mão para Teddy.

— Nenhum. Parabéns. — Teddy segurou a mão dele e apertou com força.

— É irônico, né? Você só sabe reclamar dela, mas sua mãe acabou me ajudando a ganhar.

Teddy sentiu as bochechas ficando vermelhas. A culpa era toda dele mesmo.

— Algum plano para o fim de semana? — perguntou Ben depois que eles deixaram as mesas, algumas horas mais tarde.

Teddy não podia acreditar que ele estava tentando puxar conversa. No entanto, buscando se tornar um ser superior, respondeu:
— Nada demais. Só vou encontrar meu amigo Shakeel. E você?
— Tenho um encontro mais tarde — disse Ben com um sorriso no rosto. — É o primeiro desde que terminei com meu namorado no ano passado.

Teddy fez um ruído que estava entre um resmungo e uma risada. Então Ben era gay. Uma onda de pânico tomou conta dele. E se Ben descobrisse que ele era gay também? Não demoraria muito até essa fofoca chegar a Dylan e acabar chegando em... As entranhas de Teddy se contorceram.

— Olha só, meu amigo já está ali — disse Teddy apressadamente, apontando na direção de Shakeel, que esperava em frente às portas de vidro. — Bom encontro... fim de semana, quero dizer, bom fim de semana.

Ele sentiu o rosto queimar mais uma vez enquanto se apressava em direção à saída.

— Pode virar o copo — disse Shakeel alguns minutos depois, colocando uma cerveja na frente de Teddy. — Você parece completamente destruído. Não tem dormido?

— Esta semana não — disse Teddy, tomando um gole. — Você não faz ideia. Tô acabado.

— Tô escutando. Pode contar as fofocas.

Teddy lhe contou tudo sobre sua primeira semana de treinamento.

Shakeel demonstrou raiva nos momentos corretos, revirando os olhos para a inclusão dos tuítes da mãe de Teddy no artigo vencedor de Ben.

— Que porra é essa? Ele sabia exatamente o que estava fazendo, e o fato de não ter te contado só mostra que ele estava sendo dissimulado. Isso serve de alerta.

— Bem, ele foi muito esperto, se você parar para pensar. Me constrangeu e me fez parecer burro ao mesmo tempo. Ainda que a matéria dele estivesse melhor, ele sabia o que estava fazendo quando incluiu os tuítes da minha mãe.

— Eu não confio nesse cara, estou te dizendo — Shakeel afirmou. — Você não deve nada a ele. Comece a se mexer e mostre como Teddy Marsh resolve as coisas.

— Valeu, cara, você tem razão. Preciso me lembrar de que isso é o que eu quero. Também sou bom nisso!

— É isso aí — disse Shakeel, abrindo um sorriso. — Ele não vai passar de uma lembrança distante daqui a alguns meses.

Quando esgotaram o assunto sobre Ben, Teddy ouviu Shakeel contar sobre seu próprio drama no trabalho.

— Estou surpreso por você estar defendendo seus interesses, Shak — disse Teddy.

— Também me pegou de surpresa, para ser sincero. Não vou ser pisoteado por alguém quando sei que fiz o que era certo.

— Isso mesmo, cara! Tô muito orgulhoso de você.

Shakeel sorriu para o amigo.

— Obrigado, Teddy. Certo, vou pegar mais uma bebida para a gente.

Enquanto Shakeel estava ausente, Teddy se deu conta de que não havia contado a ele sobre o que estava acontecendo em sua casa aquela semana. Quando voltou com as bebidas, Shakeel, em um silêncio perplexo, ouviu Teddy contar sobre o anúncio chocante de seu avô.

— Então ela está há dias sem falar com ele, e em casa está agindo como se estivesse tudo completamente normal.

— Caramba, eu sabia que sua família era... bem, você sabe. Mas seu avô? Uau. Eu nunca poderia imaginar.

— Né? Então, pois é, foi uma semana totalmente normal e tranquila.

Shakeel ficou em silêncio por mais um instante antes de tomar o restante da cerveja.

— É muito triste, se você parar para pensar — disse ele. — Arthur manteve segredo durante todos esses anos e não fazemos ideia do motivo, mas aqui estamos, tentando descobrir como não desconfiamos de nada.

— Eu vou passar lá amanhã. Andei refletindo se devo ou não contar a ele sobre mim, mas não quero aumentar ainda mais o drama.
— Acha que ele sabe que você é gay? — disse Shakeel, de repente.
— Eu nem parei para pensar nisso. Estava mais concentrado no fato de eu não ter percebido nada sobre ele.
— Ele teria dito alguma coisa, não teria?
— Você acha? Eu sou tão óbvio assim?
— Já te vi bêbado dançando ao som de Lady Gaga às três da manhã, não posso responder isso de maneira objetiva.

Teddy cobriu o rosto com as mãos.
— Cara, nem me lembre.
— Ei, não precisa ficar constrangido. Você até que dança bem.
— Shakeel riu.

O bar foi ficando cada vez mais movimentado durante a noite, enchendo de jovens profissionais ávidos por adiar o máximo possível a volta para seus cubículos superfaturados. Teddy tinha ficado de olho em um grupo particularmente barulhento que foi ficando cada vez mais agitado conforme as rodadas de bebida iam chegando. Grupos grandes de homens sempre o deixavam ansioso, como se esperasse alguém o identificar como diferente e iniciar um ataque sem motivo.
— Vou ao banheiro, depois podemos cair fora daqui — disse Shakeel.

Ele abriu caminho pela multidão que ocupava o pouco espaço no chão com relativa facilidade. Com um metro e noventa de altura, Shakeel sempre foi o mais alto de qualquer grupo de que Teddy já havia feito parte. Teddy observou o amigo se aproximar do grupo barulhento. Mesmo com a barulheira que estavam fazendo, o urro nervoso foi ouvido claramente por todo o bar.
— Olha para onde vai, veado!

Antes de Teddy ter a chance de alcançá-lo, Shakeel já estava voltando, pronto para pegá-lo pelos ombros e arrastá-lo para fora do bar.

Eles atravessaram as portas.
— Por que fez isso? — gritou Teddy para ele quando o ar frio os atingiu. — Você ouviu do que ele te chamou?

— É claro que ouvi. Todo mundo ouviu. E daí? Não é desculpa para você ir para cima dele.

— Mas ele...

— Mas nada, Teddy! Não preciso que assuma minhas batalhas.

— Ele te insultou!

— Exatamente; ele *me* insultou, não *te* insultou. Sou eu que estou usando o emblema de arco-íris que ele viu. Eu que sou assumido. Se eu não quero socar ninguém, a escolha é minha.

— Você deveria se defender de vez em quando, Shak. Parar de deixar as pessoas pisarem em você.

— Você pode falar o que quiser, Teddy — rebateu Shakeel. — Mas para que dar satisfação a pessoas assim? São uns imbecis ignorantes.

Teddy sabia que no fundo Shakeel tinha um argumento válido. Era uma discussão que já haviam tido muitas vezes antes. Ele sempre foi cabeça quente no que diz respeito a se defender e defender seus amigos, e se esforçava para entender como Shakeel era capaz de tolerar o abuso verbal regularmente dirigido a ele.

— Amo saber que você está sempre pronto para me defender, Teddy, mas às vezes isso pode fazer mais mal do que bem.

Teddy esperava que pedir um táxi para Shak voltar para casa seria meio caminho andando na direção de uma desculpa. Segundo o aplicativo que ele tinha acabado de abrir, já tinha carro um na rua; ele o observou virar a esquina e parar devagar ao lado deles.

— Este é para você — disse ele, abrindo a porta.

Shakeel entrou sem dizer mais nada.

— Boa noite — disse Teddy, fechando a porta.

Com Shakeel a caminho de casa, Teddy pediu outro táxi. Na viagem de volta, ele pensou nas palavras do amigo. Talvez ele estivesse certo. As coisas haviam esquentado rapidamente; Shakeel tinha feito a coisa certa arrastando-o para fora do bar. Havia muitas histórias de situações que acabaram mal. Todo dia parecia trazer mais notícias terríveis que o deixavam com enjoo. Ele precisava aprender quando recuar e proteger não somente a si mesmo, mas os outros à sua volta.

Teddy não sabia quando tinha cochilado, mas foi acordado pelo motorista batendo em sua perna.

— Cara, chegamos. Vamos, pode sair. Você não vai querer pagar a multa por vômito.

Depois de sair do banco de trás levemente confuso por ter batido a cabeça na porta, Teddy caminhou até a entrada da casa para pegar um pouco de ar fresco. O cascalho sob seus pés fazia um barulho alto conforme ele andava e olhava para o céu limpo da noite. A luz da varanda acendeu, tirando sua atenção das estrelas.

Eleanor abriu a porta da frente.

— Parece que alguém teve uma noite boa.

— Rá, bem que eu gostaria. Poderia ter sido melhor — disse Teddy.

— É, bem, pelo menos você não estava aqui.

— Por quê? O que aconteceu agora?

— Todo mundo sabe. O vovô é o assunto de Northbridge.

Teddy suspirou. Era a última coisa de que ele precisava.

CAPÍTULO 7
ARTHUR

Madeleine estava abrindo massa sobre a grande bancada de granito. Ela polvilhava mais farinha enquanto Arthur, sentado de frente para ela, a observava trabalhar. Ele sempre disse que ela poderia ser confeiteira profissional. Seus pães e bolos eram melhores do que qualquer outro que ele já havia experimentado pelo país. Modesta demais para aceitar o elogio, ela insistia que era melhor manter aquilo de que gostava tanto apenas como hobby. Seu único aborrecimento era os filhos nunca terem se interessado em aprender com ela.

— O que você vai contar ao Teddy? — perguntou ela, olhando para o marido.

— Apenas o que ele precisar saber. Ele vai ter as mesmas dúvidas de Elizabeth, com a diferença de que pode parar para realmente ouvir.

— Ele é um bom menino. Os garotos de hoje têm muito mais entendimento do mundo à sua volta.

— Fizemos algo errado com Elizabeth?

Ele não pretendia levantar essa questão, mas se pegou refletindo sobre se tinha, de certa forma, alguma culpa pelo comportamento da filha.

— Você já sabe a resposta, Arthur. Isso não tem nada a ver com você ser homossexual, nem pense nisso. Ela está magoada e confusa, mas vai mudar de ideia.

Arthur olhou para o relógio na parede. Faltavam duas horas. Ele mal podia esperar para abraçar o neto.

A campainha tocou, ecoando por todo o andar térreo. Madeleine e Arthur interromperam o que estavam fazendo e se entreolharam. Era cedo demais para ser Teddy.

— Eu atendo — disse Madeleine, limpando as mãos em um pano de prato.

Ela saiu da cozinha e se apressou até o hall de entrada. Arthur ficou ouvindo com atenção enquanto a porta se abria e uma voz conhecida cumprimentava Madeleine.

— Desculpe aparecer sem avisar. — A voz estridente de Harriet Parker preencheu o corredor. — Não pude esperar até a reunião de amanhã para te ver. Tive que vir para ter certeza de que você está bem.

— É muita gentileza sua, Harriet. Tudo está muito bem, por que não estaria?

— É horrível como aquele tipo de fofoca se espalha. Achei que tinha ouvido errado quando Alice e Iris estavam falando, mas depois Agnes perguntou sobre vocês e eu simplesmente tive que vir até aqui para ter certeza.

Arthur levantou-se da cadeira para ficar mais perto da porta. Dava para ele ver Madeleine parada na entrada, impedindo que ele visse a visitante. Ele nunca havia gostado muito dos Parker. Harriet e o marido moravam a vários minutos rua acima. Eram o tipo de vizinhos que alguém gostava de ter pelos primeiros seis meses, mas depois começava a fingir que não estava em casa quando eles apareciam na porta sem avisar mais uma vez.

— Você vai ter que dar mais informações sobre o que está tentando dizer, Harriet.

Arthur conhecia aquele tom. Ainda era amigável, mas agora recoberto por uma impaciência quase nada sutil; um primeiro alerta de que Madeleine não toleraria aquele jogo de gato e rato de Harriet por muito mais tempo.

— Sobre seu querido Arthur.

Ela sussurrou as palavras tão baixo que Arthur mal conseguiu distingui-las. Seu estômago revirou. Se Harriet Parker estava na porta deles, era certeza que a fofoca já estava dando sua segunda, talvez terceira volta por Northbridge. Arthur respirou fundo e apareceu na entrada.

— Madeleine, seu celular está vibrando — disse ele, tentando parecer surpreso ao notar que tinham visita na porta. — Ah, Harriet, que bom te ver.

— Ah, Arthur! Você está aqui. Eu não sabia se estaria.

— E por que não estaria?

A pergunta pegou Harriet de surpresa, deixando-a boquiaberta enquanto claramente se esforçava para pensar em uma resposta. Ele não conseguiu deixar de sentir satisfação ao vê-la se atrapalhar em busca de algo a dizer.

— Não querendo te apressar, mas nosso Teddy vai chegar logo mais — continuou Arthur. — Podemos ajudar com mais alguma coisa? Uma xícara de açúcar, talvez?

Ela tentou forçar um sorrisinho.

— Não, nada. Eu só quis dar um oi e...

A voz dela falhou antes que conseguisse descobrir o que mais poderia querer dizer.

Parecendo confusa e decepcionada pela visita malsucedida, ela abriu um sorrisinho para eles e lentamente saiu para a rua. Já estava digitando algo no celular antes de Arthur e Madeleine fecharem a porta.

— Bem, isso deve segurar as fofocas por mais algumas horas — disse Arthur.

— Ela vai voltar, não se preocupe. Sabe como é Northbridge. Ela já deve ter convocado uma reunião municipal para alertar a todos que você ainda está morando aqui.

— Como você está tão calma?

— Eu já disse, você fez seus sacrifícios. Não vou te deixar passar por isso sozinho.

— As pessoas estão te julgando. Vão dizer que você deveria me deixar sem um tostão, vão querer saber por que não está queimando minhas roupas no gramado em frente à casa.

Madeleine riu.

— Deixe que falem! Enquanto tivermos nossa família, vamos sobreviver a isso e você vai... bem, vai ser quem deve ser. Você merece isso.

— Só quero que saiba que sinto muito. Não importa o que mais digam, eu nunca quis te magoar nem quis que você passasse por nada disso.

— Já falamos sobre isso, Arthur. Fizemos o que foi preciso, e nada jamais vai fazer eu me arrepender disso.

Ela foi direto até o forno para ver como estava a fornada de pãezinhos. O aroma preencheu a cozinha quando Madeleine tirou cada pãozinho dourado da assadeira e os colocou com cuidado sobre uma grade para esfriarem.

— Lembre-se de que eu contei quantos pães eu fiz — disse ela, abrindo um sorriso de alerta para Arthur.

Arthur estava pronto e esperando na porta quando Teddy chegou. Ele abriu um sorriso assim que viu o neto caminhando pela entrada da casa. Lembrava-se do dia em que Teddy nasceu como se fosse ontem; seu primeiro e único neto homem. Tinha tanto orgulho do belo jovem que ele havia se tornado.

— Parece que você foi dormir tarde ontem — disse Arthur, abraçando o neto. — Fico feliz por você ter vindo.

— Não seja bobo, é claro que eu viria. Só sinto muito ter demorado a semana toda.

— O trabalho é mais importante, meu jovem. Espero que tudo isso não tenha tirado seu foco.

— Não, não se preocupe. Depois eu conto como vão as coisas, prometo.

Madeleine estava esperando na sala quando eles entraram.

— Olá, meu amor, é tão bom te ver.

Teddy deu um beijo no rosto dela.

— Oi, vó. Deu para sentir o cheiro dos pãezinhos lá da entrada.

— Acabaram de sair do forno, espero que esteja com fome.

Ela saiu da sala quando Arthur e Teddy se sentaram no sofá largo.

— Onde sua mãe pensa que você está?
— Eu falei que ia passar a tarde com Shak e Lexie.
— Como estão suas irmãs?
— Estão bem. As duas mandaram um beijo.
— Que bom — disse Arthur. — E sua mãe?
— Você sabe como ela é. Fiquei sabendo do que aconteceu na banca de revistas ontem.
— Eu nunca a vi tão nervosa. Todo mundo já deve estar sabendo a esta altura, é claro. Não há nada que esta cidade ame mais do que uma fofoca quentinha.
— Eu não me preocuparia com isso, vô. Deixe as pessoas falarem.

Arthur tinha tentado não se preocupar demais com as repercussões de ter se assumido. A visita de Harriet havia sido um indício precoce de que as coisas não seriam tão tranquilas quando se tratava de encontrar aceitação dentro de seu círculo de amigos e vizinhos.

— Não posso me preocupar com os outros até saber que Elizabeth, Patrick e vocês estão bem. Ninguém mais importa agora.
— Bem, espero que saiba que ser gay não muda nada. Ainda é meu avô e eu te amo muito.

Arthur nem conseguiu se recompor. Uma semana acumulada de emoção o atingiu. Ele pegou um lenço de uma caixa ao lado do sofá. Madeleine, intuitiva como sempre, havia colocado a caixa de lenço ali pouco antes de Teddy chegar.

— Desculpe, não quis te chatear.
— Não, não seja bobo, eu é que estou descontrolado. Foi uma semana longa... uma vida longa.
— Não sei se você vai querer falar muito sobre isso. Podemos conversar em outro momento, se preferir.
— Não me importo se tiver perguntas, o que certamente deve ter. Farei o possível para respondê-las.

Arthur sabia que era melhor pelo menos dar a Teddy a chance de perguntar o que quisesse, assim ele e as irmãs poderiam começar a entender. Parecia que, no mínimo, ele devia isso a eles.

— Acho que tenho. Há quanto tempo você sabe? — perguntou Teddy rapidamente.

Arthur soube que a pergunta devia estar na ponta de sua língua.

— Você acreditaria se eu dissesse desde sempre?

— Sério? — disse Teddy, erguendo as sobrancelhas.

— Acho que sim. Era outra época. Mesmo em uma cidade tão próxima às luzes da cidade grande, não era possível viver assim.

— Mas você ficou aqui. Poderia ter fugido e vivido sua vida em outro lugar.

— Não era tão simples, Teddy. Eu não podia simplesmente fugir, eu tinha responsabilidades na família. A empresa. Você desistiu de ir para a universidade e ficou aqui por sua mãe e as meninas quando seu pai morreu. Nós fazemos escolhas e temos que viver com elas.

— Mas você abriu mão de ser quem é.

— É difícil compreender, eu sei. Não posso me arrepender dos sacrifícios que fiz. Como poderia, quando estou aqui sentado com você? A vida é cheia de sacrifícios, Teddy. Vamos fazer escolhas boas e ruins, mas não deveríamos deixar o arrependimento nos definir. Não sou perfeito, mas espero que, quando eu não estiver mais aqui, as pessoas que eu amo se lembrem de mim pelas coisas boas e saibam que fiz o meu melhor por elas.

— Estou muito orgulhoso de você — disse Teddy.

A declaração surpreendeu Arthur. Uma coisa era ter a aceitação daqueles que o cercavam, mas seu único neto dizer que estava orgulhoso dele significava muito.

— Está mesmo?

— É claro que estou. Você merece ser feliz, não importa sua idade. Quando meu pai morreu, achei que nunca mais seria feliz, mas você me mostrou que isso seria possível. Se a vovó é capaz de entender, você não precisa se preocupar com mais ninguém.

— Gostaria que isso fosse verdade.

— É a minha mãe, não é?

— Eu daria tudo para ela entrar por aquela porta agora e simplesmente me abraçar.

— Acho que ela está sendo egoísta.

Arthur fez que não com a cabeça, franzindo a testa.

— Sei que sua mãe pode ser dura, mas ela é uma pessoa incrivelmente amorosa. Quando estiver pronta, ela vai falar comigo, e eu espero poder ajudá-la a entender.

— Vou fazer tudo o que puder para ajudá-la a ser sensata.

— Não a pressione muito. Deixe ela chegar em seu próprio ritmo.

— Mas não é justo com você.

— Teddy, eu esperei todos esses anos. Posso dar à sua mãe o tempo que ela precisar.

— Bem, mas eu não posso — Teddy disse, pulando da poltrona tão rápido que chocou Arthur.

Ele observou o neto andar de um lado para o outro pela sala, cabeça entre as mãos, murmurando coisas que ele não conseguia distinguir muito bem. Arthur nunca o havia visto daquele jeito.

— O que foi, Teddy?

— Tudo isso. Só quero que tudo volte ao normal. Quero minha família unida.

— E vai ficar. Sua mãe vai mudar de ideia e tudo vai voltar ao normal.

— Você não entende o que estou dizendo. Não vai voltar. Agora eu já sei como ela se sente.

Arthur balançou a cabeça. Teddy tinha razão. Ele não entendia o que o neto estava querendo dizer. Ele o observava quando parou de andar de um lado para o outro e respirou fundo.

— Não é só você, vô. Sou eu também.

— Você chateou sua mãe?

— Ela nem sabe. E provavelmente vai me ignorar quando souber.

— Teddy, você está dizendo...

— Eu sou gay! Eu também sou gay.

Por um breve instante, Arthur pensou que Teddy fosse desmoronar, pois parecia que suas pernas trêmulas estavam prestes a ceder.

— Sente-se — disse ele, ajudando o neto a se acomodar na cadeira. — Está melhor?

Teddy olhou para ele com os olhos repletos de lágrimas.

— Não posso acreditar que acabei de dizer aquilo em voz alta. Sinto muito, não pretendia deixar escapar dessa forma. Eu não ia contar hoje, mas te ouvir falar sobre arrependimentos e fazer as escolhas certas... não posso me sentar aqui e mentir, não quando você está sendo tão corajoso.

Arthur não conseguia acreditar no que tinha ouvido. Estava quase pedindo para Teddy confirmar, mas o sorriso no rosto de seu neto pareceu fazer isso. Ele sempre soube que Teddy era um pouco diferente da maioria dos outros garotos de sua idade, mas creditou isso à sua timidez. De repente, tudo passou a fazer mais sentido para Arthur, que correspondia ao sorriso de Teddy.

— Você realmente não sabia que eu era gay?

— Sabia tanto quanto você sabia de mim.

Ambos riram alto. Arthur não se lembrava da última vez que tinha sentido o estômago doer de tanto rir.

O barulho foi alto o bastante para atrair a atenção de Madeleine, e ela entrou correndo na sala, com o rosto repleto de preocupação.

— Está tudo bem? — perguntou ela, olhando para os dois.

— Desculpe, vó. Está tudo bem. Só estamos nos lembrando do passado.

— Ah, que bom. O barulho me pegou de surpresa. Vocês estão prontos para o lanche?

— Já estamos indo — disse Arthur, levantando-se do sofá com um leve gemido.

— Mais alguém sabe, Teddy? — perguntou o avô quando voltaram a ficar sozinhos.

— Ainda não. Não sei o que devo fazer. Como posso contar para a minha mãe depois dessa péssima reação com você?

— Ela ainda é sua mãe.

— E você ainda é pai dela. Sei o que quis dizer, mas simplesmente não estou pronto para lidar com nada disso. Ainda não.

— Eu compreendo. Apenas se lembre de que cada dia em que não está sendo verdadeiro com você é um dia perdido. Sei que tenho muita sorte de ter tido uma boa vida, mas você merece ter a melhor das vidas, aquela que realmente deseja, não a que as outras pessoas acham que deveria ter. Aprenda com meus erros, Teddy, esse é o conselho mais importante que posso te dar. Agora, vamos, sua avó não me deixou tocar nos pãezinhos até você chegar.

CAPÍTULO 8
TEDDY

Teddy não parou de sorrir pelo resto da tarde. Ele se lembrou dos dias passados ali com Shakeel, durante suas visitas nas férias da universidade. Os dois ficavam felizes em passar horas ouvindo as histórias de seu avô, enquanto sua avó os mantinha bem alimentados e hidratados.

Quando Teddy chegou em casa, tirou uma garrafa de água da geladeira e escapou para o seu quarto, no andar de cima, sem encontrar ninguém. Seu quarto era seu espaço seguro. As prateleiras que seu pai tinha instalado para ele ainda estavam preenchidas por vários prêmios da sua época de escola. Ele sempre teve orgulho de suas conquistas, mesmo que ganhar "Excelência em inglês" pelo quarto ano seguido significasse ser zoado por seus colegas de turma.

E então seu pai falecera. Brigas com sua mãe se seguiram quando Teddy disse que estava planejando ficar em Northbridge em vez de assumir seu lugar na universidade. Ele não conseguia deixar o lugar em que se sentia mais próximo de seu pai. Com Shakeel fora, se afastou da vida em família. Só depois de sessões regulares com um terapeuta especialista em luto — sugestão de sua avó — que Teddy começou a enxergar um futuro. Ele tinha que progredir por sua mãe e suas irmãs e era impossível fazer isso deixando-as para trás. Ele também tinha que pensar no próprio futuro; seu pai gostaria disso.

Teddy se jogou na cama e colocou dois travesseiros sob o peito. Abrindo o laptop, clicou em Ligar sobre o nome de Shakeel. Não deixaria a noite anterior no bar se transformar em nada além de um pequeno desentendimento. Tocou por quase um minuto, até que Shakeel finalmente atendeu.

— Alô — disse ele, seu rosto bem vermelho e brilhando de suor aparecendo na tela.

— Desculpe, cara. Você estava tendo um momento particular?

— Cala a boca — falou Shakeel, sorrindo. — A maldita aula de *spinning* acabou comigo. Mas eu precisava disso depois de ontem à noite.

— Eu e você. — Teddy riu. — Ouça, sobre ontem à noite, eu só queria pedir desculpas mais uma vez.

— Já esqueci, mas eu queria dizer que também sinto muito. Sei que suas intenções são boas e você só tentou se meter porque se importa. Bem, e como foi hoje com Arthur?

Shakeel ajeitou a câmera, escondendo a cama desarrumada. Teddy ainda não havia tido a oportunidade de visitar seu novo apartamento. Shakeel tinha explicado que era extremamente pequeno, mas a localização fez com que fosse irrecusável. Ele só precisava caminhar cinco minutos até o trabalho e estava cercado por bares e cafés.

— Sinceramente? Foi melhor do que eu esperava — afirmou Teddy. — Foi um pouco estranho estar lá com ele e minha avó no início, mas depois de um tempo foi como se nada tivesse mudado.

— Ele disse por que decidiu se assumir agora?

— Não, só disse que estava ficando velho e sabia que precisava aproveitar a oportunidade.

— Eu ainda não consigo entender. Eu nunca poderia ter esperado tanto.

— Só porque você estava desesperado para me superar nesse quesito — disse Teddy, brincando. — Falando nisso, tenho boas notícias para você.

— Ah, é? — Shakeel disse, se ajeitando na cadeira e quase saindo do alcance da câmera.

— Eu contei para o meu avô que sou gay.

Os segundos entre Shakeel ouvir as palavras e processar o que significavam pareceram durar uma eternidade. Teddy começou a gargalhar quando viu a expressão confusa de seu melhor amigo se transformar em um sorriso radiante.

— Minha nossa! Isso é incrível, Teddy! Estou tão orgulhoso de você. Me conte tudo.

— Não foi nada planejado. Estávamos conversando e de repente eu falei.

— O que ele disse?

— Meu avô agiu como sempre. — Teddy riu, sentindo uma vertigem tomar conta dele ao se lembrar de como havia se sentido bem. — Ele levou numa boa. E não fazia ideia também, então nós dois estávamos na mesma, eu acho.

— Isso quer dizer que você vai contar para o resto da família?

— Ainda não. Não dá para fazer isso enquanto minha mãe ainda não está falando com ele. Ouça, Shak, estou ouvindo alguém me chamando, é melhor eu descer. Conversamos amanhã?

— Sem problemas. Me mande uma mensagem se você se assumir para mais alguém.

Teddy sorriu e acenou para a câmera antes de fechar o laptop.

Depois que desceu, Teddy se sentou ao lado de Eleanor, de frente para sua mãe e sua irmã mais nova. Elas já tinham enchido o prato com a comida chinesa que sua mãe havia trazido. Teddy não percebeu o quanto estava com fome até começar a empilhar a comida no prato.

— Que bom que você se juntou a nós, Edward. Eu não sabia se já tinha comido na cidade.

— Não, só fiz um lanche.

— Ótimo, é bom comermos juntos. Mal nos vimos durante a semana.

— Desculpe, o trabalho foi bem intenso.

Os olhos de sua mãe se iluminaram com a menção ao trabalho. Ele se arrependeu imediatamente de ter falado.

— O que está achando? Não é empolgante estar na redação?

— É, tem sido bom. Acho que estou aprendendo muito.

— Isso é excelente. Eu sabia que Dylan seria um ótimo mentor para você.

— Como sabia que eu estava trabalhando com Dylan? Na verdade, nem precisa responder, acho que não quero saber. — Ele deu uma mordida em um rolinhoprimavera.

— Não use esse tom comigo, Edward.

— Eu não estava usando tom nenhum. Só esqueci que você tem que supervisionar cada detalhe.

— Acho que tenho todo o direito de verificar como meu filho está se saindo, principalmente depois que me esforcei tanto para conseguir essa oportunidade para você.

— Você tem, mãe. Tem todo o direito. Mas pode me perguntar. Estou bem aqui e posso te contar tudo o que precisar saber.

— Não faça drama, Edward. Achei que poderia ser uma boa ideia falar com Dylan de vez em quando para garantir que tudo está indo bem. Você nem sempre é tão comunicativo quanto poderia ser, sabia?

— Eu teria contado se você perguntasse — Teddy podia sentir suas bochechas corando enquanto tentava ficar calmo. Era exatamente o tipo de coisa sobre a qual sempre acabavam discutindo. — E talvez eu conversasse mais sobre essas coisas com você se não presumisse automaticamente que sabe o que é melhor para mim. Não tenho mais doze anos.

Eleanor bateu forte com a mão na mesa, fazendo os dois saltarem.

— Já chega! — gritou, olhando feio para eles. — Podemos pelo menos ter um jantar em que fingimos ser mais ou menos normais?

— Desculpe, El, eu não quis...

— Não, Teddy, você nunca quer, mas sempre acaba do mesmo jeito. Conversem de uma vez no lugar de fazerem... seja lá o que isso for.

Eles comeram em silêncio por vários minutos depois da bronca de Eleanor. Teddy olhou na direção de sua mãe várias vezes. Ele odiava esses silêncios. Eles frequentemente aconteciam quando os filhos decepcionavam a mãe. Ela mantinha o olhar focado na comida que estava mexendo com desinteresse no prato e pouco depois pedia licença e saía da cozinha.

— Muito bem, Edward — disse Evangelina quando a porta da cozinha se fechou.

— Não comece — disse Eleanor. — Já tive dificuldade para tolerar Teddy e a mamãe sem você entrar para iniciar outra discussão.

— Você precisa dar um tempo para ela — interveio Evangelina. — Nós te demos tempo e espaço quando precisou, Teddy, mesmo quando seu comportamento magoava todas nós. Ela obviamente está tendo uma semana dura o bastante lidando com tudo o que está acontecendo. Tente dar a ela a chance de se concentrar em alguma coisa, mesmo que seja você.

— É mais fácil falar do que fazer.

— Você poderia ser menos cretino, Teddy.

Teddy não queria começar a discutir sobre isso com as irmãs. Elas tiveram as próprias dificuldades com a mãe, principalmente logo após a morte de seu pai, mas sempre tiveram empatia em relação à pressão que ela tinha colocado sobre ele em particular.

— Que isso não saia daqui, mas eu fui visitar o vovô e a vovó hoje — disse Teddy, aproveitando a oportunidade para mudar de assunto.

Eleanor e Evangelina se viraram para ele com os olhos arregalados de surpresa.

— Como foi?

— Foi ótimo. Eu só precisava ter certeza de que o vovô estava bem.

— E ele está?

— Acho que sim. Ele perguntou de vocês duas.

— E a vovó? — Eleanor perguntou.

— Fazendo pãezinhos. Tudo estava estranhamente normal. Acho que ela está aproveitando ao máximo o tempo antes de todo mundo ficar sabendo.

— Isso pode acontecer antes do que ela imagina — disse Evangelina. — Já recebi algumas mensagens hoje. As pessoas da cidade estão falando, e nem tudo é bom.

— Sério? O que estão falando?

— A maioria era sobre como ele pôde magoar a vovó e por que agora. Nós provavelmente diríamos a mesma coisa se isso estivesse acontecendo com outra família.

— Mas nós ainda não sabemos, não é?

— Sabemos o quê?

— Por que agora? As pessoas vão ficar perguntando como ele pôde fazer isso com a vovó e por que ela está tão calma. Eu não sei o que dizer, porque também não compreendo.

— Eu sei, mas não podemos nos concentrar nisso. Temos que aceitar que eles têm seus motivos e precisam de nosso apoio. Eles vão passar por tudo isso se souberem que nós e a mamãe estamos do lado deles.

— Ela vai mudar de ideia — disse Eleanor. — Pode demorar um pouco mais do que gostaríamos, mas vai. Ela o ama.

Eleanor sempre foi uma pessoa otimista. Ela sorriu enquanto empilhava os pratos vazios do jantar.

— Espero que você esteja certa — respondeu Teddy. — Não sei por quanto tempo mais podemos continuar assim.

Por alguma razão, Teddy começou a pensar em Ben enquanto escolhia a roupa para o trabalho na manhã seguinte. Ele ficou imaginando como teria sido seu encontro. Será que conseguiria descobrir sem ter que perguntar? A última coisa de que Teddy precisava era que Ben achasse que ele se importava com o que o colega estava fazendo. Ele abriu o Instagram e foi até a conta de Ben. Teddy passou os olhos pelos posts. Abriu um que mostrava Ben com o braço em volta de outro cara. A foto tinha sido postada quatro meses antes. Até mesmo ver ambos sorrindo irritava Teddy. Por que ele se importava? Fechou o laptop e o colocou sobre o armário ao lado de sua cama. Pensou no alerta de Shakeel a respeito de Ben na noite de sexta-feira. Ele precisava ser cuidadoso, principalmente no trabalho.

Dylan parecia estar gostando de encontrar novas formas de fazer Teddy e Ben competirem. Cada tarefa era transformada tão rapidamente em uma competição que Teddy quase suspeitou que sua mãe estivesse por trás de tudo. Era exatamente o tipo de coisa que ela faria. Até o mais simples serviço de casa feito por Teddy e suas irmãs era uma competição. Ela, é claro, era a única juíza, decidindo quem havia executado a tarefa de acordo com seus padrões. Teddy não conseguia deixar de ser competitivo — isso havia sido incutido nele desde muito novo. Sua mãe não acreditava em apenas participar ou, pior ainda, ficar em segundo lugar. Independentemente de quantos professores tivessem tocado no assunto, ele nunca foi capaz de manter isso sob controle. A competição estava em seu sangue.

Mas isso foi *antes*. Depois que seu pai morreu, nada disso parecia importar. Não havia competitividade suficiente que fosse capaz de trazer seu pai de volta. Ele parou de competir em casa e na escola. Teddy sabia que as tentativas de sua mãe de interagir com ele no que ela chamava de "jogos bobos" eram feitas com a melhor das intenções, mas ele simplesmente não tinha mais interesse.

Ou era o que pensava. Mas agora, com Dylan o encorajando, ele estava começando a sentir aquela vontade de vencer novamente. E o melhor é que ele estava finalmente competindo com alguém que queria mesmo superar.

— Certo, tenho uma tarefa para vocês dois — disse Dylan. — Quero seiscentas palavras de um assunto de sua escolha. Subam para o site até meio-dia e vamos ver qual artigo tem mais visualizações até o fim do dia.

— Não vai mandar mensagem para seus amigos clicarem na sua matéria — disse Ben quando Dylan voltou para a mesa.

— Está com medo de uma competição de verdade?

— Seria legal se houvesse uma competição em algum momento — respondeu Ben com uma gargalhada, deixando Teddy furioso.

CAPÍTULO 9
ARTHUR

O Café da Cora ficou em silêncio quando Arthur entrou. Dava para ouvir apenas a voz no rádio. Os salões de chá sempre foram um dos lugares preferidos de Arthur e Madeleine em Northbridge. Cora Woods, que tinha mais ou menos a idade de Elizabeth, era uma das poucas pessoas de fora que havia sido bem-sucedida ali. Normalmente, os moradores locais tinham o costume de frequentar os lugares gerenciados por alguém com conexões com a cidade ou um sobrenome que suscitasse lembranças de tempos passados. Depois de vender um carro para Cora e ouvir seus planos de abrir um café, Arthur havia insistido que demonstrassem seu apoio. E, quase quinze anos depois, a lojinha havia se expandido para o imóvel vizinho e estava mais movimentada do que nunca.

— Olá, Arthur.

Cora saiu detrás da geladeira com o rosto corado de tanto correr de um lado para o outro. Ela ignorou a mudança repentina no clima enquanto clientes ficavam inquietos nas cadeiras, esticando o pescoço para ver o homem que tinha acabado de entrar. Os batimentos cardíacos de Arthur aceleraram conforme ele se aproximava do balcão.

— Bom dia, Cora. Eu e Madeleine vamos querer o de sempre, por favor.

— É claro, meu amor. Sentem-se que eu já vou atender vocês.

Arthur encontrou uma mesa no fundo, o mais longe possível da entrada e da enorme janela que dava para a rua principal.

Vários clientes ainda o encaravam enquanto ele sentava e esperava Madeleine chegar. Arthur desejou que tivesse levado um jornal. Mesmo que não conseguisse se concentrar nas palavras, seria algo atrás do que se esconder.

— Lá está ela, é ela — ouviu Arthur de um cliente tentando sussurrar antes mesmo de a porta do café se abrir.

Ele observou as pessoas esticando o pescoço, seguindo Madeleine com o olhar conforme ela caminhava até a mesa.

— Está tudo bem? — perguntou ela, sentando-se e colocando a bolsa sobre uma cadeira vazia ao lado.

— O circo chegou à cidade e somos a atração principal — respondeu Arthur, fechando a cara.

— Alguém disse alguma coisa?

— Não, mas seria menos esquisito se dissessem.

Madeleine se virou e olhou para as mesas próximas. Várias pessoas ficaram inquietas nas cadeiras, desviando de seu olhar severo. Cora chegou com uma bandeja, interrompendo a troca silenciosa.

— Olá, Madeleine, que bom te ver — disse ela. — Um americano para você e um café com leite para Arthur. Vocês querem alguma coisa para comer?

— Não, obrigada, Cora. Isso está perfeito — disse Madeleine, tomando um gole da xícara fumegante.

— Só quero que vocês dois saibam que são sempre bem-vindos aqui. Se alguém chatear vocês, mandem falar comigo que eu resolvo. Não aceito essas atrocidades debaixo do meu teto.

— É muita gentileza sua, Cora. Ficamos muito felizes com isso — disse Arthur, sentindo o coração brilhar com tamanha ternura. Graças aos céus pelo menos ela ainda era amiga deles.

Cora tinha acabado de sair da mesa quando a porta do café abriu novamente. Madeleine resmungou quando viu quem estava à frente do grupo de três mulheres. Era tarde demais para evitar serem vistos. Harriet Parker já estava atravessando o salão na direção deles.

— Bom dia! — disse ela, se aproximando da mesa. — Madeleine, sentimos sua falta ontem na reunião de planejamento do festival de primavera. Espero não ficarmos muito tempo sem nossa presidente.

— Não se preocupe, Harriet, não vão ficar.

— Compreendemos totalmente se você precisar se afastar um pouco. Eu também não ia querer ficar alimentando a fofoca.

— Eu que estou alimentando a fofoca, Harriet?

— Você sabe que eu não sou de ficar falando, Madeleine, mas as pessoas estão comentando.

— Algo em particular que você gostaria de repetir?

— Só espero que você esteja bem e saiba o que está fazendo.

Arthur já havia escutado o bastante.

— O que Madeleine está fazendo, Harriet? Você está se referindo a ser vista comigo? — perguntou ele, percebendo a raiva crescente em seu tom de voz.

— Ah, Arthur. Você sabe como as pessoas falam. Elas estão apenas chocadas e preocupadas, só isso.

— Não há necessidade alguma para preocupação, obrigado. Sou gay, não um assassino em série.

A surpresa das pessoas da mesa ao lado deles quase fez Arthur sorrir. Harriet franziu os lábios.

— Não fique assim, Arthur. Nós nos conhecemos há um bom tempo. Eu não quis fazer escândalo. Como você, só estou cuidando de minha querida amiga.

— Se você é minha amiga, Harriet, vai parar de fazer o que está fazendo e nos dar um pouco de privacidade — disse Madeleine. — Só queríamos tomar um café em paz, não ficar aqui sentados como animais em um zoológico. Você deveria lembrar como é.

— Do que você está falando?

— Todo mundo se lembra da fofoca sobre Brian e a assistente dele alguns anos atrás, Harriet. Seria bom você lembrar como é ser a principal notícia nesta cidade miserável.

Harriet ficou sem ar, mas, antes que pudesse dizer qualquer coisa, Cora reapareceu.

— Está tudo bem aqui? — perguntou.

— Está tudo ótimo, obrigado, Cora. Harriet já estava de saída.

Harriet ergueu a sobrancelha esquerda e suspirou dramaticamente.

— Eu estava tentando ser uma boa vizinha. Acho que, afinal, não vamos ficar aqui esta manhã, Cora.

Eles observaram Harriet acompanhar seu grupinho para fora do café.

— Sinto muito, Cora — disse Arthur. — Tenho a sensação de que ela não vai ser a última.

— E quem precisa delas? Boas samaritanas intrometidas, todas elas. Todos sentiram falta de vocês na reunião. Não deixem pessoas assim afastarem vocês.

Madeleine esperou Cora os deixar sozinhos novamente e se inclinou sobre a mesa.

— Está preocupado com hoje à noite?

A voz dela estava séria.

— Não muito, tenho a sensação de que aquilo foi só um aquecimento. Só estou feliz porque você não vai estar lá para lidar com isso.

Madeleine estendeu o braço sobre a mesa e apertou a mão dele com cuidado.

Arthur devia comparecer à reunião da Fundação Northbridge, uma organização beneficente que seu pai havia cofundado havia quase 75 anos. O grupo arrecadava dinheiro durante o ano e o distribuía a várias organizações comunitárias da região. Seria a primeira reunião de Arthur desde que se assumiu — a primeira vez que veria alguns dos moradores locais com quem havia crescido. Ele temia esse encontro.

Os quinze membros do comitê se reuniam uma vez por mês para discutir novas ideias e aprovar solicitações de doações. Arthur já tinha sido presidente, mas o cargo agora era ocupado por Eric Brown, diretor-executivo de uma empresa de transportes que havia aberto quando Arthur tinha sete anos. Ele se lembra de seu pai conhecendo o pai de Eric. Os dois tinham sido bons amigos, o que fez com que Arthur e Eric fossem inseparáveis quando garotos. Ambos permaneceram amigos no decorrer dos anos, e Eric era padrinho de Patrick.

— Como acha que vai ser com Eric? — perguntou Madeleine pouco antes de ele sair de casa.

— Posso esperar qualquer coisa. Ele é extremamente conservador, mas nunca o ouvi dizer nada que me preocupasse.

Porém Arthur estava preocupado, mais preocupado do que queria transparecer para Madeleine. Eric era um bom amigo, mas nem sempre muito compreensivo.

Arthur estacionou em frente ao centro comunitário. O carro de Eric era o único parado lá. Estava vazio, então ele já devia estar lá dentro, organizando tudo. Arthur respirou fundo antes de entrar para ver se ele precisava de ajuda.

A porta principal estava trancada. Arthur tocou o interfone e esperou. A placa na parede, ao lado da entrada, chamou sua atenção.

CENTRO COMUNITÁRIO CHARLES EDWARDS
INAUGURADO OFICIALMENTE EM
17 DE JUNHO DE 1958

Arthur se lembra de ter comparecido ao evento com seus pais e irmãos. Ele nunca tinha visto seu pai tão orgulhoso quanto naquele dia, ao lado do prefeito, desvelando a placa. Arthur sabia que a doação que lhe garantira aquela honra tinha sido parte de uma estratégia mais ampla, mais calculada, que daria frutos vários anos depois, quando Charles se tornou prefeito. Era assim que seu pai sempre agia. Nada nunca era feito por acaso. Tudo era planejado com antecedência. Havia sido esse o motivo de Arthur e Madeleine terem decidido seguir com seu relacionamento.

— Arthur, eu não sabia se você conseguiria vir.

A voz rouca de Eric o assustou.

— Desculpe, sei que cheguei alguns minutos antes, pensei em ver se você precisava de ajuda para organizar tudo.

— Ah, bem, é... duvido que tenhamos muita gente aqui hoje. Eu reagendei muito em cima da hora.

— Estamos aqui, podemos ver quem mais vem e fazer o que for possível.

Arthur acompanhou Eric até o salão. A mesa grande tinha sido puxada para o centro do cômodo, com duas pilhas de velhas cadeiras de plástico esperando para serem organizadas ao redor.

— Antes que alguém chegue, achei que poderíamos conversar — disse Arthur, enquanto Eric pegava duas cadeiras para eles. — Presumo que tenha ouvido algumas coisas nos últimos dias — acrescentou. Suas mãos suadas estavam trêmulas.

Eric confirmou com a cabeça.

— Sinto muito por não ter conseguido conversar com você antes que soubesse por outras pessoas.

— Não posso negar, Arthur, ouvir notícias como aquela em forma de fofoca não era o que eu esperava. Achei que tivesse mais consideração comigo.

— Desculpe, espero que saiba que nunca quis que fosse assim. As coisas aconteceram rápido e eu tive que lidar com minha família primeiro.

— Como está Madeleine?

— Ela tem sido incrível. Sei que algumas pessoas prefeririam me ver fugir da cidade, mas você sabe como ela é.

Eric estava inquieto, parecendo desconfortável.

— Então por que você se casou com ela? Por que fez ela passar por tudo isso?

— Não foi tão simples assim, Eric. Você sabe como era naquela época, como era meu pai.

— Você poderia ter qualquer uma. Todas aquelas garotas, você sabia que podia escolher, mas foi atrás dela.

— Não é verdade e você sabe disso. Não acredito que ainda estamos tendo essa discussão.

— Eu fiquei ao seu lado e te apoiei quando você sabia que estava partindo meu coração.

Arthur não esperava que Eric desenterrasse aquela história de novo logo após sua novidade. Sim, Eric tinha sido apaixonado por Madeleine nos velhos tempos — mas isso foi há mais de cinquenta anos. Ele não podia ainda estar amargurado por causa disso. A amizade dos dois tinha resistido àquele teste.

— Eric, você estava lá. Sabe que fizemos o que tivemos que fazer. Meu pai...

— Seu pai isso, seu pai aquilo. Você tinha voz, Arthur. Você o deixou te empurrar para uma vida que agora quer chamar de mentira.

— Não é justo. Madeleine e eu fizemos nossa escolha. Você jamais conseguiria entender.

— Talvez eu não queira, Arthur. Estou constrangido de chamar você de amigo.

O estômago de Arthur revirou como se tivesse acabado de tomar um soco.

O som de vozes ecoou pelo salão e a porta se abriu, revelando um grupo de pessoas chegando para a reunião. Eric se levantou da cadeira e caminhou na direção deles.

Todos ignoraram o fato de que Arthur estava sentado a poucos metros de distância.

A cadeira ao lado dele permaneceu vazia após todos se sentarem. Arthur teve que combater o ímpeto de se levantar e sair. O grupo ficou em silêncio quando Eric levantou a mão para chamar a atenção de todos.

— Antes de darmos início a esta noite, Arthur me disse que vai se afastar do comitê por uns tempos.

Arthur sentiu o rosto queimar quando cabeças se viraram em sua direção. Ele ficou ali sentado, paralisado.

— Enquanto sua vida pessoal está confusa, ele não quer se tornar uma distração e atrapalhar o importante trabalho que fazemos aqui.

— O que... o que você está fazendo? — Arthur mal conseguiu dizer as palavras.

— É o melhor a se fazer, Arthur. Você sabe o que vai parecer. — Eric não estava nem olhando para ele.

— É uma grande bobagem e você sabe disso.

Eric finalmente se virou para encarar Arthur, que ficou chocado pela raiva nos olhos de seu amigo.

— Você deveria ir embora agora, ou vamos colocar sua afiliação em votação para ver se você permanece ou não no comitê de uma vez por todas.

Arthur se levantou e olhou ao redor da mesa, para o rosto das pessoas que considerava seus amigos. Nenhum deles conseguia olhar diretamente em seus olhos.

— Eu vou — disse ele. — Mas espero que vocês façam uma boa autocrítica. Vocês são livres para me julgar pelas decisões que tomei, mas não venham me julgar por quem eu sou. E se fosse um filho, filha ou neto de vocês? Vocês os expulsariam de uma reunião? Vocês os expulsariam de casa? Northbridge é *meu* lar. Deveria ser um lugar seguro e feliz. Todos nós sabemos que esta cidade só tem sido assim para as pessoas certas, pessoas com dinheiro ou com o sobrenome certo. Eu levei uma vida privilegiada, mas antes de morrer vou garantir que esta cidade ajude mais do que apenas as pessoas que estão sentadas ao redor desta mesa.

Sem esperar resposta, Arthur virou as costas e saiu do salão. Quando chegou ao carro, estava ofegante. Não era assim que ele esperava que a noite terminasse. Seu sangue estava fervendo. Como tinha deixado Eric falar com ele daquele jeito e o dispensar da reunião? E ninguém o havia defendido. Todos deviam pensar como Eric.

Ele ainda não podia ir para casa. Isso significaria dizer a Madeleine o que havia acontecido, e ela não precisava saber disso. Pelo menos não ainda.

Uma batida repentina na janela do lado do passageiro fez Arthur saltar. O rosto de Patrick o encarava. Ele destrancou a porta, permitindo que Patrick a abrisse e se sentasse no banco da frente.

— Como sabia que eu estaria aqui? — perguntou.

— A mamãe falou. Fui até lá e ela disse que você tinha vindo para a reunião.

— Eu nem deveria ter me dado ao trabalho de vir.

— O que aconteceu? Você não entrou?

— Acho que seria melhor não ter entrado. Eric me expulsou do comitê. Nenhum dos outros tentou impedi-lo. Eles só ficaram ali sentados, assustados demais para fazer contato visual.

— Sei que ele é um velho amigo seu, mas nunca gostei daquele cara — disse Patrick por entre dentes cerrados. — E o filho dele não é muito melhor. Aqueles lá só pensam em si mesmos, aqueles cretinos. Você está bem?

— Estou bem, filho, não se preocupe. Sabia que as pessoas mais próximas a mim ficariam magoadas. Só é difícil se preparar para a sensação de ver essa mágoa se transformar em uma raiva tão visceral.

— Sinto muito por ter contribuído com isso não estando ao seu lado desde que nos contou — disse Patrick, com doçura.

— Você não me deve desculpas. Não pediu nada disso.

— Não importa. No momento em que você e a mamãe precisavam de mais apoio, eu me coloquei em primeiro lugar e deixei vocês dois lidarem sozinhos com esse tipo de gente e suas fofocas.

Arthur estendeu o braço e pegou na mão do filho.

— Você está aqui agora. É a coisa mais importante para mim. Tive um pai que esperava que os filhos se esquecessem da própria vida e vivessem por suas regras. E sua mãe também teve. Não quero jamais fazer você se sentir assim. Não importa se você está feliz, triste ou zangado, eu ainda vou ser seu pai e sempre estarei ao seu lado.

— Estou feliz contanto que você e a mamãe estejam felizes — respondeu Patrick, secando os olhos na manga da jaqueta. — Vocês ficaram comigo durante meus momentos ruins e você ainda confiou em mim para cuidar da empresa que criou.

— Eu não poderia estar mais orgulhoso do homem que você é, Patrick. Você e Elizabeth fazem tudo na vida desse velho bobo valer a pena.

— Então você está feliz, pai? Contar para nós ajuda?

— É impossível explicar, mas ajuda sim. Não estou mais me escondendo. Sou apenas eu mesmo e posso ser eu mesmo pelo tempo que me resta.

— Você tem muitos anos à frente. Vai viver mais do que nós todos, você vai ver.

Arthur ficou olhando pela janela. Sua boca estava seca.

— E quanto a sair com pessoas e conhecer alguém? — perguntou Patrick. — Você pensa nisso?

Arthur hesitou. Ele não podia negar que havia considerado. Sabia que as pessoas presumiriam que sua decisão de se assumir deveria estar relacionada ao desejo de estar com outra pessoa, mas essa não era sua prioridade.

— Acho que isso não vai acontecer tão cedo.

— Bem, você tem o meu apoio quando acontecer. Saia e viva sua vida, pai. Você merece isso. Não deixe de fazer nada pela forma como outros podem reagir. Não foi isso que sempre nos ensinou?

— Não sei se sua irmã pensa como você.

— Não se preocupe com a Lizzie, pai. Ela só precisa processar tudo isso do jeito dela. Bem, é melhor eu ir e te deixar ir para casa.

Patrick abriu os braços e se inclinou na direção de Arthur, que envolveu o filho com os dois braços.

— Certo — disse Patrick, afastando-se depois de um longo momento. — Agora eu vou indo. Scarlett deve estar se perguntando onde eu estou. Te amo, pai.

Patrick saiu do carro e acenou antes de voltar a seu veículo.

Arthur foi sorrindo durante todo o caminho para casa. Era um progresso. Se Patrick podia perdoá-lo, valia a pena se apegar à esperança de que Elizabeth fizesse o mesmo.

CAPÍTULO 10
TEDDY

Um tanto quanto relutante, Teddy combinou de encontrar Ben em frente ao Hotel Riverside às 9h. Dylan só havia dito no fim do dia anterior que ambos entrevistariam a estrela de reality show Neena Anderson.

— Vocês vão fazer a entrevista juntos, então precisam colocar a cabeça para funcionar juntos e conversar sobre as perguntas — explicou Dylan. — Quero oitocentas palavras. E, desta vez, a melhor matéria vai sair no jornal. Pelo menos eu acho que vai, preciso verificar isso.

Teddy tinha ficado ligeiramente surpreso com a empolgação frívola de Ben em relação à tarefa quando saíram da redação.

— Eu amei ela em *The Dating Game*. Na verdade, ela teve uns meses bem difíceis após o término do programa, mas não tenho certeza se deveríamos nos concentrar nisso.

— É, acho que não é bom começar por aí — falou Teddy, suspirando.

Ele não queria admitir para Ben, mas não fazia ideia de quem era Neena Anderson até pesquisar o nome dela na internet. Assim que fez isso, alertou Shakeel e Lexie sobre a novidade no grupo de mensagens que tinham. Como eram viciados em realities, ambos ficaram bem empolgados e não perderam tempo para ajudar Teddy a pensar em perguntas sobre alguns dos momentos mais memoráveis de Neena.

— Pergunte sobre a prisão dela — sugeriu Lexie na chamada de vídeo que fizeram mais tarde. — Foi notícia de primeira página!

— Ah, sim, tenho certeza de que os assessores dela vão amar, Lex.

Teddy estava acostumado a ouvir sua mãe reclamar sobre entrevistas com celebridades e assessores "abelhudos" que cortavam perguntas de que não gostavam. Ele não queria irritar nem a celebridade e nem o assessor em sua primeira entrevista da vida.

Ele olhou para o hotel. Era um típico hotel boutique da cidade, frequentemente repleto de homens e mulheres em trajes de negócios, indo para reuniões importantes. Ele odiava esses lugares e as pessoas metidas que desprezavam os que julgavam não pertencer àqueles lugares. Enquanto esperavam do lado de fora, ele olhou seu reflexo na porta de vidro. Meio a contragosto, estava usando uma gravata pela primeira vez em muitos anos, finalmente decidindo colocá-la apenas quando saiu do trem.

No reflexo, avistou Ben chegando atrás dele. Ele vestia uma camisa azul-marinho justa no corpo.

— Algum problema? — perguntou Teddy ao ver Ben passando os olhos por ele.

— Nenhum. É que eu não sabia que era ocasião para gravata. Só isso.

Teddy resmungou.

— Tenho certeza de que Neena vai apreciar o esforço — disse Ben com um sorriso.

— Nunca se sabe. Talvez você possa conquistá-la com sua personalidade fascinante.

Ben pousou as duas mãos sobre o peito num gesto exagerado.

— Você tem tanto jeito com as palavras, sabia? Deveria escolher uma carreira para usar isso.

— Alguém acordou de bom humor hoje — disse Teddy enquanto um homem cujo rosto ele reconhecia vagamente pela sua pesquisa passava por eles. — Esse não é Joey, o namorado de Neena?

Ben virou o pescoço e fez que sim com a cabeça.

— Você quis dizer *ex-namorado*, mas, sim, é ele. Por que será que ele está por aqui?

— Ah, certo, é. Talvez eles tenham voltado — disse Teddy.

Ele tinha certeza de que Lexie dissera que eles tinham sido fotografados juntos no fim de semana. Ele precisava verificar de novo antes que entrassem. A editoria de entretenimento adoraria ter uma exclusiva sobre a volta dos dois. Ele já podia imaginar Ben vendo ele dar a notícia a Dylan.

— Vamos logo, é melhor a gente entrar — disse Ben. — Stuart, o assessor dela, vai encontrar a gente na recepção.

Stuart, que mal tirava os olhos do celular, chegou dez minutos atrasado para encontrá-los, mas logo já estavam sentados a uma mesa retangular no restaurante, esperando Neena chegar.

— Vocês são a primeira entrevista do dia — disse Stuart em tom profissional. — Então vamos manter um tom agradável e leve. Ela está aqui para promover sua linha de maquiagem, mas é claro que vocês podem falar sobre o programa e seus outros projetos. Nada de bobagens, por favor. Ela não vai falar sobre Joey, nem sobre o relacionamento dos dois, então nem percam tempo com isso.

Após dar seu alerta, Stuart desapareceu no saguão para encontrar sua cliente, que de algum modo tinha se perdido no caminho do quarto até lá.

Teddy passou os olhos pelas perguntas que havia anotado em seu bloco. Não sabia ao certo o que Ben pretendia perguntar, mas ele havia incluído várias perguntas potencialmente mais difíceis para considerar mais para o fim da entrevista. Se quisesse se destacar, ele sabia que teria que arriscar e não ter medo de perguntar algo que pudesse render uma matéria. O rosto orgulhoso de sua mãe passou diante de seus olhos quando ele leu a última pergunta. Desvencilhando-se daquela imagem, ele ergueu a cabeça bem a tempo de ver Stuart voltando para o restaurante vazio com Neena ao lado. Ela estava vestida de maneira casual, com uma calça jeans e uma blusa com decote ombro a ombro. Teddy ficou impressionado ao ver como ela era bonita pessoalmente.

— Neena, estes são Teddy e Ben do *Post* — disse Stuart quando ela se sentou na frente deles.

— Oi, pessoal, é um prazer conhecer vocês dois. Foi algum de vocês que escreveu aquela matéria sobre mim e Joey outro dia?

A voz dela era suave e doce, mas seus olhos azuis e penetrantes se estreitaram enquanto ela observava a reação imediata deles.

Teddy e Ben fizeram que não com a cabeça. Pela expressão de Ben, Teddy soube que não era só ele que não fazia ideia de que matéria ela estava falando.

— Não fomos nós, mas não se preocupe, vamos nos concentrar na linha de maquiagem hoje — disse Teddy rapidamente, esperando que ela já não estivesse cortando a conversa com eles.

— É claro — respondeu ela, parecendo bem mais animada. — Bem, então vamos lá. Já estou pronta para falar!

Teddy olhava para o relógio com regularidade, determinado a garantir que eles cobrissem todas as perguntas no tempo estabelecido. Eles tinham cinco minutos sobrando quando ele passou a palavra de volta a Ben, que falava sobre as pessoas com quem Neena havia mantido contato após o fim de *The Dating Game*.

— Se você voltou com o Joey, isso quer dizer que o perdoou por ter te traído?

Teddy levantou os olhos a tempo de ver o sorriso no rosto de Neena desaparecer. Ele havia presumido que Ben não arriscaria perguntar sobre o relacionamento dos dois após o alerta do assessor.

— Como é? — disse ela, sem rodeios. — Quem disse que voltamos?

— Não, eu não quis...

— Só porque seu jornal publicou umas fotos, não significa que você sabe tudo o que está acontecendo na minha vida. Como ousa sentar aí e simplesmente presumir coisas?

Ben estava de queixo caído e com os olhos arregalados de pânico. Ele claramente não havia previsto tamanha mudança de clima. Vê-lo lutar para encontrar as palavras para se explicar quase fez Teddy sentir pena dele. Seria tentador deixá-lo se virar, mas ele se deu conta de que os olhos de Ben estavam cheios de lágrimas. Alarmado com a rapidez com que a situação desconfortável evoluiu, ele pigarreou.

— Neena — interveio Teddy. — Desculpe, não pretendíamos tirar conclusões precipitadas, só sabemos o que seus fãs estão se perguntando e, é claro, eles se preocupam muito com você. Eles só querem garantir que esteja fazendo o que é melhor para você.

— Bem, eu estou. Não perdoei Joey. Ele sabe que está ferrado. Ainda vai ter que se humilhar muito antes de eu considerar perdoá-lo. Mas isso não quer dizer que não podemos ser amigos, e é só isso que somos no momento.

Os últimos minutos da conversa foram um tanto quanto tensos, apesar de Teddy ter desistido de fazer as perguntas que havia planejado e optado por outras mais fáceis, sobre os produtos que ela estava promovendo. Para seu alívio, Neena estava sorrindo de novo quando eles pegaram os gravadores na mesa e se despediram.

— Desculpe por aquilo, eu não quis ofender — disse Ben a Stuart enquanto saíam.

— Boa sorte para quem mais tentar fazer isso hoje — respondeu Stuart, rindo e sem parar de digitar no celular. — Ela não costuma ser tão boazinha.

— Eu te devo uma — disse Ben quando se afastaram de Stuart. — Eu sabia que o tempo estava acabando e realmente achei que valeria a pena arriscar.

Teddy assentiu. Depois da tentativa equivocada de Ben, eles não tinham conseguido tirar nada empolgante de Neena. Por pior que se sentisse a esse respeito, se Dylan quisesse saber por que eles não tinham um conteúdo melhor, ele não teria problema em dizer exatamente de quem era a culpa.

— Conseguimos umas coisas boas lá, né? — perguntou Ben.

Teddy sabia que ele estava tentando parecer o mais esperançoso possível sobre as matérias que conseguiriam escrever com a entrevista. Sem muita certeza disso, Teddy passou a maior parte do caminho pensando em que citações de Neena poderia usar como manchete e o que poderia tirar delas.

Fazia apenas quinze minutos que eles tinham voltado para suas mesas quando Ben, parecendo abalado, deu um tapinha no ombro de Teddy e pediu para ele o acompanhar até a cozinha. Seus olhos estavam arregalados de preocupação quando parou na frente de Teddy, esperando até ficarem sozinhos para falar.

— Fiz besteira. Não tenho áudio nenhum. — A voz dele estava cheia de pânico.

— O quê? Seu gravador estava ligado, eu vi a luz.

— Não sei o que aconteceu. Só gravou um monte de barulho. Não tenho nada!

O mesmo rosto impotente que olhava para Neena pela manhã estava agora diante dele. Teddy não tinha notado como os olhos de Ben eram escuros até ficar ali, olhando diretamente para eles. Foi naquele momento que ele compreendeu por completo o quanto aquilo realmente significava para Ben, que agora temia que seus dois erros consecutivos pudessem lhe custar a oportunidade que tanto valorizava.

— Teddy, estou muito ferrado. O que eu vou dizer para o Dylan?
— Calma. O meu gravador está funcionando normalmente. Vou te mandar o arquivo.
— Está falando sério? Você... você faria mesmo isso por mim?
— Você teria exatamente o mesmo áudio que eu, não estou fazendo nada demais.
— Não sei o que dizer. Você poderia mandar eu parar de te perturbar e eu provavelmente seria mandado embora.

Antes de Teddy ter a chance de reagir, Ben jogou os dois braços ao redor dele e o abraçou. Ele não podia acreditar no que estava acontecendo enquanto permanecia ali, com os braços soltos ao lado do corpo. Não era para isso estar acontecendo. Ele se distraiu de seu desconforto pelo forte aroma floral da loção pós-barba de Ben. Por alguns segundos, pôde fechar os olhos e imaginar que eles estavam sozinhos em um vasto campo repleto de flores de todas as cores. Ben se afastou meio sem jeito, surpreso pelas próprias ações. Sem dizer nada, saiu da cozinha às pressas, deixando Teddy sozinho, confuso com o momento que tinham acabado de compartilhar.

Depois que as matérias foram escritas e enviadas para Dylan, os dois ficaram aguardando o feedback ansiosamente. Observaram em silêncio enquanto ele lia os textos, rabiscando anotações ilegíveis nas páginas à sua frente.

— Antes de começarmos — disse Dylan, arrastando a cadeira de rodinhas para ficar entre os dois. — Conversei com Stuart agora há pouco para saber o que ele achou também.

Teddy ouviu Ben gemer. Nenhum dos dois havia imaginado receber feedback de Stuart.

— Ele elogiou vocês dois. Vocês chegaram na hora marcada, praticamente se ativeram aos tópicos apropriados e, quando saíram dos tópicos, agiram rapidamente para corrigir a situação e manter a entrevistada feliz e envolvida.

— Sério? Que ótimo, achei que podíamos... bem, não sabia que tinha ido tão bem.

— Ah, não se preocupe. Quando você irritar um assessor, vai ficar sabendo — disse Dylan, com um sorrisinho. — Ele destacou você, Teddy. Disse que ficou muito impressionado com a rapidez com que você reagiu e virou o jogo em uma pergunta que ela não poderia responder de maneira positiva.

— É verdade — disse Ben, pegando Teddy de surpresa. — Você salvou minha pele e Stuart sabe disso.

— Não vá se acostumar, Ben — disse Dylan. — Mas sempre haverá dias como hoje. Espere até um político ligar para o seu celular para te chamar de... bem, vou deixar vocês imaginarem do quê.

Dylan havia destacado várias coisas que eles poderiam ter feito diferente em ambas as matérias. Teddy podia ver muitos rabiscos de caneta vermelha nos dois textos.

— Os dois fizeram boas coisas aqui — concluiu ele. — Ficou praticamente empatado, então acho que no fim das contas seria melhor vocês combinarem os dois textos em uma matéria só. Conseguem trabalhar juntos para fazer isso?

— Então nós dois assinaríamos uma matéria no jornal de verdade? — perguntou Ben, parecendo não acreditar no resultado. — Se ela for mesmo sair, é claro.

— Não vai sair se vocês não entregarem até as quatro horas — alertou Dylan, deslizando a cadeira de volta para sua mesa.

— Não posso acreditar — disse Ben. — Mas eu não mereço nem um pouco.

— É claro que merece. Você ouviu Dylan, está claro que escreveu um bom texto.

— Eu nem gravei a entrevista!

— Isso poderia ter acontecido com qualquer um de nós. Agora que já sabe, da próxima vez vai verificar duas vezes.

— Uma matéria de verdade no jornal, não posso acreditar! — repetiu Ben. Ele parecia eufórico.

Teddy sorriu diante da empolgação de Ben. De repente, foi forçado a refletir sobre como não tinha dado o devido valor à oportunidade no *Post*, não compreendendo o quanto significaria para ele ver seu nome impresso. Anos lendo as matérias de sua mãe e vendo seu nome fizeram com que ele considerasse aquilo praticamente normal. Não importava se apareceria ao lado do nome de Ben. Na verdade, ver o quanto aquilo significava para Ben tornava a experiência ainda mais grandiosa.

— Desculpe pelo abraço mais cedo — disse Ben timidamente pouco depois. — Não sei por que fiz aquilo. Estou um pouco constrangido, para ser sincero.

— Não precisa ficar — lhe garantiu Teddy.

Ele não conseguiu deixar de pensar no momento em que Ben jogou os dois braços ao redor de seu corpo, no perfume da loção pós-barba. Tinha sido bom sentir aquela proximidade com alguém.

— Olha, eu vou encontrar meus amigos Shakeel e Lexie depois do trabalho. Você vai comigo comemorar. Não vou aceitar não como resposta.

Ele não sabia o que o havia motivado a dizer aquilo, mas as palavras saíram de sua boca antes que tivesse a chance de se convencer do contrário.

Lexie estava praticamente sorrindo de orelha a orelha ao se apresentar para Ben. Ela não desperdiçou um segundo da curta caminhada até o bar e o encheu de perguntas sobre como era trabalhar com Teddy. Ben abriu um sorriso largo quando explicou que tanto ele quanto Teddy teriam uma matéria publicada na versão impressa do jornal.

— Não acredito que você mandou para ele — disse Shakeel enquanto Ben e Lexie caminhavam na frente.

— O quê?

Teddy ficou surpreso com o tom de voz de Shakeel.

— O áudio. Você teve a chance perfeita de sair na frente quando ele cometeu um erro. Você é bonzinho demais, cara.

— Eu não poderia fazer isso, Shak. E ele sabia que eu tinha exatamente o mesmo áudio.

— Apenas se pergunte: você acha que ele teria feito o mesmo por você? Acho que nós dois sabemos a resposta.

Naquele momento, Ben se virou e sorriu para ele.

Teddy sentiu uma agitação momentânea no estômago, mas tentou ignorá-la. As palavras de Shakeel ecoavam em seus ouvidos.

— Adorei essa garota! — disse ele, apontando para Lexie, que ainda não tinha parado de falar.

Lexie ficou bem feliz em continuar o interrogatório com Ben depois que eles pediram as bebidas e se sentaram. Teddy percebeu que Shakeel estava fazendo o possível para contribuir, rindo e acenando com a cabeça durante a conversa. De vez em quando, ele trocava olhares com Shak e abria um sorrisinho. Lexie e Shakeel só ficaram para duas bebidas e logo disseram que tinham que ir. Teddy sentiu que eles haviam conspirado para deixá-lo sozinho com Ben. Shakeel olhou para trás por um breve instante quando estavam saindo e Teddy teve certeza de que ele estava prestes a parar e voltar para a mesa.

— Está se sentindo um pouco mais relaxado depois de hoje? — perguntou Teddy enquanto Ben trocava de cadeira para se sentar ao lado dele.

— Estou bem melhor, graças a você. Sei que começamos com o pé esquerdo com todo aquele lance de competição, mas só quero que você saiba que sou muito grato pelo que fez por mim hoje.

Teddy sentiu o formigamento no estômago mais uma vez quando os cantos da boca de Ben se elevaram, enfatizando as profundas covinhas em suas bochechas. O que estava acontecendo? Essa era a última coisa que ele esperava — ou queria. Ele sacudiu a cabeça. Não precisava de uma distração que o impedisse de se concentrar em seu trabalho. E se Shakeel estivesse certo? Será que Ben teria feito o mesmo por ele hoje? Afinal, Teddy era a única coisa entre ele e o emprego que desejava tão desesperadamente.

— Imagino que você não tenha se assumido para sua família — disse Ben, chegando tão perto que Teddy pôde sentir a respiração dele em seu pescoço.

Teddy sentiu um aperto no peito.

— Hum, não. Como... Como você sabia?

— Foi só um palpite. Você me lembra de como eu era antes de me assumir. Suspeitei que você fosse gay também, mas o fato de nunca mencionar ou deixar transparecer ajudou. Tem medo de alguém descobrir e a notícia chegar à sua mãe?

— É mais ou menos isso. Não posso correr esse risco. Ainda não.

Ben escutou com atenção quando Teddy explicou seu relacionamento com a mãe e por que ainda hesitava em se assumir. Teddy sabia que estava chegando o dia em que teria que lidar com a situação. Não podia adiar isso para sempre.

— Não tem sido fácil conviver comigo desde que meu pai morreu, sei disso — disse Teddy, brincando com o descanso de copo sobre a mesa. — Descontei muito da minha raiva do mundo em minha mãe, principalmente quando ela começou a namorar o sócio do meu pai, Ralph. Parecia que todo mundo estava seguindo em frente e eu não sabia como fazer isso. Recentemente, outra pessoa da família se assumiu e ela não lidou muito bem, então não estou com pressa de passar por isso.

Teddy considerou por um momento contar a Ben sobre seu avô, mas sentiu que era cedo demais para compartilhar algo tão pessoal com ele.

— Bom, não tinha muita coisa acontecendo na minha vida quando minha mãe me contou sobre essa oportunidade, então concordei, para manter a paz.

— Você não foi para a universidade, então?

— Não. Eu não quis sair de Northbridge depois que meu pai morreu.

— Faz sentido — disse Ben. — Você queria apoiar sua família. Tenho certeza de que gostaram disso.

Teddy revirou os olhos.

— Talvez alguns anos atrás. Até eu dizer sim para esse trabalho só ficava em casa, vendo todo mundo seguir com a própria vida. Desculpe, bebi um pouco e já estou tagarelando tudo isso para você.

— Tudo bem, cara. É bom conhecer quem você é de verdade — disse Ben. — Você é muito mais do que seu sobrenome ou o filho de uma jornalista. Você nitidamente escreve muito bem e é uma boa pessoa, então pare de se colocar para baixo.

— Para com isso. Deixe de ser tão legal ou vou pensar que você está só me bajulando para conseguir alguma coisa.

Ben deu um sorrisinho para ele antes de tomar mais um gole da bebida.

Eles saíram do bar um pouco depois. Teddy ajeitou o cachecol no pescoço enquanto caminhavam no vento forte de outono. Ele viu Ben enfiar as duas mãos nos bolsos do casaco para protegê-las do frio. Havia alguma coisa nesse cara. É claro, ele era seu rival, Teddy pensou consigo mesmo, mas eles também tinham muito em comum. No entanto, não podiam ser mais do que colegas, certo? Mas, mesmo enquanto pensava isso, sentiu um frio na barriga de novo. Droga. Não era mesmo para isso acontecer.

CAPÍTULO 11
ARTHUR

— Por que estamos nos livrando de todas essas coisas agora, vô?
— Não há momento melhor do que o presente — disse Arthur, ofegante, ao finalmente chegar no alto da estreita escada e entrar no grande sótão.

Teddy tinha ido direto para a casa dos avós logo após chegar do trabalho. Arthur não perdeu tempo e já começou a mexer nas caixas de papelão, examinando com cuidado vários objetos, a maioria dos quais já nem reconhecia.

— Sua avó saberia o que fazer com tudo isso muito melhor do que eu — ele resmungou. — Não faço ideia do motivo de termos guardado metade dessas coisas, mas cá estamos.

Madeleine chamou lá de baixo para o almoço pouco depois, ansiosa para saber o que eles haviam descoberto. Ela ficou particularmente intrigada com um vaso alto e estreito que Teddy descreveu, convencida de que era um que havia pertencido à sua falecida mãe.

Arthur também a encantou tirando um broche de ouro do bolso.

— Arthur! — exclamou Madeleine com os olhos se enchendo imediatamente de lágrimas. — Onde encontrou isso?

— No fundo de uma caixa enorme. Estava jogado ali. Vi um certo brilho com o canto do olho, comecei a vasculhar e lá estava ele, lindo como da primeira vez em que o vi.

— O que é isso? — Teddy perguntou.

— Anos atrás, seu avô, sendo romântico como é, me levou a uma venda de garagem. Fiquei furiosa por ele me arrastar para ver toda aquela porcaria. Então avistei isso. Ambos sabíamos que valia mais do que o preço anunciado, mas este aqui não resistiu em pechinchar com o casal de vendedores.

Ela olhou para Arthur com brilho nos olhos.

— Assim que pus os olhos nele, soube que era especial — disse Arthur com orgulho. — Olhe só para ele, ouro dezoito quilates, o William da joalheria me disse.

— Tinha me esquecido do quanto você gostava de vendas de garagem, vô — afirmou Teddy.

Ele se lembrava de ter ido a várias com seu pai quando era mais novo. Normalmente estavam vendendo algo, mas Teddy gostava de dar uma volta por lá e ver as coisas de que as outras pessoas estavam se desfazendo.

— Faz anos que não vou a uma. Nem sei mais se ainda existe aquela no estacionamento grande perto do hospital.

— Ah! Isso me lembra de que me ligaram para falar de sua próxima consulta de rotina. O dr. Thomas volta de férias na semana que vem — disse Madeleine.

— Que ótimo, vou ligar de volta para confirmar. Quero mesmo dar uma palavrinha com ele — respondeu Arthur antes de voltar sua atenção novamente para Teddy. — Poderia ver sobre a venda de garagem para mim, por favor, Teddy?

— É claro. Você quer ver se ainda tem olho bom para uma pechincha?

— Melhor ainda, acho que nós podemos ganhar uns trocados.

A ideia de poder descarregar algumas das descobertas do sótão deu a Arthur uma nova energia enquanto ele revirava as caixas lotadas naquela tarde. Agora o objetivo deles era separar os itens que valiam a pena vender em uma pilha para Madeleine dar seu aval. Teddy estava mexendo em uma caixa de roupas antigas. Uma jaqueta de couro surrada chamou sua atenção.

— Era sua? — perguntou ele ao avô, levantando-a.

Arthur quase perdeu o fôlego.

— Pelo amor de Deus, não acredito que essa coisa estava aqui em cima o tempo todo. Ela me lembra dos velhos tempos.
— É uma jaqueta muito legal, vô.
— Lembro que comprei com meu primeiro salário. Eu me achava o máximo com isso.

Arthur sorriu com ternura.

— Só faltava a moto — disse Teddy, rindo.
— Eu tinha!
— *Não acredito!*
— Estou falando sério. Eu tinha uma Norton Commando que meu tio Frank me deu. Sua avó detestava aquela coisa. Ela tinha certeza de que eu ia cair. Vendi logo depois que sua mãe nasceu. Partiu meu coração me desfazer dela.
— Uau, você teve uma vida tão legal. Bem, quero dizer... — Teddy parou, constrangido.
— Está tudo bem. Eu tive muita sorte, você tem razão. É um bom lembrete de quanta sorte eu tive.

Eles ficaram em silêncio por um instante.

— Quer colocar isso na pilha para vender, vô? — perguntou Teddy num tom suave.

Arthur ficou olhando para a jaqueta, arregalando os olhos de alegria quando uma ideia lhe veio à cabeça.

— Por que você não experimenta? Vamos, veja como fica.

Teddy vestiu a jaqueta sobre a camiseta, sorrindo ao olhar para ela, impressionado.

— Veja só, serviu como uma luva. Acho que essa jaqueta já escolheu seu novo dono.

Arthur se encheu de ternura ao ver Teddy com sua velha e querida jaqueta.

— Tem certeza, vô?
— Se você quiser, é claro. Não se sinta obrigado só para me agradar.
— Não! Eu *amei*. Muito obrigado.
— Então está resolvido. Vamos fechar em 25 mangos com o desconto para familiares.

Teddy riu.

A pilha de coisas para vender se transformou em dois grandes montes. Já não restavam tantas caixas, apenas algumas surradas, enfiadas debaixo de uma viga.

Várias aranhas saíram correndo quando Arthur abriu a caixa de cima, limpando a poeira e as teias. Dava para ver que fazia algumas décadas que aquelas caixas não eram abertas. A mão dele ficou paralisada. Arthur soube instantaneamente o que havia lá dentro.

— Você está bem, vô?

Arthur levantou os olhos e viu Teddy olhando fixamente para ele.

— São apenas lembranças. Às vezes a gente se esquece de algumas coisas que guarda.

— O que é?

— Nada de valor. Coisas velhas.

— Vô, você pode falar comigo. Não precisa mais esconder as coisas. Lembra?

Arthur colocou a mão dentro da caixa e tirou um álbum de fotos.

A capa verde-garrafa estava desbotada e desgastada. Ele não conseguia se convencer a abri-lo.

— Você pode dar uma olhada, se quiser — disse ele, entregando o álbum a Teddy.

Enquanto Teddy abria o álbum, Arthur voltou a mexer na caixa e tirou um pequeno maço de envelopes brancos. Seu coração acelerou quando ele olhou para a caligrafia elegante em um deles. Seu próprio nome o encarava. Cada letra havia sido escrita com muito cuidado. Ele podia imaginar a caneta-tinteiro que tinha sido usada.

— O que é isso? — perguntou Teddy, tirando os olhos do álbum.

— Só umas cartas antigas.

— Da vovó?

— É. Nada que você precise ler.

Arthur enfiou o maço no bolso de trás. Ele não queria se concentrar nas cartas no momento.

— Vô, eu não sei quem é nem metade dessas pessoas — disse Teddy, virando o álbum para mostrar as fotografias a Arthur.

— Este é o seu tio-bisavô Gregory e a esposa dele, Margaret. Eles se mudaram para os Estados Unidos pouco depois que essa foto foi tirada — disse Arthur, apontando.

— E este aqui é o Frank, com a moto?

— Isso mesmo. Ele era muito divertido. Pobre homem, simplesmente caiu morto uma tarde. Foi a primeira vez que me lembro de ter visto meu pai chorar.

— Seu pai também está aqui — disse Teddy, voltando várias páginas para encontrar a foto que tinha visto. — Aqui está ele.

Arthur olhou para baixo e viu a versão mais nova de seu pai sorrindo para ele.

— Ele parece feliz — disse Teddy.

— Parece. Não é assim que me lembro dele.

— Sério? Que triste.

— Eram outros tempos. Ele tinha muito o que fazer.

— Você tem saudade dele, vô?

— Tenho. Ele não era perfeito e eu senti muita raiva dele ao longo dos anos, mas ele ainda era meu pai. Ele me deu a oportunidade de construir a vida que eu tenho.

Arthur encarou a foto. Reconheceu o terno que seu pai estava usando. Era um de seus preferidos, normalmente reservado para as reuniões e os eventos mais importantes. Arthur sabia que devia ser bem pequeno quando a foto foi tirada, então não fazia ideia de qual teria sido o evento.

— Seu pai sabia que você era gay?

A pergunta de Teddy pegou Arthur de surpresa. Ele fechou o álbum e o segurou junto ao peito. Dava para sentir seu coração batendo enquanto se permitia focar as lembranças de sua juventude.

— Sabia. Nós não conversávamos sobre isso. Não se tratava de quem eu teria amado. Ele dizia que era uma doença, uma enfermidade.

— Vô, isso é terrível. Eu não compreendo como ou por que você continuou aqui.

— Medo, Teddy. Eu não tinha nada além do que ele me permitia ter. E depois...

A voz dele falhou. Arthur não falava sobre aquilo com ninguém havia mais de cinquenta anos.

— Você não precisa me contar, se for muito difícil.

Arthur fez um gesto a Teddy para lhe garantir que estava à vontade com a conversa. O simples fato de saber que Teddy também era gay parecia tornar mais fácil para ele se abrir e revisitar as lembranças dolorosas.

— Era 1963 quando Jack Johnson chegou em Northbridge. Meu pai tinha contratado ele para trabalhar na oficina comigo e com o velho Derek Brady, um sujeito adorável que havia trabalhado para ele durante vinte anos. Jack era um excelente mecânico. Ele chegou lá parecendo alguém saído das telas do cinema, como um Marlon Brando jovem. Eu odiava tudo nele.

— É mesmo? — Teddy perguntou, inclinando-se para a frente. — Conheço essa sensação.

— Ele era tudo o que eu queria ser, ou pelo menos era o que eu pensava. Ele tinha o respeito de meu pai, a confiança para dizer quando ele estava errado a respeito de alguma coisa.

— E o que mudou?

— Eu mudei — disse Arthur em voz baixa. — Eu entendi por que estava me obrigando a discordar de Jack em tudo. Ele também sabia. Uma noite, bem, nós tomamos algumas doses e... bem, agora são águas passadas, né?

— Quanto tempo manteve isso em segredo?

— Foram quase três anos. Ele esperou por mim, até demais. Eu ficava dizendo que faria aquilo e que finalmente nos livraríamos deste lugar.

— E por que não fez?

— No fim, eu não consegui contar para os meus pais. Achei que estávamos em segurança e que em algum momento chegaria a nossa hora. Foi bobeira minha achar que aquilo poderia acontecer.

Teddy franziu a testa e balançou a cabeça devagar.

— Jack foi embora de Northbridge?

— Derek Brady nos pegou no flagra. Não era para ele ter voltado para a oficina. Foi direto contar para o meu pai. Nunca vi meu pai com tanta raiva. Ele nunca tinha sido violento fisicamente comigo até aquela noite.

— Sinto muito, vô. Isso é terrível.

Arthur fez uma pausa. Havia tanto tempo que ele não se permitia pensar no que tinha acontecido que era difícil encontrar as palavras.

— Achei que poderia haver uma chance de as coisas melhorarem depois da revelação — disse ele, finalmente. — Mas não melhoraram. No dia seguinte, uns valentões atacaram Jack e o deixaram para morrer.

— Está falando sério? Não está dizendo que seu pai...

— Ele deu um jeito de isso acontecer. Depois me alertou que Jack não sobreviveria da próxima vez. Ele me disse que eu seria o próximo se não me *consertasse*.

Teddy permaneceu em total silêncio.

— Deixei Jack ir embora para que pudesse viver a vida que merecia.

— Mas você merecia aquela vida também!

— Achei que tinha perdido minha chance. Quase fiz Jack ser morto por isso. Eu me casei com sua avó e fiz tudo o que podia para garantir que fôssemos felizes.

— E Jack?

— Ele escreveu algumas vezes. Evitava dizer para onde foi imediatamente após sair daqui. Eu disse que ele tinha que parar de mandar cartas. Não era justo com nenhum de nós. Ambos tínhamos que seguir em frente.

— E?

— Acho que foi o que ele fez. Não tenho notícias dele desde 1967.

Teddy ficou em silêncio. Arthur aguardou pacientemente.

— De quanto disso tudo a vovó sabe? — perguntou ele.

— De tudo. Foi ela que encontrou Jack depois do ataque. Eu fiquei completamente perturbado, mas ela estava lá para me apoiar. Ela sabia como era ter um pai como o meu. William Montgomery era um homem bruto. Ele já estava tentando casar sua avó com o filho de um de seus sócios.

— O quê? — disse Teddy, chocado ao saber sobre a vida de que sua avó havia escapado. — E como ela saiu dessa?

— Eu a pedi em casamento. Passamos semanas planejando. A princípio, achei que nosso relacionamento poderia ser suficiente para nos salvar de nossas famílias, mas com o tempo descobrimos nosso tipo de felicidade. Um ano se transformou em dez.

— Você amava a vovó?

Arthur fechou os olhos como se estivesse voltando cinquenta anos no tempo.

— Nós nos apaixonamos com o tempo. Foi um amor muito real, não consigo explicar. Sempre vou amar sua avó, mas nunca foi o mesmo amor que eu tinha por Jack.

— Às vezes você se pergunta o que ele está fazendo agora?

Arthur sentiu as mãos frias e úmidas. Fazia muitos anos que ele não falava sobre Jack em voz alta com outra pessoa.

— Às vezes — disse ele baixinho. — Só espero que ele tenha levado uma boa vida, o que quer que esteja fazendo, onde quer que esteja.

— Você sabe que provavelmente conseguiríamos encontrá-lo, se quisesse, não sabe?

— Não — disse Arthur com seriedade, endireitando o corpo sobre o banquinho. — Você não deve fazer isso. Por favor, prometa. Prefiro ficar com as lembranças.

— Eu entendo. Prometo que não vou fazer nada.

— Obrigado. Não quero perturbar a vida dele. Não fiz todas essas coisas por isso.

O telefone de Teddy começou a tocar. Arthur o viu olhar para a tela e o guardar de volta no bolso.

— Está evitando alguém? — ele perguntou.

— Minha mãe. Acho que vou ter que voltar para casa logo mais.

— Como ela está?

Arthur sentiu uma ponta de culpa por compartilhar tanto com Teddy e esperar que ele guardasse segredo, principalmente quando estava escondendo seu próprio segredo de Elizabeth.

— Ela está bem. Entre o trabalho e os preparativos para o casamento, está ocupada demais para me perseguir o tempo todo.

— Seja mais gentil, meu jovem. — Arthur riu. — Você tem uma mãe que te ama e se preocupa com você.

— É, acho que sim. Pelo menos acho que ela não expulsaria o garoto de quem eu acho que gosto da cidade.

Arthur levantou as orelhas.

— O garoto de quem você *acha* que gosta? Quando isso aconteceu?

Ele ouviu Teddy contar sobre Ben, sobre a tensão entre eles quando começaram a competir até o fato de que agora estavam trocando mensagens fora do trabalho. Arthur juntou as mãos quando Teddy acabou de falar.

— Essa sensação de frio na barriga me faz voltar no tempo. Você sorri até quando fala dele. Acho que sabe exatamente o que está sentindo; você só precisa *falar com ele*. O que de pior poderia acontecer?

Teddy soltou uma risada curta e inexpressiva.

— Acontece que eu não posso fazer nada a esse respeito, então para que me dar ao trabalho de contar para ele?

— Não ouviu o que eu acabei de te contar, garoto? — perguntou Arthur, jogando os braços para cima. — Não desperdice esses anos tentando agradar os outros. Esse menino pode não durar para sempre, mas se dê uma chance de descobrir. Sua mãe encontrou a felicidade duas vezes. Não deixe sua chance passar.

— Obrigado, vô. Vou tentar encontrar o momento certo.

Foi apenas alguns minutos depois, enquanto continuavam separando mais pertences antigos, que Teddy revelou ter uma ideia sobre a qual gostaria de consultá-lo.

— Pode falar — disse Arthur, empolgado.

— Se formos para a venda de garagem, você se importa de eu convidar Ben para ir junto?

— É claro que não! Eu posso dar uma sumida — disse Arthur, com animação.

— Não seja doido, vamos precisar de você para aqueles pechincheiros não passarem a perna em nós!

A risada deles foi interrompida pelo som abrupto de alguém gritando na escada.

— Edward Marsh!

Arthur sentiu o sangue gelar ao ouvir a voz de Elizabeth.

Teddy cambaleou para a frente na direção da escada e olhou para baixo. Arthur viu a cor se esvair do rosto do neto.

— Eu devia saber — disse ela, e Arthur notou o tom de desprezo em sua voz. — É claro que você viria escondido para cá quando eu deixei bem claro que não era para vir.

— Você não pode me impedir de ver meu próprio avô.

— Eu já te disse, enquanto estiver debaixo do meu teto, vai fazer o que eu mandar. Agora desça, nós vamos embora.

Arthur acenou com a cabeça para ele.

— Vá, meu jovem, faça o que ela está pedindo.

Ele observou Teddy chegar com relutância à escada e começar a descer. Arthur hesitou, mas resolveu descer atrás dele. Eles já estavam lá embaixo.

— Elizabeth — disse ele enquanto descia as escadas. — Por favor, não seja dura com ele. Teddy só estava nos ajudando a desocupar o sótão.

Ela parou com a mão ainda na maçaneta.

— Porque ele é um bom garoto. Ele te idolatra, mas isso não quer dizer que tem que encorajá-lo a me desobedecer. Poderia fazer pelo menos isso por mim.

— Sinto saudade de todos vocês — disse Arthur enquanto Elizabeth abria a porta.

— Sabe de uma coisa, pai? Eu acordei hoje cedo e foi a primeira manhã que pensei que também sentia a sua falta. Então descobri que vocês estavam aqui, juntos como se eu simplesmente não importasse, como se não valesse a pena dar atenção ao que eu peço. Estavam reclamando da pessoa terrível que eu sou? Uma filha e uma mãe horrível?

— Ninguém jamais pensou ou disse isso, Lizzie. Sua mãe e eu falamos sério quando dissemos que queremos que tome o tempo que precisar, e estaremos aqui quando estiver pronta.

— Ótimo! Se falaram mesmo sério, vão dizer para o Teddy se afastar.

Elizabeth saiu sem olhar para trás. Teddy balbuciou um adeus e saiu atrás dela.

Madeleine saiu da cozinha, limpando as mãos cheias de farinha no avental.

— Por que está sorrindo, Arthur?

Ele se virou para ela, segurando suas duas mãos.

— Você ouviu, ela sentiu minha falta. Pode não ser muito, mas já é um começo. É tudo o que eu precisava ouvir.

Madeleine se soltou dele e o abraçou, deixando duas pequenas marcas brancas em formato de mão nas suas costas.

CAPÍTULO 12
TEDDY

A mãe de Teddy e Ralph tinham passado a maior parte da semana organizando a lista de convidados para o casamento. Apesar da insistência inicial dela de que fosse algo pequeno, o noivo sabia que era melhor não discutir quando os planos começaram a se desenvolver.

— Se pensarmos em uma cerimônia para 150 pessoas, consigo manter a festa para umas 250.

— Devo perguntar quantas dessas pessoas são do meu lado? — questionou Ralph, revirando os olhos de brincadeira na direção de Teddy.

— Você sabe que ainda vou deixar algumas pessoas chateadas, mesmo com esse número de convidados.

— Eu sei, amor. Eles vão ter que esperar as fotos.

— Você está incluindo Stace e Oliver nesse número, mãe? — perguntou Eleanor.

— Claro, claro, está tudo resolvido.

— Espere aí — disse Teddy, de repente prestando mais atenção. — Você vai levar sua melhor amiga e seu namorado no casamento da mamãe?

— Stacey é como se fosse da família — disse a mãe de Teddy. — E precisamos ver se Oliver fica bem de smoking.

— Mãe, pare! Ele nem cogitou me pedir em casamento ainda — falou Eleanor, toda envergonhada.

— Desculpe, antes de começarmos a casar Eleanor e Oliver, posso levar Shak e Lexie?

A mãe dele mordeu o lábio.

— Você pode levar uma pessoa. Achei que você poderia tentar encontrar alguém em uma categoria um pouco diferente para levar.

Teddy sentiu os olhos de Eleanor sobre ele.

— Eu não pensei muito nisso. Seria divertido ter meus amigos lá também, sabe. Você conhece o Shakeel há tanto tempo quanto conhece Stacey.

— Tudo bem, eu consigo incluir os dois. Mas é uma pena você não levar alguém especial, como suas irmãs vão fazer. Seria muito bom te ver feliz.

Por uma fração de segundo, Teddy sentiu o ímpeto de agarrar a oportunidade com as duas mãos, mas, antes que pudesse começar a contemplar a ideia, Eleanor mudou de assunto. Ele parou de prestar atenção quando ela começou a falar de seu dia na cirurgia veterinária.

— Ouvi dizer que o trabalho está indo bem — disse Ralph, aproximando-se para falar com ele.

— É, não está nada mal. Estou gostando muito mais do que pensei.

— Eu imaginei.

— Ah, é? Por que está dizendo isso?

Ralph parou por um segundo, olhando na direção de Elizabeth.

— Bem, não conseguimos deixar de notar que você estava mais animado nos últimos dias. Você estava, ouso dizer, sorrindo mais pela casa, principalmente quando estava olhando para aquela coisa.

Ele apontou para o celular na mão de Teddy.

Será que ele tinha sido tão óbvio? Era muito mais simples quando Ben não passava de um sabichão irritante de quem ele podia reclamar. Agora precisava prestar atenção para não andar com um sorriso permanente no rosto, tanto em casa quanto no trabalho.

— É por isso que minha mãe estava falando de eu levar uma pessoa ao casamento?

— Digamos que isso foi discutido.

— Ai, meu Deus. Que vergonha!

— Você sabe que ela só quer ver vocês felizes, principalmente depois de tudo o que passaram nos últimos anos.

— Obrigado, Ralph, vou me lembrar disso.

Teddy pensou muito sobre o que Ralph havia dito aquela noite. Tudo lhe dizia para finalmente fazer aquilo, para assumir o controle e ter coragem. Afinal, ele tinha orgulho de ser quem era, não tinha? Houve um período no início de sua adolescência em que havia tentado se convencer de que não era gay, mas não durou muito. Ele havia evitado isso por tanto tempo. Tudo o que queria era contar a verdade às pessoas mais próximas dele.

Seu telefone vibrou.

— Oi, Shak — disse Teddy quando o rosto do amigo apareceu na tela.

— Olá. Pensei em ligar para ver como estavam indo as coisas.

— Tranquilo, você sabe como é. Foi um pouco estranho quando minha mãe me flagrou na casa do meu avô, mas ela parece ter deixado para lá. O que ajuda é que ela e Ralph estão vivendo em função do casamento. Por sinal, você vai precisar de um smoking para o grande dia.

— Eu fui convidado?

Shakeel pareceu surpreso.

— É claro que foi! — Teddy sorriu. — Você é a coisa mais próxima de um irmão que eu já tive.

Teddy estava ocupado demais falando para notar que os cantos da boca de Shakeel desabaram de repente.

— Não dava para não convidar você e a Lex. Acho que eu não conseguiria passar por isso sem vocês, sinceramente. Eleanor já está praticando para pegar o buquê.

— Nem pense em tentar pegar antes dela — disse Shak brincando, porém rapidamente voltando a si. — Mas, se você pedir com jeitinho, eu me caso com você.

— Você é bom demais para mim. Eu não teria nem chance.

— Eu poderia diminuir meus padrões por um tempo.

— Vou te poupar o trabalho — disse Teddy, rindo. — Tipo, não quero assustar o Ben, mas você acha que ele iria comigo?

— Você... você realmente ainda está pensando em chamar ele para sair?

— Sinceramente, Shak, desde aquele dia na entrevista da Neena alguma coisa mudou. Ele é bem gentil. Sei que começamos com o pé esquerdo, mas grande parte disso aconteceu porque eu o julguei mal. Ele não é...

— Eu vou a um segundo encontro com alguém hoje à noite — disse Shakeel de repente. — Não quero agourar, mas ele é muito legal.

— Shak! — exclamou Teddy, esquecendo o que estava dizendo sobre Ben. — Que notícia maravilhosa! Me conte tudo.

— Vou contar, mas não ainda. Está no começo.

— Por favoooor, vamos, me conte o nome dele.

— De jeito nenhum! Eu conto mais no fim de semana, se você estiver livre, certo? — disse ele, finalmente cedendo à pressão dos olhos suplicantes de Teddy. — Sei que Lex está fora, mas seria ótimo te ver.

— Ah, desculpe, cara, mas esse fim de semana não dá. Eu preciso adiantar umas coisas do trabalho no sábado e vou a uma venda de garagem com meu avô no domingo.

Se Shak ficou decepcionado, ele disfarçou bem.

— Eu poderia ir à venda de garagem para ajudar vocês, se quiser. Não vejo Arthur há tanto tempo.

— Bem, na verdade... — Teddy hesitou. — Estou pensando em convidar o Ben.

— Ah, certo, tudo bem.

— É uma ideia idiota, não é? O que estou pensando? Por que ele ia querer sair comigo e com meu avô em seu tempo livre?

— Ei, eu largaria tudo para passar o dia com seu avô, mesmo que você não fosse junto.

— Ah, até parece! — disse Teddy, rindo. — Mas, ouça. Se você quiser aparecer por lá, seria ótimo te ver.

— Desculpe, acabei de lembrar que domingo não é um bom dia. Esqueci que já tinha compromisso. Olha, é melhor eu ir, meu jantar está quase pronto.

— Tudo bem, Shak, falo com você dep...

Clique. A tela ficou preta.

Teddy ficou encarando o próprio reflexo. Aquilo tinha sido tão... abrupto. Shakeel devia estar com pressa; talvez já estivesse atrasado para o encontro misterioso. Teddy fez uma anotação mental para depois pressionar Lexie por mais detalhes. Talvez ela tivesse mais sorte em tirar informações de Shakeel sobre esse novo homem misterioso.

Teddy esperou até a tarde de sábado parar reunir coragem e convidar Ben para ir a Northbridge. Não sabia muito bem como ele reagiria ao convite, mas eles estavam se dando muito melhor nos últimos tempos. Ele não podia negar que era bom ter com quem almoçar todo dia. Durante o curso de suas conversas, ele descobriu que Ben ainda estava solteiro e marcava encontros para se manter ocupado à noite.

— Queria saber se... você gostaria de passar o domingo em Northbridge comigo? — perguntou Teddy após engolir um bocado de seu almoço.

Ele observou Ben processar o convite enquanto mastigava o sanduíche.

— Estou intrigado — respondeu ele. — O que você planejou?

— Nada demais, só ajudar meu avô em uma venda de garagem, e achei que poderia ser divertido você ir junto.

— Eu nunca marquei um encontro em uma venda de garagem, Teddy.

Ben sorriu.

— Eu... quem disse que é um encontro?

— Seu rosto disse. Você anda muito enxerido a respeito de minha vida amorosa. Só não acredito que você demorou até esta tarde para juntar coragem de me chamar. Estava com medo de que eu dissesse não?

— Não faça eu me arrepender disso — respondeu Teddy, sabendo muito bem que não poderia se arrepender nem se quisesse. — Mas, tudo bem, não se preocupe se já tiver outros planos.

— Eu não tenho — disse Ben, rapidamente. — E se tivesse logo seriam cancelados.

Teddy não conseguiu conter um sorriso quando sentiu seu rosto corar. Ben tinha dito sim, ele finalmente podia respirar. Agora, ele só precisava manter o encontro em segredo, bem debaixo do nariz de sua família toda.

— Divirtam-se, vocês dois — disse Teddy enquanto acenava da porta para sua mãe e Ralph.

Ralph havia surpreendido Elizabeth com uma estadia em um hotel-spa por uma noite. Teddy mal podia acreditar em sua sorte quando descobriu aquilo durante o jantar da noite anterior. Ele não precisaria ficar atento, preocupado com a possibilidade de sua mãe o ver na cidade com seu avô e Ben. Deitado na cama, ele se perguntou em que estava pensando ao sugerir que Ben fosse a Northbridge. Não era um risco que ele normalmente correria. Mesmo com sua mãe fora, havia olhos e ouvidos em todos os lugares. Bastava um vizinho enxerido para dizer alguma coisa de passagem.

— Nada de festas — disse Ralph com uma piscadinha.

— Ele está brincando, mas você sabe como são suas irmãs — acrescentou sua mãe. — Não me dê motivos para ter que pedir para seu avô vir olhar vocês.

As palavras tinham saído da boca dela antes que pudesse impedi-las. Seus olhos se arregalaram ao se dar conta do que havia dito.

— Não diga nada — disse ela, apontando o dedo para Teddy. — Apenas... se comporte, por favor.

Teddy estava convencido de ter visto os olhos dela se encherem de lágrimas antes de entrar no carro.

Teddy tinha combinado de encontrar Ben na estação de trem domingo de manhã. Ele já tinha ido até a casa de seus avós e ajudado a carregar o carro. Arthur dirigiria até lá antes, e ele e Ben o encontrariam às 10h para começar a arrumar as coisas.

— Gostei de te encontrar aqui — disse Ben.
Ben jogou os dois braços em volta dele e o abraçou. Diferentemente da primeira vez que foi abraçado por Ben, desta vez ele copiou o gesto e colocou os braços em volta do outro também. O perfume da loção pós-barba recém-aplicada atingiu Teddy de um jeito que fez seu coração dar um salto.

— Você, hum... está muito cheiroso — disse ele, afastando-se e quase trombando com uma pessoa que passava.

— Especialmente para você. É a primeira vez que eu uso essa loção, na verdade.

— Estou honrado. Está com fome?

— Estou se você for pagar.

— Bem, tendo em vista que você veio até aqui por mim, acho que posso bancar um sanduíche de linguiça.

— Linguiça no primeiro encontro? Eu sabia que você era cheio de surpresas.

O café da Cora não era muito longe da estação. Teddy ficou surpreso ao ver que havia poucas mesas vazias quando eles chegaram.

— Está movimentado hoje, Cora — disse Teddy quando pegaram a mesa pequena próxima ao balcão.

Cora os acompanhou para pegar os pratos vazios que tinham sido deixados pelos clientes anteriores.

— A venda no estacionamento sempre atrai uma multidão, querido — respondeu ela. — As pessoas vêm de longe para se livrar de suas porcarias. Não é minha ideia de diversão, isso eu posso dizer.

Ele não se deu ao trabalho de explicar que eles estariam entre aquelas pessoas fazendo exatamente aquilo quando ela voltou à cozinha. Distraído com o plano de convidar Ben, Teddy não se deu conta de que não tinha pensado muito em realmente tentar vender algumas das coisas que seu avô havia separado para hoje.

— Você já fez isso, Ben? — perguntou ele.

— Tomar café com alguém?

— Não. — Teddy suspirou, revirando os olhos. — Você já vendeu coisas em uma venda de porta-malas?

— Não, mas não deve ser tão difícil, não é?

— Espero que não. O pessoal daqui conhece o meu avô, então pode ser um pouco mais fácil.

— Você vai ter que fazer o tour oficial de Northbridge comigo. Estou intrigado com tudo o que você me disse sobre o lugar — disse Ben, inclinando-se para a frente na cadeira.

— Não é nada empolgante, na verdade, mas podemos caminhar pela cidade quando terminarmos aqui.

Cora voltou com o café da manhã completo e duas canecas de chá. O cheiro do bacon crocante e dos tomates fritos fez Teddy salivar. Ele não tinha percebido que estava com tanta fome até começar a amontoar a comida quente no garfo.

— Até agora, no entanto, estou bem impressionado com o que Northbridge tem a oferecer — disse Ben enquanto devorava seu prato.

Ele olhou para Teddy, que de repente ficou em dúvida se Ben estava falando da cidade ou dele.

Depois de saírem do café da Cora, Teddy levou Ben pela rua principal e ambos se encaminharam ao estacionamento ao lado do hospital.

— Não é tão ruim aqui — disse Ben, olhando para as lojas.

Teddy não podia mesmo argumentar com ele. A cidade sempre pareceu acolhedora, principalmente em um dia de outono ensolarado como aquele. As vitrines perfeitas na frente de cada loja da rua principal estavam esperando atrair compradores que de repente se vissem ávidos por gastar.

— Você gosta de morar aqui? — perguntou Ben enquanto atravessavam a rua silenciosa.

— Acho que sim. Sempre imaginei que sairia daqui, mas agora não sei mais.

— Você queria sair por ser gay?

— Principalmente por isso — respondeu Teddy, olhando ao redor para ter certeza de que ninguém tinha ouvido Ben. — Sei que é clichê, mas a gente não tem o sonho de morar na cidade grande, onde ninguém se importa com quem você é?

— Eu te entendo. Comigo foi assim, mas ainda tem uma parte minha que quer aquela vida de casa com quintal que eu tive na infância.

— Sério? — disse Teddy com a voz repleta de surpresa diante da confissão de Ben.

— Um dia, talvez. Eu consigo me imaginar em um lugar assim.

— E você teve a cara de pau de dizer que *eu* sou cheio de surpresas! Vamos ver se ainda acha o mesmo depois de conversar com meu avô por algumas horas.

Arthur tinha estacionado e garantido um ótimo lugar no grande estacionamento quando Teddy e Ben chegaram. Mais carros estavam chegando, com pequenos grupos de pessoas ávidas, já perambulando entre as mesas.

— Veja esse pessoal, eles ficam em cima quando você está descarregando só para terem certeza de que vão ser os primeiros a avistar uma pechincha — disse Arthur, apontando para os primeiros clientes.

— Vô, este é Ben King — falou Teddy, ignorando o casal que já estava esperando do outro lado da mesa.

— É um prazer conhecê-lo, Benjamin. Obrigado por vir ajudar.

— É um prazer conhecê-lo também, Arthur. Diga o que posso fazer para ajudar.

— Ansioso para colocar a mão na massa — disse Arthur, segurando o ombro de Ben com afeição antes de se virar para Teddy. — Já gostei deste aqui.

— Não só na massa — Ben sussurrou para Teddy quando Arthur começou a descarregar o porta-malas.

Teddy disfarçou a surpresa e correu para pegar uma caixa pesada da mão de seu avô.

As pessoas estavam fazendo ofertas pelos itens antes de os três terem tempo de descarregar o carro. Arthur se encarregava das vendas enquanto Teddy e Ben acrescentavam itens à mesa para substituir os que tinham sido vendidos.

— Ele é um vendedor nato — disse Ben, vendo Arthur, de alguma forma, vender um cinto por mais do que havia pedido originalmente.

— Ninguém é páreo para esse charme — disse Teddy, rindo.

— Quem vai discutir por algumas pratas com alguém de quase oitenta anos?

As multidões continuaram vindo pela manhã e no início da tarde. Teddy reconheceu alguns rostos, mas no geral não conhecia muitas das pessoas que vasculhavam o conteúdo da mesa deles. Ele se lembrou do que Cora tinha dito sobre o evento sempre atrair pessoas de longe para a cidade. Ele estava feliz por serem estranhos. Era bom não sentir que estava sendo observado nem se preocupar que alguém pudesse contar para sua mãe que o viu com seu avô.

Teddy sentiu o cotovelo de Ben o cutucando de leve, distraindo-o de um casal de idosos que discutia sobre itens da mesa com entusiasmo.

— O que foi? — perguntou Teddy.

— Aquele cara, você conhece?

Ben acenou com a cabeça para um homem careca de meia-idade que olhava para eles. Estava conversando com outro homem de idade similar, mas parecia distraído com a presença deles. Teddy não reconheceu nenhum dos dois. O maior dos dois fazia cara feia para eles, mas foi só quando começou a andar em sua direção que Teddy notou que a atenção dele estava concentrada em Arthur.

— Acha mesmo que deveria estar aqui, em um evento de família?

A voz do homem retumbou detrás de várias pessoas que estavam diretamente em frente à mesa. Arthur olhou para a frente, seus olhos estavam arregalados e de repente cheios de medo. O homem se agigantou sobre aqueles que agora se viravam para ver o que tinha causado tamanha perturbação.

— Por que você e seus amigos não juntam suas coisas e vão embora? Ninguém quer a sua laia por aqui — disse o homem careca com a voz arrastada. — Há famílias querendo ter um dia agradável.

Os que ficaram entre Arthur e o homem agora observavam a reação de Arthur como se fossem convidados especiais de um camarote real de Wimbledon.

— Desculpe, em nome de quem você acha que está falando? — perguntou Teddy.

Ele sentia o coração acelerado no peito. As palavras de Shakeel o aconselhando a não piorar uma situação preencheram sua cabeça.

— De todos que estão com medo de falar o que realmente pensam — gritou o careca. — É repulsivo que alguém toque ou, pior ainda, compre as porcarias desse velho pervertido.

Teddy cerrou os punhos, mas sentiu a mão de Arthur em seu ombro antes que ele respondesse ao homem.

— Sinto muito saber que você tem um problema por eu estar aqui vendendo algumas coisas — disse Arthur calmamente. — Acho que não te conheço, mas vou presumir que seu problema é por eu ser um homem gay.

— Isso é repugnante. Guarde suas coisas e vá para casa — retrucou o homem.

— Você certamente não precisa comprar nada meu, mas nós não vamos sair daqui.

O homem saiu nervoso, balançando a cabeça. Várias pessoas que tinham parado para assistir à discussão começaram a se retirar sem dizer nada. Outros mantiveram a cabeça baixa e começaram a se dirigir a outros vendedores.

— Você está bem? — perguntou Teddy.

Seu coração ainda estava acelerado e suas mãos tremiam.

— Você precisa me prometer que não vai se envolver em brigas, Teddy — pediu Arthur, olhando para ele. — Se algum dia encontrar homens assim, não se deixe levar, não dê a eles essa satisfação. Não poderia suportar ver alguma coisa acontecer com você.

— Não vou me meter em brigas, vô. Mas sinto muito que você tenha passado por isso.

— Ele não é o primeiro e não vai ser o último. As coisas mudaram muito desde que eu era jovem, Teddy, mas ainda existe muita gente por aí que acha que o fato de você amar alguém assim ou assado é um bom motivo para te odiar. Eles gritam mais alto para se fazerem ouvir.

Teddy balançou a cabeça.

— Então só temos que continuar ignorando eles? Estou me esforçando para colocar isso na cabeça.

Assim que se acalmou e teve certeza de que seu avô estava bem, Teddy voltou à mesa.

Depois de um tempo, Arthur também se juntou a eles e rapidamente voltou ao fluxo das vendas. Não demorou muito até não terem mais nada no porta-malas do carro e apenas alguns itens sobre a mesa para serem escolhidos pelos pechincheiros.

— Quer dar uma volta? — perguntou Teddy a Ben enquanto uma mulher tentava pechinchar o preço de uma xícara e um pires.

— É claro, quero ver o que sobrou naquele carro ali do outro lado.

— Você está de olho na concorrência?

— É claro que estou, eles tiveram ainda mais movimento que nós!

Eles caminharam na direção da BMW preta.

Várias pessoas estavam reunidas de um lado da mesa, aparentemente conversando com o dono do veículo. Teddy passou os olhos pela mesa. Nada muito interessante tinha sido deixado para trás pelos caçadores de pechinchas. Ele estava quase pronto para ir embora quando Ben expressou surpresa.

— Eu não tenho um cubo mágico há anos! — disse ele, tirando o brinquedo de baixo de uma edição antiga da revista *Radio Times*. — Eu conseguia solucionar em 45 segundos quando era mais novo.

— Nunca me senti mais atraído por você — falou Teddy, dando risada.

— Você brinca, mas as pessoas da escola pagavam para me ver fazer isso.

— Compre, então! Quanto é?

— Com licença — disse Ben, chamando o vendedor. — Quanto pelo cubo?

— Dois contos, amigo.

— Eu te dou um. Vamos, qualquer pouquinho ajuda a desocupar a mesa.

— Ou... — Teddy interrompeu. — Se ele conseguir resolver em menos de um minuto, leva de graça.

O homem cruzou os braços e considerou a oferta, estreitando os olhos.

— Cinquenta segundos ou menos e ele é seu.

— Combinado! — disse Teddy, tão empolgado que se esqueceu de perguntar a Ben se ele aceitava o desafio.

— O que você está fazendo? Eu não faço isso há anos — sussurrou Ben, de repente parecendo um pouco nervoso.

— Sei que você consegue.

Os outros passantes tinham parado para ouvir a conversa e agora observavam Ben com entusiasmo. Um deles chamou um amigo para ver e, em pouco tempo, um pequeno grupo se juntou em volta da mesa. Ben balançou a cabeça na direção de Teddy, que não conseguia deixar de rir da situação em que eles, de repente, se encontravam.

— Cinquenta segundos — repetiu o homem. — Começando em três... dois... um.

A multidão vibrava para encorajar Ben, que começou a torcer o cubo. Seus dedos se movimentavam com tanta rapidez que Teddy não conseguia ter ideia do que ele estava fazendo. Independentemente do que fosse, parecia estar funcionando, conforme as laterais coloridas começavam a se formar.

— Vamos, Ben! — disse Teddy.

— Dez segundos.

— Cinco segundos. — O grupo de observadores começou a se juntar na contagem regressiva.

— Quatro...

— Três...

— Terminei! Eu terminei! — gritou Ben, agora com o rosto vermelho, segurando o cubo resolvido no alto.

Uma rodada de aplausos irrompeu na multidão.

— É todo seu — disse o homem atrás da mesa, juntando-se aos aplausos. — Essa coisa estava em nossa casa há anos e ninguém chegou nem perto de fazer o que você fez.

— Eu sabia que você conseguiria — disse Teddy, estendendo o braço para pegar na mão de Ben. — Foi incrível!

— Foi mesmo — disse uma voz conhecida, interrompendo-os.

Eleanor estava caminhando ao lado de Teddy, sorrindo como se tivesse acabado de desvendar um mistério sem solução.

Teddy sentiu um buraco no peito quando voltou a posicionar o braço ao lado do corpo.

— Oi — disse ela, acenando timidamente para Ben. — Sou Eleanor, a irmã mais velha do Teddy.

— O que você está fazendo aqui? — sussurrou Teddy.

— Calma, eu só pensei em dar uma voltinha, dar uma olhada nas coisas.

— Ah é, porque você ama vendas de garagem.

— Tudo bem. Daisy recebeu uma mensagem da Cassie, que mencionou ter visto o vovô com você. Depois ela mencionou o menino bonitinho com quem você estava. Daí...

— Foi exatamente isso que eu quis dizer com escapar daqui — murmurou Teddy para Ben, que tinha guardado o cubo no bolso da jaqueta.

— Você veio até aqui só para bisbilhotar, Eleanor?

— Eu não podia deixar passar a chance de vir ver o menino que anda fazendo meu irmão sorrir como um cachorrinho apaixonado!

Teddy sentiu a cor se esvair de seu rosto.

— O... o quê?

— Ah, qual é. Teddy! — Eleanor riu. — Acha que eu vivo em outro planeta?

Ben tentou se afastar.

— É melhor eu deixar vocês conversarem sozinhos.

— Não! — Teddy e Eleanor gritaram em uníssono.

— Tem certeza?

— Tenho. O que é isso, Eleanor?

— Achei que você ficaria feliz por eu saber. — Ela juntou as sobrancelhas.

— Eu estou, não me entenda mal, só não esperava essa emboscada.

— Não exagere, Teddy. Até parece que a mamãe está aqui.

O sangue de Teddy gelou.

— Espere aí, ela sabe?

— Ah, não faz ideia. Tenho certeza de que isso nem passa pela cabeça dela. Ela ainda deve pensar que você está loucamente apaixonado pela Lexi.

O coração de Teddy afundou. Não era a resposta que ele queria. No fundo, parte dele tinha esperança de que sua mãe fizesse uma pegadinha parecida e admitisse que sabia o tempo todo.

— Acha que ela vai reagir como reagiu com o vovô?

— Ela vai ficar bem — disse Eleanor, com leveza. — Não é como com o vovô. Apesar do que você pensa dela às vezes, você ainda é o garotinho da mamãe.

Eleanor parou para se abaixar e amarrar o cadarço.

Teddy sentiu Ben cutucá-lo com o cotovelo enquanto continuavam a andar devagar.

— Eu não sabia que você gostava tanto de mim.

— Isso pode mudar se você começar a se achar demais.

— Quer saber? — Ben riu, praticamente saltitando enquanto voltavam para o carro de Arthur. — Estou começando a amar Northbridge.

CAPÍTULO 13
ARTHUR

— O que foi? Você está quieto desde que voltou da venda de garagem ontem — disse Madeleine, sentando para assistir à última gravação de *Antiques Roadshow*. — Achei que vocês tivessem se divertido.

Arthur encolheu os ombros, sem confirmar. Ele havia tentado não pensar nisso, mas as palavras do homem careca não saíam de sua cabeça.

— O que aconteceu? — perguntou Madeleine, pausando o programa.

— Só um idiota. Eu nem o reconheci, mas ele sabia quem eu era.

— Ah, Arthur. Não deixe eles te abalarem.

Ela o observou atentamente, repleta de preocupação diante do abatimento da voz dele.

— Normalmente eu não deixaria, mas era a última coisa que eu esperava, e aconteceu na frente do Teddy. E os filhos daquele homem? Eles vão crescer ouvindo essas mesmas coisas?

— Teddy e o amigo dele não disseram nada?

— Disseram. Não quero que ele se preocupe comigo, mas é um lembrete tão duro de que, não importa o quanto as coisas mudem à nossa volta, algumas coisas nunca mudam. Aquelas palavras me levaram de volta àquela época, aqueles anos todos atrás... e eu voltei a ser aquele covarde que quase deixou um homem morrer.

— Arthur Edwards, não ouse dizer isso. Você não é responsável por homens como o seu pai.

Ele não queria mais insistir nisso, então decidiu mudar de assunto.

— O amigo de Teddy era muito legal — disse. — É uma pena ele não ter podido vir para o jantar.

— Tenho certeza de que haverá muitas oportunidades para isso. É muito bom Teddy ter mais um amigo com quem passar o tempo.

Arthur concordou. Madeleine ainda não sabia sobre Teddy, e Arthur continuaria a honrar o pedido de seu neto de manter segredo. Madeleine voltou a assistir ao programa e ficou envolvida na avaliação de duas pinturas antigas. Ela sempre amou arte e havia sido responsável por iniciar uma aula de artes para idosos em Northbridge, que ainda seguia firme. Depois de atingir sua cota de tentar colocar preço em coisas velhas no fim de semana, Arthur pediu licença e foi para o jardim dos fundos.

Ele andou pelo caminho estreito do jardim na direção de uma cadeira e uma mesa antigas de metal que ficavam sob a sombra de um grande salgueiro. Há tempos, esse era seu "lugar para pensar", ou, como Madeleine havia corretamente nomeado, seu "lugar para fumar escondido". Ele não fumava havia mais de vinte anos, mas a vontade de fumar um cigarro vinha aumentando dentro dele durante toda a semana. Mas não importava: ele nunca mais fumaria. Tinha acabado de completar 58 anos quando caiu no showroom. Ter colocado um *stent* havia servido como alerta, então, com o apoio de Madeleine, havia parado de fumar e nunca mais olhado para trás. Seu pai tinha morrido de ataque cardíaco aos setenta e poucos anos, algo que ficou pairando sobre Arthur em seus últimos aniversários. Agora, ao se aproximar dos oitenta, ele sabia que deveria se sentir empolgado de ter uma segunda chance. Mas, na verdade, sentia-se desolado.

Ele não tinha parado para pensar no que aconteceria depois que se assumisse para sua família. A vida havia simplesmente seguido em frente e esperava que ele fizesse o mesmo. Não havia manual para isso, ninguém para aconselhar um senhor de 79 anos sobre como, de repente, viver a vida que ele só havia imaginado em sua cabeça. Ele teria que descobrir tudo sozinho agora. Pensou em

Teddy e Ben, potencialmente embarcando em algo novo e empolgante, com a vida toda pela frente.

Mas Arthur sentia intensamente o peso de seus anos. Havia passado a olhar os jornais diários em busca de algo que pudesse trazer inspiração para as antigas paixões e a empolgação da juventude. Só que não adiantou muito — ele já havia tentado a maior parte daquilo antes.

Jogar bocha o fazia se sentir mais velho do que era.

Pescar exigia um nível de paciência que ele nunca teve.

Scrabble era divertido, até ele ser derrotado pela neta de Maureen Green, que ainda sentia muito prazer em lembrá-lo disso sempre que se cruzavam.

Tinha se tornado impossível conversar com Madeleine sobre seus pensamentos. Ela não precisava ouvir suas preocupações depois de tê-lo apoiado tanto. Apesar de ela insistir que estava a seu lado, ele sabia que ela devia estar passando por algo semelhante, tentando descobrir o que havia no horizonte para ela.

— Podemos conversar? — perguntou Arthur a Madeleine aquela noite, após o noticiário noturno.

— O que foi?

Ele imediatamente se sentiu mal ao notar a preocupação na voz dela.

— É o que eu queria te perguntar.

— Queria? Por quê?

— Andei pensando...

— Ai, meu Deus.

— ... e não quero que você sinta que tem que parar de viver por minha causa e por causa das escolhas que eu fiz.

— Já falamos sobre isso, Arthur.

Ela descruzou os braços.

— Sei que falamos, mas não posso fazer isso para sempre.

— Fazer o quê?

— Simplesmente ficar aqui, dia e noite, nós dois apenas existindo debaixo do mesmo teto.

— Estou fazendo o melhor que posso, Arthur.

— Eu sei, e sou muito grato.

— Então, o que está dizendo? Você quer sair de casa? Porque você sabe que já discutimos isso e eu realmente não acho que seja uma boa ideia.

— Não, não. Eu compreendo. Só quero que você saiba que não está presa aqui, amarrada à casa, por mim. Não posso viver sabendo que você está desistindo de sua vida por mim.

— Eu já disse, não importa quanto tempo ainda temos, não vou te deixar fazer nada disso sozinho. Não deixe as palavras de gente que não nos conhece te fazerem duvidar disso.

— Mas eu não sei o que fazer, esse é o problema. Não sei o que deveria fazer agora que dei o primeiro passo. Nunca parei para imaginar uma vida em que isso fosse uma realidade.

Madeleine se levantou da cadeira e se sentou ao lado de Arthur no sofá com um leve suspiro.

— Você tem que fazer o que te parece certo. Seja só ficar aqui ou sair para jantar com amigos. Você pode fazer qualquer coisa. Não perca mais tempo pensando.

Ela pegou nas mãos dele e olhou diretamente em seus olhos. Dava para ver a dúvida dele refletida na dela.

— Acho que ninguém está com pressa de me convidar para jantar — disse Arthur com tristeza.

— Arthur — disse Madeleine, com firmeza —, o que você diz para Elizabeth e Patrick quando eles se sentem assim?

— O quê?

— Não se feche. Tenha coragem. Faça novos amigos.

— Eu tenho quase oitenta anos, Madeleine! Não vou me inscrever naqueles programas bobos de namoro na TV.

— Você não precisa aparecer na televisão, mas nada te impede de conhecer pessoas novas, mesmo que seja só para fazer amizade.

Arthur ficou quieto, tentando imaginar como seria se sentar diante de um completo estranho e compartilhar uma refeição. Só de pensar em estar em um restaurante lotado, cercado por moradores de Northbridge, suas mãos suavam.

— Não sei, Madeleine.

— Ter pessoas novas em sua vida pode ser exatamente do que precisa. Não pode desistir antes mesmo de começar. Fracasso só vira derrota quando você para de tentar.

— Mas e você? Marcar encontros não faz com que eu deixe de me preocupar com você.

— Não quero que se preocupe comigo. O que tenho que fazer para te convencer?

— Já sei — disse Arthur, juntando as mãos. — *Nós dois* deveríamos marcar encontros!

— Você ficou maluco? — Ela riu. — As crianças vão nos renegar se começarmos a marcar encontros duplos.

— Não *juntos*! — Ele riu. — Mas nós dois deveríamos fazer isso. Assim, nós dois saberemos que não estamos nos fechando e estamos tirando o maior proveito do que temos.

— Não acredito que estou concordando com isso. Tudo bem. — Ela sorriu com os olhos brilhando. — Vamos tentar.

Arthur pulou do sofá. Ele se abaixou e deu um beijo na testa de Madeleine.

— Eu vou ter que ver se ele é bom o suficiente para você, é claro.

— Você me salvou de sair com Eric Brown, lembra? — disse Madeleine, franzindo a testa ao se lembrar de que Eric a havia convidado para sair várias vezes em um verão de um passado distante. — Confio em você.

Patrick e Scarlett fizeram uma visita na tarde seguinte para levar um presente de aniversário para a Madeleine. Ela havia insistido que ninguém deveria organizar e nem ter trabalho com nada. Isso não impediu Arthur de surpreendê-la com uma entrega de suas flores preferidas, seguida do tradicional café da manhã que costumavam tomar no café da Cora.

— Eu não sabia que vocês vinham! — exclamou Madeleine, abrindo a porta para seu filho sorridente e a namorada.

— O papai nos convidou para te fazer uma surpresa.

— Trouxemos chá da tarde para você! — disse Scarlet, apontando com orgulho para a cesta que Patrick estava segurando.

— Venham, venham, podem entrar!

Arthur estava esperando na porta da cozinha. Patrick o abraçou e ambos se aproximaram da bancada.

— É bom te ver, pai — disse ele, colocando a cesta na bancada antes de ambos se sentarem de frente um para o outro.

— Como estão as coisas no trabalho?

— Está tudo bem. As vendas subiram de novo este mês. Lembra-se do Thomas Breen? Ele estava perguntando de você.

— Eles já estão falando de trabalho. — Scarlet suspirou enquanto ela e Madeleine se acomodavam nas banquetas ao lado deles.

— Nada muda — disse Madeleine. — Este aqui está doido para voltar para o showroom e vender. Mas eu falei que ele devia ter entrado para alguns grupos para se ocupar. O Abrigo Masculino da região adoraria a ajuda dele.

— Eu não estou *doido* para voltar a trabalhar — replicou Arthur, olhando para a frente para tranquilizar Patrick. — Estou perfeitamente feliz sabendo que o negócio está em boas mãos. Você é o futuro da empresa.

— Obrigado, pai. Você pode aparecer quando quiser, sabe disso.

— Sei, e o dia em que você me vir por lá será o dia em que finalmente enlouqueci.

Scarlett e Patrick começaram a rir.

— Isso parece ótimo — disse Madeleine, abrindo a cesta e começando a tirar vários pacotes. — Algumas das minhas coisas preferidas.

Enquanto comiam, a conversa foi parar nos planos da família para o Natal.

— Ainda acho que vocês deveriam vir para cá de novo — falou Madeleine. — Os últimos anos foram tão agradáveis com todos juntos.

— E quanto àquela-cujo-nome-não-pode-ser-dito? — sussurrou Patrick.

— Comporte-se Patrick! — Scarlett deu um tapa no braço dele.

— Estou falando sério. Quais são as chances de ela concordar em fazer a ceia de Natal aqui? Tenho certeza de que Teddy vai insistir em vir — disse Patrick. — Ela nunca conseguiu impedir aquele garoto de ficar com vocês dois.

— Quero passar o maior tempo possível com todo mundo. Já estamos perdendo dias demais.

— É uma coisa adorável de se dizer, Arthur — disse Scarlett, secando o olho com o guardanapo.

— Não faça ela começar, pai. Esse rímel faz uma sujeira danada. Ele deu um grito quando recebeu outro tapa no pulso.

— Você deveria ouvir mais o seu pai!

— Enquanto estamos aqui, por que você não diz ao meu pai o que estava falando sobre fazer um perfil em um site de namoro?

Scarlett estreitou os olhos e fez cara feia para Patrick.

— Não acredito que você está mencionando isso agora — murmurou ela. — Estamos aqui para o aniversário da sua mãe.

— Não se preocupem. Na verdade, é engraçado vocês terem falado sobre isso — disse Madeleine, fazendo Patrick e Scarlett se virarem para ela.

— *Você* quer fazer um perfil em um site, mãe?

— Nós dois queremos! — disse ela com uma risadinha nervosa.

Scarlett gritou tão alto que Arthur ficou surpreso por ela não ter disparado o alarme dos carros.

— Isso é *incrível*! Vocês dois querem voltar para a pista?

— Não sei se você poderia dizer que nós já estivemos na pista algum dia, Scarlett — disse Madeleine.

— Não me venha com essa, Madeleine. — Scarlett riu. — Aposto que você partiu alguns corações no seu tempo.

— No meu tempo — repetiu Madeleine com uma risada. — Ai, nossa, você já está fazendo eu me arrepender.

— Que bobagem! Nós vamos fazer isso *hoje*. Onde está seu laptop?

Arthur ficou aliviado em se sentar em sua poltrona enquanto Scarlett mexia no laptop com Madeleine. Ele já temia ter que responder às várias perguntas que estava ouvindo Madeleine responder. Ele nem tinha uma foto decente que pudessem usar. Sair com pessoas estava começando a parecer uma ideia muito tola. Seria inútil, de qualquer modo. Com certeza, pessoas da idade deles não entravam na internet em busca de namorados, não é?

— Mas não é só para namorar, Arthur — Scarlett explicou depois que ele admitiu que tinha lá suas dúvidas. — Você encontra todos os tipos de pessoas por lá, procurando coisas diferentes. Algumas podem querer sair, algumas podem querer só fazer amizade e conhecer pessoas novas e interessantes.

— Sério?

— É claro. Espere e verá. Venha, vamos tirar uma foto boa.

Madeleine penteou o cabelo de Arthur com os dedos enquanto ele se posicionava na frente da lareira. Ele estava achando impossível sentir-se natural ao olhar para a pequena câmera do telefone celular.

— Preciso sorrir?

— Poderia sorrir um pouco, faça o que for confortável.

— *Nada* disso é confortável.

— Pronto! — exclamou Scarlett, virando a tela para mostrar para Madeleine.

— Você tirou uma? E nem me avisou?

— Veja, tirei algumas enquanto você estava se mexendo. Esta aqui ficou bem legal.

Arthur examinou a imagem na tela. Não detestou, o que já era um começo.

— Vai servir, vai servir — disse ele. Qualquer coisa para evitar ter que repetir a performance.

Quando ele estava terminando de cadastrar seu perfil com Scarlett, Patrick entrou para anunciar a chegada de Elizabeth. Arthur seguiu Patrick na direção dos sons de vozes na cozinha.

— Olá — Elizabeth disse quando ele entrou no cômodo. O tom de voz era ponderado.

— Oi, meu amor.

— Só passei para deixar um presente para a mamãe.

Madeleine segurava um presente embrulhado e um cartão.

— Que lindo. É bom te ver.

— Bem, eu não quero entrar de penetra e atrapalhar.

— Não seja boba, você nunca atrapalha — disse Madeleine.

— Patrick e Scarlett trouxeram essa adorável cesta e nós estamos batendo papo. Na verdade, estávamos falando sobre os planos para o Natal. Você vai...?

Madeleine deixou a pergunta em aberto para que Elizabeth não se sentisse pressionada a tomar uma decisão, Arthur sabia.

— Desculpe, mãe, ando tão ocupada com o casamento que não tive tempo de me preocupar com o Natal. Depois falamos sobre isso.

— Não se preocupe. Foi muito bom ter passado aqui. Você fez o meu dia.

— E o meu também — disse Arthur, radiante.

O canto da boca de Elizabeth se movimentou de leve.

— Arthur! — gritou Scarlett, correndo para a cozinha com o laptop na mão. — Você não vai acreditar.

— O que foi?

— Você já tem duas mensagens!

— O quê?

— Duas pessoas mandaram mensagens! Seu perfil só está ativo há alguns minutos.

— O que está acontecendo? — perguntou Elizabeth. — Mensagens de quem?

— Fizemos perfis em sites de namoro para sua mãe e seu pai!

Arthur olhava fixamente para Madeleine. Ele queria que o chão o engolisse de imediato. Sua boca estava seca. Essa não era a conversa que ele queria quando Elizabeth havia feito o esforço de ir até lá, mesmo que fosse só para levar um presente para Madeleine.

— Veja, este homem parece bem legal! Ele tem cara de ser carinhoso, entende o que eu quero dizer? Dá para notar essas coisas, não dá? — continuou Scarlett, empolgada, virando o laptop para mostrar a ele o perfil de um dos homens que tinha entrado em contato tão rápido.

A cozinha ficou em silêncio. Arthur sabia que Madeleine e Patrick estavam esperando para ouvir o que Elizabeth diria. Arthur também estava. A resposta de Elizabeth revelaria tudo a eles — em que pé ela estava com tudo aquilo, como estava se sentindo? Será que ela sairia irritada? Arthur tinha medo só de pensar.

Depois de um longo momento, Elizabeth falou. Sua voz era cuidadosamente neutra.

— Bem, eu vou indo. Preciso começar a fazer o jantar. Feliz aniversário, mãe.

Elizabeth acenou com a cabeça na direção de Scarlett e Arthur, olhando para o perfil do homem que estava na tela do laptop. Sem dizer mais nada, ela se apressou para sair da cozinha.

CAPÍTULO 14
TEDDY

O canto onde eles ficavam na redação tinha esvaziado cedo. Algumas pessoas ainda estavam em suas mesas, tinham ficado para atualizar o site. Teddy e Ben não tinham recebido muita coisa para fazer durante a tarde e passaram a maior parte do tempo conversando.

Apesar da promessa que fizera ao avô, Teddy havia contado a Ben sobre o relacionamento secreto de Arthur e Jack. Ele não tinha conseguido parar de pensar na possibilidade de descobrir mais sobre o misterioso Jack Johnson. Até então, suas primeiras buscas não tinham resultado em nada. Não ajudava muito o fato de ele saber tão pouco sobre o homem que seu avô amara um dia, mas era quase impossível saber onde ele poderia ter ido parar depois de deixar Northbridge. Ele não poderia fazer muitas perguntas sem levantar as suspeitas de seu avô, e essa era a última coisa que ele queria.

— Eu te ajudo — disse Ben. — Sou membro de um site de genealogia. Passei o verão ajudando meu tio a construir uma arvore genealógica. Até compramos um daqueles kits de teste de DNA.

— Acha mesmo que vamos conseguir encontrar ele com tão pouca informação? Não posso perguntar nada para o meu avô. Prometi que não iria atrás disso.

— Deixe comigo. Eu amo essas coisas. Vou verificar todos os registros e talvez descubra se ele tinha família. Isso pode ajudar a restringir a busca.

— Obrigado, Ben. Não passe muito tempo pesquisando, nem sei se algum dia vou poder contar ao meu avô o que descobrimos.

Teddy sabia que só estava satisfazendo a própria curiosidade ao tentar descobrir mais sobre Jack. Não tinha pensado muito na possibilidade de descobrir uma notícia ruim nem se — ou como — compartilharia aquilo com Arthur.

— Mas o que você vai fazer se o encontrarmos? E se ele estiver morto?

— Sei lá. Primeiro vamos ver o que conseguimos descobrir. Não adianta eu me preocupar agora.

Teddy deu uma olhada em outro registro eleitoral da década de 1970, mas este último Jack Johson era um homem que já tinha sessenta e poucos anos na época. Frustrado, ele desistiu e começou a guardar as coisas na mochila.

— Dylan se despediu de você? — perguntou Ben.

— Agora que você falou, não. Não sei aonde ele estava indo.

Dylan tinha saído horas antes, depois de parecer mais distante do que de costume.

— Que estranho — disse Ben, parecendo irritado.

— Por quê? O que foi?

— Ah, bom, eu tinha perguntado se poderia ir com ele àquela coletiva de imprensa que ele mencionou outro dia. Ele disse que tinha um ingresso a mais, mas teria que confirmar se poderia me dar. Você não se importa, não é?

— Nem um pouco.

Teddy mentiu. Assim que ele ouviu Dylan falar sobre a coletiva, ficou tentado a perguntar se poderia ir, mas, depois que soube que só havia um lugar vago, decidiu não dizer nada, pois isso significaria que Ben não poderia ir.

— Pareceu bem interessante, você vai ter que me contar tudo depois — completou Teddy.

— É claro. Talvez eu consiga ligar o gravador desta vez e gravar para você.

Teddy forçou uma risada, ainda zangado consigo mesmo por perder a oportunidade. Ele deixaria para lá por enquanto, principalmente agora que estavam prestes a encontrar Shakeel e Lexie.

Durante uma chamada de vídeo na noite anterior, Teddy tinha sugerido que o encontrassem junto com Ben no bar. Ele meio que esperava que os amigos recusassem, mas ficou agradavelmente surpreso quando ambos ficaram entusiasmados e concordaram com o plano.

— Shak vai levar o homem misterioso? — perguntara Teddy a Lexie depois da chamada de vídeo.

— Contenha-se. Acho que ele ainda está com medo de que a gente faça ele passar vergonha.

— Como se fôssemos fazer isso.

Teddy queria se sentir tão leve quanto suas palavras, mas ficava triste em pensar que Shak poderia ter um pouco de vergonha deles.

— Eu sei, até parece que você contaria aquela história sobre ele ter ficado trancado para fora de casa e tido que voltar para o apartamento do peguete — dissera Lexie, rindo.

— Exatamente. Aprendi a lição depois da, hum, terceira ou quarta vez — dissera Teddy, pensando na bronca que haviam recebido de Shakeel antes de ele prometer nunca mais contar essa história.

Ben voltou do banheiro, onde havia trocado de camisa.

— Você se esqueceu de tirar a etiqueta — disse Teddy, ficando atrás dele e puxando a parte de trás do colarinho para ver onde ela estava presa.

Ele sentiu Ben estremecer de leve quando seus dedos tocaram o pescoço dele.

— Você poderia ter esquentado um pouco as mãos — falou bem em tom de brincadeira enquanto Teddy tentava desfazer o nó do barbante.

— Consegui — disse Teddy, puxando a etiqueta da camisa.

Ele endireitou o colarinho e passou as mãos pelos ombros firmes de Ben, não ousando nem respirar.

— Obrigado. A camisa foi um presentinho de aniversário para mim mesmo. Gostou? — disse Ben ao se virar de frente para ele.

— Você está ótimo. Quer dizer... ficou ótima em você. — Teddy tropeçou nas palavras. — *A camisa*. A camisa ficou ótima.

— Você também não está nada mal. — Ben riu, pegando a mão trêmula de Teddy.

A luz da redação piscou. O canto do andar onde eles ficavam estava estranhamente silencioso. O coração de Teddy acelerou enquanto se encaravam. Os lábios macios de Ben pareciam chamá-lo, dizendo para ele dar só mais um passo.

— Vocês sabem que eles não pagam hora extra.

A voz assustou os dois. Dylan tinha voltado à redação, olhando para o jornal que tinha na mão. Ele jogou o jornal sobre a mesa enquanto Ben soltava a mão de Teddy e se afastava dele.

— Já estávamos para sair — disse Ben, rapidamente. — Vamos tomar alguma coisa, você quer ir?

Teddy franziu a testa, confuso, sem saber por que Ben estava sugerindo que ele fosse junto.

— Hoje não — respondeu Dylan, parecendo confuso diante do convite. — Tenho planos com minha cara-metade.

— Por que você convidou ele? E se ele aceitasse? — perguntou Teddy enquanto se dirigiam ao elevador.

Dylan estava logo atrás dele, digitando na tela do celular.

— Obviamente eu queria descobrir se ele, você sabe, viu alguma coisa. Eu não me importo se viu, mas você... sei que você não quer que as pessoas saibam sobre... *você*.

Teddy tentou não pensar no momento em que Dylan os havia interrompido. Sua irritação por Ben ter ficado com a última vaga para a coletiva parecia uma lembrança distante. Eles estavam prestes a se beijar. Seu primeiro beijo. Teddy já tinha beijado vários caras, mas nenhum daqueles momentos fez com que se sentisse como havia se sentido diante de Ben, na expectativa de seus lábios finalmente se encontrarem.

Shakeel e Lexie encontraram os dois na frente do prédio. Teddy deixou Ben ir na frente, ao lado de Dylan, que seguia na direção da estação, de modo que pudesse caminhar com seus dois amigos.

— Está usando a loção pós-barba que eu te dei? — perguntou Shakeel, tentando sentir o perfume.

— É sim! Acertou, Shak.

— É ainda mais cheirosa do que na loja.

Em um instante de loucura, Teddy pensou ter visto Shakeel franzir o cenho.

— Qual o plano para hoje à noite, Teddy? — perguntou Lexie. — Você não vai ficar até tarde, vai?

— Não, eu falei para o Ben que ia sair cedo.

Só havia um motivo para Teddy considerar ficar até tarde e certamente não era nada que pensasse em compartilhar com seus dois amigos.

Teddy e Ben levaram a primeira rodada de bebidas para mesa que Shakeel e Lexie tinham encontrado no fundo do bar.

— Saúde, cara — disse Shakeel, pegando a bebida da mão de Ben.

— E aí? Você quer algum podre deste aqui?

— Todos.

— Vamos ficar um bom tempo aqui.

Lexie riu, abrindo um saco de batatinhas.

— Posso pelo menos terminar uma bebida antes de vocês começarem?

— Não se preocupe, Teddy. Não vou te julgar com base nos seus ex-namorados.

— Ele precisaria ter tido algum para você fazer isso — disse Shakeel.

Teddy ficou boquiaberto e olhou feio para o melhor amigo.

— Merda, desculpe, eu não...

— Que porra é essa, Shak? Muito obrigado.

— Ei, não se preocupe, está tudo certo — disse Ben, colocando a mão sobre o joelho de Teddy. — Não ligo a mínima se você teve dez namorados ou nenhum. Eu só tive um relacionamento de verdade, então não posso julgar.

— Me desculpe, Teddy. Eu só estava brincando.

Teddy achava impossível fica bravo com Shakeel. Sabia que ele não tinha falado por mal. Inclusive, Shakeel ter deixado escapar aquela informação o poupava de ter que falar sobre isso.

— Como está o seu carinha, Shak? — Lexie, quando pôde, aproveitou a oportunidade para tentar mudar de assunto. — Esperávamos conhecer ele hoje à noite.

— Eu já falei para vocês que vou apresentá-lo na hora certa. De qualquer modo, ele não poderia vir hoje, mesmo que eu quisesse.

— Por quê? — perguntou Teddy.

— Ele está trabalhando. É estudante do quinto ano de medicina, então, vocês sabem, é ocupado.

— Você arrumou um médico? — disse Lexie, levantando a mão para ele tocar. — Estou tão orgulhosa de você!

Shak tocou na mão dela e riu.

— Só quero acertar as coisas, e vocês serão as primeiras pessoas a conhecê-lo, eu prometo.

— Ai, meu Deus — disse Lexie em tom dramático, colocando o copo vazio sobre a mesa. — Não acredito que sou a única solteira aqui. Vou precisar de outra bebida.

A mesa diante deles começou a se encher de copos vazios conforme duas horas se transformavam em três.

— Vocês não precisam ficar se não quiserem — disse Teddy a Lexie e Shak, esperando que eles se tocassem de que ele queria ficar sozinho com Ben.

Mas Shakeel insistiu que não precisava ir ainda, e Lexie estava mais do que feliz em ficar se Ben ainda fosse pagar a rodada seguinte.

Teddy notou que Ben estava franzindo a testa para a tela do celular.

— O que foi? — perguntou. — Você parece preocupado.

— Não, está tudo bem. É só um amigo que eu não vejo há um tempão querendo me encontrar.

— Aaah, é um amigo bonito? — gritou Lexie do outro lado da mesa. — E, o mais importante, ele é hétero?

— Não é, Lex, sinto muito! — Ben riu. — Acho que ele não vai vir...

— Fale para ele vir — insistiu Lexie. — Ele pode pagar a rodada seguinte, depois de você!

— Vou dar uma ligada para ele, já volto.

— Mais alguém está com fome? — perguntou Lexie, pulando da cadeira. — Quero batata frita. Ou amendoim. Ou talvez as duas coisas.

Shakeel estava mexendo nos botões da camisa.

— Tem algum plano para o fim de semana? — perguntou Teddy.

— Nada demais. Acho que vamos ao cinema, mas vai depender das agendas.

— Ah, é, o hospital.

— E você?

— Nada certo. Mas você não vai adivinhar: meu avô arrumou um encontro.

Shakeel ficou com os olhos arregalados, sem acreditar no que Teddy estava falando sobre os planos de seu avô.

— Não acredito que está acontecendo. Achei que era brincadeira quando descobri.

— Ele está deixando a gente no chinelo, com aquela idade — afirmou Shakeel com um suspiro.

— Eu, talvez. Você não!

— Eu estou falando no geral. Sendo corajoso, se assumindo e admitindo o que quer.

— Por quê? O que você queria ter coragem de fazer?

— O quê? Nada. Só estou falando em termos gerais, Teddy. Pare de achar que tudo é literal.

— Só estou pegando no seu pé, cara. Você é uma das pessoas mais corajosas que eu conheço.

Shakeel virou o que restava no copo com um gole barulhento em vez de responder.

— Vou ao banheiro, volto em um minuto — disse ele, se levantando tão rápido que quase perdeu o equilíbrio.

Teddy esperou sozinho por vários minutos até Lexie e Ben voltarem para a mesa com sacos de batata frita e amendoim.

— Ben foi ajudar quando terminou de falar ao telefone e nós compramos as duas coisas! — gritou Lexie, jogando um saquinho na direção em que Shakeel estaria. — Essa é a preferida do Shak. Onde ele está?

— Banheiro. Achei que ele já teria voltado. Talvez seja melhor eu ver como ele está.

— Ele deve estar bem, Teddy — disse Ben. — Aqui está, queijo e cebola ou camarão?

Ele balançou as duas opções na frente de Teddy.

— Qualquer uma. Sou facinho.

Ben ergueu as sobrancelhas, fazendo graça.

— Tudo bem, vamos dividir. Meio a meio, combinado?

Teddy ficou aliviado quando Shakeel voltou para a mesa, segundos mais tarde.

— Está tudo bem? — perguntou ele.

— Sim, estou bem. Com fome, só isso.

Teddy o observou abrindo o saquinho de batata que Lexie tinha comprado para ele e começando a comer. Ele sabia que não era coisa de sua cabeça ele ter visto Shakeel olhando feio na direção de Ben em várias ocasiões.

— Benny! — uma voz empolgada gritou mais forte que o barulho do ambiente, um pouco depois.

Teddy olhou em volta. Um rosto familiar vinha na direção dele, mas não conseguia se lembrar de onde reconhecia o homem que agora prendia Ben em um abraço apertado.

— É muito bom te ver — disse ele, dando um tapinha em suas costas.

Quando Ben se livrou do abraço e se recompôs, apresentou o recém-chegado às três pessoas que o encaravam.

— Pessoal, este é o Connor. Connor, estes são Teddy, Shakeel e Lexie.

— Prazer em conhecê-los. Posso pegar uma bebida para alguém?

Lexie desapareceu na direção do bar, desta vez acompanhando Connor. Teddy estava quebrando a cabeça para descobrir de onde conhecia o rosto de Connor. Tinha certeza de que já tinha visto aqueles olhos verde-claros antes.

— Teddy? Terra para Teddy? — Ben estava sacudindo o saquinho de batata aberto perto dele.

— Ah, é mesmo. Não quero, obrigado. Não estou com fome.

O volume da música havia aumentado nos últimos quinze minutos. Várias pessoas tinham transformado o pequeno espaço em uma pista de dança improvisada. Lexi foi se juntar a elas depois de tentar, em vão, arrastar Shakeel junto.

— Então, é Ted, né? — perguntou Connor.

— Teddy, na verdade.

— Como você conhece o Benny?

— Nós trabalhamos juntos.

— Ah, eu não posso me esquecer de dizer que tudo o que eu falar é, como se diz mesmo, *em off*?

Ben riu. Teddy sabia que era a risada por educação que ele usava no jornal e tentou não rir.

— Pode ficar tranquilo. A menos que você tenha algum podre sobre este aqui. — Ele acenou com a cabeça para Ben.

— Não sou de sair contando as coisas, mas se você me pagar uma bebida eu conto tudo o que você precisa saber sobre este moleque.

Connor riu.

Teddy sentiu suas entranhas se retorcerem quando Connor estendeu o braço e apertou o ombro de Ben.

— Não é nada que alguém queira ou precise ouvir, muito obrigado — disse Ben de um jeito um pouco afetado, afastando a mão dele. — Eu falei para você se comportar.

— Você sabe que no fundo eu te amo.

Teddy estava olhando fixamente para os dois quando de repente lembrou. Tinha sido uma foto no perfil de Ben em uma rede social. Connor estava com o braço sobre o ombro dele.

— Vocês dois estão juntos?

Ele sentiu Shakeel se endireitar na cadeira ao lado dele enquanto Ben abria a boca abruptamente.

— Não! — exclamou Ben.

— Não mais — acrescentou Connor, fingindo se sentir indignado com a rápida rejeição de Ben. — Saímos por um tempo. Mas agora somos só amigos, não importa o esforço que eu faça.

— Não consigo me livrar dele — disse Ben.

Ele estava olhando diretamente para Teddy, como se quisesse ter certeza de que estava sendo claro sobre não haver nada entre eles. Pelo menos era o que Teddy esperava que ele estivesse fazendo.

Ben desviou o olhar e se virou para Connor.

— Vá pegar uma bebida para você ou algo do tipo, por favor.

— Qual é o problema? Estamos só nos divertindo.

— Tudo bem — disse Teddy, com a garganta finalmente relaxada o suficiente para deixar as palavras saírem. — É legal vocês terem continuado amigos. Mais gente devia fazer isso.

— Está vendo! O Ted entende. Vamos pedir uns *shots*.

Connor saiu antes mesmo de terminar a frase, passando pelo meio da multidão na direção do bar.

— Desculpe por ele — disse Ben, chegando mais perto de Teddy para não precisar gritar.

— Tudo bem. Não é sempre que dá para conhecer um ex antes mesmo de um encontro decente.

— Está me chamando para sair?

— Talvez — disse Teddy. — Seria legal sairmos direito, você sabe, para algum lugar que não seja o refeitório do trabalho.

— Você tem razão. Vamos falar sobre isso amanhã. Podemos ficar mais alguns minutos e depois dar uma fugida. Certo, tenho que ir ao banheiro antes de ele voltar.

Essa não era exatamente a noite que Teddy estava esperando. Ter ficado sozinho com Ben na redação pouco antes de Dylan os interromper parecia ter acontecido em outra vida. Tudo o que ele queria agora era voltar para lá. Só os dois. Sem interrupções. Sem Connor. Só ele e Ben.

— Cadê o Ben? — perguntou Lexie, voltando para a mesa.

— Banheiro. E o Connor?

— Ele foi até o bar.

Shakeel ficou boquiaberto.

— Aconteceu alguma coisa? — perguntou Lexie, olhando para ele. Ele fez que não com a cabeça sem dizer nada e afundou na cadeira.

— Também vou ao banheiro — disse Teddy de repente, levantando-se da cadeira antes de conseguir se conter. Ele encontraria

Ben. Não importava onde estivesse. Eles tinham que finalizar aquele momento.

Teddy abriu caminho pelas pessoas até o banheiro. Parou quando finalmente chegou na porta. Agora não havia mais volta. Ele colocou as duas mãos na porta e a abriu.

Teddy imediatamente reconheceu a voz de Connor quando entrou no pequeno banheiro. Ela ajudou a distraí-lo do cheiro desagradável que o atingiu. A porta do cubículo do meio estava aberta. Teddy se deu conta de que Connor estava parado na frente de Ben, tendo empurrado e aberto a porta destrancada.

— Não vai acontecer de novo, Connor — dizia Ben. — A última vez foi...

Teddy prendeu a respiração.

— Não ouse dizer que foi um erro. Nós dois sabemos que não foi. Por que você concordou que eu viesse até aqui?

— Achei que tivéssemos combinado de ser amigos, Con... Você bebeu demais.

Os pés de Teddy estavam colados no chão quando ele viu Connor se jogar para a frente e beijar Ben.

— Ben! — gritou Teddy antes que pudesse se conter.

Connor se virou, chocado, enquanto os olhos de Ben se encheram de alívio com a interrupção.

— Você tem o hábito de espiar caras no banheiro, Ted?

Connor saiu do cubículo e se aproximou de Teddy.

Foi só quando ele fez isso que Teddy observou como o outro homem era forte.

— Parece que o Ben quer que você vá, Connor. Estou começando a achar que ninguém quer você aqui.

— Por que você se importa? — disse Connor, e logo a compreensão se espalhou por seu rosto. — Você? Você e o Ben? Cara. É uma graça, mas eu não perderia o meu tempo tentando.

A ponta das orelhas de Teddy queimavam enquanto o peso das palavras de Connor o atingiam diretamente no peito.

Connor chegou ainda mais perto, de modo que Teddy praticamente podia sentir seu bafo de cerveja no rosto.

— Vá embora agora, Ted. Ben e eu estamos conversando e não é nada da sua conta. Não é, Ben?

Antes que Connor pudesse dizer mais alguma coisa, Ben passou por ele o empurrando e já foi puxando Teddy para fora do banheiro.

Teddy não parou para fazer perguntas enquanto voltavam para a mesa, onde Shakeel e Lexie estavam conversando.

— Ignore ele, Teddy — disse Ben quando finalmente se sentaram.

Ele estava batendo o pé na lateral da mesa e olhando na direção do banheiro. Teddy nunca tinha visto Ben tão agitado.

— Ben. Se você quiser ir com ele, pode ir.

— Por que você diria uma coisa dessas? — disse Ben, enquanto a perplexidade se espalhava por seu rosto. — Você acha mesmo que é isso que eu quero?

— Não, só estou dizendo...

Teddy ficou encarando o chão. Ele se sentiu idiota por sugerir que Ben quisesse ir embora com Connor.

— Sei que você nunca fez isso, Teddy, mas eu acho que pode haver algo entre nós. Fico feliz em esperar por você, mas preciso saber que não está só me enrolando.

— Te enrolando? Eu não sabia que você achava isso, Ben.

Teddy notou que a conversa de Shakeel e Lexie não estava mais tão alta quanto antes.

— Não estou falando que eu acho que você está fazendo isso, só quero ter certeza de que você tem alguma intenção de realmente se assumir. Não espera que eu fique aguardando indefinidamente, não é?

Teddy não sabia o que dizer enquanto Ben o encarava. Ele achava que Ben tinha compreendido sua situação. Por que agora o estava pressionando a se assumir?

— Talvez seja melhor esquecermos tudo isso — respondeu Teddy.

Ele sentiu o estômago revirar quando as palavras saíram de sua boca. Elas ecoaram em seus ouvidos como se ele estivesse ouvindo alguém falar pela primeira vez.

— Está falando sério, Teddy? Como assim? — As narinas de Ben se dilatavam conforme ele processava o que tinha acabado de ouvir. — Você prefere se esconder no armário para sempre?

— Não estou dizendo que vai ser para sempre, mas não preciso que fique me pressionando, Ben.

— Não é pressão. Eu quero te levar para sair. Quero nosso segundo encontro, um terceiro encontro. Só não quero sentir que estou perdendo meu tempo.

— É o que estou dizendo — disse Teddy com a voz falha. — Você pode estar.

— Quer saber de uma coisa, Teddy? Se é isso que você acha, talvez esteja certo. Se não se valoriza o suficiente para se assumir e viver sua vida, por que eu deveria esperar que tivesse esse tratamento comigo?

Ben deu boa-noite para Shakeel e Lexie e, sem dizer mais uma palavra a Teddy, saiu do bar. Lexie foi a primeira a abraçar Teddy, apertando-o com força.

— Foi bem idiota o que eu fiz, não foi? — disse ele com tristeza.

— Não! Você não pode fazer promessas — disse Lexie. — Se ele não quer esperar por você, o problema é dele.

Por mais que ele apreciasse o sentimento, Teddy sabia que a sensação em seu estômago lhe dizia o contrário. Ele não queria afastar Ben antes que tivessem ao menos a chance de tentar. Shakeel permaneceu estranhamente quieto enquanto terminava de beber. Era um silêncio que normalmente significava que ele estava ponderando se deveria ou não dar sua opinião.

— Vamos, Shak. Sei que você está louco para falar alguma coisa — disse Teddy, incapaz de esperar mais.

— Eu não gosto desse cara e nem confio nele — disse Shakeel, sem tirar os olhos da mesa ao falar. — Mas… entendo o que ele quis dizer. Talvez seja a hora de você finalmente ir em frente. Por que não agora, quando está gostando tão obviamente de alguém?

Teddy não se lembrava de Lexie ter ido até o bar para pegar outra rodada de bebidas para eles, mas, antes que pudesse se dar conta, ele estava indo passar a noite no apartamento dela.

— Desculpe, Lex. Espero que não se importe de eu dormir aqui — disse ele, jogando-se no sofá com o travesseiro e o edredom que ela havia lhe trazido.

— Não se preocupe com isso. Você e Ben podem conversar durante o fim de semana e resolver tudo. Mas acho que você já sabe o que tem que fazer.

Teddy afundou a cabeça no travesseiro e resmungou. Poderia não ser no dia seguinte ou na semana que vem, mas ele finalmente teria que aceitar que precisava se assumir mais cedo ou mais tarde.

CAPÍTULO 15
ARTHUR

Arthur franziu a testa ao ver seu reflexo. Nunca tinha se sentido tão velho. Duas noites sem dormir direito não tinham ajudado com as bolsas sob seus olhos. Ele puxou a própria pele. Poderia ser pior, pensou. Sempre tinha se cuidado muito, graças a Madeleine e seu hábito de comprar novos produtos para ele. Géis, cremes, sprays e hidratantes — não havia um produto no mercado que ele não tivesse testado ao longo dos anos. É claro que até o produto mais caro só funcionava até certo ponto, era impossível esconder todas as falhas quando a pessoa passava a noite se revirando na cama.

Ele não conseguia acreditar que ter um perfil em um site resultaria em um convite para sair, muito menos que acabaria marcando dois encontros em um dia. Se ele fosse de apostar, teria certeza de que Madeleine seria convidada antes dele. No fim, ele só a venceu por duas horas. Agora, tanto ele quanto Madeleine se preparavam para conhecer completos estranhos. Scarlett, empolgada, havia descoberto informações sobre os dois homens que tinham enviado mensagem para ele tão rápido.

— Walter tem 79 anos e mora na cidade, mas não se importa de viajar. E tem o Oscar. Ele tem 82 e mora a poucos quilômetros daqui, perto de Little Birchwood.

Aquela noite, antes de ela sair, os planos foram feitos. Ele encontraria Walter sábado à tarde no café da Cora e, à noite, encontraria Oscar em um restaurante na rua principal.

Tentou relaxar e não pensar em estar com dois estranhos; na pior das hipóteses seriam algumas horas com pessoas que ele nunca veria de novo. Teddy havia tentado tranquilizá-lo quando ele confessou suas preocupações durante a última conversa ao telefone.

— Não sei nada sobre encontros. E se eu passar vergonha?
— Vai dar tudo certo, vô. Você vai se divertir.

Arthur sabia que Teddy estava fazendo o possível para acalmá-lo, mas não conseguia deixar de se preocupar com os detalhes nos vários cenários que havia imaginado.

— E quanto à conta no final? — perguntou ele.
— Vocês podem dividir ou ver quem se oferece para pagar. Não fique ofendido se eles se oferecerem para pagar. Não tem regra.
— E se eu não quiser ver um, ou nenhum deles, de novo?
— É só não ver. Simples assim. Acredite, vocês dois vão saber bem rápido se gostam da companhia um do outro. E não se esqueça de que pode gostar deles também como amigos.

Arthur havia considerado brevemente essa possibilidade, mas não tinha certeza se era algo que deveria considerar, principalmente por terem se conhecido em um site de namoro.

— Você vai se sair melhor nos encontros do que eu, posso garantir! — falou Teddy, encorajando-o.

A conversa dos dois fora interrompida pela chegada de Scarlett. Sempre empolgada para colocar as mãos em um projeto, ela rapidamente decidiu que Arthur precisava de um corte de cabelo para ficar com um visual "um pouco mais moderno". Insistiu em cuidar disso ela mesma, usando Patrick como exemplo de como ela sabia exatamente o que estava fazendo. Depois que ela terminou e perguntou três vezes se ele tinha gostado, Arthur havia tentado, sem sucesso, escolher uma roupa. Quando terminou de experimentar várias camisas, teve que sentar na beirada da cama por vários minutos para recobrar o fôlego.

— Sair assim na minha idade é uma enorme tolice. O que eu sei sobre encontros?
— Não seja bobo — disse Madeleine, segurando no alto a última camisa que restava. — Vamos encontrar algo para você. Agora pare

de resmungar, você está me lembrando de Patrick quando era pequeno e não conseguia que as coisas fossem do jeito que ele queria.

E é por isso que Arthur se viu comprando camisas no dia de seu encontro. Ele resolveu evitar algumas das lojas maiores da rua principal. Aquelas lojas não eram para ele. Tinha arriscado entrar em uma delas uma vez e se sentiu como um aposentado perdido quando uma jovem com roupas modernas começou a enunciar cada palavra tão alto que ele imaginou que ela tivesse achado que ele era surdo. Não, certamente ficaria com a Egerton's. Era uma das lojas mais antigas da cidade; Arthur se lembrava com detalhes de ter sido arrastado lá para dentro por sua mãe para experimentar seu primeiro uniforme. Ela tinha chorado o tempo todo e quase desmaiou quando o viu usando o traje completo pela primeira vez.

Para uma manhã de sábado, a loja estava tranquila. Arthur não queria perder muito tempo olhando, então subiu logo as escadas para o departamento masculino. Um jovem de aparência melancólica pulou da cadeira atrás do balcão, claramente empolgado com a perspectiva de ter alguém para atender.

— Bom dia, senhor! Bem-vindo à Egerton's, posso ajudar com alguma coisa? — disse ele, apontando de maneira dramática para as várias araras.

— Não, obrigado. Já sei o que eu quero — respondeu Arthur.

— Estou aqui se precisar de alguma ajuda.

O sorriso do atendente desapareceu conforme ele lentamente voltou para a cadeira. Arthur não reconheceu o jovem. Ele conhecia a maior parte da família Egerton quando era mais novo, mas, com os anos, se tornou impossível ficar a par de tantos netos e bisnetos que surgiam para trabalhar na loja da família. Assim era Northbridge, afinal. Família em primeiro lugar. Arthur começou com a arara mais próxima, passando os dedos pelas diferentes camisas.

Flores.

Listras.

Mais flores.

Mais listras.

Exasperado, Arthur suspirou alto.

— Você tem certeza de que não quer uma ajuda?

Arthur deu um salto.

— Meu Deus, rapaz, você quase me fez ter um ataque cardíaco.

— Desculpe, mas você parece estar um pouco indeciso. Imagino que esteja procurando uma camisa. Qual é a ocasião?

Arthur fez uma careta.

— Uma reunião.

— Certo, então queremos algo profissional.

— Mas nada muito formal.

O vendedor assentiu enquanto olhava ao redor.

— Acho que você ficaria muito bem com essa — disse ele, mostrando uma camisa xadrez. — Ela tem um quê de outono, não acha?

Arthur a analisou. Não era horrível.

— Não acha que sou um pouco velho demais para usar uma coisa assim?

— É claro que não, um homem de sua idade, estamos falando do quê... uns sessenta e tantos? Poderia usar facilmente essa camisa.

Arthur riu.

— Você é um vendedor nato. Se algum dia quiser vender carros, me avise.

O vendedor se apresentou como Carl e continuou mostrando a Arthur algumas camisas que ele tinha certeza de que seriam apropriadas.

— É para um encontro — Arthur acabou confessando, esperando que ajudasse a pôr um fim em sua busca.

Carl juntou as mãos e saiu apressado, reaparecendo instantes depois com mais duas opções.

— Com uma dessas duas, não tem erro — disse ele. — Uma camisa Oxford clássica ou a versão xadrez. Ambas as cores combinam muito bem com seus olhos.

Arthur as analisou com atenção. De repente, pareceu-lhe impossível decidir sozinho.

— Vou levar as duas — disse ele. — Muito obrigado pela ajuda.

Radiante, Carl colocou as duas camisas em uma sacola enquanto Arthur pagava.

— Tenha uma excelente noite, senhor. Ela vai amar qualquer uma que você escolher — disse ele, entregando a sacola.

Arthur acenou com a cabeça para Carl, pegou a sacola e saiu da loja.

~

— Ele também disse que você parecia quase dez anos mais novo! — disse Madeleine durante o almoço, quando Arthur lhe contou o comentário de Carl. — Mas o pobre rapaz não tinha como saber.

— Não é só isso. É a suposição, não é? As pessoas vão ficar olhando para nós... para mim.

— Desde quando isso te preocupa, Arthur Edwards? Deixe que olhem. Você vai sair para tomar um café e jantar com alguns amigos. Eles não sabem mais do que o jovem da Egerton's.

— Pode ser — admitiu Arthur. — Você acha mesmo que eu passo por 69?

— É claro, querido. E nem um dia a mais. — Madeleine riu, dando uma mordida pequena em seu sanduíche para evitar ter que dizer mais alguma coisa.

Depois de finalmente optar pela camisa xadrez, Arthur estava pronto, esperando no café da Cora pouco antes das 14h. Ele ficou feliz por ter ligado antes e pedido a Cora a mesa nos fundos, que oferecia mais privacidade.

— O de sempre para você e Madeleine? — perguntou Cora quando ele chegou.

— Ah, não. Vou encontrar outra pessoa, um amigo.

— Tudo bem, meu querido, volto aqui quando ele chegar.

Cora abriu um sorriso esperançoso para ele e voltou para o outro lado do balcão. O movimento do almoço tinha terminado, mas os compradores de sábado à tarde ainda iam e vinham. Vez ou outra aparecia alguém que ele conhecia, acenando em sua direção quando o via sentado sozinho no canto. Não havia privacidade alguma.

Uma onda de pânico tomou conta dele. Ele não podia fazer isso. Encontrar alguém no café da Cora, entre tantos lugares. Tinha sido um erro. Arthur secava a testa com o guardanapo.

— Pai? Está tudo bem?

Arthur abriu os olhos. Elizabeth estava olhando para ele. Ela colocou a mão sobre seu ombro.

— Ah, desculpe, meu amor. Sou só eu ou está um pouco quente aqui dentro hoje? A Cora deve estar brincando com o termostato de novo.

— Tem certeza? Você parece um pouco pálido. Está com a mamãe?

Arthur de repente desejou ter pedido um chá para Cora.

— Não, hum, ela não está aqui. Meu ami... a pessoa que vou encontrar deve estar um pouco atrasada.

Ele se mexeu desconfortavelmente na cadeira.

— Ah — Elizabeth disse em voz baixa, erguendo as sobrancelhas quando se deu conta do que, na verdade, seu pai estava fazendo no café.

— Você não precisa ficar aqui se...

— Tudo bem, eu estou bem — insistiu ela, passando os olhos pelo café. — Eu não sabia que você ia marcar um, você sabe, tão rápido.

— É só um café. Bem, vai ser, se ele chegar.

Arthur olhou para o relógio. Walter já estava 25 minutos atrasado.

— Quer que eu espere até ele chegar? Posso sair assim que ele aparecer.

— Você pode, mas estou bem, eu juro. — Arthur a tranquilizou. — Eu nem vi você entrar.

— Eu estava fazendo compras com a Eleanor. Só entrei para pegar uns chocolates quentes para nós. Ela está no carro, na verdade.

— Então não deixe a coitada esperando. Eu estou bem. Pode ir.

— Certo, mas tenha cuidado, por favor, pai. Não vou te dizer como viver sua vida, mas seja cuidadoso.

Elizabeth lhe deu um beijo rápido na bochecha antes de voltar para o balcão.

Arthur a observou pedir suas bebidas, acenar em sua direção e sair do café. Ele suspirou com tristeza quando o relógio marcou

14h30. Com quase oitenta anos, ele tinha levado um bolo. Todo o nervosismo tinha sido por nada. Sentiu-se um completo idiota sentado sozinho.

— Elizabeth disse que você poderia gostar de um chazinho — disse Cora, colocando a caneca sobre a mesa. — Seu amigo não chegou?

— Obrigado, Cora. Não, receio ter levado um bolo do meu acompanhante.

— Ah, Arthur, meu querido. Eu não sabia que era um encontro.

— Eu sou tão tonto, Cora. Achei que seria capaz de fazer isso. Mas ele me fez um favor.

Arthur tomou um gole de chá. O calor da caneca era agradável em suas mãos.

— Nada disso. Você sabe que este sempre será um lugar seguro para você, Arthur.

Ele tentou sorrir diante das palavras gentis de Cora, mas não estava com pressa nenhuma de repetir aquela tarde, principalmente na frente de pessoas que o conheciam.

— Ligue para a Scarlet e fale para ela cancelar, eu não vou — disse Arthur quando Madeleine o levava de carro para casa. — Nunca me senti tão idiota. Até Elizabeth olhou para mim como se eu fosse um velho bobo.

Madeleine suspirou quando viraram na entrada da casa.

— Você não pode cancelar com o Oscar, não foi ele quem te decepcionou esta tarde.

— Isso tudo foi um erro. Não sei por que me deixei levar.

— Arthur Edwards, já chega — disse Madeleine com seriedade quando o carro parou. — Você está com medo, eu compreendo isso melhor do que ninguém, mas não vou deixar você jogar fora sua segunda chance.

— No amor?

— Na vida! De viver, Arthur. De ter amigos que te amem exatamente por você ser quem você é.

Os dois saíram do carro e entraram em casa.

Arthur se arrastou até a sala e se jogou na poltrona.

— Pode pensar sobre isso, por favor? Oscar não merece ser decepcionado — disse Madeleine.

— Sinto muito, Madeleine. Achei que podia fazer isso, mas não consigo. Eu não vou.

CAPÍTULO 16
TEDDY

Teddy não sabia como conseguira sair do apartamento de Lexie para o jornal e chegar a tempo para o trabalho na sexta de manhã. Ele se sentia péssimo. Colocou suas esperanças em dois comprimidos de paracetamol e vários litros de água para sobreviver àquele dia. E também teria que lidar com o trabalho. E com Ben. A ideia de encará-lo fez seu estômago se contorcer. Lexie havia tentado tranquilizá-lo antes de sair, mas nada do que dissera adiantou.

Ele só podia torcer para que Ben estivesse disposto a conversar. Não queria terminar as coisas antes mesmo de começarem. Ele ia se assumir. Se Ben pudesse confiar nele, ele se sentiria ainda melhor ao fazer isso sabendo que tinha apoio.

— Bom dia — disse Dylan quando Teddy se jogou na cadeira com um resmungo. — Por pior que você pareça estar, pelo menos conseguiu vir.

Teddy girou a cadeira.

— Ben não vem hoje — continuou Dylan, vendo o olhar confuso no rosto de Teddy. — Ele disse que não estava se sentindo bem.

— Ah, certo. Ele falou mais alguma coisa?

— Não. E também não é o ideal, eu tinha algumas coisas para vocês dois fazerem hoje, então você pode reclamar com ele se sair daqui com os dedos doendo.

Teddy tentou ao máximo se concentrar nas várias tarefas que Dylan lhe passou durante o dia. Toda vez que seu celular vibrava, ele o pegava com esperança, desesperado para ver o nome de Ben na tela. Ele ficou em sua mesa durante o almoço, apegado à ideia de que Ben poderia ligar quando soubesse que Dylan não estaria por perto. Por volta das 15h, não conseguiu mais esperar e mandou uma mensagem dizendo oi. Ela ainda não tinha sido lida quando Teddy saiu do jornal aquela noite, depois que terminou de separar todos os recibos bagunçados e pedidos de reembolso de despesas de Dylan.

Teddy acordou assustado no sábado de manhã, esquecendo por um momento que era fim de semana. Estava confuso. Tomou um gole de água do copo que estava ao lado de sua cama. Se tivesse energia, teria descido e pegado um copo de água fresca, mas não hoje. Não. Hoje era um dia para ficar na cama com as cortinas fechadas.

— Eu mereço isso — disse Teddy a si mesmo enquanto arrumava os travesseiros. Ele tinha virado um na vertical e quase o abraçado para conseguir dormir.

A notificação no telefone fez seu coração saltar. Shakeel. Ele jogou o aparelho na cama sem abrir a mensagem, daí se sentiu imediatamente culpado e começou a procurar o celular sobre a colcha. Não era culpa de Shakeel se Ben não estava respondendo. Leu a mensagem de Shakeel. O amigo queria saber se eles podiam conversar.

— Alô — disse Teddy assim que Shakeel atendeu a chamada. — Você não costuma acordar tão cedo no sábado. O que está acontecendo?

— Eu só estava pensando no que aconteceu na outra noite e achei que podíamos conversar.

Teddy se endireitou na cama. Sabia que, quando Shakeel dizia *conversar*, significava algo que ele estava criando coragem para dizer.

— Ah, tudo bem. Quer dizer... se você quiser, mas eu não acho...

— Teddy, eu não confio nele — afirmou Shakeel, sem rodeios.

Teddy ouviu a respiração pesada de Shakeel do outro lado da linha.

— Está falando sério, Shak? Você nem conhece ele!

— E você conhece? Vocês saíram o quê? Uma vez?

— Eu trabalho com ele todos os dias. Tenho uma boa ideia de quem ele é.

— Bobagem, Teddy. Eu já te vi perto dele, lembra? Só porque você gosta dele, não quer dizer que precisa deixar ele ficar com o emprego.

Teddy respirou fundo. Suas narinas se dilataram.

— Você me ligou no sábado de manhã para me passar sermão sobre o primeiro cara de quem posso estar gostando?

— Porque eu já passei por isso, Teddy. Só estou dizendo isso como seu melhor amigo. Sei que não quer escutar, mas pelo menos me prometa que vai ter cuidado. Por favor?

— Tudo bem, se isso faz você se sentir melhor. Se eu já não estraguei tudo, vou ter cuidado. Satisfeito?

Apesar de revirar os olhos várias vezes pelo restante da conversa, Teddy sentiu o nó em seu estômago apertar. É claro que ele sabia que Ben queria o emprego, provavelmente ainda mais do que ele, mas eles certamente superariam isso, independentemente do resultado. Ele superaria, se Ben ficasse com a vaga.

Seu estômago roncou alto. Comida. Ele precisava tomar café. Seria uma boa distração para tudo aquilo.

— Ah, eu já ia te chamar, Edward — disse Elizabeth quando ele entrou na cozinha, sentindo o cheiro dos ovos mexidos.

— Pensei em fazer seu café da manhã preferido. Também fiz bacon crocante.

— Para que tudo isso?

Teddy olhou para a cozinha, confuso. Não havia mais ninguém ali.

— Não posso fazer café da manhã para o meu filho?

— Mãe. Até você sabe que faz um bom tempo que você não...

— Tudo bem, tudo bem — Elizabeth disse, colocando ovo no prato dele. — Eu só queria dizer como estou orgulhosa de você. Não tivemos oportunidade de passar muito tempo juntos ultimamente, mas sei como está se esforçando no trabalho e só queria que você soubesse que isso me deixa muito feliz.

A boca de Teddy estava seca. De repente parecia impossível formar uma frase. Antes que pudesse se dar conta, ele sentiu as lágrimas rolando por seu rosto.

— Desculpe, não sei o que aconteceu — disse Teddy, puxando um banquinho para se sentar.

Elizabeth pousou a mão nas costas dele e lhe fez um carinho com cuidado.

— Está tudo bem? Você sabe que pode conversar comigo sobre qualquer coisa, não sabe? Já passamos por tanta coisa em família, Teddy. Você sabe que eu sempre vou estar ao seu lado.

— Obrigado, mãe. Não se preocupe, é só uma briga boba com o Shak e o cansaço. Estou bem, prometo.

— Sério? — Elizabeth franziu a testa para ele. — Eu faço ovos e bacon para você e você começa a chorar? Eu cozinho tão mal assim?

Teddy riu e secou os olhos de novo.

— Aí está aquele sorriso, igualzinho ao do seu pai. Sei que pode haver épocas em que parece que não passamos muito tempo juntos, mas sempre vou estar ao seu lado, não importa o que aconteça.

O estômago de Teddy revirou. Comida era a última coisa em que poderia pensar. Este era o momento. Se ele conseguisse achar as palavras. Se conseguisse encontrar um pouco de coragem extra para expulsá-las de sua boca.

— Mãe — disse ele. — Eu preciso, não, eu quero te contar...

A porta se abriu e Eleanor entrou na cozinha cheia de sacolas de compras.

— Certo, vamos, mãe — resmungou ela. — Tenho que devolver tudo isso. Faz semanas que está no meu quarto.

— E de quem é a culpa disso, Eleanor? Dois minutos, por favor. Por que você não vai indo para o carro?

— Está tudo bem? — perguntou Eleanor, notando os olhos avermelhados de Teddy.

— Está tudo bem, Eleanor. Só nos dê um minuto. — Eles aguardaram em silêncio até ouvirem a porta da frente se fechar. — Desculpe, eu prometi a ela que iríamos fazer compras hoje de manhã. Você ia me contar alguma coisa?

Teddy sorriu. O pouquinho de coragem que ele tinha tirado de algum lugar minutos antes havia se esvaído.

— Só queria dizer que estou muito grato por você ter arrumado o estágio no *Post*. Estou adorando.

— Nem sei dizer como isso me deixa feliz, Edward — respondeu Elizabeth. — Não importa o que aconteça, nunca se esqueça do quanto eu sinto orgulho de você. Bem, é melhor eu ir antes que ela comece a buzinar. Tome seu café da manhã enquanto ainda está quente.

— Obrigado, mãe — disse Teddy, enquanto ela se inclinava para a frente e o beijava no rosto.

Imagens do rosto decepcionado de Ben e Shakeel passaram por sua cabeça. Depois de quase uma hora movendo os ovos mexidos frios no prato, ele os jogou no lixo e voltou para o quarto.

CAPÍTULO 17
ARTHUR

Arthur acordou na poltrona com um salto. Uma batida na porta da sala de estar o assustara. Ele nem se lembrava de ter afundado na cadeira e fechado os olhos.

— Arthur? Oi? É a Scarlett, posso entrar? — A voz dela estava mais alta do que de costume.

— É claro, não seja boba, você não precisa bater.

— Desculpe, Madeleine disse que você tinha pegado no sono, mas eu preciso me desculpar.

Arthur fez que não com um aceno no ar e franziu o cenho.

— Você não me deixou lá plantado.

— Mas eu te pressionei...

— Você não me pressionou nada. Nós íamos fazer isso com ou sem você, Scarlett. Não se culpe pela grosseira de outra pessoa.

— Madeleine disse que você não vai encontrar o Oscar.

Scarlett se sentou no sofá. Arthur sabia que ela tentaria de tudo para convencê-lo a mudar de ideia enquanto mexia nos vários anéis que tinha nos dedos.

— Antes que comece a tentar...

— Por favor, Arthur, só me deixe dizer uma coisa rapidinho. — Ela arregalou os olhos ao falar, quase surpresa com a própria interrupção. — Só te conheço há alguns anos, mas você se lembra do que me disse na primeira vez em que nos encontramos, aqui nesta casa? Você me disse que nunca tinha visto Patrick tão feliz. Disse que eu seria parte da família.

Arthur assentiu. Ele se lembrava muito bem daquela tarde.

— Eu sabia que aquilo servia tanto para o lado bom quanto para o ruim, Arthur. Patrick só estava sóbrio havia seis semanas, mas eu pude ver o homem que ele era. Isso é um reflexo de você. Toda história que ele me conta da infância e da adolescência é sobre você e como sempre o apoiou e encorajou. Quando ele não quis assumir os negócios, você o fez perceber que era capaz. Ele só precisava acreditar em si mesmo. É claro que ele cometeria erros, mas aprenderia com eles. Acho que é exatamente isso que você diria para si mesmo hoje. Por favor, não deixe uma pessoa te impedir. Você vai se arrepender muito de não ter ido. Era só isso que eu queria dizer, sinto muito se acha que falei o que não devia.

Arthur se levantou, colocando o jornal dobrado sobre a mesinha de centro. Ele olhou para o relógio e respirou fundo.

— Bem, então acho que é melhor eu me arrumar. Não quero deixar Oscar esperando.

Foi impossível ele não sorrir quando Scarlett começou a bater palmas com satisfação.

Madeleine e Scarlett observaram da porta quando Arthur entrou no táxi que o levaria ao restaurante. Ele acenou de leve para elas antes do carro sair da frente da casa e pegar a avenida movimentada até a cidade.

— Noite dos rapazes, é? — perguntou o motorista de táxi enquanto esperavam em um sinal vermelho.

A voz dele estava rouca, possivelmente das tentativas de conversa com seus vários passageiros.

— Só vou encontrar um amigo — disse Arthur, tentando evitar contato visual com o motorista que olhava para ele pelo retrovisor.

— Então comporte-se muito bem enquanto a senhora espera por você em casa.

O motorista riu.

Arthur forçou um sorriso em resposta e voltou a olhar pela janela. Suas pernas estavam tremendo. Tentou pôr as duas mãos suadas sobre os joelhos para mantê-los parados.

Ele sabia que estava sendo bobo. Era só um jantar, algumas horas e tudo estaria terminado.

Sentiu o táxi parar. Olhou pela janela, estava em frente ao restaurante Catch 22.

— Tenha uma boa noite, amigo — disse o motorista enquanto Arthur saía do carro.

Ele de repente se sentiu muito sozinho e exposto parado em frente ao restaurante. Estava dez minutos adiantado. Será que havia algum tipo de manual de etiqueta de encontros em que isso era malvisto? De repente, tudo em que ele não havia pensado à tarde parecia importante. Será que deveria entrar e esperar à mesa? E se Oscar já estivesse lá dentro? Ele poderia estar sentado à mesa, vendo-o parado do lado de fora, debatendo suas opções. Arthur respirou fundo e abriu a porta do restaurante.

— Boa noite, o senhor tem reserva? — perguntou uma jovem esbelta vestida de preto, segurando um iPad bem diante da entrada. Seus longos cabelos loiros estavam presos em um rabo de cavalo bem-feito.

— Olá. Mesa para dois. Oscar?

— Ah, sim, o senhor é o primeiro a chegar. Deixe-me acompanhá-lo até sua mesa.

Arthur a seguiu pelo restaurante enquanto ela passava entre as mesas daqueles que jantavam cedo. Não estava tão movimentado quanto ele temia. Em sua maioria, casais mais velhos ocupavam as mesas, com alguns grupos pequenos nos fundos.

Eles pararam ao lado de uma mesa pequena. Estava vazia, assim como uma outra mesa idêntica do outro lado. Arthur agradeceu à recepcionista e se sentou de modo que pudesse observar a frente do restaurante.

Vários minutos se passaram. Ele observava os funcionários passarem entre as mesas. De vez em quando a porta abria e alguém chegava. O estômago dele dava um pequeno salto cada vez que isso acontecia, e uma onda de decepção tomava conta dele quando se dava conta de que não era Oscar. Até que ele o viu. A recepcionista estava apontando para Arthur. Oscar sorriu, acenou com a cabeça e começou a caminhar na direção dele. Arthur respirou fundo e se levantou.

Oscar era só um pouco mais baixo do que ele. Sua pele bronzeada estava envelhecida, mas cada ruga parecia ter sido traçada intencionalmente, repleta de lembranças da vida que havia vivido. Havia um par de óculos sobre seu nariz levemente torto, mas não servia como distração para seus brilhantes olhos azuis.

— Você deve ser o Arthur — disse ele, estendendo a mão.

— Oscar, é um prazer conhecê-lo.

— Desculpe, eu me atrasei uns minutos. O trânsito nunca melhora neste lugar, não é?

— Piora a cada dia. Você veio dirigindo?

— Deixei meu carro na casa de um amigo. Ele mora perto da cidade.

Passaram vários minutos discutindo sobre Northbridge e descobriram que Arthur conhecia vagamente um dos amigos de Oscar — ele havia comprado um carro de Arthur havia alguns anos. Um garçom os interrompeu para anotar os pedidos e logo voltou com uma garrafa de Pinot Gris.

— Um brinde a uma noite adorável — disse Oscar, erguendo a taça para Arthur.

Arthur se sentiu mais relaxado conforme conversavam. Era como se eles se conhecessem há anos. Ele se esqueceu muito rápido de seus temores iniciais sobre tópicos de conversa ou como seria se sentar de frente para um estranho em uma ocasião potencialmente romântica. Arthur sentiu várias pessoas olhando para eles conforme passavam a caminho de suas mesas. Reconheceu alguns rostos, mas não soube identificá-los.

— Então — disse Oscar. — Seu perfil mencionava que você tem dois filhos. Me conte tudo.

— Tenho. Elizabeth e Patrick, ambos com quarenta e poucos anos. Elizabeth tem três filhos, minhas duas netas e meu neto. Você tem filhos?

— Não, só sobrinhas e sobrinhos. Imagino que só tenha se assumido um pouco mais velho, então?

Arthur colocou a taça sobre a mesa.

— É, foi há poucos meses, na verdade.

As sobrancelhas de Oscar quase bateram no teto.

— Minha nossa, como você foi corajoso. Como foi?

Ele bebericava o vinho enquanto Arthur explicava como tinha tomado a decisão de finalmente contar aos filhos e viver como um homem gay.

— É maravilhoso que sua esposa te apoie tanto. Ela parece ser uma joia. Já ouvi muitas histórias ao longo dos anos, e nem todas têm finais felizes.

— Sou um homem de muita sorte — disse Arthur. — Estamos dando um jeito. Foi ela quem me convenceu a vir hoje. Eu não acho que deveria estar marcando encontros na minha idade...

— Pode parar com isso — disse Oscar, levantando a mão e sorrindo. — Não venha com essa coisa de idade na minha frente. Vou fazer 83 no ano que vem, mas não vou parar até me enterrarem. Ainda tenho muito a fazer, e um número bobo não vai me atrapalhar.

— Sério?

— Sério. Por que deveríamos parar? Porque a sociedade acha que devíamos estar deitados na cama assistindo a *Call the Midwife*?

— Acho que você tem razão. Eu estava preocupado com o julgamento das pessoas por eu ter saído hoje à noite.

— Por quê?

— Bem... — Arthur resolveu admitir a verdade. — Você é a primeira pessoa com que saio desde que... — A voz dele falhou.

— Eu compreendo — disse Oscar, sorrindo. — Bem, eu estou honrado em estar aqui com você. Acho que é um homem muito corajoso por fazer o que está fazendo.

Arthur sentiu um calor se espalhar por seu corpo. Scarlett estava certa: ele não podia continuar vivendo com medo desses momentos. Ele não deixaria mais nada passar.

Arthur estava admirado com a atitude de Oscar em relação à vida. Enquanto comiam, ele ouvia com atenção Oscar lhe contar suas experiências sendo abertamente gay em alguns dos países para os quais havia viajado ao longo dos anos. Desde ter sido interrogado pela polícia local em uma batida policial em uma casa noturna até festas que duravam a noite toda no Dia do Orgulho, ele tinha histórias de todos os cantos do globo.

— Para o meu aniversário de 81 anos, alguns amigos fizeram uma vaquinha e me deram aulas de voo — disse ele, rindo. — Já estou fazendo aulas há mais de um ano. É uma das melhores coisa que já fiz na vida.

— Você é muito mais corajoso do que eu — disse Arthur.

— A coragem está dentro de você. Você só precisa lembrar que pode fazer tudo o que quiser. Se pode estar aqui jantando comigo, pode ir cantar em um caraoquê com uma drag queen, pode ir à parada gay e se sentir parte de uma comunidade que te ama independentemente de quem você é.

— E poderia pilotar um avião.

— E poderia pilotar um avião! Bem, não depois de duas garrafas disso. — Oscar riu, sacudindo a segunda garrafa de vinho vazia.

Um homem estava acenando com a mão no ar, tentando chamar a atenção do garçom que atendia uma mesa próxima. Arthur sentiu o coração bater mais rápido. Eric Brown estava sentado à mesa com sua esposa, Claudette.

Oscar perguntou, olhando na direção para onde Arthur olhava:
— É um amigo?

— Era — disse Arthur. — Até eu me assumir.

Arthur explicou o que havia acontecido com Eric e a Fundação Northbridge.

— Intolerantes, todos eles — disse Oscar com raiva. — Sinto muito que tenha tido que lidar com esse comportamento horrível.

— Não os culpo por terem sido pegos de surpresa.

— Não arrume desculpas, Arthur. Tenho vontade de ir até lá agora e dar um jeito nele.

— Ah, não, não — protestou Arthur. — Não vale a pena.

— Bem, eu vou garantir que nem ele e nem ninguém faça você se sentir daquele jeito de novo.

Arthur se deu conta do que Oscar estava dizendo.
— Você quer manter contato depois de hoje à noite.
Oscar sorriu para ele.
— Não sei o que você está procurando, Arthur, mas acho que podemos ser bons amigos. E neste momento eu acho que isso é exatamente o que você precisa.

Arthur acenou com a cabeça e suspirou com alegria. Ele não tinha palavras diante da gentileza que um relativo estranho estava tendo com ele.

O garçom chegou com a conta um pouco depois. Arthur tentou pegá-la, mas Oscar foi mais rápido e insistiu em pagar.
— Ao início de uma grande amizade — disse ele, erguendo a taça uma última vez.

Arthur brindou com ele, sentindo-se seguro e satisfeito.

Quando se levantou, Arthur viu que Eric estava olhando para a mesa deles. Não sabia se era efeito do álcool ou se estava inspirado pelas histórias de Oscar, mas se viu passando entre as mesas cheias à sua volta e indo na direção da mesa de Eric e Claudette. Quando se aproximou deles, viu que estavam com sua neta adolescente, Sophie.
— Boa noite — disse ele ao chegar à mesa. — É muito bom ver vocês, Claudette e Sophie.
— Olá, Arthur. A Madeleine não veio hoje? — perguntou Claudette, evitando contato visual.
— Não, ela tinha um compromisso hoje à noite.
— Assim como você, obviamente — disse Eric, apontando com a cabeça na direção de Oscar, que agora se aproximava.

Claudette finalmente olhou para Oscar, enquanto Sophie permaneceu de cabeça baixa, com os olhos focados no prato à sua frente. Ela tinha falado bem mais nas outras ocasiões em que Arthur a encontrara. Arthur apresentou Oscar, que estendeu a mão para cumprimentar Eric.
— Muito prazer — disse ele, antes de se virar para Arthur com um brilho nos olhos. — Agora, bonitão, vamos indo. Você me deve uma sobremesa, lembra?

Mal disfarçando a risada, eles se despediram dos Brown, cujos queixos estavam praticamente no chão quando eles chegaram à saída.

— Não acredito que você disse aquilo. — Arthur gargalhou. — A cara deles!

— Está vendo do que estou falando? Desculpe o linguajar, mas eles que se fodam, Arthur. Você tem uma chance de viver por si mesmo, não por eles. Divirta-se, seja corajoso e aproveite. E se isso significar calar a boca de uns cretinos homofóbicos de vez em quando, melhor ainda.

Eles esperaram na rua até o táxi de Oscar chegar.

— Não se esqueça de contar a sra. Edwards como eu sou bonito — disse Oscar enquanto o carro estacionava ao lado deles. — Ela não precisa ser a única a conhecer cavalheiros atraentes.

Arthur deu tchau para ele e viu o carro virar a esquina e desaparecer.

Ele tinha conseguido. A noite tinha sido um sucesso. Romance nem tinha passado por sua cabeça durante toda a noite. Teddy estava certo. Mesmo sem uma conexão romântica entre eles, sabia que tinha encontrado algo ainda melhor em Oscar em apenas algumas horas, algo de que passou a vida sem saber que sentia falta. Um amigo que realmente o compreendesse.

— Sr. Edwards?

Arthur olhou em volta e viu a neta de Eric, Sophie, atrás dele. Agora que podia ver seu rosto, notou como a jovem parecia cansada.

— Está tudo bem, Sophie?

— Desculpe incomodar, mas eu só queria dizer que acho o senhor muito corajoso.

Arthur ficou um pouco surpreso com o comentário.

— Obrigado, Sophie. É muita gentileza sua dizer isso.

— Sinto muito se meu avô disse algo grosseiro. Ele não...

Arthur viu que ela estava ficando corada, então levantou a mão para que parasse.

— Você não precisa se preocupar. Tenho certeza de que Eric vai mudar de ideia. Afinal, somos amigos há muito tempo. Como está indo na faculdade?

— Está tudo bem. Mal posso esperar para mudar para a cidade — disse ela, com os olhos brilhando diante da possibilidade de deixar Northbridge para trás.

— Todo mundo sempre fica empolgado para sair de Northbridge — falou Arthur, sorrindo com educação. — Eu também já fiquei, acredita? Olhe para mim agora, quase oitenta anos e ainda estou aqui.

— O vô Eric diz a mesma coisa. Ele diz que, mesmo que eu saia, um dia vou voltar.

Arthur conhecia Eric desde que eram meninos. Eric nunca teve nenhum interesse em sair de Northbridge. Na verdade, ele desprezava quem falava abertamente sobre seu desejo de se mudar. Aquilo parecia tão limitante para Arthur.

Mesmo que seus próprios filhos tivessem construído sua vida aqui, Arthur nunca os desencorajou da possibilidade de partir.

— Você vai saber o que é certo para você quando chegar a hora, Sophie. Seu avô ladra, mas não morde. Ele vai te amar independentemente do que você escolher fazer.

Arthur ficou feliz em ver o sorriso em seu rosto quando ela lhe desejou uma boa noite e voltou ao restaurante para se juntar a seus avós.

CAPÍTULO 18
TEDDY

Os dois pequenos tiques ao lado da última mensagem de Teddy para Ben agora estavam azuis. Sua mensagem tinha sido lida e ignorada. Aquilo doía um pouco mais do que ele queria admitir. De qualquer modo, enfim veria Ben no dia seguinte. Agora, tudo o que queria era se concentrar em seu avô e ouvir sobre sua noite com Oscar.

— Me conte tudo! — disse Teddy, acomodando-se no sofá.

Segurando a xícara e o pires, Arthur cruzou as pernas e recostou com um sorriso no rosto.

— Foi muito agradável. Bem diferente do que eu esperava.

— Ele ou o encontro? Ele era como estava na foto do perfil?

— As duas coisas! Não sei como, mas ele parecia mais jovem pessoalmente. Havia uma energia de juventude nele que fez eu me sentir velho como minhas rugas.

— Até parece. Nenhum dos meus amigos acredita que você tem quase oitenta anos!

Teddy ouvia, admirado, Arthur lhe contar as histórias que Oscar tinha compartilhado com ele.

— Uau, ele teve uma vida boa — disse Teddy finalmente. — É ótimo que ele tenha podido se assumir e viver desse jeito.

— É preciso muita coragem para fazer isso, Teddy. É difícil ser quem você é. Não importa de onde você veio ou quando nasceu.

Teddy teve a sensação de que seu avô estava falando tanto de Oscar quanto dele mesmo e também de Teddy, e resolveu mudar de assunto.

— Você vai ver ele de novo, vô?

Ele deixou a pergunta no ar, ainda sem saber direito o que seu avô estava pensando.

— Acho que sim — respondeu Arthur, antes de fazer uma breve pausa. — Ele vai ser um bom amigo.

Teddy tentou encontrar algum indício de decepção na voz de seu avô, mas não detectou nada.

— Só amigos? — perguntou.

— Você estava certo, Teddy — explicou Arthur. — Até estar lá com ele, eu não tinha me dado conta de que não estou procurando, você sabe, outras coisas. O tempo de uma grande história de amor já passou e eu estou bem com isso. Só ter um amigo e compartilhar algumas experiências basta para mim. O amor pode existir em tantas formas, Teddy, principalmente amizade.

— Parece mais simples, eu acho.

— Ah, não. Conheço essa cara. O que foi?

— Só o de sempre. Estou ficando frustrado comigo mesmo e descontando nos outros.

— Aconteceu alguma coisa?

— Não, na verdade não. Acho que esse é o problema. Estou com medo de deixar acontecer porque ainda estou escondendo quem eu sou.

— Ben vai entender — disse Arthur. — Você não precisa colocar mais pressão sobre si.

— Seria de se esperar, não é? Eu só não quero começar algo com esse segredo pairando sobre mim.

— Você sabe o que quer dizer para Ben?

Aquela era uma pergunta que ele vinha querendo responder havia alguns dias, principalmente com o alerta de Shakeel soando em seus ouvidos. Tudo o que Teddy sabia era que o que ele sentia era real. Tinha desejado beijar Ben, sentir o hálito dele junto a seu rosto, abraçá-lo. Podia nunca ter sentido isso antes, mas sabia o que significava.

— Na verdade, não. Talvez não importe, afinal.

— Você está imaginando o fim antes mesmo de começar, Teddy.

— Eu fiz besteira, vô.

— Toda essa preocupação. Eu observei você e Ben na venda de garagem e vi dois jovens que poderiam ter algo especial. Você está deixando seus medos governarem sua vida por você, e isso pode parecer mais fácil às vezes, mas um dia você vai olhar para trás e se arrepender.

Aquela noite, Teddy pensou muito sobre o que seu avô disse. Se fosse levar as coisas mais adiante com Ben, não teria outra escolha além de se assumir para sua família. Ben *versus* sua mãe. Era a isso que aquilo realmente se resumia em sua cabeça? O que Shakeel estava dizendo fazia sentido. Como ele poderia arriscar tudo por alguém tão novo em sua vida? E se sua mãe o expulsasse de casa? Ele ainda teria emprego? Ben teria que entender que ele precisava de mais tempo. Os pensamentos se repetiram em sua cabeça a noite toda, mesmo quando ele finalmente pegou no sono ainda por cima do edredom.

Nem Dylan e nem Ben estavam em suas mesas quando Teddy chegou na segunda de manhã cedo. Ele tinha parado para comprar café e muffins, esperando que o gesto pudesse ajudar as coisas a começarem bem. Colocou um dos copos e alguns muffins sobre a mesa de Ben. Poucos minutos depois, seu coração saltou quando ele viu Ben caminhando em sua direção, carregando um copo do café que havia no térreo.

— Oi. Peguei um café para você e alguns daqueles muffins que você gosta — disse Teddy, com a voz um pouco mais aguda do que havia previsto.

Ben tirou a jaqueta e se sentou antes de responder.

— Obrigado. Eu peguei um café, então você pode ficar com esse.

Teddy observou em silêncio quando Ben empurrou o café que ele havia comprado para sua mesa sem dizer mais nada.

— Sei que que você está irritado comigo, mas espero que possamos conversar sobre... — Teddy começou a dizer.

— Quer saber de uma coisa, não vamos fazer isso agora. Quero me concentrar no trabalho hoje. Já estou atrasado, depois de sexta.

— Você vai me culpar por isso?

— Ah, para com isso. Já devem estar imprimindo um contrato com seu nome, agora que dei a eles a oportunidade.

— Já entendi — disse Teddy, sentindo a alfinetada. — Não vou me preocupar, se você está assim.

Teddy queria dizer mais alguma coisa, mas já tinha criado tanta confusão com Ben que sabia que não podia seguir adiante. Sentiu-se grato por Dylan ter iniciado uma conversa sobre seu fim de semana antes de falar sobre o que teriam para fazer durante a semana. Teddy e Ben trocaram olhares apenas uma vez ao longo da manhã, mas Ben rapidamente virou a cara sem dizer nada. Teddy tentou esconder sua decepção e continuou a escrever a matéria em que estava trabalhando.

Quando a hora do almoço se aproximava, Teddy tentou chamar a atenção de Ben de novo, na esperança de combinarem de comer juntos para que finalmente pudessem conversar direito.

— Você vai subir para o refeitório? — perguntou ele, aproveitando a oportunidade enquanto Dylan estava ocupado ao telefone.

— Não, só vou pegar um sanduíche e comer aqui hoje — respondeu Ben, sem tirar os fones de ouvido.

Teddy sabia que não adiantaria pressioná-lo, então foi sozinho para o refeitório. Mandou uma mensagem para Lexie e Shakeel, mas ambos estavam em reuniões na hora do almoço e só puderam prometer que falariam com ele depois do trabalho. Ele logo desistiu e voltou para a mesa. Foi só quando Dylan também voltou e chamou o nome deles que Ben finalmente tirou os olhos do monitor.

— Desculpe, rapazes, espero que nenhum de vocês tenha planos para hoje à noite — disse Dylan. — Martha deveria cobrir um evento hoje, mas parece que ela ficou doente e foi para casa. Não tem mais ninguém disponível e... bem, poderia ser uma grande oportunidade de vocês progredirem.

— Parece ótimo. Posso ir sozinho, se Teddy não puder — disse Ben, rapidamente.

— Eu posso, na verdade. O que é, Dylan?

— Sabem aquele professor meio bobo da TV que todo mundo ama? O cara que fala sobre espaço? O livro dele vai ser lançando no observatório. A lista de convidados também é bem boa, ao que parece.

— O professor Owen Armitage? — perguntou Ben. — Eu sou muito fã dele! Vamos poder fazer uma entrevista?

— Ainda não, mas gosto que tenha isso em mente, Ben. Vou te encaminhar o e-mail com todos os detalhes e você pode entrar em contato diretamente com a assessora.

— Sabe, você não precisa ser tão passivo-agressivo — disse Teddy após Dylan ter se afastado.

— Desculpe. Você achou que eu literalmente dizer que conseguiria dar conta sem você foi passivo-agressivo?

— Não importa. Ainda temos que trabalhar juntos hoje à noite.

— Vou garantir que minhas perguntas para o professor Armitage estejam prontas para sua aprovação.

— Não precisa. Só espero que você se lembre de como ligar o gravador desta vez — rebateu Teddy, sem conseguir conter uma ponta de satisfação ao ouvir Ben estalar a língua.

Teddy passou o restante da tarde pesquisando as várias celebridades que tinham sido confirmadas no lançamento. Fez sua lista de pessoas com quem queria falar e rascunhou possíveis perguntas. Os organizadores do evento enviariam um carro para pegá-los no escritório e levá-los diretamente ao observatório. Teddy e Ben passaram o percurso de meia hora em silêncio, e só abriram a boca quando o motorista tentou iniciar uma conversa sobre o evento.

— Vocês podem tirar fotos com os famosos? — perguntou o motorista quando eles contaram quem estaria presente.

— Não tenho certeza — respondeu Teddy.

Ele não estava no clima de ficar jogando conversa fora.

— Chegamos, rapazes — disse o motorista quando passaram pelos grandes portões.

A grande cúpula que abrigava o planetário surgiu diante deles. Eles entraram em uma fila de vários carros que deixavam os convidados.

— Vamos descer aqui — disse Ben, sem esperar para abrir a porta.

Teddy o seguiu pelo caminho até a entrada.

Eles entraram em uma fila de convidados vestidos com elegância que esperavam para entrar no prédio.

— Boa noite, posso ver seu convite, por favor? — perguntou uma mulher quando chegou a vez deles.

Ela verificou atentamente os bilhetes e acenou com a cabeça para que prosseguissem.

Os dois passaram por uma multidão de fotógrafos que esperavam pela chegada de celebridades. Teddy tirou o bloquinho de anotações do bolso, abrindo-o na página em que havia escrito sobre algumas das pessoas que gostaria de encontrar e entrevistar.

— Veio bastante gente, não é? — comentou, esquecendo que Ben não estava falando com ele. — A apresentação Viagem pelas Estrelas acontece a cada meia hora no Planetário, temos que nos lembrar de dar uma olhada.

— É, parece legal. Vou dar uma volta e socializar — disse Ben de maneira distante antes de sair andando.

Teddy o observou sair, caminhando pelo meio da multidão de pessoas sem olhar para trás. Determinado a tirar o maior proveito possível da noite, Teddy pegou uma taça de champanhe com um garçom e seguiu na direção oposta.

Ele estava passando por um grupo de pessoas quando alguém esticou o braço e segurou seu pulso. Ele olhou para trás e viu Neena Anderson sorrindo para ele.

— Oi, eu sabia que te conhecia de algum lugar, e então lembrei — disse ela. — É Teddy, não é?

— Estou impressionado com sua memória! — falou Teddy, sorrindo.

— Sou boa com rostos — respondeu ela —, e fiquei tão empolgada quando Stuart me disse que o filho de Elizabeth Marsh faria aquela entrevista. Sou muito fã dela.

— Você sabia quem eu era? — perguntou Teddy.

É claro que ela sabia. Stuart não tinha mencionado nada no dia em que ele e Ben entrevistaram Neena, mas Dylan deve ter contado quando agendou a entrevista.

— É claro! Eu me comportei bem. Bom, tão bem quanto possível — disse ela, rindo alto.

Teddy já tinha ouvido o bastante.

— Bem, foi ótimo te ver, Neena. Tenha uma ótima noite.

Ele tinha se orgulhado tanto de ter ajudado a resgatar a entrevista e conseguido boas citações de Neena. Agora sabia que ela tinha se comportado bem com ele porque, por acaso, era fã de sua mãe. Só quando ele estava se afastando que se lembrou de que estava ali para trabalhar e provavelmente deveria ter tentado conseguir algumas aspas de Neena. Ele olhou em volta e tentou voltar, mas ela já estava conversando com outro repórter, que segurava o gravador em uma altura suficiente para gravar a conversa. Ele engoliu o restante do champanhe e pegou mais uma taça cheia, depois passou os olhos pelo recinto, em busca de Ben.

Não queria falar com Ben, só queria ver o que ele estava fazendo. Mas Ben não estava em lugar nenhum. Se ele não o encontrasse nos quinze minutos seguintes, daria a noite por encerrada. "Por que esperar?", pensou consigo mesmo, dando de ombros. Ele poderia sair de fininho sem ninguém notar. Não estava a fim de conversar com ninguém agora. Afinal, ele só tinha se dado ao trabalho de ir até lá para tentar consertar as coisas com Ben. Olhou ao redor para encontrar a entrada por onde tinha chegado e começou a caminhar na direção dela, abrindo caminho impacientemente pela multidão que aumentava cada vez mais. Dylan ficaria irritado, mas Teddy encontraria uma desculpa convincente. Poderia simplesmente dizer que seu gravador tinha quebrado, ou que ele o havia perdido. Ninguém o demitiria por isso. Não o filho de Elizabeth Marsh.

Teddy parou de repente no meio de uma confusão de pessoas. O que ele estava fazendo? Por que estava cedendo e indo embora? Estava prestes a se tornar a pessoa que Ben o acusava de ser.

Pensou na conversa recente que tivera com sua mãe. Ela pareceu tão genuinamente feliz quando ele disse que estava gostando do trabalho. O sorriso radiante dela passou diante de seus olhos. A onda repentina de culpa que tomou conta de seu corpo quase o fez perder o equilíbrio. Ele gostava desse trabalho, era um trabalho que realmente queria, e sabia disso.

— Qual é o meu problema? — disse Teddy para si mesmo.

Aqui estava ele, sortudo o bastante por estar em um salão cheio de pessoas com quem amaria ter a oportunidade de conversar havia apenas seis meses. Agora estava correndo o risco de provar que as pessoas estavam certas ao pensar que ele poderia passar pelo estágio sem nem se esforçar. Só de pensar, já se sentia arrogante. Ele não podia, ao mesmo tempo, se ressentir do parentesco e querer usá-lo para se proteger quando fosse conveniente. O que Ben disse era verdade. Ele tinha que ser autossuficiente — em casa e no trabalho.

Murmurando suas desculpas, ele deu meia-volta e rapidamente seguiu na direção do palco que tinha sido armado nos fundos da sala. O professor Armitage ainda não tinha aparecido para falar, então Teddy estava confiante de que Ben estaria no recinto. Ele caminhou na direção dos flashes da câmera de um fotógrafo. Só quando chegou ao lado do fotógrafo viu Ben, conversando com uma mulher loira que ele não reconheceu. Ben falava com animação. Não conseguiu deixar de sorrir enquanto o observava. Nunca tinha visto Ben tão envolvido com o que alguém estava dizendo. Ele realmente amava o que estava fazendo. Teddy esperou até ver que a conversa tinha acabado e a mulher atendia uma chamada telefônica.

— Olá — disse Teddy. — Parece que você está se divertindo.

Ben franziu os lábios.

— Eu estava.

Antes que Teddy pudesse dizer alguma coisa, a mulher se virou para eles depois de desligar o telefone.

— Lesley, este é o meu colega, Teddy Marsh — disse Ben. — Teddy, esta é Lesley, a assessora do professor, da editora dele.

— É um prazer conhecê-la, Lesley. Sou um grande fã do trabalho do professor Armitage.

Ele podia sentir os olhos de Ben o queimando enquanto dizia isso. Ben sabia que ele estava mentindo.

— Então você vai amar o livro. Não se esqueça de pegar um kit para a imprensa, tem uma cópia autografada na sacola. Eu mesma coloquei.

— Que ótimo — disse Teddy, totalmente ciente de que Ben agora olhava ao redor para ver como poderia escapar de fininho.

— Desculpe, você se importa se eu roubar Ben por alguns minutos?

— Não, nem um pouco. É melhor eu ir e garantir que vocês-sabem-quem esteja pronto para falar.

Ben estava olhando feio para ele, mas Teddy não tinha tempo para se preocupar.

Ele o puxou para a lateral da sala, onde havia menos pessoas.

— Não posso fazer isso — disse Teddy.

— Fazer o quê? Contar a verdade para as pessoas?

— Não, tudo *isso*. Você. Esse comportamento.

— Ninguém te pediu nada, Teddy. Você que disse que queria vir hoje à noite, e eu não ia te impedir.

— Você sabe muito bem o que eu estou querendo dizer. Você não está me dando a chance de explicar.

— Achei que você tinha deixado bem claro na outra noite, na frente dos seus amigos. Você fez eu me sentir tão pequeno.

Teddy sentiu o calor em seu rosto aumentar.

— Está falando sério? Como eu acabei virando o bandido por estar com medo? Pronto, eu confessei, estou morrendo de medo. Minha mãe não está nem falando com meu avô no momento. O que ela vai fazer *comigo* se eu contar? Isso tudo é novo para mim, Ben. Como pode virar isso contra mim?

Ben balançou a cabeça e desviou os olhos.

— Sinto muito! — disse Teddy, em um rompante. — Sei que não é isso que você quer ouvir, mas essa é a situação.

— Não foi só isso. Ou o fato de seu melhor amigo nem conseguir esconder que não gosta de mim.

— Então o que foi? O que eu fiz para merecer esse gelo?

— Nada, agora chega desse assunto. — Ben cruzou os braços e suspirou. — Desculpe pelo que eu fiz. Você tem razão, você...

Ele interrompeu a frase.

— Ben! Por favor, me diga!

Teddy viu Ben franzir o cenho, lutando para encontrar as palavras certas.

— Eu entrei em pânico. Quero te apoiar, mas às vezes parece que você está adiando se assumir até chegar o momento perfeito, e isso não existe. Acredite em mim, eu sei.

— Do que está falando?

— A vida não é perfeita, Teddy. Quanto antes você aceitar isso, mais fácil vai ser.

— Você acha que eu não sei? Acha que a morte do meu pai não virou minha vida de cabeça para baixo? O fato de minha vida não ser perfeita é exatamente o motivo de eu precisar que esse momento seja o mais próximo disso possível. Minha mãe basicamente tentou cortar meu avô de nossa vida. Como devo lidar com isso? Estou bem ciente de que não há momento perfeito, Ben, mas o mínimo que preciso é saber que posso contar com alguém que compreenda o quanto isso é importante para mim.

Silêncio. Os dois se encararam. O coração de Teddy estava acelerado.

— Eu compreendo agora — disse Ben, rompendo o silêncio. — Quero ser essa pessoa, Teddy.

Foi como se alguém tivesse colocado a sala toda no mudo. As palavras ecoaram nos ouvidos de Teddy.

Ele olhou à sua volta desesperadamente e viu um par de portas fechadas. Pegando Ben pela mão, ele o arrastou na direção delas. Por sorte, estavam destrancadas. Teddy puxou Ben para a sala vazia.

Eles estavam no planetário. O teto convexo estava azul-escuro. Teddy não conseguiu conter um suspiro quando se deu conta de onde estavam, parados sob as estrelas brilhantes lá no alto. Ben ficou em silêncio, claramente tão admirado quanto Teddy. A projeção não estava se movendo, permitindo que os feixes de luz que se projetavam pelo teto ficassem sobre eles, observando enquanto os dois homens caminhavam até o centro da sala, com os olhos fixos na cena mágica acima deles.

— Eu ia te beijar — Teddy revelou sem esperar Ben dizer qualquer coisa. — Eu fui te procurar porque precisava saber se você sentia o mesmo. Esse foi o único motivo de eu ter entrado no banheiro aquela noite. Depois de estarmos na redação... a interrupção de Dylan... eu não consegui parar de pensar em você.

Ben parou de olhar para as estrelas e olhou para Teddy. Teddy sentiu que se aproximava do outro, olhando nos seus olhos. Seu coração batia mais rápido. Era como se o tempo os tivesse abandonado, juntado-se às estrelas no alto, observando, esperando. Teddy sentiu Ben segurar suas mãos suadas, apertando seus dedos com força. Fechou os olhos. Sentia-se seguro. Uma onda repentina de calor se espalhou por seu corpo. Seus lábios se encontraram. Era novo, mas familiar, como antigos amantes reunidos depois de décadas separados. Teddy sentiu Ben soltar sua mão, mas, antes que pudesse entrar em pânico, sentiu a palma morna escorregar por sua nuca. A boca aberta de um pressionava-se à do outro quando a projeção no alto ganhou vida, rodando lentamente enquanto uma voz estrondosa preenchia o auditório quase vazio.

— Esta noite vocês farão uma viagem como nenhuma outra — anunciava a gravação do professor Armitage. — Apertem os cintos enquanto viajamos pelas estrelas até a lua, ida e volta!

CAPÍTULO 19
ARTHUR

— Ovos beneditinos para você, Madeleine, e só um café para o Arthur — disse Cora, colocando a bandeja sobre a mesa.

Ela apertou a mão esquerda quando a soltou.

— O que foi, Cora? — perguntou Madeleine.

— Só algumas semanas movimentadas cobrando seu preço.

— Você precisa ver isso. Minha mãe, que Deus a tenha, sofreu com artrite por mais de trinta anos — disse Arthur.

— Obrigada, Arthur — respondeu Cora com a risada cordial de sempre. — Meu tio, ele deve ser só alguns anos mais velho do que você, tem um pouco disso, então é de família. Algo pelo que ansiar, hein?

Ela se afastou na direção da área da cozinha, deixando Madeleine balançando a cabeça e olhando feio para ele.

— Não me olhe assim, eu só estava puxando papo.

— Ela só tem quarenta e poucos anos. Não precisa ficar se preocupando ainda.

— Se são as articulações, ela precisa tomar cuidado. Era só o que eu estava dizendo.

— Já que estamos falando disso, o que o doutor Thomas disse quando vocês conversaram?

Arthur olhou ao redor, mas ninguém das mesas mais próximas estava prestando atenção neles.

— Não, não, você não vai escapar de me contar tudo sobre a noite passada. Como foi?

Madeleine tinha passado a maior parte da tarde e o início da noite se preparando para seu encontro com James e só tinha voltado para casa depois das onze. Ele tinha levado Madeleine a um de seus restaurantes preferidos depois que ela deu uma dica sutil. Arthur conhecia todos os truques que ela havia usado ao longo dos anos e ficou mais do que impressionado por James ter captado a dica tão rapidamente e reservado uma mesa para o encontro deles.

— Não vou contar o sobrenome dele — insistiu ela, quando pressionada. — Você vai falar para o Teddy descobrir tudo sobre ele naquele telefone.

Arthur tentou protestar, mas ele sabia que seria em vão. Ela não estava errada.

— Foi uma noite muito agradável — continuou Madeleine. — Ele foi um perfeito cavalheiro, e nós sabemos que isso é raro hoje em dia, mesmo na nossa idade.

— Ah, Madeleine, é tão maravilhoso ouvir isso. Ele perguntou muito sobre... a configuração da nossa família?

— Eu expliquei. Ele foi muito compreensivo. Disse que teve alguns amigos gays no decorrer dos anos e não falamos muito sobre isso depois.

— Então você fez planos de vê-lo de novo?

— Eu queria falar com você sobre isso, na verdade — disse ela, colocando o garfo e a faca sobre o prato. — Tem certeza de que não se importa? Se eu sair com James de novo?

— Nem acredito que está perguntando — disse Arthur, rindo. — Meu Deus, mulher, nada me faria mais feliz do que te ver aproveitando a vida. Só estou aliviado por não ter que impedir Eric Brown de te perturbar para sair com você de novo.

— Bem, nesse caso — disse ela, permitindo que os lábios se arqueassem num pequeno sorriso. — James disse que gostaria de sair comigo de novo esta semana.

Arthur tirou um peso da cabeça ao saber que Madeleine estava empolgada para conhecer pessoas novas. O apoio de Madeleine quando ambos estivessem seguindo em frente era uma coisa, mas ele nunca tinha se sentido confortável com a ideia de seguir em frente e deixá-la para trás, sozinha. As noites anteriores ao anúncio do noivado deles para as respectivas famílias tinham sido passadas tentando descobrir como a vida juntos poderia funcionar para ambos. Arthur nunca havia esperado acabar casado por cinquenta anos e com filhos, mas a felicidade, algo que os dois desejavam, tinha vindo fácil para eles.

Harriet Parker acenou educadamente com a cabeça na direção deles quando entrou no café sozinha. Ela então iniciou uma conversa em voz baixa com Cora e depois saiu sem nem olhar para os dois. Eles agora eram os únicos clientes que restavam no café.

— Isso foi um pouco estranho — Madeleine sussurrou enquanto observava Cora correr de volta para a cozinha. — Deve ter acontecido alguma coisa para Harriet não ter tido tempo de vir até aqui oferecer outra de suas pérolas de sabedoria.

Cora reapareceu um minuto depois com o rosto visivelmente corado. Ela manteve a cabeça baixa e foi até a porta.

— Acho que Cora acabou de trancar a porta — Madeleine disse com o pescoço esticado. — Isso mesmo. Ela virou a placa. O que aconteceu? Cora? Cora, querida, aconteceu alguma coisa?

Cora foi até lá, puxou uma cadeira da mesa ao lado e se sentou.

— Péssimas notícias — disse ela, pegando o lenço que Madeleine lhe ofereceu e secando os olhos. — Harriet veio contar, ela tinha acabado de saber. Achei melhor fechar, mas vocês podem terminar.

— Cora, o que foi? O que aconteceu?

— A jovem Sophie Rice. Ela vinha aqui toda manhã antes da aula. Ela tirou a própria vida. Eles a encontraram ontem de manhã. Tinha acabado de fazer dezesseis anos.

— Que terrível — Madeleine disse, levando a mão ao peito. — Você está bem, Arthur?

Ele se sentia entorpecido. Seu peito doía e ele tentava se lembrar de respirar. Madeleine e Cora estavam olhando para ele com os olhos arregalados de preocupação.

— Sophie Rice, a neta do Eric, eu falei com ela dia desses — disse ele baixinho, lembrando-se da recente e curta conversa que tiveram em frente ao restaurante. Sophie tinha falado rapidamente sobre seu desejo de sair de Northbridge, mas não havia explicado o motivo. Arthur sentiu certo arrependimento de não ter questionado mais sobre o porquê de ela querer tanto fazer isso. Não demoraria muito para a notícia da morte da neta de Eric e Claudette Brown se espalhar pela cidade e por toda a região.

Arthur e Madeleine voltaram para casa em silêncio. As ruas ainda estavam movimentadas. Lojas ainda estavam abertas, repletas de clientes, não afetadas pela notícia. Assim era a vida. Ninguém parava por ninguém. As pessoas ficariam de luto, teriam empatia, mas a vida continuaria sem pedir desculpas.

— Acha que eu deveria ligar para o Eric? — perguntou ele.

Estava debatendo a questão na cabeça, mas queria saber o que Madeleine achava. Ela sempre sabia o que era certo.

— Acho que seria melhor mandar alguma coisa primeiro, para que eles saibam que você está pensando neles. Depois, se estiver disposto, podemos ir até lá — disse ela, com gentileza. — Flores e um cartão, talvez.

— Você iria comigo?

— É claro, Arthur. Sei como isso é difícil. Estarei lá.

Arthur não sabia o que fazer consigo mesmo pelo restante do dia. Ficar parado parecia errado, mas ele não tinha para onde ir. Enquanto vagava cabisbaixo pelo jardim aquela noite, ouviu Teddy chegar. Ele foi direto para o jardim dos fundos e o abraçou.

— Como você está, vô? Está muito frio para ficar aqui fora.

— Estou bem, estou bem. Coitado do Eric. Da família toda. Não consigo parar de pensar neles.

— Eu sei. Não pude acreditar quando ouvi. Eu nunca soube.

— Nunca soube o quê?

— Sobre a Sophie. Havia rumores sobre a sexualidade dela. Evangelina estava me contando antes de eu vir para cá. Aparentemente, alguém da faculdade estava ameaçando revelar tudo e as coisas saíram do controle.

Arthur sentiu como se levasse um soco no estômago. Seus joelhos começaram a tremer. Deve ser por isso que Sophie queria se mudar para longe. Ele podia sentir nos ossos. Ela sabia que a cidade grande poderia lhe oferecer a chance de viver como ela era. E então alguém ameaçou virar sua vida de cabeça para baixo e ela não encontrou nenhuma outra saída para a situação.

— Venha, vô, vamos entrar — disse Teddy, pegando-o pelo braço e o levando para a sala.

Assim que Arthur se acomodou, Teddy levou uma xícara de chá para ele.

— A vovó colocou duas colheres de açúcar. Ela achou que você pudesse precisar.

— Obrigado, Teddy. Desculpe, hoje foi um dia difícil.

— Eu entendo. É um grande baque, principalmente quando se trata de alguém conhecido.

— Coitada daquela menina. Ela deve ter se sentido tão sozinha. Não suporto pensar no sofrimento dela, em não ter tido ninguém a quem recorrer e sentido que aquela era sua única opção.

Arthur parou. Ele sentiu os olhos de Teddy sobre ele, esperando que continuasse.

— Nem sua mãe ou Patrick sabem disso, Teddy, mas eu só estou vivo por causa de sua avó. Os meses seguintes à partida de Jack foram uns dos piores de minha vida. Eu vivia com medo. Não sabia em quem podia confiar. Depois prometi aos meus pais que iria às consultas que eles marcaram. Eles disseram que o médico só queria conversar e tentar entender.

— Está me dizendo o que eu acho que está dizendo, vô? — perguntou Teddy, parecendo horrorizado.

— Começou só com uma conversa. Depois vieram as imagens. Os homens e mulheres. Tinha uns sapatos — ele disse devagar. — Os fios estavam ligados a uns sapatos de borracha que eu tinha que usar. Eles iam me curar de minha doença.

— Ai, meu deus — sussurrou Teddy. — Isso era terapia de conversão. Não acredito que você passou por isso. É uma barbaridade. Só agora as pessoas estão contando suas histórias porque não conseguiam falar sobre o que haviam vivenciado, vô. Então você não está sozinho. Não consigo acreditar nas coisas que aconteciam. Que ainda acontecem.

— Eu vi falarem sobre isso no jornal, pessoas tentando agir como se isso fosse ajudar. As desculpas não valiam o papel em que estavam escritas. Aqueles monstros não se importavam. Não parou até eu tentar acabar com tudo.

— Vô, está dizendo que... você tentou...?

Os olhos de Teddy se encheram de lágrimas enquanto ele processava o que Arthur tinha acabado de lhe dizer.

— Sua avó me encontrou quase inconsciente — disse Arthur, lentamente. — Coitada. Ela me curvou sobre o vaso sanitário até o último comprimido sair de mim. Ela não saiu do meu lado aquela noite. Não saiu do meu lado desde então.

— Não sei o que dizer — falou Teddy, com os olhos molhados pelas lágrimas. — As pessoas ainda estão sofrendo e eu aqui preocupado em contar quem eu sou.

— Você tem direito de estar preocupado consigo mesmo. Sua hora vai chegar, Teddy. Cada história é uma história, sou prova disso. Não estou só citando aquela música que você colocava para tocar o tempo todo, mas é verdade que todas essas coisas realmente nos fortalecem.

— E se não fortalecerem, vô? E se minha mãe nunca mais falar comigo? E se eu não puder lidar com tudo isso? E se eu não tiver a vovó para me salvar como te salvou?

— Você vai ter a mim — disse Arthur. — Aconteça o que acontecer, você sempre vai ter a mim.

— Obrigado, vô. Espero poder ter a metade da força que você teve durante tudo isso.

— Não tenho dúvida nenhuma. Agora, vamos falar sobre outra coisa. Por que não me conta o que está acontecendo entre você e Ben?

— Bem, na verdade... — Teddy disse, lentamente. — Nós nos beijamos!

Arthur se endireitou no sofá e bateu com as mãos nos joelhos.

— E você esperou até agora para me contar uma notícia feliz? Isso é maravilhoso, Teddy.

— Desculpe, não me pareceu certo tocar no assunto, mas não consigo parar de sorrir desde ontem à noite. Depois fiquei sabendo sobre a Sophie no trabalho e soube que tinha que vir te ver.

— Você falou com o Ben sobre isso?

— Muito rápido. Íamos sair para jantar hoje à noite, mas adiamos para daqui a alguns dias. Eu disse a ele que queria vir direto para casa para ver como você estava.

— Ele é um bom rapaz. Isso significa que você vai falar com a sua mãe agora?

— Esse é o plano, mas tudo isso... parece que muda um pouco as coisas, não é?

— Muda?

— Não sei, vô. Fico pensando no que eu teria feito se alguém tivesse tentado me expor quando eu tinha dezesseis anos. Até mesmo agora, veja como fiquei em pânico quando senti que Ben estava me pressionando. Me assusta não saber o que eu teria feito se estivesse na situação da Sophie.

— Nunca sabemos como vamos reagir às situações até estarmos nelas, Teddy. Nunca imaginei nada disso acontecendo aos 79 anos, depois de uma vida inteira casado e tentando viver a vida que todos esperavam de mim. Não faça o mesmo, ainda que ache que isso vai deixá-los felizes.

Arthur não dormiu muito aquela noite. Tentou ler, mas sentiu os olhos ardendo enquanto tentava se concentrar nas palavras. Lembranças de salas de espera e médicos sorridentes giravam em sua cabeça.

Lampejos de luz iluminavam uma pequena sala.

Um projetor grande.

Uma garrafa de uísque.

Comprimidos.

Foi um alívio sair da cama quando o sol do início de dezembro começou a nascer no céu.

~

A família combinou de irem todos juntos ao enterro. Elizabeth não iria junto por conta de uma reunião que não conseguiu remarcar. Patrick e Teddy chegaram à casa bem cedo. Ambos estavam elegantes, vestindo ternos pretos.

— Achei que não fosse mais servir, para falar a verdade — disse Patrick. — Não uso ele desde...

— O funeral do meu pai. Eu também — completou Teddy.

— Tem certeza de que seu chefe não se importa de você tirar o dia de folga, Teddy? — perguntou Arthur.

— Não, não foi problema algum.

— Que ótimo. Depois trabalhe bastante para recuperar o tempo perdido.

— Obrigado, vô — disse Teddy com um sorriso. — Ben disse que me colocaria a par das coisas.

Arthur afagou o ombro dele para tranquilizá-lo.

Com Patrick dirigindo, Madeleine se sentou no banco do passageiro, deixando Arthur e Teddy no banco de trás.

Arthur sabia o que ia dizer. Havia pensado sobre isso inúmeras vezes enquanto passava a noite em claro. Por mais que não quisesse dizer, não suportava ver seu neto arriscar a chance de ser feliz.

— Acho que você não deve contar à sua mãe — disse ele rapidamente. — Sinto dizer, mas acho que no momento ela não vai reagir como você merece.

O estômago de Teddy revirou.

— O quê? O que está te fazendo dizer isso? — sussurrou ele.

— E se não for a reação de que você precisa, Teddy? Não quero que você corra o risco de ser magoado por alguém que não te entende.

— Entendo. Obrigado, vô — disse Teddy, olhando pela janela enquanto passavam por sua antiga escola primária.

Eles passaram o resto do caminho em silêncio, virando no estacionamento do cemitério e entrando na pequena fila de carros que procuravam vagas.

— Eu trouxe lenços. Se alguém precisar de um pacotinho, estão na minha bolsa — disse Madeleine quando finalmente estacionaram e saíram do carro. Patrick pegou no braço dela e liderou o caminho até a igreja.

— Está pronto, vô? — disse Teddy, dando o braço a Arthur para entrarem juntos.

CAPÍTULO 20
TEDDY

Ver alguns pertences de Sophie sobre o caixão, incluindo suas baquetas e um urso de pelúcia grande, forçou Teddy a se lembrar do enterro de seu pai, e logo pediu os lenços a Madeleine. Sentiu as pernas tremendo durante a cerimônia, principalmente quando uma das melhores amigas de Sophie falou sobre ela e seu amor pelos animais. Eles seguiram em silêncio da igreja para o cemitério ao lado. Teddy viu os avós de Sophie apertarem as mãos um do outro quando o caixão foi baixado para o solo, apenas com o som do choro preenchendo o ar frio de dezembro. Várias vezes, Teddy viu pessoas apontando para Arthur e Madeleine e sussurrando comentários. Ele sabia que o relacionamento de seus avós ainda era tema de fofoca na cidade, mas esperava que as pessoas tentassem não falar sobre isso em respeito à memória de Sophie. Aparentemente não foi o que aconteceu.

Quando a igreja se encheu, Teddy olhou duas vezes, certo de que tinha acabado de ver sua mãe sentada no penúltimo banco. Passou os olhos ao redor, tentando localizá-la, mas quem quer que tivesse chamado sua atenção não estava em lugar nenhum.

— Tão perto do Natal, pobrezinhos — disse Madeleine conforme caminhavam lentamente de volta para o carro.

Seus sapatos, ela confessou, estavam machucando, então eles tinham concordado em sair logo.

— Não posso ir embora sem falar com o Eric — disse Arthur de repente, fechando a porta do carro. — Já volto.

Teddy olhou para Madeleine e Patrick. Ele não podia deixar o avô ir sozinho. Sabia que Eric tinha sido terrivelmente grosseiro com Arthur antes e era impossível saber em que estado estaria hoje. Ele esperava que fosse um pouco mais fácil se estivesse ao lado do avô.

— Obrigado, Teddy — sussurrou Arthur quando ele o alcançou.

Eric estava com sua filha, Deborah, mãe de Sophie. Uma mulher mais velha apertou a mão dos dois e saiu. Teddy foi atrás de seu avô que cautelosamente se dirigia até onde estavam seus velhos amigos.

— Quero oferecer minhas sinceras condolências a vocês dois — falou Arthur. — É uma perda terrível.

— Obrigada, Arthur. Foi muita gentileza sua ter vindo — respondeu Deborah.

— Não é preciso agradecer, Deborah. Foi uma cerimônia linda para uma jovem especial.

Eric estava olhando para o chão. Teddy o viu empurrar uma pedra com o pé.

— Eric, gostaria que soubesse que estamos à sua disposição e de sua família — disse Arthur, estendendo a mão.

Teddy viu quando aconteceu. Foi como assistir em câmera lenta quando Eric se inclinou para a frente e abraçou Arthur, então começou a chorar alto em seu ombro.

— Obrigada por ter vindo, Edward — disse Deborah, tentando abrir um sorriso. — Como está o trabalho novo?

— Está indo bem, obrigado.

— Sua mãe deve estar muito orgulhosa de você. Quando seu pai faleceu, lembro que ela só falava de você e de como apoiou a ela e suas irmãs.

Teddy não fazia ideia de que sua mãe tinha falado essas coisas sobre ele para alguém, embora depois de voltar da casa dos avós ele tivesse se esforçado para assumir mais responsabilidades em casa. Seu pai sempre cuidava para que ele o visse fazendo várias tarefas domésticas. Ele sabia que sua mãe e suas irmãs nem sempre precisavam da opinião ou da ajuda de seu irmão de dezenove anos, mas o senso de propósito servia como motivo para ele se levantar da cama toda manhã.

— Obrigada, sra. Rice. Se eu puder fazer alguma coisa para ajudar, por favor me avise.

Teddy ofereceu as condolências de novo e se juntou ao seu avô, caminhando de volta para o carro.

— O coitado está arrasado — disse Arthur, com a voz rouca. — Pediu desculpas e tudo. Foi um grande choque para todos eles.

— Isso serve para mostrar que nunca se sabe de verdade o que está se passando com as pessoas mais próximas — disse Teddy.

Ele andava pensando a que tipo de comentários Sophie podia estar sendo exposta desde que Arthur havia se assumido e isso tinha caído no conhecimento de todos.

— Imagine se ela andou ouvindo as coisas que as pessoas disseram sobre você.

— Não suporto nem pensar nisso. Quero que você me prometa que nunca vai achar que suicídio é sua única opção.

— É por isso que acha que não devo contar para a minha mãe? Para o caso de não conseguir lidar com a reação dela?

Teddy suspirou. De repente, o conselho do avô fazia sentido.

— Sei que sou só um velho bobo, mas não quero que você tenha que lidar com o tipo de coisa que vivenciei desde que me assumi. Northbridge é uma cidade pequena e isso nem sempre é uma coisa boa. Se você sair daqui, talvez tenha chances que eu não tive. Perdi minha chance.

Teddy passou o caminho para casa remoendo as palavras de seu avô. Cada vez que ele sentia que ia fazer progresso em ter a conversa com sua mãe, algo novo o enchia de dúvida. Teddy não queria testar o apoio de Ben, mas estava ficando cada vez mais difícil imaginar se assumir e virar seu mundo de cabeça para baixo. Esperando que estabelecer um prazo ajudasse, Teddy depois disse a Ben — que ficou surpreso — que agora estava pretendendo fazer isso antes do fim do ano, mas, com o Natal se aproximando rapidamente, ele estava começando a entrar em pânico, achando que Ben só acabaria se decepcionando mais uma vez.

Elizabeth foi ao quarto dele aquela noite, mais tarde.

— Como você está depois de hoje? — perguntou ela.

— Foi difícil, fiquei feliz por estar lá pelo vovô.

— É terrível pensar que alguém tão jovem não conseguisse enxergar um futuro, que tirar a própria vida lhe parecesse a opção mais fácil.

— Não foi a opção mais fácil, mãe. Ela deve ter achado que era sua única opção. Ela achou que as pessoas não a aceitariam por ser quem ela era, e isso pode ser aterrorizante — disse Teddy, sentando-se na cama. — Também acho que não há um limite de idade para isso.

O canto da boca de Elizabeth se retorceu.

— Só porque o vovô tem quase oitenta anos, isso não quer dizer que não é afetado pelas coisas. Ele precisa de nosso amor e nosso apoio tanto quanto Sophie precisava de sua família.

— Eu sei — disse Elizabeth baixinho.

Teddy ficou um pouco surpreso ao ver que os olhos dela estavam cheios de lágrimas. Ele pulou da cama e pegou a caixa de lenços em sua escrivaninha.

— Aqui está — disse ele, entregando a caixa à mãe. — Olha, eu sei que vai levar tempo, mas somos uma família forte, capaz de passar por qualquer coisa. Você nos ensinou isso. O Natal está chegando. Pode considerar que todos nós passemos juntos, por favor?

Elizabeth fez que sim com a cabeça enquanto secava os olhos com o lenço.

— Obrigado, mãe — disse Teddy, sentindo que havia alguma esperança no horizonte pela primeira vez em meses.

— Como foi para você se assumir, Ben?

Ben tinha surpreendido Teddy, levando-o para jantar em um restaurantezinho de culinária grega depois do trabalho. Enquanto esperavam o prato principal chegar, Teddy se deu conta de que nunca tinha perguntado direito a Ben sobre sua experiência. Ele observou Ben digerir a pergunta.

— Poderia ter sido melhor — respondeu ele, tomando um gole de água.

— Desculpe, não precisamos falar sobre...

— Ah, não, tudo bem. Eu sabia que teria que falar sobre isso em algum momento.

— Eu estava um pouco hesitante em perguntar — admitiu Teddy. — Você mencionou seu pai algumas vezes, mas nunca falou muito sobre ele ou sobre sua mãe.

— A parte ruim de ser filho único é que, quando seus pais basicamente o rejeitam, você descobre bem rápido como seguir sozinho.

— Que merda, Ben, sinto muito por você ter passado por isso.

— Não precisa. Eu não estou falando da boca para fora, Teddy, estou falando sério. Nada nunca estava bom para eles. Eu queria ser jornalista, não contador como o meu pai.

— Você sempre quis ser jornalista?

— Sempre! Eu falei que eles não me fariam mudar de ideia quando fui para a universidade. E nada mudou até hoje. Nada, nem ninguém, vai ficar no meu caminho.

Teddy esticou o braço sobre a mesa e pegou na mão de Ben.

Ele nunca tinha feito nada parecido em público, mas pareceu certo. Essa era a vida que ele queria.

— Acho que você me inspirou a escrever uma coisa — disse Teddy. — Eu estava pensando nisso após a morte de Sophie, sobre as experiências que as pessoas têm ao se assumir. Acha que eu deveria falar com Dylan sobre isso?

— É claro — falou Ben, não parecendo muito convincente. — Se é uma coisa pela qual você acha que o *Post* se interessaria, vá em frente. O pior que pode acontecer e eles dizerem não.

No dia seguinte, Teddy não perdeu tempo e perguntou a Dylan se eles poderiam ter uma conversa sobre sua sugestão de pauta.

— Gostei muito de você estar vindo com ideias como essa, mas você precisa deixar um pouco mais clara qual é a pauta — disse Dylan, após ouvi-lo. — Tem uma matéria aí, você só precisa achar o foco.

— Obrigado, Dylan. Vou pensar e volto a falar com você. Preciso falar com a mãe de Sophie para ter certeza de que ela não se importa.

Mais tarde, naquela mesma noite, Teddy resolveu contar sua nova ideia para Shakeel e Lexie para ver o que eles achavam.

— Sophie tirou a própria vida e não vai ser a última. Se a mãe dela quiser falar sobre isso, poderia ser bem importante. Poderia salvar vidas — Teddy disse aos dois pelo FaceTime.

— Acho que é uma ideia incrível, Teddy — falou Lexie. — Espero que a mãe da Sophie possa ajudar.

— Eu sei. Ben está um pouco preocupado que possa ser muito cedo para perguntar.

— Está? — questionou Shakeel. — Não posso imaginar por que ele não está entusiasmado com você trabalhando em uma matéria grande.

— Ele tem me apoiado muito, Shak. Não é esse cara mau que está tentando me sabotar, ou seja lá o que você acha que ele está fazendo. Você entendeu tudo errado.

— Desculpe, pode me ignorar. Eu tive um dia longo. Sua ideia parece ótima.

— Obrigado, gente — disse Teddy. — Certo, eu estou acabado. Vou para a cama.

O comentário de Shakeel ficou na cabeça de Teddy, que permanecia acordado. Ele nunca tinha visto seu melhor amigo tão abertamente contrário a alguém, muito menos depois de saber que Teddy e Ben agora estavam namorando. Ele precisava tentar juntar os dois, principalmente por Ben já ter notado a animosidade. E precisaria da ajuda de Lexie para isso.

Teddy viu Ben o observando quando ele e Dylan retornaram a suas mesas depois de mais uma conversa no dia seguinte. Dylan aprovava totalmente sua ideia revisada. Agora, ele só precisava falar com a sra. Rice.

— Sério, Teddy. Esse é exatamente o tipo de coisa que vocês deveriam estar propondo — disse Dylan, dando um tapinha em suas costas ao se sentar à sua mesa.

Apesar de sua felicidade, Teddy não pôde deixar de ouvir a voz de Shak ao olhar para Ben e avaliar sua reação. Ele soltou um suspiro de alívio ao ver Ben sorrindo para ele.

— Estou orgulhoso de você, cara — sussurrou ele, discretamente colocando a mão sobre o joelho de Teddy e o acariciando. — É para isso que estamos aqui!

"Que dia. Você planejando sua grande matéria e eu reunindo comentários sobre o clima nas redes sociais", disse Ben enquanto saíam do prédio algumas horas depois. Antes que Teddy pudesse responder, ele rapidamente parou no saguão da entrada principal.

— Desculpe, isso foi um pouco mal-humorado. Eu não quis parecer tão cretino.

— Não se preocupe. Você sempre tem boas ideias! Logo vai aparecer a ideia certa, sei disso. — Teddy olhou ao redor rapidamente para ter certeza de que estavam sozinhos e depois se inclinou e deu um beijo no rosto dele.

— Você sabe que aqui tem câmera, não sabe?

— O quê? Você está falando sér...

— Teddy, calma. Estou brincando. Bem não estou, mas, sério, se alguém achou isso empolgante, precisa sair mais.

— Desculpe, é que nunca se sabe quem conhece quem por aqui.

— Eu sei — suspirou Ben. — A festa de Natal vai ser divertida quando passarmos a noite evitando parar embaixo do visco.

— Não seja assim. Ainda vamos nos divertir.

— Acho que sim. Mas seria bom aproveitar a festa direito com você em vez de me fingir de hétero por algumas horas e depois pegar o trem de volta para casa, sabe?

Teddy parou por um instante. Uma ideia se formava em sua cabeça.

— E se eu fosse passar a noite?

— O quê? Onde?

— Com você, é óbvio.

Ben olhou para ele, entusiasmado.

— Nem pensei em oferecer porque achei que você não aceitaria a ideia.

— Estou antecipando minha resolução de ano novo de ser corajoso, você se importa?

— Se me importo? — Ben riu. Seu sorriso ia de orelha a orelha. — Se não achasse que o segurança que está nos vendo na câmera fosse desmaiar, eu te daria um belo beijo.

— Contenha-se! Vamos, nossa reserva é para as seis horas.

Teddy riu.

Em apenas oito dias, ele finalmente poderia passar a noite com Ben.

CAPÍTULO 21
ARTHUR

— Você mal disse uma palavra desde que cheguei aqui, Arthur. Estou começando a levar para o lado pessoal.

— Desculpe, Oscar. Não estou uma companhia muito boa no momento.

— Deu para notar. Eu poderia encontrar mais alegria em um cemitério.

Os dois riram. Vários patos olharam para eles. Apesar do frio de doer, eles tinham se agasalhado e ido caminhar no parque local. Sentar no velho banco de madeira, de frente para o lago, era uma chance de respirar o ar puro, relaxar e aproveitar a manhã.

— Você tem algum arrependimento, Oscar?

— Nunca nem ouvi falar.

Arthur riu e soltou um suspiro exasperado.

— Você tem sorte.

— Me desculpe, mas não tem nada de sorte nisso. A vida está nas suas mãos. Você pode ter chegado atrasado na festa, mas ainda é a sua festa. Cabe a você tirar o maior proveito possível agora. Não sei quantas vezes tenho que te dizer isso, Arthur. Tem um mundo grande lá fora.

— Grande demais para tipos como eu.

— Isso é bobagem e você sabe — disse Oscar, batendo com as mãos nos joelhos. — Mesmo que fosse verdade, você ainda pode aproveitar a vida aqui. Não tem nada te impedindo. Nós dois vamos estar enterrados logo mais se não começarmos a escalar por vontade própria.

— Eu não imaginei chegar aos oitenta com a sensação de não saber mais quem eu sou.

— Então vamos mudar isso!

— Eu já te disse que não vou fazer aula de dança com você. — Arthur riu. — Esses dois pés esquerdos sempre foram minha ruína.

— Mais desculpas. Pobre Madeleine. Eu não me dei conta de que ela estava sofrendo há cinquenta anos. Vamos, fique de pé ou vai congelar nesse banco.

Passar um tempo com Oscar era exatamente do que Arthur precisava. Arthur sabia que Madeleine estava preocupada com ele após a morte de Sophie, mas só quando ele a ouviu contar sua preocupação a Oscar que se deu conta do quanto estava para baixo.

— O que te deixaria feliz, Arthur? — perguntou Oscar com o tom de voz mais sério que Arthur havia ouvido ele usar no pouco tempo que se conheciam. — Você me parece ser um homem que gosta de fazer coisas, de sentir que faz parte de alguma coisa.

Arthur concordou devagar com a cabeça. Ele sempre tinha gostado de se ocupar. Não tinha sido fácil se ajustar à vida de aposentado e tentar encontrar novas formas de passar cada dia.

— Certo, e quanto a esses grupos com que você é envolvido, como aquele com o Eric?

— O que tem eles?

— Bem, o que você estaria fazendo? Vocês fazem coisas pela comunidade, não é?

— É, mas...

— Sem *mas*! O que Arthur Edwards sugeriria que você fizesse se ele estivesse na reunião?

Arthur franziu a testa, tentando pensar em ideias enquanto eles voltavam para o carro de Oscar.

— Espero que o silêncio signifique que você tem uma resposta — disse Oscar quando pararam.

— Um evento de arrecadação? — respondeu Arthur, tentando parecer confiante.

— Isso me pareceu mais uma pergunta. Está perguntando se eu acho que é uma boa ideia?

— Você acha?

— Depende. Para quê? Que tipo de evento?

— Eu poderia arrecadar dinheiro para uma instituição beneficente que apoie a comunidade LGBTQIA+, ou em prol da saúde mental.

— Ou as duas coisas! — disse Oscar. — Isso vai te dar algo em que se concentrar. Pense em ideias.

— Nós já fizemos muitas coisas diferentes, como cafés da manhã beneficentes, venda de doces e salgados.

Oscar fez que não com a cabeça ao ouvir as sugestões.

— Expanda suas ideias, Arthur! Essa é sua chance de fazer algo, de sacudir as coisas. Da próxima vez que nos encontrarmos, não quero ouvir uma palavra sobre venda de doces e salgados, a menos que seja Madeleine me oferecendo outra cesta daqueles pãezinhos deliciosos que ela fez.

Oscar deixou Arthur na porta de casa. Eles só se encontrariam depois do Natal, pois Oscar viajaria para o norte para passar um tempo com sua sobrinha e a família dela.

— Eu diria para você se comportar, mas sei que não adiantaria nada — falou Arthur em tom de brincadeira antes de se despedir.

— Ele é um homem e tanto, não é? — disse Madeleine, aparecendo na porta.

— É mesmo. Acho que não consigo acompanhar o ritmo dele.

— Consegue, eu sei que você ainda tem aquele brilho nos olhos.

— Madeleine — disse ele de repente. — Elizabeth e Ralph vão mesmo vir passar o Natal aqui, não vão?

— Sim, e as crianças, assim como Patrick e Scarlett. Vai ser ótimo ter todos juntos de novo.

— Excelente. Resolvi que vou fazer a ceia este ano — declarou Arthur.

Northbridge estava bem agitada na semana do Natal. As lojas estavam lotadas de compradores carregando sacolas cheias de presentes. Arthur estava na fila para pegar o peru no açougue. Ele tinha insistido em fazer a compra para a ceia, agora que estava responsável pela refeição. Levou várias horas para convencer Madeleine de que estava apto a enfrentar Northbridge sozinho.

Algumas pessoas lhe desejaram um feliz Natal conforme ele foi entrando nas várias lojas, mas, para sua felicidade, Arthur descobriu que era praticamente invisível para os outros compradores. Quando voltou para o carro, pouco depois, não conseguiu conter um sorriso diante da possibilidade de sua vida pessoal finalmente ter virado notícia velha.

CAPÍTULO 22
TEDDY

Teddy deu mais uma olhada no arquivo antes de anexá-lo a seu e-mail para Dylan. Tudo tinha saído melhor do que ele poderia esperar. Apesar de suas preocupações iniciais, Teddy tinha pedido a sua mãe o número de Deborah e explicado sua ideia ao telefone. Deborah aceitou a ideia de imediato e combinou de ele visitá-la quando as coisas assentassem um pouco. Ele não sabia ao certo quanto tempo ficaria lá, mas no fim acabou passando várias horas na casa dos Rice. Sophie tinha se assumido para os pais em uma carta que escreveu poucas horas antes de tirar a própria vida. Teddy não esperava que isso acontecesse, mas se viu sozinho, aos prantos, lendo a carta depois de Deborah ter insistido.

— Sou tão grata por você querer contar a história de Sophie — disse Deborah quando ele estava indo embora. — Se, lendo isso, uma vida puder ser salva, vai valer a pena, Edward. Você pode impedir que mais uma família sinta esse tipo de dor.

Parecia surreal estar digitando palavras sobre alguém que tinha vivido na mesma rua que ele. Mesmo ele não conhecendo Sophie pessoalmente, pensou nas várias vezes em que se cumprimentaram passando pela rua, ou se cruzaram no cinema ou no café da Cora. Ambos tentando existir enquanto escondiam um segredo atrás dos sorrisos. Ele tentou se tranquilizar, pensando que isso não teria feito diferença nenhuma para Sophie. Não havia um código silencioso, uma frase que ele pudesse ter falado que dissesse a ela que ambos compartilhavam um segredo. Eles simplesmente teriam se cruzado e seguido em frente, ainda escondendo quem eram de verdade, cada um lidando com o segredo ao seu modo.

— É boa demais para desperdiçar na página trinta. Tenho certeza de que estão esperando um dia mais sossegado para dar mais destaque — disse Ben durante o almoço vários dias depois, enquanto Teddy se afligia com a falta de notícias sobre sua matéria.

Ele apreciava a atitude sensata de Ben, mesmo que fosse difícil acreditar. Dylan estava terminando uma ligação quando eles chegaram de volta a suas mesas.

— Acho que você vai querer pegar um exemplar do jornal bem cedo amanhã, Teddy — disse ele.

— Por quê? Espere, está falando sério? Vai sair na edição de domingo?

— Vai sim. Eles adoraram.

— Minha nossa. Nem sei o que dizer.

— Você apurou essa matéria com muita sensibilidade. É um ótimo trabalho.

— Valeu, Dylan. E obrigado por sua ajuda para editar. Eu aprendi muito.

A redação estava agitada aquela noite, com a maioria das pessoas ansiando pela festa de Natal no dia seguinte. Embora Teddy estivesse empolgado com a festa, ele não se importaria de pulá-la e ir direto para a parte em que finalmente teria a chance de ter Ben só para ele. Toda vez que pensava nisso, tinha que se conter para não ficar pulando para cima e para baixo.

Com o trabalho tranquilo, Teddy e Ben aproveitaram a oportunidade para continuar procurando Jack Johnson, esperando encontrar o homem que tinha escapado de Northbridge havia mais de cinquenta anos. Teddy ficava mais frustrado a cada busca em vão. Estava se provando impossível restringir a pesquisa. Quando Teddy finalmente sugeriu que eles aceitassem a derrota, Ben insistiu com entusiasmo que continuassem.

— Obrigado por tentar ajudar, mas, sinceramente, não parece certo. Meu avô não queria que eu o procurasse e eu nunca deveria ter te envolvido — disse Teddy.

Se Jack havia tentado permanecer escondido propositalmente, tinha feito um excelente trabalho.

— Está se sentindo bem? — Teddy perguntou a Ben quando ele voltou de sua segunda visita ao banheiro em uma hora.

Nunca tinha visto o rosto dele tão pálido, e sua testa brilhava de suor.

— Eu estou péssimo — disse. — E quanto menos for dito sobre aquela visita ao banheiro, melhor.

— Você parece péssimo mesmo. Acho que precisa ir para casa.

— Acho que é melhor mesmo. Vou chamar um táxi.

Teddy acompanhou Ben até o térreo e certificou-se de que ele entrou no táxi em segurança.

— Me mande uma mensagem quando chegar em casa — disse ele. — E beba bastante água.

Ele passou o resto da tarde terminando várias matérias em que estava trabalhando para o site. Ben o avisou que iria direto para a cama e tentaria dormir. Conforme o fim do expediente se aproximava, ele se pegou pensando no jornal do dia seguinte. Apenas algumas pessoas saberiam o quanto aquela matéria era pessoal para ele. Ele teve a chance de publicar algo que poderia fazer diferença na vida de outras pessoas. Sentiu uma pontada de culpa, imaginando o que Deborah diria se soubesse que ele ainda estava no armário. Por mais perto que tivesse chegado de contar a ela, era perto demais para Northbridge. Tentou desesperadamente afastar aquela sensação ao sair da redação aquela noite. Ben não atendeu quando ele ligou enquanto caminhava até a estação para pegar o trem para casa. Teddy esperava que ele ainda estivesse dormindo e acordasse se sentindo melhor.

— Teddy! Teddy! Desce aqui! Eu peguei o jornal.

Ele pulou da cama, correu até o alto das escadas e viu Evangelina balançando a edição matutina do *Post* na direção dele. Quase perdeu o equilíbrio na metade da escadaria, mas conseguiu se equilibrar e evitou cair em cima da irmã.

— Ai, meu Deus, devagar. Você está parecendo um louco. É só um jornal — disse ela.

— Desculpe, é que essa é a primeira matéria que assinei sozinho e é sobre um tema muito importante.

— Uau — disse ela, jogando as mãos para cima e se afastando dele.

— O quê? O que foi?

— Sua transformação na mamãe está completa.

Teddy fez cara feia, pegou o jornal e correu para a cozinha, deixando-a gargalhando alto no corredor. Ele jogou o jornal sobre a mesa e começou a virar as páginas com pressa para encontrar a matéria.

— Puta merda! — exclamou ele, muito mais alto do que pretendia. — É uma matéria de página dupla na seis e na sete. Não acredito!

Seu nome, todo em letras maiúsculas, fez seu coração saltar. Ele tinha conseguido.

— Que legal, Teddy. Vou ler depois, mas tenho certeza de que está ótimo — disse Evangelina antes de desaparecer da cozinha e subir as escadas.

Teddy ficou sozinho encarando o jornal. Sua mãe e Ralph já tinham saído. Teria que esperar eles voltarem parar mostrar a matéria. Ele ficou olhando para as fotos na página. O rosto sorridente de Sophie o encarava em várias das imagens que Deborah tinha cedido para ele usar.

— Teddy! Seu telefone está tocando. Está surdo?

— Hã?

Ele olhou em volta. Eleanor estava perto da pia. Ele não tinha notado que ela havia entrado na cozinha.

— Desculpe, eu me distraí — disse ele, com o coração saltando ao olhar para o telefone.

Uma nova mensagem de voz. Ele saiu da cozinha segurando o telefone próximo ao ouvido. A voz de Ben era exatamente o som que ele precisava ouvir.

— Bom dia. Teddy. Espero que esteja muito orgulhoso da matéria. Ainda não li, mas mal posso esperar. Sinto muito, mas ainda estou me sentindo péssimo e acho que não vou conseguir ir hoje à noite. Estou destruído. Mas logo marcamos novamente. Falo com você mais tarde.

Teddy ficou tenso ao ouvir de novo a mensagem e absorver as palavras de Ben. Ele sabia que eles teriam muitas oportunidades, mas naquele momento tudo o que ele queria era vê-lo. Ele ouviu o som de uma nova notificação de mensagem.

Com esperança de que pudesse ser um complemento, Teddy abriu e encontrou um curto texto de Shakeel dando parabéns. Ele já tinha ido até a banca e comprado um exemplar do jornal. Logo após a mensagem, mandou também uma selfie sorrindo e segurando o jornal com orgulho.

Tomado por uma mistura de emoções, Teddy tentou, em vão, segurar as lágrimas ao olhar para a imagem.

CAPÍTULO 23
ARTHUR

Antes de Arthur se dar conta, o Natal tinha chegado. Ele não se sentia tão empolgado havia anos. Parecia uma chance de deixar para trás os últimos meses. De todos deixarem. Ele teria sua amada família em volta da mesa de novo. Era disso que se tratava o dia de hoje. Arthur não conseguiu conter um suspiro de alegria ao abrir as cortinas do quarto e ver que uma camada grossa de neve tinha caído durante a noite. Ele amava neve. Despertava memórias afetivas de fazer guerrinhas de bola de neve e descer de trenó as muitas colinas que cercavam Northbridge. Mas não se tratava só de diversão. A neve trazia à cidade uma beleza que ele sempre tinha amado. O manto branco escondia qualquer feiura que ameaçasse estragar a vista. Hoje seria um dia perfeito, ele sabia.

Madeleine, como de costume, não tinha conseguido se conter e estava espreitando na cozinha, de olho enquanto Arthur começava a preparar os legumes. Teddy chegou pouco depois das 9h e logo foi posto para trabalhar, descascando batatas.

— Algum presente bacana este ano? — perguntou Arthur.

— Umas coisinhas bem legais. Minha mãe e Ralph me deram um daqueles aparelhos para chamada de vídeo. Sabe, aquele que eu estava te mostrando recentemente?

— Não vou nem fingir que entendo dessas coisas. E o…?

Arthur sacudiu a cabeça de leve, resistindo a dizer o nome de Ben em voz alta, como se isso pudesse fazer um arco-íris gigante surgir sobre a casa para todo mundo ver.

— Ele comprou alguma coisa para mim pela internet, mas ainda não chegou.

— Pense só, vocês poderiam estar passando o Natal juntos a esta hora, no ano que vem — disse Arthur enquanto observava Teddy progredir com a bacia de batatas. — Tome cuidado, você está tirando uns pedaços enormes. Temos que alimentar a família toda!

O peru e o tender estavam em andamento, um aroma de dar água na boca pairava pela casa. Arthur sentiu o estômago roncar. Estava mordiscando uma coisa ou outra enquanto cozinhava, mas estava começando a desejar que tivesse tomado um bom café da manhã para aguentar as próximas horas. Era tarde demais para comer agora, com o almoço para sair dali a uma hora e meia.

— Os enroladinhos de salsicha estão prontos e esperando para ir para o forno, vô. Vou começar a arrumar a mesa.

Teddy tinha acabado de sair da cozinha quando Madeleine entrou para verificar o progresso.

— Não se preocupe, não estou espionando. Só queria ter certeza de que você está dando conta — sussurrou ela quando Arthur tirou os olhos do forno.

— Está quase lá. Não sei como você faz isso todo ano. Nós comeríamos só amanhã se eu não tivesse o Teddy para ajudar.

— Ele é um bom garoto. É muito bom ver vocês dois trabalhando juntos assim.

— Quero que hoje seja especial para todos.

— Elizabeth e as meninas devem chegar por volta do meio-dia. Ao que parece, Ralph vai demorar um pouco mais. Ele vai passar na tia dele primeiro, mas a neve pode atrasá-lo um pouco.

Madeleine fez uma pausa.

— Só quero que saiba que estou muito orgulhosa de você — disse ela, enfim, se apoiando nas beiradas da bancada. — Não só por tudo este ano, mas por realmente se esforçar desse jeito. São lembranças que todos eles vão guardar com carinho.

— Já chega disso — disse Arthur, olhando para o teto a fim de esconder as lágrimas. — Se eu queimar alguma coisa, vou colocar a culpa em você por me distrair. — Ele riu, balançando o garfo na direção dela.

Logo, o som da chegada de Elizabeth, Eleanor e Evangelina preencheu a casa.

— Oi, vô — disseram as meninas. — Feliz Natal!

— Feliz Natal, Evangelina — respondeu Arthur, abraçando a neta mais nova com força. — Você está uma graça. É igualzinha à sua mãe.

Ele riu e ela revirou os olhos, não era a primeira vez que ouvia aquilo. A menina sacudiu os flocos de neve de seus grossos cabelos castanhos.

— Não quero me meter, mas o cheiro está incrível. Você pode ter um concorrente para a melhor ceia de Natal, vó! — falou Evangelina, e desapareceu tão de repente quanto havia aparecido, levando duas taças de vinho tinto.

— É melhor eu ir falar oi para sua mãe — disse Arthur, seguindo Evangelina até a sala.

Elizabeth estava colocando alguns presentes embaixo da grande árvore de Natal. Arthur tossiu de leve ao entrar na sala.

— Oi, pai — disse ela, desamassando o vestido. — Feliz Natal.

Ela deu um beijo suave em seu rosto.

— Feliz Natal, Lizzie. Você está muito bonita. Lindo vestido.

— Obrigada, foi presente do Ralph. Com certeza as meninas o ajudaram a escolher.

— Elas têm o olho da mãe para moda.

Elizabeth abriu um sorriso contido.

— O cheiro está muito bom. Todo mundo está com fome!

— Excelente, Teddy e eu estamos dando os toques finais. Não deve demorar muito.

Ela arregalou os olhos.

— Desculpe, você e Edward? Vocês *dois* estão cozinhando? Eu supus que Teddy tinha vindo mais cedo para dar uma mão para a *mamãe*.

Arthur gostou do tom de surpresa em sua voz. Ele fez que sim com a cabeça, orgulhoso.

— Ah, sim, um belo banquete de Natal dos homens da casa este ano.

— Bem — Elizabeth disse com rouquidão, ainda lutando para encontrar sua voz devido ao choque. — Vou precisar de uma bebida se houver mais surpresas como essa hoje!

A casa estava cheia de vida. Música natalina tocava em todo o andar de baixo. Do lado de fora, a neve continuava caindo. Fazia um ano inteiro que todos não se juntavam na casa da família e Madeleine estava muito à vontade, paparicando seus convidados, certificando-se de que ninguém estava com o copo vazio. Evangelina ficou mais do que empolgada em finalmente aceitar uma taça de champanhe oferecida por sua avó.

— Isso nos poupa de fingir que não sabíamos que ela estava bebendo escondido no ano passado — disse Madeleine ao voltar para a cozinha. — Ah, Arthur, está tudo tão maravilhoso que eu poderia chorar de alegria.

— Todo mundo vai chorar se você começar — alertou ele. — Vamos guardar as lágrimas para quando você provar a couve-de-bruxelas.

Patrick estava particularmente animado, entrando e saindo da cozinha, perguntando a todo instante quando a comida seria servida.

— Logo. Só preciso ter certeza de que tudo está perfeito — insistiu Arthur.

— Vá se sentar — disse Teddy a Patrick com impaciência na quinta interrupção. — Só faltam mais alguns minutos.

Arthur foi o último a sair da cozinha, levando o peru em uma bandeja para a sala de jantar. Todos estavam sentados, esperando sua chegada. Teddy e Evangelina aplaudiram quando ele, com cuidado, colocou a bandeja no centro da grande mesa retangular.

— Tudo parece incrível, Arthur — disse Ralph. — Vocês devem estar exaustos.

— Pode apostar. Vou comer e depois dormir até o Ano-novo.

— Você vai cortar o peru, Arthur? — perguntou Madeleine.

— Na verdade, queria saber se Ralph gostaria de fazer as honras.

Elizabeth olhou para ele com as sobrancelhas arqueadas.

— Tem certeza, Arthur? — disse Ralph. — Não quero ferir os sentimentos de ninguém.

— De jeito nenhum. Você é parte dessa família.

Arthur recostou e observou Ralph puxar a bandeja do peru em sua direção, pegar a faca grande e começar a fatiar. Ele olhou para Elizabeth, que olhava para ele.

— Obrigada — murmurou ela.

Depois que todos foram servidos com a carne, começaram a passar as tigelas de acompanhamento pela mesa.

— Cuidado, está quente — alertou Arthur para Scarlett, passando a travessa de batatas assadas.

— Um minuto por favor, nós precisamos abrir as surpresas de Natal — disse Patrick, levantando-se. — Fiz um embrulho especial para cada um.

Entretidos com o tempo que Patrick havia gastado para fazer e decorar a caixa de surpresas especiais, cada um pegou o que lhe foi entregue.

— Todos estão prontos? Quando eu contar até três. Um. Dois...

O coro de pequenos estalos deu lugar às risadas ao redor da mesa enquanto cada um verificava o conteúdo de seu pacote.

— Não consigo encontrar meu presente — disse Scarlett, sacudindo seu pacote.

Patrick puxou a cadeira para trás e olhou para o chão.

— Aqui está — disse ele. — Vou pegar para você.

Quando viram, Patrick estava ajoelhado, segurando uma caixinha vermelha aberta na frente de Scarlett.

— Scarlett Ruby Fletcher, não posso nem começar a explicar como você mudou minha vida. Você me ajudou a encontrar luz no período mais escuro, e todos os dias sua positividade me ajuda a ser uma pessoa melhor. Se não se importar com essa família louca, gostaria de passar todos os natais comigo?

Arthur teve que confirmar a resposta de Scarlett, de tão abafada que foi pelo choro e pela subsequente aclamação ao redor da mesa.

— Foi lindo, filho — disse Arthur, abraçando Patrick. — Estou tão orgulhoso de você.

Devagar, todos começaram a retomar seus lugares à mesa.

— Desculpe, pessoal. Espero que a comida não tenha esfriado por minha causa — disse Patrick quando eles começaram a comer.

— Se alguém precisar, tem molho quente na cozinha — afirmou Teddy. — Posso ir buscar.

— Pensem só — disse Elizabeth, de repente. — Nessa época, no ano que vem, Ralph e eu vamos estar casados, Patrick e Scarlett também podem estar, se não quiserem perder tempo. E, se as coisas continuarem indo bem, Eleanor pode ter um noivo à mesa também.

— Mãe! Não me envergonhe.

— Bem, Oliver não é como a maioria dos homens, querida. Quando souber que encontrou a mulher certa, não vai te deixar escapar.

Arthur olhou para Teddy do outro lado da mesa, que observava a conversa entre sua mãe e sua irmã enquanto comia.

— Ainda vou precisar de alguns anos para planejar um casamento — disse Eleanor com uma risada.

— Está ouvindo isso, mãe? — perguntou Elizabeth. — Essas meninas vão me deixar esperando por netos.

— Ainda tem o Teddy — disse Scarlett com a boca cheia de comida.

— Bem, se cozinhasse um jantar como esse para uma jovem, ele a faria muito feliz — disse Elizabeth com uma risada enquanto todos olhavam para Teddy.

— Na verdade, eu faço alguém feliz — disse Teddy.

Sua voz era suave, mas forte. Arthur sentiu os músculos enrijecerem, como se seu corpo soubesse o que estava prestes a acontecer. Ele não podia fazer nada além de observar, enquanto Teddy olhava diretamente nos olhos de sua mãe.

— O nome dele é Ben.

CAPÍTULO 24
TEDDY

Não era um sonho. Os olhos de Teddy embaçaram quando ele tentou se concentrar nos rostos que o encaravam ao redor da mesa.

— O que você acabou de dizer?

A voz de sua mãe o tirou de seu atordoamento momentâneo. Ele olhou para ela; seus olhos se estreitavam e ela franzia o cenho.

Não tinha mais volta. Todos tinham ouvido, era melhor ele terminar o que havia começado. Teddy respirou fundo e permitiu que as palavras finalmente saíssem de sua boca.

— Mãe, eu sou gay.

O alívio tomou conta dele. Se não estivesse com os joelhos sob a mesa, ele estava convencido de que seu corpo teria flutuado da cadeira e atingido o teto. Ele sentiu os músculos do rosto doerem quando sua boca se abriu em um sorriso. Incapaz de se conter, ele começou a gargalhar. Podia sentir as lágrimas escorrendo pelo rosto.

— Por favor, alguém pode me explicar o que está acontecendo? — disse Elizabeth, olhando para os outros como se eles fossem confirmar que se tratava de algum tipo de brincadeira.

— Acho que está bem claro, Elizabeth — disse Madeleine, baixinho. — Pessoal, acho que devemos dar alguns minutos para Elizabeth e Teddy conversarem em particular.

— Estamos comendo aqui. *Eles* não podem sair? — reclamou Evangelina, olhando para os pratos cheios diante de todos.

— Peço desculpas a todos — disse Elizabeth, pegando novamente os talheres. — Vamos continuar comendo esta deliciosa refeição e podemos conversar sobre o que quer que isso seja mais tarde.

— Pelo amor de Deus, Elizabeth — disse Madeleine com severidade. — Vá conversar com seu filho. A comida vai estar aqui quando vocês voltarem.

Teddy prendeu a respiração quando a mesa ficou em silêncio.

— Edward, vamos sair para conversar, então — disse Elizabeth em voz baixa, empurrando a cadeira para trás e se levantando.

Ela ajeitou o vestido e, sem esperar uma resposta, saiu da sala. Teddy olhou para Arthur, que abriu um sorriso de apoio. Quando ele alcançou sua mãe, ela já estava na porta dos fundos, saindo da cozinha.

Teddy a acompanhou até o banco de madeira que ficava sob a janela da cozinha. A neve tinha parado de cair. Ele a viu limpar uma camada que estava sobre o banco antes de se sentar. Teddy desejou ter vestido o casaco.

— Certo — disse ela, cruzando as pernas. — Então, você tem algo a dizer?

— Acho que você ouviu o que eu tinha para dizer, mãe. Todo mundo ouviu.

Ela olhou feio para ele e fechou bem a boca.

— Então, quando você decidiu isso?

— Aí está — disse Teddy, suspirando.

— Aí está o quê?

— Esse comportamento. A reação de Elizabeth Marsh a algo de que não gosta.

— O que isso quer dizer?

— *Decidiu* — repetiu Teddy. — Como e quando eu *decidi* ser gay? Bem, agora que mencionou, mãe, eu acordei ontem de manhã e pensei: "O que será que irritaria muito a minha mãe na ceia de Natal?" E aqui estamos.

Ela olhou para o jardim sem responder. Teddy esfregou as mãos frias uma na outra.

— Está irritada porque ousei compartilhar um pouquinho de minha felicidade naquela sala? — perguntou Teddy, de repente zangado com o silêncio dela.

— Então é isso? — perguntou sua mãe. — Seu tio pede a Scarlett em casamento e você precisa roubar os holofotes porque se sentiu excluído?

— Não é isso que eu estou dizendo. Só estou cansado de ter que ficar quieto e não ser quem eu sou. Não, desculpe, eu posso não te dar netos, mas é tão errado eu querer que você saiba disso e não ter que ficar ali parado, fingindo? Passo todos os dias tentando atender às suas expectativas, às expectativas que as pessoas criam sobre mim por ser seu filho. Este sou eu finalmente te dizendo que nem sempre posso ser essa pessoa. Mas ainda sou seu filho e quero que me ame do jeito que eu sou.

— Mas por que hoje, Edward? Não podia deixar a família ter um dia agradável reunida?

— Não acha que passei centenas de dias tentando fazer isso? Simplesmente falar? Mas eu não consegui. Porque não consigo ter esperança de que você possa não me tratar como está tratando o vovô.

— Nem pense em usar aquela situação contra mim, como se eu fosse algum tipo de...

— Homofóbica? Você está fazendo um ótimo trabalho agora mesmo.

Teddy nem sequer teve tempo de ver a mão direita dela voando na direção de seu rosto. Ele conteve um pequeno lamento quando o ardor na pele fez seus olhos lacrimejarem.

— Edward, me desculpe!

Elizabeth perdeu o fôlego, levando a mão à boca e arregalando os olhos com o choque do que acabara de fazer.

— Guarde suas desculpas. Isso é exatamente o que eu esperava — disse Teddy em voz baixa. — É exatamente por isso que eu fiquei andando em círculos por anos, tentando me convencer de que me assumir seria uma boa ideia, tentando acreditar que você poderia me apoiar e confiar que eu sei o que estou fazendo pelo menos uma vez.

— Eu confio — disse ela, com a voz um pouco falha. — Se você diz que é gay, tudo bem.

— Tudo bem? Nossa, obrigado, mãe. Eu vou mandar estampar essa frase em uma camiseta.

— Eu não posso ter um minuto para processar o que você está dizendo?

— Isso não tem a ver com você, mãe! Desculpe, sei que é difícil, mas tem a ver *comigo* e com quem eu sou. Acabei de passar os últimos meses tentando esconder quem eu sou caso algum de seus amigos do *Post* pudesse ver alguma coisa, morrendo de medo de que alguém descobrisse e você fosse terrível comigo como foi com seu próprio pai. Não é assim que eu quero viver. Não vou mais fazer isso.

— Me diga, o que temos que fazer?

A voz de Elizabeth de repente pareceu muito perdida.

— Apenas me apoie. Seja minha mãe.

— Tudo bem — disse ela, juntando as mãos. — Vou dizer para todo mundo o quanto estou orgulhosa de meu pai gay e de meu filho gay. A dupla que parece determinada a manter segredos e esconder tudo de mim. E o que importa o que eu penso? Está claro que nenhum de vocês precisa de mim e nem confia em mim.

Teddy se levantou do banco. Sua cabeça latejava.

— Vou te dar um tempo. Não posso fazer isso agora.

— Típico. Você pode decidir quando jogar a bomba e depois agir como a parte magoada porque outra pessoa pode precisar de um certo tempo para aceitar.

— Aceitar? Mãe, você está ouvindo o que está dizendo? Tudo o que eu fiz foi te contar que eu gosto de um menino chamado Ben. Suponho que você ache que sabe tudo o que precisa saber sobre ele pelo Dylan. Você não precisa de tempo. Você só quer me punir. Do mesmo jeito que vem punindo o vovô há meses.

— Não estou tentando punir ninguém, Edward. Você não tem ideia do que é saber que sua vida toda foi baseada em uma mentira. Como você acha que é olhar para cada lembrança e se perguntar o que foi real? Ele amava mesmo minha mãe? Ele se ressente por nós existirmos e o impedirmos de viver sua vida?

— Você sabe que o vovô nunca pensaria uma coisa dessas — disse Teddy.

— E como você sabe? Talvez minha reação esteja sendo exagerada, mas preciso lidar com isso do meu jeito. Não se trata de uma mentirinha qualquer para perdoar e esquecer, é toda a minha existência. Consegue entender isso?

— Eu entendo — disse Teddy. — Leve o tempo que precisar, mas ele não merece isso. Nenhum de nós merece. Ainda somos as mesmas pessoas.

Teddy entrou na casa e seguiu o som das conversas animadas, voltando para a sala de jantar. Ele ficou feliz ao ver que todos continuaram comendo e que a maioria dos pratos já estava vazia. Evangelina e Eleanor foram as primeiras a vê-lo voltar para a sala.

— Está tudo bem? Cadê a mamãe? — perguntou Evangelina.

Ele encolheu os ombros e se sentou.

— Só queria dizer que você foi muito corajoso — disse Scarlett. — Não estou totalmente surpresa, sempre tive um excelente gaydar. Na verdade, um dos garotos que namorei na faculdade, no fim, era gay.

Teddy olhou para Eleanor, que tentava abafar uma risada.

— É, obrigada, Scarlett — disse ele. — Nem todo mundo pensa o mesmo.

— *Ela* está bem? — perguntou Patrick, apontando com a cabeça na direção da porta. — Acho que ela só precisa de um tempinho.

— Como ela fez com o vovô, sim, isso nós já sabíamos.

Teddy olhou para Arthur, que ficou impressionado com a aparência triste de seu neto.

— Vô?

— Tudo vai se resolver, Teddy. Não se preocupe.

— Desculpe por ter estragado a ceia. Não sei de onde veio aquilo. De repente, eu já estava dizendo em voz alta.

— Estou orgulhoso de você. Todos nós estamos.

Arthur sorriu com ternura para Teddy.

— Você está preocupado, eu compreendo. Acredite, estou bem. Ela disse o que tinha para dizer. Já foi dito e agora não há nada que eu possa fazer a respeito.

Só quando olhou ao redor da mesa, ele notou que Ralph tinha saído desde sua volta. Teddy ficou feliz por ela não estar mais sentada sozinha lá fora.

— Ele foi levar o casaco dela — explicou Evangelina, apoiando o queixo nas mãos. — Então, conte para a gente sobre esse tal de Ben. Ele é bonito?

— Até que ele é, sim — interrompeu a irmã mais velha.

— Você sabia?

— Não era preciso ser um gênio para descobrir. E depois eu o conheci na venda de garagem.

— Não acredito que você não me contou. Foi só por minha causa que você também foi àquela venda — gritou Evangelina.

— Com licença — Teddy disse. — Como assim, *até que?*

— Nada — Eleanor sorriu. — Ele obviamente não é nenhum Oliver, mas vocês formam um belo casal.

Teddy revirou os olhos.

— Obrigado. Não vou me esquecer de contar para ele.

— Podemos conhecer ele?

— Acham que vou trazer ele para essa casa de loucos? Eu gosto mesmo desse cara.

— Ah, o Teddy pode trazer ele aqui, vô? — suplicou Evangelina. — Ele deveria vir para o Ano-novo!

— Com a família toda aqui? De jeito nenhum. Não quero assustar ele.

— Vô, você não pode obrigar ele?

— Não sei o que você quer que eu diga. Não depende de mim. — Arthur riu. — Se e quando eles quiserem, Teddy sabe que ele e Ben são mais do que bem-vindos aqui a qualquer hora.

— Tem certeza?

— É claro, sempre que quiserem. Não é, Madeleine?

— Teddy sabe que ele é sempre bem-vindo aqui. E o Ben também.

— Era isso que estava acontecendo por minhas costas o tempo todo? — Elizabeth perguntou, reaparecendo na porta. — Vocês me excluindo só porque não estou organizando a Parada do Orgulho Gay de Northbridge?

— Elizabeth, já chega — disse Madeleine.

— Você sabia, mãe?

— Não, a vovó não sabia — interrompeu Teddy. — E, mesmo que soubesse, o que importa? Eu contei ao vovô depois que ele se assumiu, mas pedi para ele não contar para ninguém até eu estar pronto.

— A coisa só melhora — disse Elizabeth com a voz falhando. — Faz todo o sentido, porque é claro que você guardaria esse segredo, pai. Você é o profissional por aqui.

— Vamos dar um tempo — disse Ralph, tentando apoiar a mão no ombro de Elizabeth.

— Não, Ralph, você ouviu quando entramos. Eles já estão planejando reuniõezinhas para reclamar sobre mim. Eu dei para vocês, crianças, tudo o que eu tenho. Desde que seu pai morreu, tentei ser forte e manter a família unida. Agora encontrei alguém que me faz feliz e me ajuda a enfrentar cada dia. Eu reclamei quando meu pai achou que era cedo demais para namorar Ralph? Dei algum chilique quando Teddy passou quase um ano morando aqui como se eu fosse algum tipo de monstro? Não. Eu segui com a vida. Mas, querem saber de uma coisa? Se é tão horrível assim ficar perto de mim, sinta-se à vontade para fazer as malas. Se não gosta do teto que coloco sobre sua cabeça, pode encontrar outro lugar para morar.

A boca de Teddy ficou seca. Sua mãe não estava olhando para ele, mas cada palavra o atingiu bem no peito. Ninguém se mexeu até Elizabeth falar novamente.

— Receio que não vamos ficar para a sobremesa. Meninas, peguem suas coisas, por favor.

Ela saiu sem dizer mais nada.

— Tchau, pessoal. Obrigado pela refeição — disse Ralph com um pequeno aceno, e depois se apressou atrás dela.

— Você vem? — Evangelina perguntou a Teddy enquanto vestia o casaco.

— Ainda não. Podem ir na frente. Vou ajudar a limpar tudo e vejo vocês depois.

Teddy sabia que elas estavam relutantes em partir, mas era o melhor para tentar manter a paz onde fosse possível, principalmente agora que ele tinha que conversar com seus avós sobre uma ideia que havia tido.

— Sei que isso coloca vocês em uma posição delicada — disse ele depois, enquanto ajudava com a louça —, mas se importariam se eu passasse algumas noites aqui?

— Você nem precisa perguntar — disse Arthur. — Aquele quarto é seu e está sempre livre para você.

CAPÍTULO 25
ARTHUR

Arthur andava pelo jardim, sentindo o barulho da neve sob os pés. O som o fez sorrir. Ele não tinha muitas lembranças boas de seu pai, mas as poucas que tinha incluíam neve. Seu pai amava o inverno. Arthur se lembrou de uma manhã quando não devia ter mais de nove anos, sendo acordado pelo som de bolas de neve acertando a janela de seu quarto. Vestira várias camadas de roupa e correra para fora. Eles brincaram por horas, rindo livremente enquanto seguravam um na mão do outro e marcavam na neve o formato de anjos. Com a ajuda do pai, fizeram o maior boneco de neve que Arthur já vira. As crianças de toda Northbridge passaram lá para admirá-lo, pelos três dias que ele durou. A neve derretera, sem deixar rastros da alegria que tinha levado brevemente ao lar dos Edwards.

— Trouxe um chocolate quente. Você deve estar congelando aqui fora — disse Madeleine, lhe entregando uma caneca fumegante.

— Obrigado, meu amor. Eu me perdi nas lembranças de novo.

— Faz alguns anos que não temos tanta neve assim. Você se lembra da última vez?

Arthur sabia do que ela estava falando. Tinha sido quase dez anos antes. Ele e Madeleine estavam cuidando de Eleanor, Teddy e Evangelina enquanto Harry tinha levado Elizabeth para uma viagem surpresa a Paris. As meninas não tinham se interessado muito pela neve, preferindo ficar dentro de casa com a avó, tomando chocolate quente com marshmallows. Arthur e Teddy tinham levado um trenó até o alto da colina atrás da casa. Teddy sentara-se na frente de Arthur e eles escorregaram colina abaixo, gritando de alegria enquanto o vento atingia seus rostos.

— Sei que hoje não foi o dia perfeito que você queria — disse Madeleine.

— Há coisas mais importantes. Como está o Teddy?

— Ele foi lá para cima. Não se preocupe, Arthur. Vai ficar tudo bem.

Arthur suspirou. Ele não tinha desejado aquilo para Teddy. Não queria que ele tivesse que passar por isso: almejar e esperar que outras pessoas o aceitassem.

— Não vou conseguir me olhar no espelho todo dia de manhã se Teddy tiver que passar por isso por minha causa — disse ele, despertando um olhar de reprovação de Madeleine.

— Você não tem culpa de nada disso. Elizabeth só precisa processar tudo, mas ela nunca vai virar as costas para o filho dela, para a família dela.

Arthur bebericava seu chocolate enquanto Madeleine tirava uma foto do jardim com o celular.

— Eu queria te mostrar uma coisa — disse ela, tocando na tela. — Vi isso em uma caixa outro dia e tirei uma foto.

Ela entregou o telefone a Arthur, que encarou o aparelho.

Seu rosto jovem o encarava de volta. Ele estava usando o macacão preto com que passava a maior parte dos dias quando trabalhava na oficina. Madeleine estava ao lado dele.

— Nossa, isso veio direto do túnel do tempo — disse Arthur. — O dia em que decidimos nos casar. Sinto muito por não ter sido mais romântico.

— Eu não precisava de mais nada, Arthur. Nós salvamos um ao outro aquele dia.

— Parece que foi ontem. As duas crianças nessa foto não acreditariam no quanto chegaríamos longe.

— Nossa caminhada ainda não terminou, Arthur.

Eles estavam andando em círculos pelo jardim.

— Falei com o dr. Thomas de novo. Os resultados do exame de PSA o deixaram preocupado.

— Arthur! Por que você não me contou?

— Eu ia contar quando passasse o Natal, mas ele acha que pode ter voltado.

Os olhos de Madeleine se encheram de lágrimas.

— Nós sabíamos que havia essa chance, Madeleine. Metade da batalha é descobrir cedo.

— Não podemos fazer isso sozinhos desta vez, Arthur. Você precisa do máximo de apoio possível.

— Se precisar, conversaremos sobre isso. Até lá, vamos deixar todos sossegados.

Arthur sabia que Madeleine queria continuar o assunto. Sabia que tinha exigido muito dela manter seu câncer em segredo, mas eles tinham passado por isso juntos na época. Agora, ele não podia esperar isso dela, não quando ela estava embarcando em uma nova vida. Ele a havia liberado de qualquer obrigação, mas, só hoje, ele não queria pensar no que poderia acontecer.

De repente, ele deu um sorriso. Uma ideia tinha surgido em sua cabeça.

— Madeleine, pode entrar e chamar Patrick e Scarlett, e depois me encontrar lá na frente? Diga para todos se agasalharem.

Quando ela entrou, Arthur foi até a garagem e começou a mexer nas coisas. Sabia que eles estavam ali em algum lugar. Depois de vários minutos procurando, encontrou dois trenós de madeira que tinha guardado com cuidado.

— Pai, o que está tramando? — perguntou Patrick, olhando os trenós que Arthur estava puxando. — Daqui a pouco vai escurecer.

— Vamos criar algumas lembranças! — disse Arthur. — Scarlett, você já andou de trenó?

Ela fez que não com a cabeça, um pouco nervosa.

— Tem uma primeira vez para tudo. Vamos, turma, nós vamos subir a colina!

Eles conversavam e riam enquanto subiam a colina, combatendo o vento e a neve que caía. O nariz de Arthur estava bem vermelho quando chegaram ao topo.

— Não subo aqui há anos — disse Patrick, olhando as colinas quando o sol começava a se pôr. — Nós costumávamos brincar aqui o tempo todo. Eu me lembro de ter trazido minha primeira namorada para um piquenique, mas acho que não precisamos falar sobre isso.

Ele parou de falar quando Scarlett, de brincadeira, pegou um pouco de neve e começou a fazer uma bola.

— Venham, vamos apostar corrida! — disse Arthur, sentando-se em um dos trenós. Seu coração estava acelerado. — Madeleine, suba!

Arthur riu quando Madeleine se posicionou entre suas pernas e Patrick e Scarlett os copiaram.

— Em suas posições — gritou Arthur. — Preparar. Já!

O som de gritos e risadas encheu o ar conforme os dois trenós desciam a colina. Arthur segurava a corda e Madeleine se segurava firme em suas pernas.

Os trenós estavam lado a lado enquanto desciam até o fim. Scarlett se agarrava em Patrick quando tomaram a dianteira.

— Isso foi INCRÍVEL! — gritou Scarlett quando se levantou, depois que pararam. — Se eu tivesse energia, subiria até o topo para fazer tudo de novo!

— Deixa que eu te ajudo a levantar — disse Arthur a Madeleine, estendendo a mão.

Eles dois tinham caído do trenó, indo parar na neve, um em cima do outro. Quando ele pegou na mão dela, puxou-a de volta para a neve. Gargalhando, eles ficaram deitados lado a lado, olhando para o céu.

— Patrick! Scarlett! Vamos fazer anjos na neve.

Arthur ficou de mão dada com Madeleine e eles começaram a movimentar os braços e as pernas esticados ao mesmo tempo.

— Eu poderia ficar aqui para sempre — disse ele com alegria, enquanto flocos de neve pousavam em seu rosto.

CAPÍTULO 26
TEDDY

Depois de colocar os pratos na lava-louças, Teddy subiu para o quarto em que costumava ficar. Da janela, viu Arthur andando pelo jardim e se sentiu culpado por sua revelação ter estragado o dia perfeito que seu avô tanto desejava.

Seu quarto não era muito grande, mas tinha uma cama de casal e alguns móveis velhos. Todo seu corpo parecia exausto. Só de olhar para cama, seus olhos já cansados ardiam. Apenas cinco minutos deitado já ajudariam, depois ele voltaria lá para baixo para a sobremesa. O bolo de Natal de sua avó valia o esforço. A última coisa de que ele se lembrava era de sua cabeça encostando no travesseiro.

Toc. Toc. Toc.

O quarto tinha sido engolido pela escuridão. Apenas o luar lhe permitia ver onde tinha deixado seu telefone. Ele resmungou e se espreguiçou para pegá-lo.

Toc. Toc.

— Teddy? Você está acordado?

Ele reconheceu a voz imediatamente e se sentou.

— Shakeel?

A porta abriu com um rangido. Shakeel olhou em volta e abriu um sorriso.

— Olá, dorminhoco. Feliz Natal.

— O que você está fazendo aqui? Está tudo bem?

— Eleanor me ligou. Ela me contou o que aconteceu, então entrei no carro e vim direto para cá.

A lembrança dos acontecimentos da hora do almoço tomou conta de Teddy. Ele tinha mesmo feito aquilo.

— Ah, meu Deus — resmungou ele, apoiando a cabeça entre as mãos. — Parece que estou de ressaca e eu nem bebi. Todo mundo ainda está lá embaixo?

— Sim, foi um pouco estranho, seus avós, seu tio e a namorada dele estavam chegando em casa cobertos de neve.

Shakeel se sentou na cama ao lado dele.

— Sabe, a princípio eu achei que Eleanor estava brincando.

— Sério?

— Com certeza. Entre todos os dias possíveis, é claro que você falaria no meio da ceia de Natal. Estou tão orgulhoso de você, Teddy.

— Não fique. Mal posso acreditar. Aconteceu tão rápido.

— Então me conte. O que todo mundo disse?

Teddy tentou não fazer cara feia enquanto relembrava o pedido de casamento de seu tio e a conversa que o havia levado a aproveitar aquele momento de forma tão inesperada.

— Acha que sua mãe vai mudar de ideia? — perguntou Shak com cuidado.

— Vai saber — disse Teddy, cansado. — Todos esses anos criando esse momento na cabeça e em poucos minutos ele termina. Não sei muito bem o que pensar agora.

— Você contou às pessoas sobre você e Ben?

— Contei. Essa parte foi muito engraçada. Evangelina está morrendo de vontade de conhecer ele.

— E onde ele está hoje, afinal?

— Está na casa do tio dele — respondeu Teddy. Ele não havia quebrado a confiança de Ben, não contando a Shakeel e Lexie sobre o relacionamento dele com os pais. — Ele tem quatro sobrinhas, então o Natal lá é divertido. E o seu carinha?

— Trabalhando.

Shakeel desviou os olhos do olhar de Teddy e observou o quarto.

— Você é legal demais, Shak — Teddy estendeu o braço e colocou a mão sobre o joelho do amigo. — Você merece alguém que passe o dia com você, te leve para jantar, vá ao cinema e faça todas as coisas que você ama.

— Nós passamos tempo juntos — disse Shak em um tom um pouco distante.

— Não estou dizendo que não passam, cara — disse Teddy, balançando a cabeça. Por que Shak estava tão na defensiva a respeito de seu namorado misterioso? — Você sabe que eu só quero que você tenha alguém que te mereça. Você é o cara mais inteligente, mais gentil, mais amoroso...

Tudo aconteceu tão rápido. Teddy ainda estava paralisado quando Shakeel afastou os lábios dos seus. Tinha durado apenas alguns segundos, mas parecia uma vida. Os dois ficaram se encarando por um longo instante, com os olhos arregalados.

— Shakeel...

— Ai, meu Deus. Me desculpe, não sei por que eu fiz isso. — A voz de Shakeel falhava enquanto ele tentava respirar.

— Você... você me beijou?

— Tenho que ir, me desculpe. Por favor, esqueça que isso aconteceu.

— Não, espere...

— Estou indo, Teddy. Sinto muito! Por favor, esqueça que isso aconteceu.

Ele abriu a porta do quarto e saiu correndo.

Teddy não conseguiu ir atrás dele. Seus pés estavam colados ao chão. Um movimento errado e ele tinha certeza de que tropeçaria. Passou o dedo indicador sobre o lábio inferior. Sua mente estava acelerada. O que tinha acabado de acontecer?

CAPÍTULO 27
ARTHUR

Arthur não queria perturbá-lo, mas estava claro que Teddy estava estranho. Tinha tentado falar com ele, mas o neto insistia que não havia nada com que se preocupar.

— Você se arrepende do que fez?

— De jeito nenhum. Não tem nada a ver com isso. Sinceramente, é coisa do trabalho, só isso — insistiu Teddy.

Arthur resolveu deixar para lá. Se Teddy ficaria com eles por tempo indeterminado, queria que ele sentisse que tinha privacidade para viver sua vida.

— Elizabeth perguntou dele de novo hoje de manhã — disse Madeleine enquanto se servia de chá. — Ela ligou todos os dias dessas duas semanas.

— Ela ainda é mãe dele, independentemente do que acontecer entre eles. Ela deveria mandar uma mensagem direto para ele.

— Ela deve achar que ele poderia fazer a mesma coisa. — Ela suspirou, tomando um gole da xícara de porcelana. — Os dois são muito teimosos, e nós sabemos a quem puxaram.

Arthur tinha acabado de terminar suas palavras cruzadas quando Oscar parou na frente da casa. Ele tinha aceitado um convite para jantar, agora que tinha voltado de viagem. Inicialmente, Madeleine tinha planejado sair com James de novo, mas Oscar insistiu que Arthur lhe dissesse para se juntar a eles.

Arthur pulou da cadeira quando percebeu que havia se esquecido de pegar os álbuns de fotografia que tinha trazido do sótão durante a limpeza. Ele tinha prometido a Oscar que mostraria as fotos para ele. Os álbuns esperavam por ele na última gaveta da cômoda do quarto de Teddy. Ele avistou o maço de cartas que tinha levado para baixo no mesmo dia. Arthur não tinha conseguido lê-las e as jogou na gaveta junto com as fotos. Ele pegou o pequeno maço e se sentou na cama.

Fazia décadas que não olhava o que estava dentro da coleção de envelopes, mas Arthur ainda sabia o conteúdo de cada carta. Ainda podia sentir o cheiro da tinta azul com a qual tinham sido escritas. A caligrafia feia de Jack era indecifrável para a maioria, mas ele sempre teve a habilidade de ler facilmente suas palavras bem-escolhidas. Jack mantinha as anotações curtas e vagas, sem querer chamar a atenção para suas verdadeiras intenções se a carta caísse em mãos erradas. Arthur abriu o primeiro envelope da pilha. Sabia o que estava procurando; tinha sido guardada com segurança entre as páginas da carta desde o dia em que a recebera. Arthur tirou a carta e desdobrou o pedaço de papel amarelado.

Uma pequena imagem em preto e branco caiu sobre a cama. Arthur a pegou e virou ao contrário.

O rosto fino de Jack Johnson estava tão lindo e cheio de ternura quanto ele se lembrava. O queixo quadrado costumava ficar escondido sob uma barba bem-aparada, mas, por algum motivo, ele estava completamente barbeado no dia em que o retrato foi tirado. Ele gostava de deixar a barba crescer para esconder a pequena cicatriz no queixo, lembrete permanente de um acidente que tivera quando jovem. Seus lábios formavam um leve sorriso. Arthur conhecia bem aquele sorriso travesso: não demoraria muito para se transformar em um sorriso largo que mostrava seus dentes. Na imagem, Jack estava encostado em um carro. Arthur não sabia se era dele, ou como havia saído em uma foto com ele, Jack não tinha entrado em detalhes no bilhete que a acompanhava. Os olhos de Jack o encaravam. Mesmo em preto e branco, eram cheios da ternura de que Arthur se lembrava com tanta nitidez.

— Arthur? Arthur, você está aí em cima?

— Já estou descendo. Só estou pegando os álbuns.

Com cuidado, ele colocou o retrato de Jack na folha, que dobrou várias vezes antes de devolver ao envelope. Ninguém, nem Madeleine, tinha visto ou lido aquilo.

Madeleine estava esperando por ele na cozinha, onde havia arrumado uma bandeja com sua melhor louça.

— Você não precisava ter tido tanto trabalho por causa do Oscar. — Arthur riu. — Um pouco de chá e uns pãezinhos e o homem ia ficar feliz da vida.

— Bobagem, um homem viajado como Oscar merece uma refeição decente. Você encontrou os álbuns?

Arthur os colocou sobre a bancada.

— Estão todos aqui. Faz um bom tempo que não vemos alguns deles. Tenho certeza de que ele vai rir muito às nossas custas.

Oscar não perdeu tempo e pegou os álbuns assim que se acomodou à mesa de jantar. Ele estava tão ávido por mergulhar na coleção que encurtou sua própria história de Ano-novo.

— Ah, não foi nada muito empolgante. — Ele riu quando a curiosidade de Madeleine falou mais forte, depois de meia hora. — Muito drama em potencial, mas tudo terminou sem intercorrências. No entanto, não parece que esse foi o caso *aqui* no Natal!

— Quanto menos se falar sobre isso, melhor. — Madeleine suspirou e seu rosto corou ao se lembrar.

— Mas, minha cara dama, o que é a vida sem um pouco de drama? Um pedido de casamento e uma saída do armário. Você assistiu de camarote.

— Bem, essa é uma forma de se encarar isso, eu suponho. — Ela riu. — Arthur te contou que ele e Teddy prepararam toda a comida?

— Não, ele não contou. Arthur! Você escondeu isso de mim, seu espertinho.

— A maior parte foi o Teddy, eu só fiquei lá para orientá-lo. E Madeleine fez a sobremesa.

Oscar revirou os olhos de brincadeira e se virou para Madeleine.

— Ele sempre foi tão modesto?

— Eu tenho cada história para contar!

— Da próxima vez, Madeleine, vamos manter a porcelana no armário e pegar as taças de champanhe.

— Eu vou ser convidado? — Arthur perguntou.

Oscar e Madeleine deram de ombros e suas risadas preencheram a sala.

— Cara Madeleine, Arthur me disse que você anda saindo para protestar. Eu sabia que ninguém devia mexer com você.

— Nem me fale, Oscar — Madeleine disse com um suspiro.

Arthur sorriu. Ele sabia que Madeleine adorava falar sobre aquele assunto quando tinha um par de ouvidos novos dispostos a escutar. A última injustiça foram ameaças de fechar o departamento de trauma e emergência do hospital local. Não sendo de se acomodar, ela tinha estado entre as primeiras a mobilizar a comunidade para agir e protestar contra os cortes.

Teddy chegou em casa pouco depois que eles terminaram de comer a lasanha caseira de Madeleine.

— Olá. Desculpe, esqueci que vocês tinham visita hoje à noite — disse ele, aparecendo com a cabeça na porta da sala de jantar.

— Não se preocupe, pode entrar. Teddy, este é o Oscar.

Oscar se levantou e apertou a mão de Teddy.

— É um prazer te conhecer. Ouvi coisas maravilhosas sobre você, meu jovem. O crédito vai para seus avós.

— É muita gentileza sua dizer isso. Muito prazer, Oscar.

— Teddy, por que não se junta a nós? — Madeleine perguntou, levantando-se. — Ainda tem comida no forno. Vou pegar para você.

— Não, não, vó. Não se preocupe. Eu pego e já volto. Só me dê uns minutos para trocar de roupa.

— Ele é uma cópia sua, Arthur. Parece você em algumas daquelas fotos — disse Oscar quando Teddy fechou a porta. — E você já conheceu o namorado?

Arthur fez que sim com a cabeça.

— É um rapaz adorável, veio nos ajudar na venda de garagem. Mas não sei bem se ele já está chamando de namorado.

— E a mãe dele? Ela está tendo dificuldades com tudo isso?

Oscar olhou para a porta para ter certeza de que a conversa ainda era privada.

— Acho que não é o fato de ele ser gay que a incomoda. Ela está magoada porque ele não conseguiu falar com ela, e vindo logo depois de mim... bem, a coisa explodiu, como você pode imaginar.

— Ele tem sorte de ter avós como vocês a quem recorrer. Imagine isso na nossa época. Só a fofoca já os mandaria para o túmulo mais cedo, que Deus proteja esses jovens.

Quando Teddy voltou para a sala de jantar e terminou de comer, Oscar não perdeu tempo em voltar sua atenção para ele.

— Os jovens de hoje em dia... não consigo acompanhar todas essas palavras novas que fico ouvindo. Você precisa me dar uma aula — disse ele, bebendo da xícara de chá que Madeleine tinha acabado de servir.

— Não sei se sou a melhor pessoa para isso, na verdade.

— Você devia convidar o Shakeel da próxima vez que o Oscar vier. Eles iam se dar muito bem.

— É, talvez. — Teddy desviou os olhos rapidamente e começou a amassar o guardanapo que tinha na mão.

— O que foi?

— Nada. Ele só está muito ocupado no trabalho neste momento. Tem sido difícil falar com ele desde o Natal.

— Além de tudo é trabalhador? — Oscar riu. — Parece que você conseguiu um dos bons.

— Ah, não. Eu não estou namo... Shak é só um amigo.

— Shakeel é o melhor amigo de Teddy — explicou Arthur. — Ben é o namo... o outro amigo de quem eu estava te falando.

— Me desculpe. Por mais que eu tente impedi-la, a idade às vezes me vence.

— Tudo bem. Como o meu avô disse. Ben é... Ben.

— E como está indo o amor desde que você se assumiu?

Arthur observou atentamente para ver como Teddy reagiria. Ele não tinha conseguido tirar muita coisa dele durante suas últimas conversas. Apesar de Teddy afirmar que estava tudo bem, ele queria ver como ele lidava com os questionamentos de outra pessoa.

— Tem sido estranho desde que me assumi. Eu não pensei muito sobre como eu ia me sentir depois disso. A gente esquece que não se trata de um momento só. É um momento que a gente tem com cada pessoa depois também.

— Sei exatamente do que você está falando, e tenho certeza de que seu avô também sabe.

— É, então é um pouco estranho ir para o trabalho e tentar encontrar o equilíbrio daquilo com que me sinto confortável, se é que isso faz sentido.

— Ah — disse Oscar, erguendo a sobrancelha direita. — Ben está pronto para um relacionamento mais público?

— Está sim. Ele pensou que quando eu me assumisse para minha mãe essa questão terminaria, mas eu ainda sou eu. Não sou alguém que quer que o jornal inteiro saiba quem estou namorando. Não é da conta de ninguém.

— Leva tempo. Provavelmente ele só está orgulhoso de ter um jovem bonito como você para exibir para todos os amigos. A chave é a comunicação. Vocês precisam discutir todas essas coisas.

— Ele não está errado — disse Arthur. — Ben é compreensivo. Essas coisas não mudam da noite para o dia. Ele sabe que o ambiente de trabalho é uma situação difícil devido à relação entre você e sua mãe.

— Espero que sim. Mesmo que ela já saiba, não quero que fique ouvindo fofocas sobre meu relacionamento. Sinceramente, não seria nada diferente se eu fosse hétero.

— Você tem uma cabeça boa, igual ao seu avô aqui. Você pode me ajudar a encontrar alguém para ele.

— Eu nem sabia que ele estava procurando!

— Ele não está — disse Arthur, zombando dos dois.

— Ah, vamos, Arthur. Você foi me conhecer!

— E sofri o suficiente por isso, muito obrigado.

— Bem, vou me considerar honrado. Meu jovem, temos um trabalho em nossas mãos, garantir que ele se divirta um pouco.

— Na verdade, enquanto Madeleine está no banheiro, suponho que eu poderia pedir a opinião de vocês sobre uma ideiazinha — sussurrou Arthur, inclinando-se na direção deles.

Arthur tinha passado várias semanas tentando ter uma ideia de evento beneficente que pudesse apresentar à Fundação Northbridge. Tudo parecia simples demais. Ele estava determinado a seguir o conselho de Oscar e pensar em algo diferente. Não queria apenas arrecadar algumas centenas de libras e partir para outra. Tinha que ser especial.

— Você está fazendo muito suspense — disse Oscar, apoiando os braços sobre a mesa. — Estou morrendo de curiosidade para saber qual foi sua ideia.

— Eu me lembrei de que você mencionou aulas de voo, Oscar.

— Sua avó vai querer me enforcar — disse Oscar, virando-se para o sorridente Teddy.

— Espere aí, você não vai aprender a pilotar, vai? — perguntou Teddy com os olhos arregalados de surpresa. — Você odeia voar!

— Não pretendo estar dentro do avião — disse Arthur, divertindo-se com a expressão confusa dos dois. — Vou fazer *wing walking*.

— Como é? Eu ouvi direito? — perguntou Oscar, genuinamente surpreso. — Teddy, eu ouvi mesmo o que eu acho que ouvi saindo da boca de seu avô?

Teddy o encarava, profundamente perplexo.

— Tem certeza de que sabe o que é isso, vô? Não está confundindo com outra coisa?

— Eu sei. E é exatamente o motivo de eu ter decidido fazer. É a última coisa que alguém poderia esperar.

— Mas você pode andar em cima da asa de um avião na sua idade? — perguntou Teddy, com a esperança de que tivesse encontrado uma coisa que colocasse um fim naquela ideia.

— E posso usar o computador também, obrigado. Eu vi os vídeos. Tem uma mulher de oitenta e três anos que fez no ano passado. É a mais velha do país a fazer isso.

— Não sei o que dizer — afirmou Oscar. — É uma ideia incrível!

— O quê? — Teddy perguntou em tom agudo diante da mudança de opinião de Oscar.

— Não seja assim, Teddy. Preciso do seu apoio.

— Quer que eu escreva alguma coisa sobre isso? — perguntou Teddy, devagar.

— Tem isso — disse Arthur, olhando para o teto. — Mas também preciso que você me ajude com sua avó.

CAPÍTULO 28
TEDDY

— Espere um segundo, você acabou de dizer que seu avô de 79 anos vai fazer *wing walking* para arrecadar fundos para uma instituição beneficente?

Ben estava olhando para Teddy como se ele tivesse criado uma segunda cabeça. Eles estavam deitados lado a lado na cama, no apartamento de Ben. Era a terceira vez que Teddy ia até lá. O estúdio parecia ficar menor a cada visita, mas Ben não parecia se incomodar. Era seu espaço, seu santuário. Teddy sabia como era importante ter isso.

— Isso mesmo. Eu queria que você estivesse lá para ver a cara da minha avó. Foi inestimável. Parte de mim acha que ela ainda espera que ele a esteja enrolando.

— Isso é incrível. Sua família é completamente maluca. Estou amando.

Ben virou de lado, fechando o laptop em que estavam assistindo a uma nova série de TV. Ele colocou a mão no peito de Teddy.

— Seu avô já fez algo assim?

— Está me perguntando se ele já foi amarrado em cima da asa de um avião e voou a mais de duzentos metros no ar? Não, não que eu saiba.

— Ele é mais corajoso que eu, isso é certo. Espero que eu possa ver isso com meus próprios olhos.

— É claro que pode! — disse Teddy. — Meu avô vai querer uma multidão lá, torcendo por ele.

— Acha que sua mãe vai?

— Nem pensei nisso, para ser sincero. Por quê?

— Só estou pensando como seria legal ela estar lá para apoiá-lo. E eu poderia finalmente conhecê-la.

Teddy se moveu na cama para ficar de frente para ele. A mão de Ben escorregou de seu peito quando ele fez isso.

— Eu não esperaria que ela estendesse um tapete vermelho para você, mesmo que vocês se conheçam. Ela não é esse tipo de pessoa, mas isso você já sabe.

Teddy não estava a fim de falar sobre sua mãe de novo. Se ela quisesse aparecer para apoiar seu avô, ele ficaria muito feliz. A ideia de Arthur o havia ajudado a empurrar suas preocupações para o fundo da mente. Tinha sido bom ter um novo tópico de conversa com Ben, um que não envolvesse sua cabeça voltando a pensar em Shakeel. Nada disso fazia sentido para ele. Por que Shak o havia beijado? Eles sempre tinham sido próximos, mas ele não achava que Shakeel pensava nele como algo além de seu melhor amigo. Agora, mesmo deitado ao lado de Ben na cama, Teddy não conseguia se permitir aproveitar o momento.

— Você parece um pouco distraído — disse Ben. — Desculpe, eu provavelmente não devia ter mencionado sua mãe.

— Tudo bem. Desculpe, eu só não quero pensar nisso tudo agora. Eu adoraria só desligar durante a noite e...

— Não precisa dizer mais nada — falou Ben, aproximando-se mais de Teddy e deslizando o braço por baixo dele. — Podemos só ficar aqui deitados, relaxando.

Teddy deixou o corpo relaxar nos braços de Ben, que o envolviam. Ele não se lembrava de ter caído no sono, mas o rosto desesperado de Shakeel o encarou assim que finalmente fechou os olhos.

Muitos dias depois, Ben tirou várias folhas impressas da pasta que estava sobre sua mesa, ansioso para mostrar a Teddy.

— Sei que você anda ocupado com outras coisas, mas eu estava fuçando em outros registros e encontrei uns certificados de óbito que podem ser de Jack Johnson. — Ele pausou, levantando os olhos para ter certeza de que tinha toda a atenção de Teddy. — Sei que você não gosta da ideia, mas não acha que poderia pedir mais informações ao Arthur?

— Já falamos sobre isso, Ben — suspirou Teddy. — Pedi especificamente para você não continuar procurando. O meu avô não queria que eu ficasse indo atrás de Jack e eu devia ter respeitado isso. Vamos deixar por isso mesmo.

— Mas você quer saber tanto quanto eu.

— Eu queria, mas não é da nossa conta. Prometa que vai deixar para lá desta vez, por favor. Esqueça que algum dia eu te contei sobre Jack.

Ele sabia que Ben não estava feliz com o pedido de não continuar com a pesquisa, mas no momento era a última coisa com que precisava se preocupar.

— Ainda vamos sair para jantar hoje à noite? — perguntou Ben vários minutos depois.

Sua voz estava tensa enquanto ele tentava romper o silêncio que tinha recaído sobre eles.

— Sim, por quê? Aconteceu alguma coisa?

— Não, comigo não. Só estava verificando com você, caso...

— Caso o quê?

— Você cancelou comigo duas vezes esta semana, Teddy. Acho que tenho o direito de perguntar.

— Desculpe, mas você sabe que eu ando soterrado de trabalho. Estou no limite aqui. — Teddy sabia que estava um pouco defensivo demais, mas não conseguia evitar.

— Só queria ter certeza de que você não está ocupado demais para mim.

Teddy não respondeu, vendo linhas se formarem na testa de Ben.

— Olha só, talvez eu esteja na sua frente na questão de ser assumido com orgulho, mas, sim, mal posso esperar para contar para as pessoas sobre nós. Porém, quero estar com alguém que tenha orgulho de ser meu namorado, Teddy.

— Desculpe, você tem razão. Eu vou te compensar, está bem?

— Sério? Porque se você não quiser fazer isso...

— Eu quero! Estou ansioso para jantar com você hoje à noite.

Teddy sabia que estava distante, mesmo quando estavam juntos. Toda vez que olhava para Ben, sentia-se culpado por não contar a verdade sobre o beijo de Shakeel. E, para piorar, Shakeel se recusava a falar com ele desde o Natal. Nenhuma mensagem ou ligação tinha sido respondida. Ele precisava falar com Shak, descobrir o que estava acontecendo com ele. O silêncio de Shakeel já estava se tornando preocupante. Teddy sabia que não podia deixar as coisas assim por muito mais tempo.

Dylan voltou do almoço, largando várias sacolas no chão. Teddy lembrou que queria mencionar o evento beneficente de seu avô para ele.

— Nossa, antes ele do que eu — Dylan disse depois que ficou sabendo do plano. Ele tirou o celular do bolso. — Quando vai ser?

— Início de março. Acha que podemos publicar alguma coisa? Seria legal se aumentássemos a conscientização e puséssemos o link para a página de doações. Ele está esperando arrecadar o máximo possível de dinheiro para instituições que ajudam jovens que estão em conflito com sua sexualidade.

— Não vejo problema. Na verdade, deixe eu falar com minha cara-metade também e já volto a falar com você.

— Cara — Ben sussurrou para ele. — Você sabe que a namorada dele é produtora do *Good Morning Live*, né? Se ela se interessar... bem, isso pode ganhar grandes proporções.

Ben tinha razão. Uma hora depois, Dylan estava contando a eles que sua namorada, Maya, queria saber mais sobre a *wing walk* de Arthur.

— Vou te mandar o e-mail dela e você pode entrar em contato diretamente.

Dylan sorriu para ele.

— Isso é incrível — disse Teddy, ainda chocado com a velocidade com que as coisas estavam avançando. — Obrigado, Dylan. Meu avô vai ficar muito animado.

A mãe dele estava certa sobre uma coisa. Trabalhar com Dylan tinha sido uma de suas melhores ideias.

— Vocês não vão me ouvir dizer isso muitas vezes, mas vocês dois formam uma bela equipe — Dylan disse a Teddy e Ben. — Continuem sugerindo ideias. Vocês podem falar com o Leo, da editoria de reportagens especiais, para ver de que tipo de matéria ele gosta.

As bochechas de Teddy doeram quando ele sorriu. Por mais animadores que estivessem sendo os acontecimentos do dia, por mais que ele quisesse estar empolgado com o jantar com Ben, estava distraído demais por Shakeel. Ficava se perguntando como ele estaria passando sua semana de folga do trabalho. Precisava desesperadamente falar com seu amigo, não podia mais esperar.

— Dylan, acabei de lembrar que eu disse que encontraria uma assessora para um café. Fica do outro lado da cidade, então posso não voltar até o fim do dia, mas fico de olho nos e-mails.

Teddy sentiu os olhos de Ben sobre ele.

— Vou direto para o restaurante e te encontro lá — disse ele, levantando-se antes que Ben pudesse dizer qualquer coisa.

Teddy não prestou atenção aonde estava indo quando atravessou a redação agitada, entrou no elevador e correu pela recepção barulhenta até a avenida. Havia um táxi parado no sinal vermelho do outro lado da rua. Sem olhar, ele atravessou e bateu no vidro.

— Poderia me levar até a Union Row, número 65, o mais rápido possível?

Teddy já estava colocando o cinto de segurança no banco de trás antes de o motorista encontrar o endereço no GPS. Sua cabeça estava acelerada. O que ia dizer? O que queria ouvir de Shakeel? Por que estava fazendo isso agora?

— Chegamos, amigo.

A voz do motorista o tirou de seu atordoamento. Ele olhou pela janela do prédio em frente ao qual haviam parado e respirou fundo.

Teddy aproveitou para entrar pela porta aberta quando uma mulher que parecia irritada e empurrava um carrinho de bebê saiu do prédio. Ele estava sozinho no elevador, coração acelerado. Ainda não fazia ideia do que ia dizer enquanto caminhava entre as paredes beges do sétimo andar. O corredor estreito ameaçava imprensá-lo se ele não encontrasse a porta que procurava. Setenta e quatro. Ele fechou os olhos e sentiu os ossinhos dos dedos baterem três vezes na madeira.

Shakeel abriu a porta e olhou para ele, sem expressão.

— Oi — disse Teddy. — Que bom que você está aqui, eu não sabia se estaria.

— É por isso que não se deve aparecer sem avisar, Teddy. — Shak parecia distante, frio.

— Eu não teria feito isso se você respondesse às minhas mensagens ou conversasse comigo, Shak. Acha que é isso que eu quero?

Shakeel fez uma careta e olhou para o corredor para ter certeza de que estavam sozinhos.

— E o que você *quer*, Teddy? Por que está aqui?

— Queria ter certeza de que você estava bem. Você me beijou e depois desapareceu. O que eu deveria pensar?

— Sinto muito, você tem razão, eu fui injusto. Fiquei constrangido e não sabia como te dizer...

— Me dizer o quê?

— Que foi um erro idiota. Eu estava confuso e solitário e cometi um erro.

— Sério?

— O mais idiota de todos. Eu me arrependi desde aquele momento e sinto muito por ter ficado constrangido demais para dizer isso para você e seguir adiante. Eu não sabia se você poderia entender e me desculpar.

— Quero que você possa falar comigo, Shak. Me dizer o que está sentindo.

— Eu já disse. Foi um erro. Você tem o Ben e eu tenho... eu tenho o Simon.

— Simon? Esse é o nome do namorado? — disse Teddy. — Você contou para ele que me beijou?

— Você pode ir embora? Ele está vindo e eu realmente não posso lidar com isso agora.

— Todos esses dias você me ignorou e agora está me dizendo que foi um erro bobo e eu não mereço uma explicação decente?

— Por favor, Teddy, esqueça isso. Tchau.

Ele fechou a porta. Teddy ficou imóvel, olhando para ela, perdido no silêncio pesado que mais uma vez preenchia o corredor inóspito. Um erro idiota: era disso que Shakeel tinha chamado o que aconteceu. Não havia tempo para debater se ele estava dizendo ou não a verdade. A luz piscou sobre sua cabeça quando ele olhou para o relógio. Logo Ben estaria saindo do jornal. Teddy ainda chegaria a tempo no restaurante se o trânsito da hora do rush não estivesse muito pesado.

Ben acenou de leve para Teddy quando ele entrou no restaurante italiano. O trajeto não tinha passado de um borrão.

Sua mente estava acelerada, mas, quando atravessou o salão, usou toda a energia que lhe restava para forçar um sorriso. Ben se levantou quando Teddy se aproximou da mesa.

— Que cavalheiro — disse Teddy, obrigando-se a parecer animado.

— Apenas o melhor para o sr. Marsh. Tenho que admitir, achei que você chegaria atrasado.

— Nem me fale. Por sorte, o motorista conhecia alguns atalhos.

— E como foi o café? — Ben serviu dois copos de água da jarra que tinha sido deixada sobre a mesa. — Quem você foi encontrar mesmo?

— Só a Lauren. Ela é assessora de algumas celebridades, apresentadores de TV, coisa do tipo.

— Parece legal. Ela tinha alguma pauta boa?

— Algumas coisas, mas disse que vai me mandar os detalhes por e-mail. Bem, mas você disse que não falaríamos de trabalho!

— Um brinde a isso — disse Ben, erguendo o copo. — Adoro ficar com você, Teddy.

— Eu também, e queria pedir desculpas. Você tem razão, eu ando meio estranho desde o Natal. Acho que tudo aquilo acabou pesando. — Teddy respirou fundo. — É óbvio que estou feliz de ter me assumido, mas tive que processar tudo o que vem com isso. De repente eu estava assumido e pronto. Não foi a grande cura para todas as minhas preocupações, elas só aumentaram. Eu não sei o que estava esperando, mas me senti um pouco oprimido.

— Eu compreendo, e sinto muito se te pressionei a apressar as coisas.

— Obrigado, não é culpa sua. Eu só preciso fazer isso no meu próprio ritmo. Não tem nada a ver com o jornal ou com a minha mãe. É só quem eu sou. Eu gosto muito de você e não quero estragar o que quer que isso seja ou que poderia se tornar.

— Fico muito feliz por você poder falar comigo sobre isso — disse Ben, esticando o braço e pegando nas duas mãos de Teddy. — Isso não tem a ver com mais ninguém além de mim e você. Esqueça o Dylan e todo mundo daquele lugar. Ainda estamos nos conhecendo e, se isso significa ir com calma, está tudo bem para mim.

Teddy sabia que estava com fome, mas isso não mascarava o peso no fundo de seu estômago. Ele sentiu Ben soltar suas mãos suadas quando a garçonete sorridente se aproximou com as bebidas.

— Eu pedi quando soube que você estava chegando — disse Ben assim que ela colocou dois Negroni Sbagliati sobre a mesa. — Com prosecco — completou, passando umas das taças a Teddy.

— Meu preferido.

Teddy sorriu, tomando um grande gole.

Era o primeiro de alguns drinques que ele pretendia tomar aquela noite.

Teddy se jogou na cama quando voltou para casa naquela noite. Antes de dormir, mandou para Maya um e-mail detalhado sobre o evento beneficente de seu avô. Ele explicou que Arthur havia se assumido gay e sobre a reação à notícia em Northbridge, e disse que seu avô havia se inspirado a fazer alguma coisa depois da morte de Sophie Rice. Então ele faria uma *wing walk* para arrecadar dinheiro. O evento estava marcado para o dia de seu aniversário de oitenta anos, primeiro de maio. Maya respondeu em minutos, agradecendo-lhe por todas as informações e ansiosa para conversarem ao telefone na manhã seguinte.

Na noite seguinte, Teddy entrou pela porta para contar ao avô sobre sua conversa com a produtora.

— Vó, entre aqui, você devia escutar isso também — gritou ele, e Madeleine veio da cozinha para se juntar a eles.

— Eu tenho novidades sobre seu evento beneficente — disse Teddy enquanto seus avós o encaravam. — Uma produtora do *Good Morning Live* achou tudo isso incrível e amou sua história. Eles querem fazer um bloco inteiro do programa sobre ela.

— Eles querem me filmar? — perguntou Arthur, arregalando os olhos e se inclinando para a frente na beirada do sofá.

— Melhor ainda! Eles querem que você vá ao estúdio falar sobre o evento antes, e depois eles vão filmar tudo!

— Teddy, que notícia maravilhosa — disse Madeleine, pegando no braço de Arthur.

— Eles querem me entrevistar sobre o motivo de eu estar fazendo isso?

— Isso mesmo, o que o inspirou e por que é tão importante para você. Está tudo bem?

— Acho que sim — disse Arthur, franzindo ainda mais as sobrancelhas grisalhas. — Nunca imaginei falar sobre isso na televisão. Acha que tudo bem, Madeleine?

— É claro que sim, mas depende de você. Você está fazendo uma coisa incrivelmente corajosa para arrecadar dinheiro e agora pode compartilhar sua história para inspirar outras pessoas.

— Então está bem — disse Arthur, levantando-se do sofá. — É melhor nós começarmos a pensar no que eu vou vestir!

CAPÍTULO 29
ARTHUR

Antes de Arthur se dar conta, ele estava sentado em um quarto chique de hotel, olhando para as luzes da cidade do outro lado do rio. Ele passou muito tempo indo e voltando da capital ao longo dos anos, mas havia algo diferente em ser um convidado pela primeira vez. Ele viu o sol se pôr atrás dos prédios que preenchiam o horizonte, suas sombras sobrepondo-se ao rio sinuoso e depois desaparecendo na escuridão. Para evitar ter que viajar muito cedo, Teddy e Oscar surpreenderam Arthur com a reserva em um hotel na noite anterior. Contente, Arthur havia sugerido inicialmente que ele e Madeleine reservassem uma segunda noite, mas os planos dela mudaram quando James a convidou para um fim de semana prolongado no litoral. Arthur insistiu que ela não rejeitasse o convite — ver o sorriso radiante de Madeleine sempre que ela voltava de um encontro com James o deixava muito feliz. Ele estava exultante em ver que ela havia encontrado tão rapidamente alguém com quem gostasse de ficar junto.

— Vô, quer repassar alguma coisa antes de amanhã? — perguntou Teddy, sentando-se à escrivaninha no canto do quarto e repassando os planos para o dia seguinte. — O carro vem nos pegar às 10h, assim teremos bastante tempo para nos preparar quando chegarmos ao estúdio, comermos alguma coisa e encontrarmos Maya. Ela disse que devemos terminar ao meio-dia.

— Parece que está tudo claro — disse Arthur. — O que vamos fazer depois?

— Você vai descobrir amanhã! — disse Teddy, brincando. Depois entrou no banheiro e fechou a porta.

Tentar adivinhar qual seria a surpresa de Teddy serviu como uma boa distração enquanto Arthur se trocava e deitava em uma das camas. Ele bocejou e se cobriu com a colcha. Sentiu falta de seus travesseiros mais firmes ao se deitar, olhando para os painéis decorativos detalhados no teto. Não demorou muito para o som de seus roncos abafados preencherem o quarto.

Na manhã seguinte, Teddy já estava com ele pronto, esperando no saguão do hotel, cinco minutos antes do combinado. Após uma mensagem do motorista, eles logo estavam no banco de trás de um carro, a caminho do estúdio.

Teddy mostrou a Arthur a página da arrecadação em seu celular. Eles já tinham conseguido quase £1.000. Arthur ficou olhando para a tela sem acreditar, com os olhos lacrimejando ao ver as mensagens que as pessoas tinham deixado junto com as doações.

— Podemos dobrar esse valor hoje — disse Teddy. — Vai ter muita gente te vendo.

Arthur encostou a cabeça e fechou os olhos. Ele não estava nervoso por ficar na frente das câmeras de televisão e falar sobre sua vida, mas por querer ter certeza de que faria o suficiente para motivar as pessoas a doarem.

— Chegamos, vô.

Teddy inclinou a cabeça e olhou para o grande prédio de vidro diante do qual haviam parado. O motorista já tinha saído do carro e estava segurando a porta aberta para eles. Após agradecer profusamente, Arthur entrou com Teddy na recepção de iluminação clara. Eles esperaram vários minutos até um jovem chegar para pegá-los e levá-los lá para cima. As paredes do corredor estreito estavam repletas de fotos emolduradas de vários apresentadores de TV e celebridades.

— O senhor vai entrar no ar com Alex e Vanessa hoje — lhes disse o mensageiro quando passaram por retratos da dupla. — Os dois são muito gentis, o senhor está em boas mãos.

Ele os acompanhou até uma sala para esperar Maya.

— Isso é um pouco surreal, não é? — disse Teddy, pegando uma garrafa de água da geladeira cheia.

— Ainda não consigo acreditar que estamos aqui. Eu na televisão. O que meu velho diria agora?

— Você não precisa pensar sobre isso hoje, vô. Tenho certeza de que ele estaria orgulhoso por estar fazendo isso tudo.

— Espero que sim — respondeu Arthur.

Ele não acreditava, mas era um pensamento bom de se ter. Foi poupado de remoer sobre como seus pais reagiriam a ele aparecer em rede nacional para falar de sua sexualidade pela chegada de Maya. Ela sorriu com satisfação ao apertar a mão de Arthur, antes de se sentar ao seu lado.

— É um prazer conhecê-lo, Arthur. Nós nos apaixonamos por sua história assim que a ouvimos — disse ela. — Tenho certeza de que deve estar se sentindo um pouco nervoso por entrar no estúdio, mas quero tranquilizá-lo e dizer que Alex e Vanessa são ótimos e estão muito ansiosos para conhecê-lo.

— É muita gentileza, obrigado. Eles já sabem tudo?

— Eles têm todas as informações sobre sua história e o que vai fazer para arrecadar dinheiro. Se tem mais alguma coisa que gostaria que eu avisasse a eles, vamos garantir que todos estejam atualizados. Só queremos que fique feliz e confortável.

— Parece ótimo. Teddy?

Arthur olhou para o neto, caso ele quisesse acrescentar ou perguntar mais alguma coisa.

— Ah, sim, está ótimo. Eles vão conseguir mostrar o site para doações também, não é?

— Eles vão mencionar e vamos colocar o link em nosso site e em nossas redes sociais, então haverá muitos olhos sobre ele hoje.

Antes de sair, Maya avisou que alguém traria comida enquanto eles esperavam.

— Temos outros convidados durante a manhã. Tem uma TV aqui, então vocês podem assistir ao programa — disse ela. — Um dos nossos mensageiros vai voltar aqui para pegá-lo quando chegar a hora. Se precisarem de alguma coisa, é só pedir para alguém da equipe.

Arthur sentiu-se adormecer no grande sofá de couro depois de comer umas torradas. Parecia que ele tinha acabado de fechar os olhos quando um mensageiro foi avisar que já estava quase na hora de eles irem para o estúdio. Enquanto ele esperava do lado de fora, uma mulher pequena apareceu do nada e começou passar um pincel de maquiagem macio em seu rosto.

— Para o senhor ficar ainda mais bonito sob as luzes — disse ela, dando uma piscadinha.

— Certo, Arthur, vamos — disse Maya, oferecendo o braço para levá-lo até o estúdio.

Arthur ficou boquiaberto. Seus olhos, independentemente do quanto se arregalassem, não davam conta de captar tudo.

O cenário que ele conhecia tão bem por assistir ao programa estava bem à sua frente. Os apresentadores estavam sentados, esperando por ele nos sofás azuis tão familiares. O calor intenso das luzes do estúdio o atingiu assim que ele pisou sob elas. Ele secou a testa com um lenço.

— Fica bem quente embaixo dessas luzes — disse o homem de cabelos grisalhos, apontando para o teto e se aproximando para apertar a mão de Arthur. — Muito prazer, Arthur. Eu sou o Alex e esta é a Vanessa. — Ele apontou para a mulher alta e sorridente que imitou o gesto de seu colega e estendeu a mão.

— Sente-se, Arthur. Vamos fazer um link ao vivo rápido e uma competição quando voltarmos do intervalo, depois é a sua vez. Quem está aqui com você hoje?

— Meu neto, Teddy — disse Arthur, apontando para Teddy, que estava parado atrás de um dos câmeras para assistir.

Arthur ficou em silêncio enquanto os apresentadores do programa olhavam para as câmeras e liam suas falas. O coração dele estava acelerado, mas, antes que pudesse se dar conta, ouviu seu nome e se endireitou no assento.

— Hoje temos a companhia de um homem com uma história notável. Aos 79 anos, Arthur Edwards corajosamente decidiu se assumir gay — disse Alex, e Vanessa assumiu a segunda parte da apresentação:

— Agora, Arthur está aqui para nos contar por que vai comemorar seu aniversário de oitenta anos com uma acrobacia audaciosa em prol de uma instituição beneficente. Arthur, é um prazer tê-lo conosco esta manhã.

— Obrigado por me receberem, nunca pensei que estaria sentado aqui.

— Bem, aqui está você, e com uma história e tanto. Conte para a gente desde o princípio. Por que, aos 79, você tomou essa decisão gigantesca de se assumir?

— Foram muitas as razões, mas eu simplesmente sabia, no fundo do meu coração, que não poderia continuar como estava. Cada dia parecia ser um desperdício, e eu tive que tomar uma grande decisão sobre como queria passar os anos que me restam. Minha esposa, Madeleine, ela não está aqui agora, mas deve estar assistindo, me apoiou muito e me ajudou a contar aos nossos dois filhos.

— Deve ter sido um choque para eles.

— Foi. Não tem sido nada fácil, mas eu nunca quis magoá-los e nem constrangê-los.

— Sua filha, Elizabeth Marsh, é uma jornalista muito conhecida por suas opiniões. Como ela lidou com tudo isso?

Arthur franziu a testa. Ninguém tinha mencionado que ele teria que dar detalhes sobre seus filhos em rede nacional.

— Sou o pai mais orgulhoso do mundo. Elizabeth me deu três netos maravilhosos e muito amor e apoio. Ela vai se casar em alguns meses e mal podemos esperar para comemorarmos juntos.

Ele olhou para Teddy, que fez um sinal positivo com o polegar.

— Como foi quando as pessoas começaram a descobrir? Alguém te tratou de forma diferente?

— É claro que sim. Suponho que isso tenha pegado as pessoas de surpresa, e algumas vezes as reações foram menos positivas do que eu esperava. Isso nunca é muito bom, mas tenho orgulho de quem sou e de onde vim. As pessoas sempre vão ter questionamentos e opiniões. É por isso que estou fazendo isso e esperando arrecadar dinheiro para instituições que podem fazer a diferença.

— Conte um pouco mais sobre o que planejou e como teve a ideia — disse Vanessa, inclinando a cabeça e ficando séria na expectativa da resposta.

— Bem, infelizmente, um bom amigo meu, Eric... Sua neta Sophie tirou a própria vida no fim do ano passado. Pouquíssimas pessoas sabiam que ela estava com dificuldades para aceitar sua sexualidade, mas ela estava sendo pressionada a se assumir por pessoas horrorosas. É de cortar o coração pensar que ela sentiu que não tinha outra saída.

— Agora, quer arrecadar dinheiro para instituições que ajudam pessoas como Sophie e como você.

— Isso mesmo. Não importa se você tem dezesseis ou 79 anos, a idade é só um número bobo que nos detém. As pessoas deveriam ser capazes de viver como são, como meu maravilhoso neto Teddy, que está comigo aqui hoje, e seu namorado.

— Teddy, venha até aqui — Alex o chamou, acenando para ele do outro lado do estúdio. — Sente-se ao lado de seu avô.

— Desculpe — disse Arthur quando Teddy entrou no set e se sentou ao lado dele.

— Não se preocupe — murmurou Teddy. Depois disse mais alto: — Estou muito orgulhoso do meu avô. E, como ele estava dizendo, pretendemos arrecadar dinheiro e aumentar a consciência.

— E quem se assumiu primeiro?

— Na verdade, foi o meu avô. Ele foi uma grande inspiração e me deu muito apoio, não só agora, mas durante toda a minha vida.

— Como é ter um avô gay? Deve ser um assunto e tanto.

— Hum, na verdade não. Meu avô sempre foi popular com meus amigos simplesmente por ser quem ele é. Isso não o faz ser mais interessante ou legal para as pessoas de repente, da mesma forma que também não me torna diferente.

— Arthur te deu alguma dica para encontrar o amor? — disse Vanessa com uma piscadinha. — Ele mencionou que você tem namorado.

— Vocês são muito curiosos — disse Arthur, franzindo a testa ainda mais. — Eu só disse para o Teddy fazer o que lhe parecesse certo, garantir que estivesse em segurança e ser feliz, o mesmo conselho que eu daria para qualquer um. Eu vivi uma vida boa, é só o que eu quero para todo mundo.

— Isso é lindo, Arthur — disse Vanessa, secando de forma dramática uma lágrima do rosto. — Agora você acabou comigo! Conte sobre sua grande aventura, você vai para os céus fazer *wing walking*?

— Isso mesmo. Eu queria fazer alguma coisa que me tirasse da zona de conforto. Não sou muito fã de altura, sabe, então me pareceu um desafio grande o bastante e que poderia arrecadar dinheiro. Fizemos uma página para doações e as pessoas estão sendo muito generosas. Todo o dinheiro vai para instituições beneficentes que ajudam jovens com dificuldades, como Sophie.

— Você é um homem mais corajoso do que eu, Arthur! As informações estão na tela agora e vamos colocar todas no nosso site para que as pessoas saibam como apoiar. Muito obrigado por estar aqui com a gente hoje, Arthur. Vamos acompanhar o Arthur quando ele subir para os ares, então fiquem de olho no que vai acontecer dentro de algumas semanas. Voltaremos logo depois do intervalo.

Um membro da produção tirou algumas fotos dele com Alex e Vanessa antes de saírem do estúdio.

— Você foi incrível! — disse Teddy quando voltaram à sala verde.

— Não gostei muito de algumas perguntas.

— Eu sei, mas você respondeu todas muito bem, como um verdadeiro profissional.

— Desculpe ter te envolvido, mas eu fiquei tão orgulhoso de poder falar de você, e quando vi...

— Pode parar de se preocupar, vô — Teddy o tranquilizou. — Sou assumido agora! E você não mencionou o nome de Ben, então as pessoas do trabalho não vão saber sobre nós.

— Pessoal, muito obrigada por terem vindo. Está tudo bem? — perguntou Maya enquanto atravessava a sala na direção deles.

— Tudo ótimo, muito obrigado por sua ajuda — disse Arthur.

— Tem certeza de que não precisam de um carro para levá-los de volta ao hotel?

— Obrigado, Maya, já está tudo organizado — respondeu Teddy, olhando para Arthur.

— Está?

— Faz parte da surpresa!

Depois de se despedirem, Arthur acompanhou Teddy até a recepção. Teddy estava sorrindo para o telefone quando tocou na tela.

— Deve ter alguma celebridade ali dentro — disse Arthur, apontando para uma limusine preta estacionada na frente do prédio.

— Deve ser. Quer ir até lá conhecer? — Teddy foi até a janela do carro e bateu.

Quando Arthur espiou pela janela agora aberta, um grito alto de "Surpresa!" o recebeu. Ele mal pôde acreditar no que estava vendo quando olhou dentro da limusine e viu Oscar, Ben, Lexie e Shakeel esperando por ele.

— Surpresa, vô! — disse Teddy, com um sorriso gigantesco no rosto. — Você vai ter um dia de celebridade de verdade!

Arthur entrou na limusine e seus olhos dançavam enquanto observava o entorno.

— Só deu para pegar a limusine pequena com tão pouca antecedência, mas ainda podemos dar uma festa — explicou Oscar ao apertar um interruptor e acender uma faixa de neon azul.

— Assistimos à entrevista, Arthur. Foi incrível — disse Shakeel enquanto Lexie e Ben acenavam com a cabeça, concordando.

— Você arrasou, Arthur. E foi tão fofo quando falou sobre Teddy.

— Ai, meu Deus, como estava o meu cabelo, Lex? Eu não esperava nada disso. — Teddy passou a mão pelos cabelos grossos.

— Esquece isso — disse Ben, abrindo espaço para Teddy se sentar ao lado dele. — Você estava lindo. E acho que agora se assumiu para o país inteiro!

Ele deu um beijo no rosto de Teddy.

As pessoas que passavam estavam olhando para a limusine, intrigadas com o veículo e com quem poderia estar lá dentro. Arthur acenou para duas mulheres que tinham parado para olhar.

— Elas não conseguem ver aqui dentro, Arthur. — Oscar sorriu. — Deixe que pensem que estão acenando para algum famoso de Hollywood.

Todos riram e acenaram. As duas mulheres devem ter conseguido ver o movimento no interior, pois começaram a gritar com entusiasmo.

— Aonde estamos indo? — perguntou Arthur, inclinando-se na direção de Teddy quando o carro começou a andar.

— Espere e verá. Oscar planejou um grande dia para nós!

CAPÍTULO 30
TEDDY

Shakeel estava conversando com Oscar e Arthur. Teddy se esticou para tentar entender sobre o que eles estavam conversando, mas Lexie e Ben, cada um de um lado, travavam uma discussão acalorada sobre reality shows.

— Desculpe, gente, eu só quero falar uma coisa com meu avô — disse ele ao passar por cima das pernas de Ben e se espremer ao lado de Shakeel.

— Obrigado por ter vindo hoje — disse Teddy baixinho.

— Tá tudo certo. Você sabe que eu amo o Arthur como se ele fosse da família.

— Como você está?

— Estou melhor, mas hoje isso não importa.

— Entendi — disse Teddy. — Tem sido bom tudo isso estar acontecendo.

— Você mal deve estar tendo tempo para... outras coisas. — Teddy viu Shak olhar na direção de Ben, que agora mostrava a Lexie alguma coisa no celular.

— Está tudo bem — falou Teddy, sem querer que Shakeel se concentrasse muito em Ben. — Espero que logo a gente possa se encontrar direito. Estou sentindo falta de nossos drinques pós-trabalho.

— Eu também. Vamos combinar.

— O que foi? — disse Ben, arregalando os olhos ao interromper a conversa com Lexie no meio.

— Nada. Shak e eu só estamos combinando drinques pós-trabalho.

— Ótimo, eu topo — disse Ben, virando-se para Shakeel. — Talvez você possa levar seu carinha também, Shakeel. Ninguém o conheceu ainda, não é?

Teddy sentiu o corpo de Shakeel ficar tenso ao seu lado, mas ele soltou um suspiro de alívio quando Oscar o interrompeu antes que ele pudesse responder.

— Isso não te faz sentir falta de ser jovem, Arthur? — disse Oscar afetuosamente.

— Nem por um segundo. Estou bem contente com o que tenho. Deixe os garotos se divertirem.

— Você não gostaria de voltar no tempo e fazer tudo diferente, Arthur?

Lexie se virou de repente, levando a conversa muito mais a sério.

— Acho que não. As experiências nos tornam quem nós somos. É claro que existem coisas que eu gostaria que tivessem acontecido de outra forma, mas daí eu não estaria aqui, em uma limusine com todos vocês, estaria?

— Você já teve um namorado? — questionou Ben, claramente tentando fazer a pergunta para a qual ele já sabia a resposta parecer o mais casual possível.

Teddy lançou um olhar de reprovação para ele, mas Ben recusou-se a dar atenção. Teddy pôde sentir os olhos de Shakeel sobre ele e rapidamente escondeu o lampejo de irritação que se espalhou por seu rosto.

— Acho que se pode dizer que tive, sim — disse Arthur em voz baixa. — O nome dele era Jack.

O carro ficou completamente em silêncio enquanto todos ouviam com atenção a história de Arthur. Teddy observou a reação dos outros quando ouviram como o relacionamento secreto de Arthur e Jack terminou todos aqueles anos atrás.

— Parece um filme — disse Lexie, secando os olhos úmidos na manga da camisa. — E ele escreveu para você?

— Por um tempo. Depois presumi que ele tinha ido viver sua vida.

— Não acredito que você nunca tentou encontrá-lo. — Lexie assoou o nariz em um lenço que Shakeel tirou do bolso. — Ele deve estar por aí em algum lugar.

— Foi melhor assim — disse Arthur. — Quero que a vida que Jack viveu seja a que tenho em minha cabeça. Esse é o final feliz que ele merecia.

— Mas, Arthur — interveio Ben —, e se ele ainda estiver vivo por aí? E se ele te viu na televisão hoje?

— Não adianta eu me deixar levar pela emoção — respondeu Arthur, fazendo um gesto com a mão. — Não vou desenterrar velhas lembranças quando ele pode não querer isso. Bem, já basta de recordar. Hoje é dia de celebrar.

— Eu poderia te ajudar a procurar...

— O Arthur agradeceu, mas disse que não, Ben. Você não ouviu? — interrompeu Shakeel.

Teddy olhou rapidamente para Shakeel, que agora olhava furioso na direção de Ben.

— Eu ouvi, obrigado, Shakeel. Só estava sendo educado.

Ben parecia ofendido. Teddy ficou completamente surpreso por Ben estar fingindo tão bem não saber nada sobre a situação.

— Enfim — disse Shakeel. — Estamos aqui para celebrar, como Arthur falou.

— Isso mesmo!

Oscar juntou as mãos e apertou outro botão do painel de controle ao seu lado para ligar o som.

— Sei que ele é seu amigo, mas eu poderia viver sem o sr. Simpatia do Shakeel me atacando — sussurrou Ben no ouvido de Teddy.

— Eu pedi especificamente para você não ir atrás do Jack, então não vire isso contra Shakeel agora — sussurrou Teddy em resposta. — Ele conhece meu avô há anos; só está protegendo ele.

— E eu não posso estar?

— Não estou dizendo isso. Não é uma competição, mas como você pôde fingir que não sabia de nada e depois se sentir ofendido?

— Desculpe, você ia preferir que eu contasse para o seu avô que você agiu pelas costas dele e me contou tudo sobre a vida pessoal dele? Acho que não, Teddy.

O estômago de Teddy se revirou. Ele só tinha envolvido Ben porque queria ter algo em que trabalhassem juntos.

— Vamos parar com isso — disse ele, tentando se livrar da sensação de ter sido ameaçado. — Vamos tentar aproveitar o restante do dia.

Mas Ben e Shakeel pareciam decididos a se provocar. Ficar preso entre os dois não era como Teddy queria passar o dia. Mesmo olhando para eles, não conseguia entender os próprios sentimentos.

Ele nunca tinha pensado em Shakeel como nada além de seu melhor amigo. Tinham compartilhado todas as principais experiências de vida, da morte de seu pai ao dia em que Shakeel se assumiu. Agora, notava algo diferente na forma com que Shakeel olhava para ele. Ele não era o tipo de pessoa que provocava brigas, mas aqui estava ele, atacando Ben a cada oportunidade que tinha. Teddy não podia negar, ele gostava de ver esse lado de Shak. Mas não importava. Shak havia insistido que eles seguissem em frente. Será que ele queria mesmo aquilo? Se quisesse, por que ainda estava agindo dessa forma? Por que Teddy sempre o pegava olhando para ele?

Teddy fechou os olhos. Eles sempre flertaram e provocaram um ao outro de brincadeira. Shakeel se tornar algo além de seu melhor amigo seria arriscar anos de amizade. Será que valia mesmo a pena correr esse risco quando estava apenas começando a conhecer Ben? Sua cabeça estava girando. Ele resmungou quando sentiu a sensação de aperto no estômago. A última coisa que ele esperava ou queria era se ver em uma situação em que corresse o risco de perder Shakeel ou Ben.

Como tinha chegado a isso? Poucas semanas após um dos momentos mais importantes de sua vida, ele se viu desejando poder voltar no tempo e começar de novo.

Depois de um passeio pelos pontos turísticos da cidade, Oscar tinha organizado para o grupo um chá da tarde em um hotel onde conhecia um dos gerentes.

— Isso é absolutamente ridículo — disse Lexie, olhando para a luxuosa sala de jantar. — Eu não poderia pagar nem um copo d'água aqui.

— Não gosto muito de lugares assim — disse Shakeel. — Sempre tenho a sensação de que todo mundo está olhando para mim.

Teddy estava pronto para concordar com ele quando Ben pegou em sua mão e o conduziu para um assento do outro lado da grande mesa redonda.

— Bom, eu amei — anunciou Ben, enfaticamente. — Deveríamos voltar para jantar aqui.

Teddy acenou com a cabeça, concordando. Esse era o último lugar a que ele gostaria de ir para um encontro, e Ben sabia disso.

— Oscar, não acredito que você se deu ao trabalho — disse Arthur, inspecionando a seleção de comidas deliciosas que haviam servido a eles.

— Que bobagem, você está prestes a fazer *wing walking*. É claro, isso tudo é parte de seu presente de aniversário, então não espere ganhar mais nada.

O garçom levou à mesa dois suportes repletos de pequenos sanduíches, pãezinhos e bolos. Teddy observava, entretido, Oscar e Arthur discordarem vigorosamente sobre o que passar nos pãezinhos primeiro: creme ou geleia. Logo, Lexie estava bebericando uma taça de champanhe e fazendo sua melhor imitação de Vanessa durante a entrevista de Arthur e Teddy.

Parecia que haviam se passado poucos minutos, mas Oscar já estava olhando no relógio e os apressando para a próxima parada. Teddy caiu na gargalhada quando pegou Shakeel enrolando vários doces que haviam sobrado no guardanapo para levar.

— O que foi? Eu posso precisar de um lanchinho aonde quer que estejamos indo! — protestou Shak. — Vocês não vão rir quando estiverem enfiando a mão no meu bolso para pegar um.

Teddy ergueu uma sobrancelha.

— Fica quieto! — disse Shakeel.

Mas o sorriso nervoso em seu rosto fez o coração de Teddy saltar.

Quando estavam em movimento de novo, Oscar revelou a parte seguinte do plano para aquele dia.

— Espero que ninguém tenha medo de água — disse ele com seriedade. — Porque vamos a uma degustação de vinhos no rio!

— Oscar, isso é incrível. Não acredito que você esteja fazendo tudo isso pelo meu avô.

— É um prazer. Seu avô me lembrou de como tive sorte na vida, e conhecer todos vocês foi adorável. Foi como se eu tivesse encontrado a família que nunca tive.

— Você tem sido um amigo tão fantástico para ele nos últimos meses. Nunca o vi tão feliz e cheio de vida.

— Pare, pare, não vou chorar na festa dos outros — disse Oscar, pegando o lenço no bolso. O sorriso em seu rosto não desapareceu enquanto ele secava os olhos.

Teddy fez o possível para se dividir entre os dois grupos que se formaram enquanto faziam a degustação de vinho. Com Lexie, Shakeel e Oscar se mantendo bem entretidos, ele ficou perto de Arthur e Ben.

— Eu só queria me desculpar por mais cedo, Arthur. Não foi minha intenção parecer que estava te pressionando sobre Jack — disse Ben enquanto experimentavam os vários vinhos oferecidos.

Teddy permaneceu em silêncio.

— Não precisa se desculpar. Eu compreendo suas perguntas, também já me perguntei isso muitas vezes.

— Eu só não consigo imaginar se, daqui a cinquenta anos, eu tivesse a chance de descobrir o que Teddy estava fazendo e a recusasse — disse Ben, parecendo um pouco melancólico.

— Mas essa é a diferença, meu jovem. Você tem a chance de viver sua vida e não precisa olhar para trás e se perguntar "e se?". Não precisa ler cartas antigas nem ficar olhando para uma fotografia velha para isso.

— Você tem uma fotografia, vô? — Teddy se virou de imediato, chocado ao saber que Arthur não tinha mencionado antes que tinha uma foto de Jack.

— Só uma. Ele mandou na última carta que me escreveu.

— Isso me lembrou de uma coisa — disse Ben, pegando o celular. — Vamos tirar umas fotos juntos.

Teddy sentiu os olhos de Shakeel sobre ele quando posaram e Ben os encorajou a fazer caretas. Ele tinha certeza de que suas bochechas estavam bem vermelhas quando Ben abaixou o celular e se virou para os outros.

— Talvez Shakeel possa tirar uma foto boa de nós três. Shakeel? Você se importa?

Teddy gemeu ao ver Shakeel colocar a última taça vazia de vinho sobre a mesa e pegar o telefone de Ben, que se posicionou entre ele e Arthur, colocando os braços sobre os ombros dos dois.

Teddy já tinha visto Shakeel fingir que não estava bêbado na frente de seus pais várias vezes. Ele então reconheceu a expressão levemente vaga em seu rosto, enquanto ele vacilava no lugar. Shakeel olhou para a tela e tirou fotos. Teddy teve certeza de que viu seus olhos se estreitarem em certo ponto, mas ele rapidamente devolveu o telefone a Ben.

Ben olhou as imagens.

— Você não é nenhuma Annie Leibovitz, né, Shakeel?

Ben riu.

Teddy conseguiu segurar Shakeel pelo braço bem a tempo de impedir que ele tropeçasse.

— Lexie, pode me dar uma mão, por favor?

— O que está acontecendo? — perguntou Lexie, olhando ao redor, confusa, e pegando no outro braço de Shakeel.

— Nada mais de álcool para o senhor. Já podemos sair desse barco?

Eles sentaram Shakeel em uma cadeira vazia. Em segundos, ele estava roncando de leve.

— Vamos, Shak — disse Lexie. — Você me prometeu que não ia fazer isso hoje.

De repente Teddy se deu conta.

— Ele te contou, não contou? Sobre o beijo?

Ele não precisou esperar por uma resposta quando viu Lexie morder o lábio inferior com nervosismo.

— Cacete, Lex. Você poderia ter dito que sabia!

— Me desculpe, de verdade, Teddy. Eu estava desesperada para contar, mas prometi para ele. Ele ficou tão abatido com isso, eu não podia quebrar minha promessa.

— Eu não sei o que está acontecendo, Lex. Ele não fala comigo sobre o que está sentindo.

— Ele está com medo, Teddy. Arriscou sua amizade e está tentando seguir em frente de um jeito que não te faça odiar ele por isso. — Lexie franziu a testa. — Você tem o Ben. Deixe Shak superar os sentimentos dele da forma que precisar.

— Espere aí. Ele acha mesmo que eu o afastaria?

Shakeel fez um som de murmúrio.

— Filhinho da mamãe. Filhinho da mamãe.

Teddy ficou boquiaberto.

— Ele... ele está me chamando de filhinho da mamãe enquanto dorme?

— Não sei o que está se passando nessa cabeça dura dele, Teddy. — afirmou Lexie, ignorando os balbucios de Shakeel. — Só sei que ele precisa superar seja lá o que for, com ou sem sua ajuda.

Ela voltou sua atenção para Shakeel, que começou a se mexer de novo.

Ben ainda estava mostrando as fotos para Arhur e Oscar quando Teddy voltou para perto deles.

— Acho que não quero mais vinho — disse ele, recusando a taça de Ben, que ficou feliz em evitar que a bebida fosse desperdiçada.

— O que foi? — Ele sorriu. — Pelo menos não estou bêbado como o Shakeel.

Ele não deu a Teddy a chance de responder e entregou outra taça cheia a Arthur.

— Não, acho que também já bebi o suficiente. Foi muito bom, mas eu não...

— Você não vai dar para trás ainda, Arthur Edwards. — Oscar jogou os braços para o ar. — Temos mais uma parada.

— É no hotel? — disse Arthur.

— Muito engraçado — Oscar riu. — Vamos te levar para seu primeiro bar gay.

Teddy só tinha estado em um bar gay quando visitou Shakeel na universidade. Mesmo os da cidade grande pareciam perto demais de casa quando ele ainda não havia se assumido publicamente. Ele não tinha mais essa desculpa. O bar estava mais movimentado do que eles imaginavam, mas Arthur e Oscar não pareceram se importar ao entrarem. Teddy deixou de bom grado Oscar tomar a dianteira e se concentrar em mostrar o lugar para Arthur.

— Vamos pegar umas bebidas? — perguntou ele.

— Eu vou com você — disse Ben, pegando na mão de Teddy e o conduzindo até o balcão.

— Você está bem? — Teddy perguntou enquanto esperavam o barman terminar de atender outro cliente.

— Tudo bem, mas esse deve ser meu último drinque. Depois vou para casa.

— Não acha melhor beber água e pegar um táxi? Posso ir junto, se você quiser.

Ben fez que não com a cabeça.

— Está tudo bem. Eu tenho que acordar cedo amanhã mesmo. Você deveria ficar com Arthur.

— Certo, vamos levar essas bebidas e você pode se despedir de todo mundo.

Ben não ficou por lá muito tempo depois de ajudar a levar as bebidas para a mesa a que Oscar e Arthur estavam sentados. Ele se despediu e desapareceu pelo meio da multidão, na direção da saída.

— Aonde o Ben foi? — perguntou Lexie, deixando Shakeel dançando com um grupo de pessoas que não conhecia.

— Ele tem que acordar cedo amanhã. Acho que ele bebeu demais.

— Eu notei. Acho que Shak não vai ficar chateado por ele ter ido embora — disse ela.

— Não, Lex, por favor — respondeu, prevendo sua próxima pergunta. — Sei o que você vai dizer.

— Você quer mesmo estar com o Ben, Teddy?

— Acho que quero. Sim. Às vezes?

— Acho que encontramos nosso problema. — Ela suspirou, tomando um gole de sua garrafa de água.

— É culpa minha, Lex. Eu fico afastando ele e encontrando motivos que nos impedem de ir mais rápido. Ele só...

— Ouça o que está dizendo, Teddy. Você está dando desculpas infinitas por ele. Se acha que existe a mínima possibilidade de você sentir o mesmo que Shak, ele merece saber. Resolva sua vida antes que alguém se magoe.

— Não posso fazer isso.

— Bobagem. Você *pode*. Só está com medo, do mesmo jeito que estava com medo de aceitar o emprego porque sua mãe o conseguiu para você, e do mesmo jeito que estava com medo de se assumir. Agora, olhe para você. Pare de esperar os outros te dizerem o que e quem você realmente quer.

Ela olhou ao redor, rapidamente se dando conta de que não conseguia encontrar quem estava procurando.

— Ai, meu deus. Cadê o Shak? Eu deixei ele bem ali.

— Vou procurar por ele.

Teddy colocou sua bebida sobre a mesa e abriu caminho por entre os grupos de pessoas que agora preenchiam o espaço pequeno. O cheiro de álcool e suor ficou mais forte quando ele chegou ao centro da pista de dança. Quando ele teve certeza de que Shakeel não estava lá, foi na direção dos banheiros. Tentou não entrar em pânico sobre onde procuraria em seguida se Shak não estivesse lá.

— Ei! Olhe por onde anda — uma voz gritou para ele quando Teddy tropeçou em um pé.

— Desculpe cara, eu não...

Ele parou. Seus olhos ainda estavam se ajustando à luz do pequeno e estreito corredor que levava aos banheiros encardidos, mas o que ele estava vendo estava claro.

— Shak? Que merda você está fazendo? Saia de perto dele!

Ele estendeu o braço e puxou quem quer que tivesse se pendurando em Shakeel para longe.

— Imagino que esse não seja o Simon? — disse Teddy, soltando o estranho que o xingou, zangado.

Antes que Teddy pudesse impedi-lo, Shakeel virou o restante da bebida, passou por ele e seguiu na direção do balcão do bar.

— Shakeel, pare! — Teddy o chamou, indo atrás dele. — Aonde você está indo?

Ele finalmente o alcançou na rua da entrada principal.

— O que foi? Vamos, Teddy, diga o que está querendo dizer — falou Shakeel, balançando a cabeça e se recusando a olhar diretamente para ele. — E daí? Eu beijei alguém. Não está feliz por não ter sido você?

Mas a mente de Teddy estava em branco. Ele tinha pensado em tanta coisa para dizer, mas agora, olhando para o seu melhor amigo, tudo tinha desaparecido. Seu coração batia forte no peito. Ele odiava ver Shakeel desse jeito.

— Que ótimo, Teddy. Você que estava desesperado para conversar e agora não sabe o que dizer para mim.

— O que isso quer dizer? Tem alguma coisa que você quer que eu diga?

— Eu... não. — Shak de repente parecia cansado. — Não era para nada disso acontecer.

Ele apoiou a cabeça entre as mãos.

— Fale comigo, por favor! Foi você que me beijou, Shakeel. Lembra? Me chame de filhinho da mamãe na minha cara.

Shakeel se encostou na parede e olhou para o claro céu noturno. O som estridente de um carro próximo quebrou o silêncio.

— O qu... como você...?

— Quando você estava bêbado, mais cedo. Então é isso que você pensa de mim?

— Como pode me perguntar uma coisa dessas? Nem era eu que estava falando. Era a...

— Nem se dê ao trabalho de dizer que era bebida, Shak. Pelo menos assuma.

Eles ficaram em silêncio de novo quando um carro da polícia passou.

— Eu não devia ter te beijado no Natal — disse Shakeel em voz baixa, com o luar refletindo em seus olhos. — Não era para ser desse jeito. Não depois de todo esse tempo.

— Você está dizendo...

— E eu também não quero estragar o grande dia do Arthur, mas achei que você ia me odiar por estragar nossa amizade. E acho que deveria!

Ele abaixou a cabeça e olhou para o chão.

— Você nem quis esperar para ver como eu me sentia a respeito, Shak. Você não conversa comigo, então não tenho como entender o que está acontecendo com você.

— Isso não está certo, Teddy. Não tenho mais nada a dizer. Você tem namorado. Vamos esquecer que isso aconteceu e tentar voltar ao normal.

— Precisamos resolver isso.

— É você que não deixa para lá, Teddy.

— Porque você é meu melhor amigo! Eu me preocupo com você e quero ter certeza de que está bem.

Shakeel fez menção de se mover, mas Teddy segurou em seu braço.

— Me solta! — murmurou Shak, usando toda sua força para empurrar Teddy para trás.

Cambaleando, Teddy caiu no asfalto. Todo seu corpo doía.

— Por que você fez isso? — questionou Teddy.

— Por que você não consegue deixar nada para lá? — gritou Shakeel com os olhos cheios de lágrimas.

Antes que Teddy pudesse responder, ele estava descendo a rua sem olhar para trás.

— Merda — murmurou Teddy ao se levantar.

O arranhão em sua mão estava sangrando. Várias pessoas olhavam para ele, algumas rindo da cena que tinham acabado de presenciar.

Ignorando-os, ele correu de volta para dentro. Seu avô e Oscar estavam na sala de caraoquê. Teddy se jogou na cadeira ao lado de Arthur, que estava cochilando e olhou em volta, assustado.

— Ele *ainda* está cantando? — disse Arthur com um sorriso, sentando-se direito.

— Você acordou! Bem a tempo, preciso de um Sonny para minha Cher.

Teddy não conseguiu conter uma risada quando Oscar pegou na mão de Arthur e o puxou da cadeira, entregando-lhe um microfone extra.

— Não sei do que está rindo — disse Arthur quando a música começou a tocar. — Você é o próximo.

CAPÍTULO 31
ARTHUR

Nada poderia ter preparado Arthur para o que sucedeu sua aparição no *Good Morning Live*. De triplicar a meta de arrecadação a ser parado na rua para fotos, Northbridge tinha se transformado no fã-clube de Arthur.

— Minha mãe deixou escapar que várias pessoas mencionaram a entrevista para ela no trabalho — disse Teddy a Arthur. — Acho que ela ainda está um pouco surpresa com a reação positiva e como as pessoas acharam interessante você se assumir na sua idade, vô.

— Elas deviam me ver quando só estou tentando comprar legumes para o jantar e as pessoas começam a aparecer do nada, pedindo para tirar foto — disse Arthur com um suspiro.

Apesar de sua tentativa de fazer isso parecer uma inconveniência, Arthur sabia que o brilho em seus olhos o entregava.

— Você está amando isso, né, vô? — disse Teddy com um sorriso. — Aproveite cada segundo!

— Tenho que ir à farmácia agora. Se eu não voltar em uma hora, você pode ir me resgatar de meus fãs.

Northbridge estava movimentada como sempre. Carros que não conseguiam encontrar vaga nos vários estacionamentos espalhados pela cidade ocupavam as ruas em fila dupla, desafiando o guarda de trânsito a atacar as presas fáceis. Arthur sentiu uma ponta de culpa ao passar pela farmácia. Ele odiava mentir para Teddy sobre para onde estava indo, mas, por enquanto, só quem era indispensável estava sabendo. Ele mal pôde acreditar em sua sorte quando avistou a vaga em frente à entrada do hospital. Ele tinha chegado bem a tempo de sua consulta com o oncologista.

Quase como se ela soubesse que ele poderia falar, o nome de Madeleine piscou em seu telefone.

— Eu já vou entrar — disse ele. — Vejo você quando chegar em casa.

Ele respirou fundo e saiu do carro.

— Com licença, é o senhor que está fazendo aquele evento beneficente, não é?

Arthur se virou e viu uma mulher, que ele supôs ter cinquenta e tantos anos, olhando para ele. Seus cabelos estavam presos em um coque na nuca.

— Olá, sou eu, Arthur Edwards — ele disse, estendendo a mão para ela.

A mulher apertou sua mão com entusiasmo.

— Eu sabia que tinha reconhecido esse rosto amigável — disse ela. — Eu vi o senhor na televisão. Fiz uma doação e postei o link para meus amigos fazerem o mesmo.

— Muito obrigado, foi muita gentileza sua — respondeu Arthur. Ele podia sentir os olhos começarem a lacrimejar quando uma onda de emoção tomou conta dele. — Desculpe, tenho uma consulta agora.

— Só gostaria de desejar boa sorte — disse ela, soltando sua mão.

Arthur se apressou, mantendo a cabeça baixa até estar em segurança dentro do prédio. Ele atravessou os corredores até chegar na sala de espera vazia. Enquanto esperava a consulta, Arthur de repente se viu se arrependendo de sua insistência para que Madeleine não o acompanhasse.

— Sr. Edwards? — uma mulher disse em voz baixa, colocando a mão no ombro dele. — Olá. O senhor já pode entrar.

Arthur sentiu as pernas balançarem ao se levantar da cadeira e a acompanhar pelas portas duplas.

— Vô? Você já voltou? — gritou Teddy quando ouviu a porta da frente fechar.

— Sim, sim. Eu desço em um minuto. Só vou dar uma passada lá em cima.

Arthur fechou a porta do quarto e se sentou na beirada da cama. Sabia que Madeleine estava esperando para falar com ele, mas precisava de um minuto sozinho.

Inevitavelmente, Madeleine bateu na porta vários minutos depois. Antes que ela pudesse perguntar qualquer coisa, Arthur caiu no choro.

— Não posso fazer isso, Madeleine — disse ele quando ela se sentou na beira da cama ao seu lado. — Vou ter que cancelar o *wing walk*. Cometi um erro terrível.

— Pode parar, Arthur Edwards.

Ele se virou para ver o rosto dela.

— Eu estava me perguntando quanto tempo levaria até isso acontecer. Já passamos por isso, Arthur.

Ele coçou o pescoço. Não entendeu do que Madeleine estava falando.

— Ah, Arthur — ela disse baixinho, dando tapinhas em seu braço. — A noite anterior a você se assumir, lembra? O que você quis fazer?

— Eu quis cancelar o jantar — Arthur disse, lembrando-se de como tinha chegado perto de telefonar para Elizabeth e Patrick e dizer que eles não precisavam mais ir.

— Ficou feliz por eu ter te impedido de fazer isso?

Ele fez que sim com a cabeça.

— Ótimo. Então me conte o que aconteceu na consulta para desencadear isso.

Madeleine ouviu Arthur explicar com cuidado o que haviam lhe dito aquela tarde.

— Você estudou as estatísticas sobre câncer de próstata da última vez, Arthur. Eles não recomendariam cirurgia se não achassem que vai funcionar.

— Pensei isso da última vez, Madeleine. E aqui estou eu de novo.
— Você é capaz disso.
Arthur fez que não com a cabeça.
— O quê? Já está desistindo? Esse não é o Arthur Edwards que eu conheço. Esse não é o homem com quem me casei e certamente não é o homem que as pessoas viram na televisão falando sobre ficar em pé num avião em pleno voo!
Ele riu um pouco quando Madeleine apertou sua mão.
— Não sou eu que estou por aí impedindo o departamento de trauma e emergência do hospital de fechar, sou? Você reuniu a comunidade e fez uma diferença real.
— O departamento ainda não está salvo — disse Madeleine.
— Mas olhe para você. Você sempre foi o homem mais corajoso e mais determinado que eu conheço. Quando as pessoas perguntam, sabe o que eu digo sobre você?
Arthur fez que não com a cabeça e Madeleine sorriu para ele.
— Que você é meu melhor amigo. Não importa a aliança em nossos dedos ou o que quer que as pessoas considerem normal nos dias de hoje. Somos nossa própria família e sempre vamos ser. Você vai me apoiar e eu vou te apoiar, mesmo que isso signifique fazer acrobacias audaciosas!
— Obrigado, querida — Arthur disse. — Mesmo quando eu estiver a centenas de metros do chão na tarde de domingo, é só o seu sorriso que vou estar procurando.

CAPÍTULO 32
TEDDY

Teddy não tinha visto ou tido notícias de Shakeel desde a discussão em frente ao bar.

Não que importasse; ele não fazia ideia do que diria mesmo se o amigo entrasse em contato. Shakeel era seu melhor amigo. Ben era seu namorado. Por que ele não podia deixar para lá o que havia acontecido? Que outra explicação queria ouvir de Shakeel? Desde então, ele se via deitado na cama todas as noites pensando em infinitas perguntas, confuso sobre o que estava acontecendo entre eles.

— Como foi o restante da noite? Arthur aproveitou? — perguntou Ben a Teddy.

— Não aconteceu muita coisa. Depois de um tempo, conseguimos fazer meu avô e Oscar largarem os microfones.

O estômago de Teddy doeu quando viu Ben rir.

— Droga, eu queria ter podido ficar e me juntar a eles. Eu estava acabado.

— Foi um dia longo — concordou Teddy. — Sei que não foi muito fácil também.

A voz dele falhou, mas não importava. O olhar no rosto de Ben dizia a Teddy que ele tinha entendido o que estava querendo dizer.

— Eu quero muito fazer isso dar certo, Teddy — disse Ben em voz baixa. — Mas toda vez que penso que estamos chegando a algum lugar... sei lá, é como se você não quisesse.

— Desculpe... Eu não sei mais o que dizer.

— É, eu tinha a sensação de que você diria isso — afirmou Ben. — Isso é parte do problema. É como se você não estivesse pronto para ser quem é. Eu soube desde nosso primeiro dia de trabalho. Você não conseguia decidir se estava constrangido por seu sobrenome ou não. Depois foi o mesmo sobre ser gay. Agora parece que é a minha vez. Sou seu namorado ou um grande segredo?

— Você não é um segredo, Ben. Eu só não sou como você.

— Como eu? Eu não acordei assim, Teddy. Você acha que ser chutado para fora por meu pai, não ter contato com minha mãe ou ter que lutar por um trabalho que paga o suficiente para eu morar em uma caixinha era o grande sonho da minha vida?

— Eu não quis dizer...

— Não, Teddy. Você nunca quer. Você acordou em uma casa grande, com uma mãe que pode te ajudar a conquistar seu sonho mesmo depois de você passar uns anos vagabundando.

Teddy sentiu o sangue subir.

— Vagabundando? Meu pai estava morto. Eu não queria sair da cama de manhã. Nada importava; nem minha mãe, nem meu avô, meus amigos, e certamente nenhuma dessas oportunidades que minha mãe achava que iam me fazer tomar rumo de repente. Eu nunca pude falar para o meu pai que era gay. Nunca pude saber se ele me amava como eu sou. Eu só queria que ele tivesse orgulho de mim e nunca vou poder fazer isso.

A área do jardim em frente ao prédio estava vazia. Ben se levantou do banco em que estavam sentados.

— É claro que ele teria orgulho de você — disse Ben. — Como poderia não ter?

— Eu cometi muitos erros, Ben. Durante aqueles momentos obscuros, fui horrível com as pessoas que mais amo. Enfim fazer esse estágio foi meu jeito de começar a compensar minha mãe. Não quero que as pessoas pensem em mim como um fracasso que precisou ter um emprego dado de mão beijada, principalmente você.

Ben voltou a se sentar ao lado dele no banco.

— Olha, depende de você. Você quer que eu vá ao evento do Arthur ou não?

Era uma pergunta cuja resposta era sim ou não. Teddy poderia dar a Ben a chance que ele merecia. Ou podia terminar agora. Ele sentiu a mão de Ben em seu ombro. Respirou fundo e olhou dentro de seus olhos castanho-escuros.

CAPÍTULO 33
ARTHUR

Patrick e Scarlett passaram para ver como Arthur estava na noite anterior ao evento. Scarlett o abraçou tão forte que ele quase considerou pedir ajuda para afastá-la.

— Existe uma chance de a Scarlett me matar esmagado antes de eu ficar de pé no avião!

Arthur riu e voltou a se sentar.

— Ainda não consigo acreditar que você vai mesmo fazer isso, Arthur! — disse Scarlett, dando um gritinho.

Patrick estava ajudando Madeleine a servir o chá.

Arthur sorriu para a futura nora enquanto ela, sem perceber, girava a aliança de noivado de rubi no dedo.

— Já começaram a planejar?

— Não, não temos pressa. Não queremos nada muito elaborado.

— Não percam tempo — disse Arthur. — Lembrem-se da frase: "Não deixe para amanhã o que você pode fazer hoje." Vivam a vida.

— Obrigada, Arthur. Não vamos perder tempo. Mal posso esperar para fazer parte dessa família.

— Sério? Você não tem vergonha de nós?

— Por que você está perguntando isso? Eu ajo como se alguma coisa tivesse me ofendido? Ai, meu Deus, porque…

— Não, não, desculpe, foi uma pergunta boba. Só sei que ainda tem gente por aí que não aprova o que eu fiz.

— Problema deles — afirmou Scarlett com seriedade, franzindo o cenho. — Sua família é a família mais gentil e amorosa que eu conheço. O modo como apoiaram Patrick me mostrou isso. Agora, estou vendo como Madeleine e você ficam juntos e como vocês dois são com Teddy. Por que alguém teria vergonha disso?

— Você sempre vê o bem, Scarlett. É uma qualidade muito especial.

— Eu tento — disse ela com um sorriso. — A vida pode ser dura. Aprendi isso do pior jeito, mas depois me dei conta de que poderia sorrir e tentar espalhar positividade. Algumas pessoas não gostam disso e está tudo bem, mas eu sou assim.

— Ótimo. Fico feliz por você estar aqui para fazer isso por todos nós.

— Quando quiserem.

— Vocês dois estão fofocando sobre mim? — perguntou Patrick, sentando-se ao lado da noiva.

— Sim, na verdade. Scarlett me disse que você quer fazer *wing walking* comigo e eu achei uma ideia ótima!

— O quê?

Ele perdeu o fôlego, engasgando com um gole de chá quente enquanto os dois riam.

Arthur foi para a cama cedo aquela noite. Madeleine havia coberto seus travesseiros com um pouco de spray de lavanda, insistindo que isso o ajudaria a dormir. Ele só precisava estar no aeródromo às 14h do dia seguinte, mas queria estar o mais descansado possível. Ele se sentiu ainda melhor a respeito de prosseguir com a *wing walk* depois da conversa com Scarlett. Pensou na mulher gentil que tinha encontrado na frente do hospital. Ela havia tirado um tempo para doar e estimular outros a fazerem o mesmo. Era disso que se tratava. Ele sorriu. Havia passado pelos setenta e estava entrando em um capítulo totalmente novo de sua vida. Sentiu as pálpebras pesadas e começando a fechar. Arthur sabia que estava prestes a ter a melhor noite de sono em meses.

— Feliz aniversário, vô! — disse Teddy, abraçando Arthur quando ele chegou em casa, na manhã seguinte.

Madeleine tinha preparado um café da manhã especial para ele.

— Sei que você nunca deve ter ouvido falar, vô, mas um jornalista de uma revista chamada *Vida Gay* entrou em contato comigo — disse Teddy quando ele e Arthur se sentaram à mesa da sala de jantar. Teddy notou o olhar de reconhecimento no rosto dele. — Ah, talvez você conheça, então. Bom, melhor ainda.

— Conheço vagamente — disse Arthur com um sorrisinho. — Eles te ofereceram um emprego?

— Rá, bem que podiam. Não, eles estão atrás de você, é claro. Querem fazer uma entrevista. Você teria interesse?

Arthur se lembrou de quando estava na banca de jornal vários meses antes. Até mesmo só olhar a capa da revista o havia deixado nervoso.

— Acho que não teria problema — disse Arthur. — Importa-se de organizar tudo para mim?

— É claro que não. Eu vou avisando. Ah, e o Oscar vai chegar aqui um pouco antes das 13h.

— Obrigado, Teddy. É a terceira vez que você me conta só hoje de manhã.

Arthur se sentia tão pronto quanto era possível. Não havia mais nada que pudesse fazer para se preparar. Nenhum diagnóstico ficaria em seu caminho agora. Ele cantarolava junto com a música que tocava no rádio enquanto todos os outros corriam de um lado para o outro pela casa. Eles tentaram comemorar seu aniversário, mas ele os alertou que tudo aquilo poderia esperar. Ele não precisava de distrações até seus pés estarem firmes novamente no chão.

— Eu falei para o James não se preocupar, mas ele insistiu em trazer uma cesta de piquenique — Madeleine reclamou consigo mesma, limpando o banco. — Como se eu pudesse me sentar calmamente e comer sanduíches enquanto Arthur está fazendo *aquilo* no ar.

Ela fez um gesto dramático jogando os braços.

— Eu espero não estar fazendo *aquilo*!

Arthur riu, imitando-a.

— Você e James vão ter uma tarde adorável. É muita gentileza dele ir com você.

— Você não se importa, não é?

— Madeleine, não vamos ter essa conversa de novo. Apenas cuide para manter Oscar afastado ou *ele* que vai aproveitar seu piquenique.

Ben chegou a Northbridge logo após as 11h. Ele e Teddy pretendiam sair pouco depois do meio-dia, de modo que pudessem pegar Shakeel e Lexie na estação e ir de carro para o local. Por acaso, Arthur pegou o fim de uma conversa quando entrou na sala.

— Com sorte, Shakeel vai resolver que não pode ir no último minuto — disse Ben, de mau humor.

— Espero que não, ele é parte da família — afirmou Arthur. — Tente falar com ele por mim, por favor. Resolvam as coisas entre vocês.

As pontas das orelhas de Ben ficaram vermelhas quando ele se deu conta de que Arthur tinha escutado.

— Desculpe, Arthur. Eu vou falar com ele, é claro.

— Alguma notícia da sua mãe, Teddy? — perguntou Arthur.

— Nenhuma. Sinto muito, vô. Achei mesmo que ela viesse visitar hoje de manhã.

— Não se preocupe. Nós seguimos em frente!

Arthur tentou esconder a decepção da melhor forma que pôde. Disse a si mesmo várias vezes que não ia se encher de esperanças de que Elizabeth fosse aproveitar a oportunidade para visitá-lo. Ela tinha falado com Teddy ao telefone algumas vezes. Embora estivesse satisfeito de eles estarem conversando, Arthur ainda esperava que ela aparecesse. Cada batida na porta havia resultado em um instante de pausa, não passando de uma triste decepção quando não era ela.

Logo sobrou apenas Arthur em casa, esperando a chegada de Oscar. Tinha cumprimentado James rapidamente quando ele passou para pegar Madeleine.

— Tem certeza de que está bem? — havia dito Madeleine, olhando atentamente para ele antes de sair.

— Nunca estive melhor. Agora vá, por favor, divirta-se e eu vejo vocês dois lá logo mais.

Oscar estava atrasado. Arthur sabia que era provável que isso acontecesse, então deixou certa reserva no planejamento. Ouviu o relógio de pêndulo da sala de jantar badalar: agora estavam realmente atrasados. Ficou andando de um lado para o outro na sala, olhando para a janela que dava para a frente da casa. Quase 45 minutos mais tarde do que o combinado, Oscar finalmente estacionou.

— Desculpe, Arthur. Teve um acidente e eu esqueci meu celular em casa. Foi um pesadelo.

Ele continuou se desculpando enquanto engolia um copo de água e secava a testa com um lenço.

— Mas você chegou. É melhor pegarmos a estrada de novo ou nunca vamos conseguir chegar a tempo. Vai demorar uma hora para chegarmos até lá, e isso se não pegarmos trânsito — disse Arthur.

— Vamos pegar um caminho alternativo. Já coloquei no GPS.

As estradas sinuosas não eram adequadas para veículos grandes. Arthur costumava evitá-las a qualquer custo. As árvores sem poda e os arbustos invadiam sem misericórdia o pouco espaço que a estrada oferecia. Encontrar um carro vindo na direção contrária resultaria em uma batalha de forças até um dos motoristas frustrados ceder e dar ré até o ponto onde o outro pudesse manobrar e passar. Seus olhos estavam focados no relógio do painel. Cada minuto parecia dez.

— Ai, meu deus — disse Oscar, apertando ainda mais o volante que vibrava quando o carro começou a sacudir.

— O que aconteceu?

— Deve ser o motor.

— Olhe, ali tem um acostamento. Pare o carro.

Ambos pularam do carro assim que ele parou. Oscar abriu o capô. Saía uma fumaça preta que envolveu os dois. O estômago de Arthur se contorcia com desconforto.

— Acho que podemos estar com um probleminha.

Oscar tossiu e os dois se afastaram do veículo que roncava.

CAPÍTULO 34
TEDDY

— Obrigado por estar aqui hoje, Ben — disse Teddy em voz baixa. — Ele pensou em colocar a mão sobre o joelho de Ben, mas desistiu no último segundo. — Gostei muito de você ter vindo.

A estrada principal estava mais movimentada do que de costume. Teddy ficou feliz por eles terem conseguido sair cedo para ir à estação no centro da cidade. Lexi e Shakeel notaram o congestionamento e caminharam da estação até um cruzamento menos movimentado para encontrá-los, e os quatro estavam agora no carro, a caminho do aeródromo. Independentemente do quanto ele tivesse tentado mudar os planos, Ben havia insistido em passar para pegar os outros dois.

— Não acredito que Arthur está mesmo fazendo oitenta anos hoje — disse Lexie, quebrando o silêncio.

— Pois é — concordou Shakeel. — É louco ele não ter mudado quase nada ao longo dos anos.

Teddy olhou pelo espelho retrovisor, mas Shakeel estava olhando pela janela.

— Como está o trabalho, Shak? — perguntou Lexie quando cruzaram a ponte, saindo da cidade.

— Movimentado, mas sem dramas, então não vou falar nada para não dar azar. — Shakeel falou tão baixo que Teddy teve que se esforçar para ouvi-lo devido ao som do rádio. — Estou ansioso para passar uns dias fora mais para a frente. Seria legal dar uma escapada.

Teddy admirou os esforços de Lexie para manter a conversa fluindo. Eles tinham conversado na noite anterior e ela havia prometido fazer o possível para manter as coisas mais leves. Ele odiava que o clima estivesse estranho com Shakeel, então, se o que ele queria era conversa normal, ele faria de tudo para proporcionar isso a ele.

— E você, Ben? Algum plano de férias?

— Não — respondeu Ben rapidamente. — Nem sei se vou ter emprego no mês que vem, então não posso fazer planos para o futuro.

Teddy olhou para Ben, surpreso por ele estar mencionando a situação no trabalho. Com tudo o que estava acontecendo, Teddy tinha empurrado a possibilidade de um dos dois deixar o *Post* para o fundo da mente. De canto de olho, ele podia ver Shakeel continuar a olhar para os campos pelos quais eles passavam.

Eles foram uns dos primeiros a chegar no aeródromo. Nem a equipe de TV tinha chegado ainda.

— Você faria alguma coisa desse tipo? — Ben perguntou a ele.

— Não tenho coragem suficiente. Acho que eu nem voaria em um avião tão pequeno. E você?

— Talvez. Mas acho que preferiria fazer algo do tipo saltar de paraquedas.

— Acho que você está sozinho nessa também.

Teddy riu.

— Eu saltaria de paraquedas.

O comentário de Shakeel os pegou de surpresa.

— Até parece. Você detesta altura — disse Lexie, zombando dele, e Teddy se virou no assento para encarar os dois amigos.

— É, bem, isso é parte do desafio, não é? Fazer algo diferente, algo que ninguém esperaria. Como o Arthur.

Teddy não sabia se devia ou não rir. Shakeel finalmente olhou bem no fundo de seus olhos, como se o desafiasse a abrir o menor dos sorrisos.

— Acho que eu fico com os aviões normais que me levem para uma praia ensolarada bem longe daqui — disse Lexie.

Teddy se remexeu no assento. Ele precisava sair do carro, e rápido.

— Vou até o escritório para avisar que nós chegamos — disse ele, abrindo a porta do carro. — Preciso encontrar um Wi-Fi. O 4G é meio inútil por aqui.

— Eu vou com você — disse Ben, saindo com Teddy do carro e o acompanhando.

Ele tinha ficado estranhamente quieto a manhã toda.

Quando entraram no prédio pequeno, Teddy encontrou alguém que sugeriu que ele acomodasse seu laptop na sala dos fundos. Teddy ligou para Dylan para confirmar que subiria a matéria com imagens assim que possível.

— Já que estou falando com você — disse Dylan —, você não ficou sabendo por mim, mas tem uma vaga para abrir. Não posso contar muito mais no momento, mas só quero que vocês dois saibam que eles devem entrevistar vocês e mais alguns outros estagiários.

— Ah, uau, obrigado, Dylan. Vou avisar o Ben.

— Você está com ele agora?

— Estou, aconteceu alguma coisa?

— Leo estava reclamando que ele não mandou alguma coisa. Não sei bem em que ele estava trabalhando, mas fale para ele não deixá-lo esperando muito mais.

— Ah, eu nem sabia que ele estava trabalhando em alguma coisa. Vou avisar para ele. Sabe do que se trata?

— Não faço ideia. Leo não disse. Bem, eu preciso ir. Espero que tudo dê certo hoje.

Ben o observava quando ele desligou.

— O que foi?

— Tem uma vaga para abrir. Saberemos sobre as entrevistas esta semana.

— Ah, certo — disse Ben. — Bom, sabíamos que isso ia acontecer mais cedo ou mais tarde.

— Acho que sim. Ele ainda não sabe quando, exatamente, mas queria nos deixar avisados. Ele também disse que Leo está esperando sua matéria. Eu não sabia que você estava fazendo algo para ele. Por que não disse nada?

— Ele deve ter se confundido — disse Ben, franzindo a testa. — Eu estava falando sobre uma matéria para a semana que vem. Só mencionei uma ideia meio por alto e ele gostou. Vou ligar para ele agora.

Teddy o viu sair do escritório com o telefone no ouvido. Ele mordeu o lábio enquanto imaginava o que Ben poderia estar escrevendo para a semana seguinte, uma vez que não havia nada na agenda que os dois compartilhavam.

— Toc, toc. Posso entrar?

— Ei, Lex. Cadê o Shak?

— Ele está com sua avó e o carinha dela. Por sinal, como os dois são lindos juntos! — Ela colocou as mãos sobre o coração e suspirou. — Eu quero isso.

— Pois é. Eles são fofos juntos. Acho que deve ter sido um pouco estranho para ele vir hoje.

— Né? Imagine só ir a um evento com sua namorada para ver o marido gay dela fazer *wing walking*! Eu amo tanto sua família.

Teddy não conseguiu conter uma gargalhada. A capacidade de Lexie de descrever sucintamente suas experiências era incomparável. Era um dom que ela sempre teve.

— Como vão as coisas com você? — Lexie se sentou de frente para ele, passando de *stand-up* para apresentadora de talk-show em tempo recorde. — Senti uma certa tensão no carro.

— Não é nada. Ben está sendo... compreensivo.

Lexie brincava com uma bola de massa adesiva que estava sobre a mesa.

— Shak quase não veio hoje.

— Sério? Como você fez ele mudar de ideia?

— Não fiz nada — disse ela. — Primeiro ele não vinha, e logo depois estava acordado e vestido. Acho que ele estava nervoso de te ver depois de... você sabe.

— De me empurrar no chão? É, eu sei. Ele sabe que estou aqui se ele quiser conversar. O que mais posso fazer? Foi ele que me beijou do nada.

— Acorda, Teddy — disse Lexie. — Ele passou os últimos seis meses batendo o pé e fazendo cara feia toda vez que você dizia o nome do Ben. Ele faria qualquer coisa por você e sua família. Como pode não enxergar o que ele sente por você?

Teddy não podia acreditar. Tinha sido mais do que apenas um beijo. Ele tinha ficado realmente alheio aos verdadeiros sentimentos de Shakeel esse tempo todo.

— Por que ele não me disse?

— Ah, querido. Eu te amo, mas você é muito sem noção às vezes. Olha, eu não vou dizer mais nada. Fale com Ben. Fale com Shakeel. Fale com quem possa dar um jeito nisso!

— Droga! — Teddy apoiou a cabeça sobre a mesa. — Que confusão. Eu estou tão confuso.

— Não surte agora. Você precisa se concentrar em seu avô e em escrever essa matéria.

— Você tem razão — disse ele, olhando no relógio. — Na verdade, meu avô já deveria ter chegado a esta hora. É melhor eu ir ver o que está acontecendo.

Teddy saiu para procurar Arthur e Oscar. Avistou apenas sua avó, parecendo preocupada.

— Vó, nem sinal dele ainda?

— Nada, e o telefone dele também não está chamando — disse ela, com a voz falhando. — Espero que eles estejam bem.

— Parece que houve um acidente que está causando atrasos nos arredores de Northbridge — disse Shakeel, tirando os olhos do celular. — Não há detalhes, mas talvez eles estejam presos no trânsito.

Teddy viu o pânico repentino nos olhos arregalados de sua avó.

— Tenho certeza de que eles só estão atrasados, vó. Por que não vai se sentar? Eles devem estar presos no trânsito e o vovô provavelmente só se esqueceu de carregar o celular.

Ele viu James pegar na mão de Madeleine e levá-la até uma mesinha de piquenique. Parecia que o tempo tinha parado enquanto todos esperavam juntos, olhando para a entrada do estacionamento. Ben tinha entrado para usar o banheiro.

— Alguma notícia? — perguntou Shakeel quando viu Teddy olhar para o celular mais uma vez.

— Nenhuma. E se aconteceu alguma coisa, Shak? — Ele não havia se permitido pensar que alguma coisa pudesse ter acontecido até então. — E se...

— Pare com isso. Não se desespere. Eles vão chegar, está bem? A qualquer momento.

O coração de Teddy deu um salto quando Shakeel colocou o braço em volta de seu ombro. Ele abriu um leve sorriso. Shakeel era seu melhor amigo. Por que aquilo parecia diferente? Lexie tinha razão. Shakeel faria tudo por ele. E ele faria tudo por Shakeel.

CAPÍTULO 35
ARTHUR

Arthur procurou o telefone no bolso. Alguém certamente poderia ir buscá-los. Tudo daria certo.
— Não tem sinal. Nadinha — disse ele, segurando o telefone no alto. — Estamos ferrados.
Arthur começou a andar de um lado para o outro. Ele pensou nas pessoas no aeródromo, esperando por ele. A equipe do *Good Morning Live* a postos, pronta para filmar. Todos que doaram dinheiro. Seu estômago revirou.
— Venha se sentar, Arthur — pediu Oscar. — Vai ficar tudo bem.
Arthur só podia rir. Nem o otimismo de Oscar salvaria esse desastre.
— Para quê, Oscar? Não vai acontecer.
— Arthur...
— Eles vão pensar que eu sou covarde e não apareci.
— Veja, Arthur, lá está... — A voz de Oscar ficava mais alta a cada palavra.
— Não posso mostrar minha cara. Ninguém vai acreditar que nós...
— Pai?
O coração de Arthur saltou quando ele se virou e viu Elizabeth olhando para ele pela janela aberta do carro. Ele estava tão envolvido em sua preocupação que não tinha notado ela estacionando ao lado deles.
— Você não deveria estar no aeródromo agora?
— Estou tão feliz em te ver. O carro quebrou!

— Então acho melhor vocês dois entrarem aqui. Venham, rápido!

Oscar e Arthur entraram no carro.

— O que você está fazendo aqui? — perguntou Arthur.

— Trânsito. Teve um acidente e... bem, eu precisava chegar ao aeródromo a tempo.

Arthur sentiu um aperto na garganta.

— Você... você vai?

— Pai, me desculpe. Eu demorei tanto para decidir e depois fiquei constrangida de passar na sua casa hoje de manhã. Ralph já tinha ido com as meninas e eu fiquei lá sozinha.

— Não importa. Nada disso importa. Você está aqui agora — disse ele, apertando a mão dela.

— Eu fui horrível, pai. Não sei como você consegue olhar para mim.

— Quantas vezes eu te disse, Lizzie? Eu sabia que você precisava de tempo e espaço. Eu não ia a lugar nenhum.

— Você foi tão incrível no programa. Eu me senti uma megera depois, quando as pessoas começaram a me dizer que eu tinha sorte e como eu devia estar orgulhosa, e todo esse tempo eu te tratei tão mal.

— Todas as palavras que eu disse foram verdadeiras — disse Arthur. — Eu não poderia estar mais orgulhoso de te chamar de filha. Nós todos te amamos muito.

— Acho que Edward não vai concordar com você.

— Vocês são muito parecidos. Os dois ainda estão se acostumando a confiar um no outro sem o Harry no meio. Teddy só precisa saber que você está do lado dele, pronta para aceitá-lo como ele é.

— Eu fiz tudo tão errado. E se ele não puder me perdoar?

— Ele vai, confie em mim. Assim que ele te vir hoje, vai saber que foi preciso muita coragem.

Assim que o sinal do celular voltou, Arthur avisou Madeleine que eles estavam a caminho novamente. Na pior das hipóteses, ele achava que eles chegariam só quinze minutos atrasados.

— Não estamos longe — disse Oscar do banco de trás, levantando a voz.

Arthur nunca o havia visto tão quieto como durante o caminho. De vez em quando, o som de um leve choro os lembrava de que ele estava lá.

— É tudo tão lindo, como um daqueles documentários de reencontro de família. Vou precisar de um pouco de champanhe — continuou Oscar, pegando o terceiro lenço de uma caixa que havia ao seu lado.

— Não vai ter nada disso até voltarmos para casa.

— Eu vou poder voltar depois da última vez? — disse Elizabeth em voz baixa.

Arthur viu em seu rosto a mesma expressão de incerteza que ela tinha desde que era criança.

— Vamos comemorar juntos, como uma família.

O aeródromo finalmente apareceu ao longe. Uma onda de empolgação se espalhou pelo corpo de Arthur. Eles pararam no movimentado estacionamento e Oscar saiu do carro, pronto para avisar que eles tinham chegado.

— Pai — disse Elizabeth, segurando no braço dele. — Eu só queria dizer que estou muito orgulhosa de você e que eu te amo.

Os olhos dela se encheram de lágrimas. Arthur se aproximou e a abraçou. Ela o envolveu com os braços e o apertou com força.

— Feliz aniversário, pai — disse ela com a voz falhando enquanto as lágrimas escorriam no ombro de Arthur.

CAPÍTULO 36
TEDDY

Aqueles que haviam chegado estavam espalhados em vários grupos pelo campo em frente ao prédio. O silêncio entre eles foi, depois de um tempo, quebrado por Madeleine.

— Eles estão a caminho! — avisou ela com a voz cheia de alívio. — Seu avô acabou de mandar uma mensagem. Está tudo bem.

— Graças a Deus — disse Teddy, sentindo o outro braço de Shakeel envolvê-lo.

Parecia que eles estavam se abraçando há vários minutos, alheios a todos ao seu redor.

— Que alívio — disse Ben, saindo do lado de Madeleine e andando na direção dos dois.

Teddy se afastou de Shakeel. A ponta de suas orelhas queimava e ele olhava fixamente para sua jaqueta. Nem notou que Ben tinha voltado.

— É, eu estava começando a ficar assustado.

— Vamos — disse Ben. — Vamos pegar um chá na van antes de eles chegarem.

— É claro! Boa ideia. Shak, você vem?

— Ah, hum, não. Eu vou... Eu vou falar com a Lexie.

— Fiquei feliz por ele ter dito não — afirmou Ben conforme caminhavam na direção da van de chá.

— Como assim?

— Por que você chamou ele? Eu te chamei sozinho de propósito.

— Não sei dizer se você está brincando ou não, Ben. Qual seria o problema de ele vir com a gente pegar uma bebida?

— Todo aquele abraço deu sede nele?

Teddy parou de andar e olhou sério para Ben.

— Aí está. Se você tem alguma observação a fazer, diga de uma vez.

— Ah, vai, até parece que sou o único que pensa isso. Vocês dois estão sempre se provocando como um casal de velhinhos. Eu que estou sobrando, tentando atrair a atenção do meu namorado enquanto está claro que ele está totalmente distraído por outra pessoa.

Ele saiu andando na frente de Teddy com os punhos cerrados.

— Ben! Por favor, não me deixe falando sozinho. Me deixe explicar.

Ele parou de repente e rodeou Teddy. Seus olhos pareciam saltar de tanta fúria.

— Me responda uma coisa, Teddy, pois na verdade eu não sei por que estou aqui — disse ele. — Você quer ser meu namorado?

— Eu estou tentando resolver, Ben. Eu... eu realmente...

A voz dele falhou.

— Obrigado, Teddy, isso já diz tudo. Você pode ir ficar com Shakeel, eu preciso de um pouco de espaço.

Depois de ver Ben sair furioso, Teddy se arrastou de volta pelo campo até o estacionamento. Ele desejava ter aproveitado o lugar e o momento para contar a verdade a Ben. Ainda estava pensativo quando avistou Oscar, aturdido, correndo em sua direção.

— Teddy! Seu avô chegou!

Ele se esqueceu da briga com Ben e correu na direção de Lexie e do estacionamento.

— Vô! — Ele jogou os braços ao redor de Arthur com tanta força que quase o derrubou. — Nossa, nunca mais faça isso com a gente. A coitada da vovó vai precisar de uma bebida.

— Sinto muito, nós tentamos desviar do trânsito e depois o carro quebrou, mas então sua mãe nos encontrou.

— Minha mãe? — Teddy balançou a cabeça, sem acreditar. — Não estou entendendo.

— Ela estava vindo assistir. Tivemos uma boa conversa no carro, Teddy. Ela está aqui.

A cabeça dele estava cheia de perguntas, mas ele não teve tempo de organizar seus pensamentos antes que eles começassem a escapar para Arthur.

— Ela pediu desculpas?

— Não que eu precisasse ouvir, mas pediu. Podemos conversar sobre tudo depois, mas deixe ela tentar hoje. Dê essa chance a ela. Por mim?

Teddy fechou os olhos e fez que sim com a cabeça. Arthur apertou o ombro dele.

— Vamos, Arthur — gritou Oscar, acenando no ar. — Ainda dá tempo de fazer isso se não ficar aí parado!

Ele observou seu avô se apressar pela grama o mais rápido que seus pés podiam carregá-lo. Teddy seguiu devagar atrás dele. Lexie estava sentada em um banco próximo.

— Você está me olhando com aquela cara, Lex. O que foi? — perguntou Teddy, sentando-se ao lado dela.

— Aquela não foi a conversa mais discreta que você e Ben já tiveram. Desculpe, eu não pretendia escutar, mas eu meio que estava ali perto.

— Não quero que nossa briga estrague o dia. Vou tentar resolver as coisas quando voltarmos para casa — disse Teddy, triste. — Ele sabe que tem algo estranho entre mim e Shak. Eu não consegui dizer a verdade.

— Olhe para o seu avô, Teddy — disse ela. — Ele tem oitenta anos e não só se assumiu, mas está prestes a ficar em pé em cima de um aviãozinho.

— Vá direto ao ponto, Lex, por favor.

— Seja mais corajoso! — gritou ela. — Acho que, no fundo, você sabe por que está tão focado no Shakeel. Você precisa admitir para si mesmo como se sente e depois fazer alguma coisa a respeito.

Antes que Teddy tivesse a chance de dizer qualquer coisa, Lexie pulou do banco.

— Falando em ser corajoso... sua mãe está vindo em nossa direção — acrescentou em voz baixa.

O coração de Teddy parou por um segundo quando ele levantou os olhos e viu sua mãe atravessando o campo.

— Oi, sra. Marsh. Que bom te ver.

— Olá, Lexie. Como vai o trabalho?

— Movimentado, mas estou gostando muito. Vou deixar vocês dois...

Teddy viu Lexie saltitando pelo campo e se juntando ao grupo que esperava na área de observação.

— Olá — disse Elizabeth, sentando-se ao lado dele. — Isso tudo é um pouco louco, não é?

— É. Mal posso acreditar que finalmente está acontecendo depois de todas essas semanas de planejamento.

— Você fez um trabalho incrível, Edward. Deve estar muito orgulhoso de ajudar seu avô a arrecadar tanto dinheiro.

— Obrigado, mãe — disse ele, olhando para o outro lado do aeródromo. — Foi bem divertido também.

— Que bom. A casa está silenciosa sem você.

— Tenho certeza de que não está. Achei que já tivesse instalado a planejadora de casamento no meu quarto a esta altura.

Elizabeth tentou franzir o cenho, mas não conseguiu conter o sorriso.

— Como está o planejamento?

Os olhos da mãe se iluminaram quando começou a falar do casamento. Demoraria pouco mais de três meses.

— Espere até ver o espaço, Teddy. O lugar é tão bonito — afirmou, emocionada. — Bem, queria que você soubesse que seu quarto ainda está lá para quando você quiser voltar. Suas irmãs adorariam ter você em casa também. Nós todos sentimos muito a sua falta.

— Obrigado, mãe. Seria bom. Só preciso de mais algumas noites para resolver umas coisas.

— Certo, tudo bem. Se eu puder fazer alguma coisa, você sabe que pode pedir a minha ajuda, não é?

Ela sorriu quando ele fez que sim com a cabeça. A certeza de que ele recorreria a ela era tudo o que ela precisava.

— Obrigada por fazer o que fez pelo vovô hoje — disse Teddy. — Significa muito para ele e para mim também. Você estar aqui faz o dia de hoje valer a pena para ele.

— E para você?

— É um bom começo, mãe. Estou feliz por você estar aqui.

Teddy não conseguiu deixar de sorrir quando sentiu sua mãe esticar o braço e pegar em sua mão. Os olhos dela estavam cheios de lágrimas, mas ela também estava sorrindo para ele.

— Me desculpe pelo tapa, Edward. Estou mal comigo mesma pelo modo como lidei com o que você me contou. Você precisava de mim e eu te decepcionei porque estava zangada e com medo, quando não tinha direito de estar.

— Eu entendo, mãe. Sei que foi muita coisa para você processar, mas eu ser gay...

— Você ser gay não é um problema. Eu te amo como você é. Você sempre vai ser meu filho. Depois que seu pai morreu, nós nos afastamos e tudo isso só me lembrou de que você sentia que não podia conversar comigo. Eu falhei com você, falhei como mãe.

As lágrimas nos olhos dela finalmente começaram a escorrer pelo rosto.

— Você não falhou — disse Teddy. — Por favor, nunca pense uma coisa dessas, mãe. Eu não sabia quem eu era por tanto tempo depois que o papai morreu. Como eu deveria continuar sem uma parte tão grande de minha vida? Eu desisti de tudo, mas você continuou me apoiando. É por isso que estou aqui hoje.

— Mas você devia ter podido falar comigo. E se tivesse terminado como a pobre Sophie? Como eu poderia me perdoar? Ver Deborah no enterro... E se fosse eu?

— Espere — disse Teddy. — No enterro? Você estava lá?

Elizabeth confirmou com a cabeça.

— Eu não quis atrapalhar, então fui sozinha.

— Você se sentou no fundo, não sentou? Eu sabia que tinha te visto aquele dia.

— Mesmo assim você estava com medo de me contar. Com medo de que eu pudesse não te amar como você é.

— Eu me convenci de que não podia te contar. Não foi nada que você tenha feito, mãe. Então, depois que o vovô...

— Eu fiz tanta confusão, e vocês dois só precisavam do meu apoio — disse ela, secando os olhos cuidadosamente com o lenço que tinha tirado da bolsa.

— Esqueça isso. Você está aqui agora, e isso é o mais importante.

Ambos olharam ao redor quando o grupo vibrou ao ver Arthur sair do prédio com seu equipamento de voo.

— Venha, vamos ver o vovô — falou Teddy, apertando mais uma vez a mão dela para tranquilizá-la. — O tio Patrick apostou dez libras comigo que ele ia tirar uma soneca lá em cima.

CAPÍTULO 37
ARTHUR

Arthur estava amarrado à asa de cima do Boeing Stearman. Ele levantou o braço e acenou para a multidão que assistia. Não conseguia distinguir todo mundo, mas podia ver Madeleine no centro à frente, com Elizabeth ao lado. As duas acenavam com entusiasmo para ele. Só de saber que elas estavam lá juntas, seu coração queria explodir de felicidade. O sol tinha finalmente saído entre as nuvens e iluminava o campo que o cercava. Ele não tinha conseguido guardar o nome dela, mas a mulher que verificara seus cabos havia lhe dito que as condições estavam perfeitas. Ele respirou fundo quando o motor ganhou vida.

A brisa contra seu rosto começou a pegar velocidade quando eles taxiaram sobre o campo. A adrenalina tomou conta de seu corpo ao sentir o pequeno avião finalmente sair do chão. Totalmente exposto aos elementos, ele sentiu a ardência do ar no rosto, mas valeu a pena quando ele olhou para o céu e para os campos de retalhos lá embaixo. Estava voando! Era diferente de tudo que já tinha experimentado. Sentiu-se mais vivo do que nunca quando o avião circundou os campos. Com dificuldade, Arthur conseguiu levantar os braços e acenar para todos quando o avião mergulhou perto da área de observação.

— Estou voando! — ele gritou para o céu azul no alto, com o coração acelerado.

Arthur sentiu o corpo mexer quando o piloto os levou de volta para cima, acelerando antes de girar e virar alto no céu. Antes de

Arthur se dar conta, eles estavam começando a descer de volta ao chão. O avião parou onde havia começado.

— Tenha cuidado, você vai estar um pouco vacilante — disse a mulher, pegando na mão dele e o ajudando a descer.

Com os dois pés no chão, ele voltou a olhar para cima, para o avião amarelo, e sorriu. Ele tinha conseguido. Levantou o punho cerrado no ar e vibrou. Mais uma rodada de aplausos preencheu o ar e ele começou a caminhar na direção de seus amigos e familiares.

Todos estavam na casa esperando por eles. Arthur sabia que Elizabeth estava dirigindo devagar de propósito para deixar todos chegarem antes, mas ele ainda estava acelerado. Falou o caminho de volta todo, contando cada segundo da experiência com detalhes para a filha. Se em algum momento ela ficou entediada, não deixou transparecer.

— Acha que algum dia vai querer fazer algo parecido com isso de novo, pai?

— Uma vez é mais do que o suficiente. — Ele riu. — Já posso riscar da minha lista.

— Você tem uma lista? O que mais tem nela?

— Ah, só algumas coisas bobas — disse Arthur, arrependendo-se da escolha de palavras. Ele não queria pensar naquilo agora.

Olhou para o céu azul e límpido sobre eles. Não, hoje era um dia de celebração. Ele ia apreciar todos os momentos que tinha.

Arthur foi na frente, jogando os braços para cima, fingindo surpresa, ao ouvir a vibração de todos quando entrou na cozinha. Ele sorriu de orgulho vendo todos aqueles rostos sorrindo de volta para ele.

— Estamos tão orgulhosos de você, vô! — exclamou Eleanor, envolvendo-o com os braços. — Achei que eu fosse vomitar quando o avião mergulhou na direção do chão!

— Você parecia tão pequeno lá em cima. Como um ponto no céu — disse Scarlett, juntando o polegar e o indicador para enfatizar o tamanho.

— Eu me senti minúsculo. Meu corpo todo... era como se eu estivesse flutuando, me senti sem peso nenhum.

— Parece incrível. — Os olhos de Scarlett se iluminaram. — Cuidado, Arthur, você vai me convencer a ser a próxima!

Arthur puxou Teddy de lado quando conseguiu ficar sozinho.

— Eu só queria te agradecer, Teddy — afirmou ele, sentando-se na banqueta no canto da cozinha. — Por tudo isso. Eu não teria conseguido sem sua ajuda e seu apoio. Você me lembrou de viver. Eu não tenho que ser como as outras pessoas da minha idade, ainda posso sair e ter todo tipo de experiência.

— Você jamais poderia ser como outro homem de oitenta anos, vô — declarou Teddy. — É você quem inspira todos nós.

— Tenho tanto orgulho do jovem que você se tornou, Teddy. Só quero ter certeza de que você sabe disso.

Arthur quase caiu da banqueta quando Teddy, sem dizer nada, jogou os dois braços em volta dele e o abraçou forte.

Eric e Claudette Brown passaram para parabenizar Arthur aquela noite.

— Sinto muito por não termos conseguido ir, mas vimos uns vídeos na internet — explicou Claudette. — Vocês devem ter ficado com o coração na boca vendo ele lá em cima!

— Não vou fingir que estou com inveja de você, Arthur, mas parece ter sido uma experiência incrível. Você é único, Arthur Edwards — disse Eric, dando um tapinha nas costas de Arthur.

— Não temos como agradecer a você por ter feito isso em homenagem a Sophie. Todo aquele dinheiro arrecadado... Não conseguimos colocar em palavras o quanto significa para todos nós você ter feito isso — Claudette acrescentou com os olhos se enchendo de lágrimas. — Principalmente depois da forma como nos comportamos com você.

— Isso ficou no passado — insistiu Arthur, estendendo o braço para apertar a mão de Eric.

— Esta cidade tem muita sorte de ter você — afirmou Eric. — E você também, Madeleine. Fiquei sabendo que podemos continuar tendo um departamento de emergência graças a você.

— Eu estava contando para o Eric no caminho para cá que aquele nosso parlamentar finalmente está fazendo a parte dele para salvar o departamento — explicou Claudette. — Você deve estar exausta de lidar com essas pessoas, Madeleine.

— Tem sido uma negociação e tanto, mas o sr. Mitchell disse que entraria em contato esta semana, então finalmente poderemos descansar!

Eles não ficaram muito tempo, mas Arthur reconheceu o esforço que tinham feito para irem até lá. Ambos ainda estavam mantendo a discrição na cidade, Madeleine o informara, e Claudette tinha desistido da presidência de um dos grupos comunitários locais.

— Coitados. O luto é uma coisa terrível — disse ela. — Lembre-me de telefonar durante a semana, Arthur. Vou assar alguns quitutes e levar umas coisas para eles.

Teddy chegou apressado, carregando o laptop.

— Veja — exclamou ele, mostrando o site para Arthur. — Enviei minha matéria agora mesmo e já está on-line! Eles conseguiram incluir fotos e um pedaço do vídeo que eu mandei também — disse, colocando o laptop sobre a mesa para que Arthur lesse.

— Vovô audacioso? É assim que vão me chamar agora?

Ele riu.

— Não posso levar o crédito por isso, foi o Dylan que fez o título. Mas não são muitos que podem dizer que seu avô de oitenta anos voou pelos ares em cima de um avião!

— Ele vai ficar insuportável — disse Madeleine, rindo e revirando os olhos enquanto Arthur olhava outra imagem de si mesmo.

— Essa foto ficou ótima. Quem tirou?

— Fui eu! — disse Shakeel, aproximando-se para poder olhar para a tela. — Uau, não achei que fossem usar.

— Acha que poderíamos ficar com uma cópia, Shakeel?

— É claro, sr. Edwards — disse ele. — Eu envio assim que der.

Arthur estreitou os olhos e encarou a tela. Um título mais abaixo na página havia chamado sua atenção.

— Teddy, o que é isso? Tem meu nome ali.

— Deve ser só um pop-up, vô. Deixe eu dar uma olhada.

Teddy virou o laptop para si a fim de verificar. Sem dizer nada, ele fechou o computador e se levantou da mesa.

— É, é coisa da internet — disse ele. — Pop-ups.

— Coisas terríveis, eles sabem muito sobre nós.

— Estou surpreso que os paparazzi não estejam acampados lá fora ainda.

Oscar riu, fingindo tirar fotos deles com uma câmera invisível.

— Só se você avisou a eles!

Madeleine apareceu com um grande pão de ló decorado com velas acesas formando o número oitenta. Arthur não conteve um resmungo. Essa era a parte que ele mais detestava. Mas se levantou enquanto ela atravessava a sala liderando o grupo em um "Parabéns pra você" bem alto, e descobriu que um nó se formava em sua garganta ao olhar ao redor e ver os rostos sorridentes dos que cantavam. Cada um deles cheio de alegria, todos ali para compartilhar aquele momento com ele. Madeleine colocou o bolo sobre a mesa.

— É pique! É pique! É pique!

— É hora! É hora! É hora!

— Rá! Tim! Bum!

— Obrigado a todos. Eu realmente não sei o que fiz para merecer todos vocês aqui comigo, mas foi um aniversário do qual nunca vou me esquecer.

Arthur abraçou Madeleine.

— Obrigado por tudo.

— Que bobagem — disse ela. — Ninguém merece isso mais do que você, Arthur.

— Para onde foi o Teddy? Ele perdeu o parabéns?

— Deve ter perdido, ele saiu com o laptop — disse Oscar. — Vi Ben chegar há poucos minutos, então acho melhor não os interrompermos, se é que me entende.

— Chega de vinho para o Oscar — disse Lexie, pegando a garrafa da mesa e fingindo esconder dele.

Arthur nem se lembrava de ter ido para a cama quando acordou na manhã seguinte. Ele esfregou os olhos ao se sentar. O dia anterior parecia não passar de um borrão. Demorou alguns segundos para a lembrança de ter voado voltar a ele. Ele sorriu, encarando o céu. A ideia de fazer tudo aquilo de novo de repente não pareceu tão ruim. Mas talvez ele não mencionasse isso. Pelo menos não hoje.

Ele seguiu com sua rotina matinal, jogando água bem gelada no rosto depois de escovar os dentes minuciosamente. Olhando no espelho, passou com cuidado sob os olhos o caro hidratante que Madeleine havia comprado para ele de Natal. Sentindo-se renovado, vestiu as calças de veludo cotelê, abotoou a camisa e colocou o suéter de gola careca de sempre. Só porque estava com oitenta anos, não significava que tudo tinha que mudar.

Ele chegou no fim das escadas a tempo de ver o entregador de jornais colocar a nova edição do *Post* pelo buraco do correio. Ouviu o som dos pneus da bicicleta do jovem atravessando o cascalho quando se abaixou para pegá-la. O que ele viu o paralisou. Ele sentiu as entranhas se contorcerem e ergueu o jornal de novo.

EXCLUSIVO: GAY AUDACIOSO
ESCÂNDALO AMOROSO SECRETO DO VOVÔ
Por Benjamin King

ARTHUR EDWARDS *ficou conhecido carinhosamente por milhões como o vovô audacioso que está arrecadando dezenas de milhares de libras para instituições beneficentes. Hoje, o* Post *pode revelar a paixão secreta que o aposentado de Northbridge escondeu de sua família e amigos por mais de cinquenta anos. Vá até as páginas oito e nove para ler a história completa.*

Cada palavra que ele lia parecia um soco no estômago. Estava tudo lá, em preto e branco. Cada detalhe, de como ele tinha conhecido

Jack Johnson até como seu pai tinha expulsado Jack da cidade sob ameaça de morte. Arthur não sabia quando tinha começado a chorar. Foi só quando as lágrimas caíram sobre o jornal que ele se deu conta. Ele olhou para as imagens que preenchiam as páginas.

Arthur, Madeleine e seus filhos.
Arthur e Teddy.
Arthur em cima do avião.
E, por fim, uma foto de Jack Johnson.

Seu estômago revirou quando seus olhos avistaram a foto de Jack. Era a foto que ele tinha mandado para Arthur naquela última carta. A foto que ele tinha guardado no coração por mais de cinco décadas, agora lá para todos verem. Ele não podia mais ler aquilo. Jogou o jornal de lado e saiu às pressas da sala.

O ar fresco era o que ele precisava. Perdeu a noção do tempo, sentado sozinho no banco sob a janela da cozinha, alheio a tudo que estava acontecendo à sua volta enquanto olhava para o jardim. Não queria pensar no momento. Pensar significava reconhecer que Elizabeth e Patrick leriam sobre as ações de seu próprio pai; que eles saberiam que seu pai tinha amado alguém do fundo do coração antes de Madeleine. Não havia nada que ele pudesse fazer além de deixar as lágrimas correrem por seu rosto.

CAPÍTULO 38
TEDDY

Teddy tinha saído sem ser notado, laptop debaixo do braço. Suas mãos tremiam e o coração estava acelerado quando subiu as escadas correndo, dois degraus de cada vez. Ele chegou ao seu quarto, fechou a porta e jogou o laptop na cama. Talvez tivesse lido errado.

Talvez não fosse o que estava pensando. Ele abriu o computador e esperou o site aparecer na tela de novo. Sentiu um aperto no estômago quando leu a chamada antes de clicar no título, todo escrito em letras maiúsculas. Uma imagem do rosto sorridente de seu avô preenchia a página. Os olhos brilhantes o encaravam.

Teddy arregalou os olhos quando viu o nome de Ben sob a imagem. É claro. Só podia ter sido ele.

Toc. Toc.

— Teddy? Você está aqui?

Ben entrou no quarto e seu rosto se iluminou quando encontrou quem procurava.

— Eu estava te procurando! Olha, eu sei que não tivemos a chance de nos entender, mas hoje é o dia do seu avô, então podemos deixar isso de lado? — disse Ben. Ele franziu a testa quando Teddy não respondeu. — Por que está escondido aqui em cima? O que eu perdi?

— Nada, Ben. Você obviamente não perdeu nada.

— O que você quer dizer com isso? — Ben se sentou na beirada da cama e o encarou. — Sério, Teddy, o que está acontecendo?

— Chega de fingimento, *Benjamin*. Por que não começamos do começo; como, sei lá, que tal quando você resolveu escrever uma matéria sobre a vida pessoal do meu avô quando eu te disse para deixar isso para lá?

Todo o corpo de Ben ficou tenso.

— Certo, Teddy, me deixe explicar — disse ele com cuidado. — Sei que parece ruim.

Ele tentou esticar o braço e fechar o laptop, mas Teddy logo o afastou.

— Nossa, você sabe?

A voz de Teddy falhava enquanto ele tentava se manter calmo.

— Eu entrei em pânico. Precisava de alguma coisa. Você não entende...

— Você vai ficar nesta casa e tentar justificar isso? Está ouvindo o que está falando?

— Não estou dando desculpas. Sei o que eu fiz, mas é o que qualquer um em minha posição teria feito se quisesse esse trabalho tanto quanto eu quero. — Ele estendeu as mãos para Teddy, como se suplicasse que ele compreendesse. — Me ouça, Teddy. É uma ótima história. É isso que nós fazemos. Você estava com essa história parada e não pretendia nem considerar.

Ben levantou-se da cama e tentou pegar na mão de Teddy.

— Não encoste em mim — disse Teddy, afastando Ben. — Nem pense em falar sobre usar a dor do meu avô de forma tão casual, como uma manchete, para tentar fazer seu nome. Isso tudo foi só para me enganar? Era só isso que você queria? Eu sabia que você queria o emprego, mas não me dei conta de que isso significava ferrar com tudo.

— E agora, então? — disse Ben com voz baixa, os olhos lacrimejando.

— Vou tentar tirar isso do site.

— Vai sair no jornal, Teddy.

— O quê? Como você sabe?

— Um dos caras me mandou uma mensagem para avisar... Vai... vai sair na primeira página.

O corpo todo de Teddy estava tremendo.

— Você precisa ir embora — disse ele com o máximo de calma possível. — Saia desta casa agora mesmo.

— Por favor, nós temos que conversar. Eu vou falar com Arthur, prometo. Vou explicar tudo a ele.

— Não, não vai. Você nunca mais vai ver meu avô. Ele confiou em você. Eu nunca devia ter te envolvido em nada relacionado a isso. Eu *pedi* para você deixar para lá quando você não parava de pesquisar sobre Jack. É disso que se trata? É por isso que você está comigo? Só estava tentando conseguir um grande furo?

— Eu só sabia que daria uma ótima matéria! — protestou Ben. — Fiz isso por Arthur também. Não seria incrível se conseguíssemos encontrar Jack para ele?

— Você está ouvindo o que está dizendo, Ben? — Teddy o encarou. — Ele praticamente implorou para você não se envolver. Ele disse que não queria saber nada, não só por ele, mas também por Jack. Se é que ele ainda está vivo. Você parou para pensar como meu avô pode ficar se descobrir que Jack está morto? Não, é claro que não, porque é *só uma matéria* para você. Só um *trabalho*.

A cor havia se esvaído do rosto de Ben. Ele se aproximou mais uma vez, tentando pegar na mão de Teddy.

— Eu não vou falar de novo — disse Teddy, pulando da cama. — Quero que você saia desta casa agora sem criar caso. Não se despeça de ninguém, apenas vá embora. Deixe meu avô aproveitar o aniversário e eu vou lidar com o resultado do que você fez.

— Tudo bem, eu vou, mas por favor me prometa que vai escutar e me deixar explicar quando se acalmar.

Ben se levantou devagar e atravessou o quarto. Ele abriu a porta e saiu para o corredor. Teddy pôde ouvir as pessoas cantando "Parabéns pra você" em voz alta no andar de baixo.

— Que ótimo, agora eu perdi isso — disse Teddy, furioso. — Quer estragar mais alguma coisa enquanto está aqui?

Ben abaixou a cabeça e desceu as escadas em silêncio, parando apenas para dar uma última olhada para trás, para Teddy, antes de sair, fechando com cuidado a porta da frente.

Todos estavam se divertindo lá embaixo. Teddy considerou ir direto para a cama, mas sabia que sua ausência só atrairia mais atenção. Ele estava determinado a ver Arthur aproveitar sua comemoração.

Era 1h da manhã quando ele finalmente voltou para o quarto. Tentara arrumar o máximo possível da bagunça quando seus avós foram para a cama. O restante poderia esperar até de manhã. Lavar a louça havia lhe dado tempo de pensar em um plano. Seria impossível impedir seu avô de ver o jornal, mas ele poderia pelo menos pegar antes dele a cópia que seria entregue de manhã. Isso lhe daria um pouco mais de tempo de sentar e explicar as coisas. Ele sentiu um nó na garganta só de pensar em ter que contar para Arthur, dizer que a pessoa que ele tinha convidado para sua casa era responsável por uma traição tão terrível.

Por volta das 3h, Teddy já tinha perdido a esperança de dormir. Ele ficou se revirando na cama, repassando a conversa com Ben repetidas vezes na cabeça. Seus olhos ardiam de cansaço, mas parecia impossível dormir com a raiva reinando dentro dele.

A luz do sol entrava pela estreita fresta entre as cortinas fechadas às pressas. De alguma forma, ele tinha finalmente adormecido. Seu corpo doía. Ele procurou o celular, que tinha ido parar embaixo de seu travesseiro. Eram 8h30. Seu coração afundou quando saiu da cama. O entregador de jornais já devia ter passado.

No corredor, a porta do quarto de seu avô estava aberta; sua cama estava perfeitamente arrumada como em todas as manhãs. Ele parou na porta de sua avó e espiou por uma pequena fresta. Ela ainda estava dormindo. Teddy sabia que ela demoraria um tempo para acordar depois de ver ela e sua mãe tomarem várias garrafas de vinho na festa. Ele correu escada abaixo: o jornal não estava no chão. Talvez Arthur o tivesse pegado, mas ainda não tivesse lido. Ele ainda poderia ter uma chance. Sua cabeça já latejava de dor.

— Vô? Vô, onde você está?

Só o som dos canos de aquecimento que rangiam pela casa responderam ao seu chamado. Ele verificou todos os cômodos do andar de baixo antes de seguir para a porta dos fundos. Estava destrancada. Ele a abriu e finalmente soltou um suspiro de alívio. Arthur estava sentado no banco, olhando para o jardim.

— Aqui está você, vô. Está tudo bem?

— Bom dia, Teddy. Dormiu bem?

— Não, mas no momento preciso fazer uma coisa e depois preciso falar com você.

— O jornal já chegou, Teddy.

Teddy sentiu a cor se esvair de seu rosto. Era como se alguém tivesse apertado o botão de pausa em tudo ao redor deles.

— Você pegou? Onde está?

— Está na sala. Eu li o máximo que consegui. — Arthur se virou para olhar para ele.

Seus olhos, normalmente brilhantes, estavam repletos de tristeza. O peito de Teddy doeu quando olhou para eles.

— Vô, me desculpe. Não acredito que ele fez isso. Mas não se preocupe, ele se foi e não vai mais voltar.

Arthur franziu a testa e balançou a cabeça.

— Quem? Quem não vai mais voltar, Teddy?

— Ben. Ele escreveu a matéria. Foi tudo ele.

Teddy segurou na mão de Arthur e eles ficaram em silêncio. Só o canto dos pássaros que procuravam café da manhã na grama úmida ameaçava interrompê-los.

— Eu não quis estragar a festa quando descobri, ontem à noite — disse Teddy, finalmente. — Achei que teria tempo de tentar derrubar a matéria... bem, eu sabia que não poderia esconder para sempre. Achei que poderia pegar o jornal primeiro, talvez ganhar um pouco de tempo para te preparar. Me desculpe, é tudo culpa minha. Eu contei para ele sobre o Jack. Eu tinha esperança de que pudéssemos descobrir mais sobre a vida de Jack para você.

A culpa o devorava desde o momento em que ele viu a manchete. Ele tinha colocado Ben naquele caminho. Não importava o quanto estivesse zangado com Ben, tinha sido ele que havia traído a confiança de seu avô.

— Não precisa se desculpar, Teddy. Eu também contei minha história para ele. Está tudo lá, ele não inventou nada.

— Não importa, vô. Você pediu para ele não ir atrás disso. Eu até mostrei as fotos para ele. Eu causei isso. Mas não sabia sobre a matéria. Eu pedi para ele parar, eu juro que pedi.

Arthur fez um gesto para tentar silenciá-lo.

— Não, não, pare. Nada disso. É tarde demais agora. Não adianta ficar aflito.

— Vô, é sua vida espalhada no...

— Exatamente, Teddy, a minha vida — disse Arthur em voz baixa. — Não tenho vergonha dela. Já imaginei compartilhá-la? Não. Estou constrangido porque todo mundo pode saber que eu já amei um homem que fazia eu me sentir feliz e seguro, que me fazia rir como ninguém jamais fez? Não. Tenho que ser forte por sua avó agora.

O som estridente da campainha tocou pela casa e na porta dos fundos.

— Eu juro por Deus, se ele teve a cara de pau de voltar aqui, eu não me responsabilizo por minhas ações — disse Teddy.

— Seja gentil, Teddy. Erros existem para aprendermos com eles, lembre-se disso.

Teddy se levantou, entrou e seguiu pelo corredor. Arthur foi atrás, tentando alcançá-lo.

Teddy destrancou a porta, respirando fundo ao abri-la.

— Cora? Desculpe, está tudo bem?

Ele ficou olhando para a mulher que sorria para ele.

Cora carregava uma caixa com copos de café e um saco de quitutes.

— Pensei em trazer isso — disse ela, mostrando a caixa. — Foi uma longa noite e uma longa manhã e eu não queria aparecer de mãos abanando. Bom dia, Arthur.

Arthur se aproximou e parou ao lado de Teddy. Ele parecia tão perplexo quanto o neto.

— Bom dia, Cora. Não está fazendo entregas agora, está?

— Não, não estou, Arthur. Essa é uma ocasião especial, sabe. Eu vi a matéria no site do jornal ontem à noite e, bem, meu coração foi parar na boca.

Cora estava praticamente dançando no lugar enquanto falava, cada palavra parecia preenchê-la com mais empolgação. Teddy estava convencido de que ela ia explodir.

— Nós fomos pegos de surpresa pela matéria, na verdade — disse Arthur, sem saber ao certo por que isso deveria ser de interesse dela.

Fora as visitas ao café, Teddy não sabia que seus avós eram particularmente próximos de Cora.

— Eu também fui. Corri para o carro de imediato. Algumas horas de ida e volta, mas tive que fazer isso quando vi a matéria ontem à noite.

Nada do que ela estava dizendo fazia sentido para Teddy. Mas então a porta do passageiro do carro se abriu. Um homem da altura de Teddy saiu e foi na direção deles, parando ao lado de Cora. Ele parecia cansado, mas seus olhos estavam cheios de uma energia brilhante e jovial.

— Arthur — disse Cora em voz baixa, virando-se para eles. — Acho que você conhece meu tio Jack.

CAPÍTULO 39
ARTHUR

Arthur ficou olhando para o homem parado em sua porta. Jack estava bonito como ele se lembrava. Seus cabelos grisalhos brilhavam sob a fraca luz do sol.

Cora estava radiante, alternando o olhar entre Jack e Arthur.

— Vô? Está tudo bem?

Arthur puxou o braço quando Teddy tentou segurá-lo. Ele não precisava se apoiar em nada. Deu um passo à frente, saindo de casa. Jack não se moveu quando Arthur se aproximou dele.

Ele era um pouco mais baixo que Jack; sempre fora.

Jack não disse nada quando Arthur pousou as duas mãos nas laterais de seu rosto. O coração de Arthur ficou acelerado quando a palma das mãos se conectou ao rosto quente de Jack. Sua pele levemente enrugada ainda era macia como ele se lembrava. Todo o corpo de Arthur formigou enquanto passava o dedo sobre a pequena cicatriz no queixo de Jack. Parecia que um vulcão de emoções, inativo por mais de cinquenta anos, entraria em ebulição dentro dele a qualquer segundo.

— Você envelheceu, Jack Johnson — sussurrou Arthur.

Os lábios de Jack abriram o sorriso largo que Arthur conhecia tão bem.

— Eu chamo de amadurecer com estilo. Você devia tentar, Artie Edwards.

Ninguém mais o havia chamado de Artie. Nunca. Parecia que seu coração ia explodir no peito. A voz de Jack tinha envelhecido, mas ainda era a voz que Arthur nunca esquecera. Mesmo quando passava um longo período sem pensar nele, ainda podia ouvir seu tom de voz grave e calmo e a risada alta e cheia de alegria que o fazia sorrir quando estava para baixo. Arthur não podia mais esperar. Abriu os braços, deu o último passo e agarrou-o. Ele sentiu os braços de Jack fazerem o mesmo, apertando-o com força pela primeira vez em mais de cinco décadas.

— Vou precisar de algo mais forte que café — disse Cora, chorando, derramando as bebidas depois de tremer de emoção.

Quando entraram, Teddy e Cora insistiram em deixar Jack e Arthur sozinhos na sala para botarem a conversa em dia.

— Vou acordar a vovó — disse Teddy, fechando a porta.

— Teddy é meu neto. É um bom rapaz, mas se preocupa um pouco demais — explicou Arthur.

— Ele parece alguém que eu conheço. Ou talvez deva dizer "que eu conhecia" — falou Jack, sorrindo.

Arthur não podia negar. Tudo era preocupação naquela época. Jack sempre escutava suas preocupações e apresentava soluções, tranquilizando-o quando ele mais precisava. Nem sempre as preocupações eram injustificadas. Jack tinha seus próprios medos em relação à vida em Northbridge e esconder o segredo deles, mas se recusava a sobrecarregar Arthur com eles. Era uma falha discutida por ambos muitas vezes, uma das únicas fontes de tensão enquanto tentavam levar sua vida secreta debaixo do nariz dos mais próximos.

— Eu gosto de pensar que melhorei, que me preocupo menos e agora sou mais espontâneo — disse Arthur.

— Este é o homem que estava em pé em cima de um avião 24 horas atrás? — emendou Jack, rindo.

— Como você... Ah, o jornal.

Arthur havia esquecido momentaneamente como Jack tinha ido parar ali, sentado no sofá de sua casa.

— Cora me disse que você apareceu na televisão, mas eu estava na França na época, então não cheguei a assistir. Espero que tenha uma gravação para eu ver.

— Foi a primeira coisa que Madeleine providenciou — afirmou Arthur. — Eu só quero dizer que sinto muito se o artigo te chateou. Foi um certo choque para mim esta manhã.

Jack entrelaçou os dedos e fez que não com a cabeça.

— Chateou? — Ele riu. — Eu fiquei nas nuvens quando Cora telefonou. Lá estava você, em todas aquelas fotos maravilhosas. Fiquei tão feliz em ver seu rosto. Mal pude acreditar quando li.

— Foi um ano e tanto, isso eu posso te dizer.

— O que aconteceu, Arthur? Sei que você não acordou uma manhã e decidiu se assumir.

— Não, foi uma longa jornada, mas todas as peças se encaixaram no final.

Arthur se endireitou no assento e pigarreou. Respirou fundo enquanto se preparava para finalmente admitir o que o havia levado a resolver se assumir.

— Só a Madeleine sabe — começou a explicar —, mas três anos atrás eu não estava bem. Não saía do banheiro dia e noite. Achei que só estava ficando velho. Madeleine, graças a deus, insistiu em me arrastar para o médico. É claro, ela estava certa. Me disseram que eu tinha câncer de próstata.

Uma onda de alívio passou por seu corpo inteiro quando ele disse isso em voz alta.

— Arthur, eu sinto muito.

Jack colocou a mão esquerda sobre o joelho direito de Arthur.

— Foi descoberto cedo, mas eu não queria causar comoção e nem preocupar ninguém.

— Você fez um tratamento?

— Não me lembro agora de como se chamava, mas deu resultado.

— Radioterapia externa?

— Isso mesmo — respondeu Arthur, erguendo as sobrancelhas. — Como você sabe?

— Meu irmão. Você lembra que eu te contei que tinha um irmão mais velho, o Richard? Eles tentaram radioterapia, mas estava se espalhando tão rápido. Que descanse em paz.

— Ah, Jack. Sinto muito. É uma doença maldita. Não passa uma semana sem que o câncer leve alguém por aqui.

— Cora é filha do Richard — explicou Jack. — Eu moro perto do restante da família dele atualmente. Correr atrás dos pequenos me mantém em forma e saudável.

— Você chegou a se casar?

Arthur não sabia o que o fizera perguntar isso de maneira tão direta. Ele queria que o solo o engolisse assim que as palavras saíram de sua boca. Sentia-se como o jovem que um dia havia tentado entender esse recém-chegado, todos aqueles anos atrás.

— Sim. Com uma mulher fascinante. Tivemos sete filhos, acredita?

Jack não conseguiu terminar a frase, e sua expressão séria deu lugar a um grande sorriso que se espalhou por todo seu rosto.

— Não, Arthur. Eu nunca me casei. Eu tentei me estabelecer, mas... — Ele encolheu os ombros. — A vida tinha outros planos para mim.

— Me conte. Quero saber tudo sobre suas aventuras.

— A Irlanda foi difícil, mas eu achei que seria o lugar mais seguro depois que saí de Northbridge. Ainda estava escondendo quem eu era, mas mantive a cabeça baixa e segui com a vida. Fiquei lá quase quinze anos, viajando por países diferentes. Passei alguns anos em Fermanagh, no norte — acrescentou ele. — Voltei quando Richard abriu uma oficina e me ofereceu emprego. Ele já sabia que eu era gay a essa altura. Acho que me manter por perto foi uma forma de ficar de olho em mim. Você sabe como era nos anos oitenta. Eles não queriam que eu... bem, você sabe.

— Mas você não se meteu em confusão, não é?

— Surpreendentemente, não. Richard e Catherine nunca me julgaram. Eles conversavam abertamente com as crianças, e ser gay nunca foi uma questão. Era simplesmente quem eu era. Tive muita sorte de ter uma família que me aceitou como sou, mesmo quando tudo à volta deles era feito para assustá-los em relação a pessoas como eu. Eles me ajudaram a passar pelos momentos difíceis.

— Fico feliz por você ter tido essa rede de apoio. Me preocupei com você solto pelo mundo — disse Arthur. — Ainda não consigo acreditar que Cora é sua sobrinha. Todo esse tempo na mesma cidade.

O tempo todo havia uma conexão com Jack bem debaixo de seu nariz.

— Ela não sabia de tudo — disse Jack, tomando um gole de chá. — Quando ela era mais nova, eu contei sobre esta cidadezinha engraçada, as lembranças felizes e como eu tinha me apaixonado. Disse que aquele homem tinha partido havia muito tempo. Cora sendo Cora foi xeretar e se apaixonou pelo lugar. Ela passou alguns anos vindo para Northbridge em alguns feriados aqui e ali. Nunca vou me esquecer do dia em que ela voltou cheia de ideias para um imóvel que estava à venda. Quando vimos, ela estava fazendo as malas e se mudando para cá.

— Por que você nunca a visitou? Você poderia ter vindo depois de todos esses anos.

Jack fez que não com a cabeça.

— Eu fiz uma promessa a você — disse ele com seriedade. — Você me pediu para te deixar seguir em frente, fazer as coisas darem certo com Madeleine. Eu te amava demais para colocar sua vida em risco, Arthur. Você precisava se livrar de mim.

— Sinto muito — respondeu Arthur, baixando a cabeça.

— Pelo quê? Nada disso é culpa sua.

— Eu, meu pai, toda a minha família. Nada disso teria acontecido se você não tivesse nos conhecido. Aqueles brutamontes quase te mataram. Como eu poderia me perdoar se você não fosse embora daqui?

Jack soltou um assobio baixo.

— Você não fez nada daquilo. Quase me matou te deixar aqui, sem saber se estava seguro ou o que poderiam fazer com você. Só passei a dormir à noite quando soube que você tinha Madeleine. Você fez o que tinha que fazer para ficar vivo e encontrou a felicidade.

— Queria que você tivesse encontrado também.

— Eu encontrei, Arthur. De verdade! Eu trabalhei e me diverti, saí de férias e vi a família crescer. Fui amado. E amei os outros da melhor forma que pude.

— Como assim? — perguntou Arthur com o coração na boca. Ele observou Jack se inclinar para a frente e colocar a xícara sobre a mesa.

— Ninguém era Arthur Edwards — disse Jack, com saudosismo. — Houve homens adoráveis, homens ótimos, homens que me fizeram rir e chorar, mas eu sempre soube que eles não eram você. Eu me apaixonei nesta cidade e deixei meu coração aqui. Agora, olhe para nós, duas vidas vividas, procurando nossa próxima aventura.

— Você está falando como uma pessoa que eu conheci recentemente. Ele se tornou um ótimo amigo.

— É mesmo?

— Sim, você e Oscar vão ser dar muito bem.

— Você já está querendo me apresentar aos seus amigos? Estou sendo convidado para ficar por perto?

— Se quiser, eu adoraria. Não estou pronto para dizer adeus de novo assim tão depressa.

Madeleine já estava chorando quando entrou na sala. Jack se levantou assim que ela chegou. Antes de dizer qualquer coisa, ela o envolveu com os dois braços.

— Não ligue para ela. Ela sempre fica emotiva na manhã seguinte depois de beber — disse Arthur com uma risadinha.

Eles tinham se encontrado apenas algumas vezes antes de Jack sair de Northbridge, mas, ao longo de seus primeiros anos de relacionamento com Arthur, Madeleine ficou sabendo mais sobre o homem que tinha cumprido sua promessa e desaparecido da vida de seu marido.

— Não acredito que você está mesmo aqui. Tudo isso está acontecendo de verdade e, olhe para mim, aqui parada de camisola — disse ela cobrindo o rosto com as mãos.

— Você está tão radiante quanto da primeira vez em que a vi, mais de cinquenta anos atrás — afirmou Jack, fazendo Madeleine revirar os olhos para ele. — Fiquei sabendo que você tentou convencê-lo a me procurar.

— Ele te contou isso? Achei que ele seria orgulhoso demais para admitir que não iria. Não, ele se recusou. Disse que você teria seguido em frente e ele não queria atrapalhar sua vida.

— Imagine só, e depois eu apareço na sua porta em um domingo de manhã.

Arthur recostou-se e deixou os dois continuarem. Madeleine estava certa, estava acontecendo, estava acontecendo bem na frente dele. Arthur observou como Jack conversava com animação, gesticulando enquanto sua risada preenchia a sala.

— Também fiquei sabendo que temos que agradecer a você e ao seu namorado por fazerem isso acontecer — disse Jack, parando ao lado de Teddy na cozinha.

Cora tinha ido ao café por algumas horas, prometendo voltar com mais quitutes mais tarde.

— Acho que não posso receber o crédito por isso, na verdade, sr. Johnson, mas estou muito feliz pelo senhor estar aqui — disse Teddy. — Meu... hum... colega Ben escreveu e publicou a matéria sem nossa permissão.

— Teddy não sabia do artigo sobre nós — explicou Arthur. — Ele está dividido entre estar aborrecido por isso e, talvez agora, um pouco satisfeito pela matéria ter sido publicada. Expliquei bem, Teddy?

Arthur sorriu para ele.

— Pode ser isso mesmo — respondeu Teddy. — Mas, ainda assim, Ben agiu por nossas costas.

— Seu avô sempre foi um homem que perdoa, Teddy, às vezes até demais. É uma qualidade que outros, e me incluo entre eles, acham difícil compreender e tolerar de vez em quando, mas também é a atitude que mais deveríamos reproduzir.

— Eu te disse que ele era inteligente, não disse? — falou Arthur, dando um tapinha no braço de Teddy.

— Inteligente foi ficar vivo e ser feliz, Arthur. Você é o homem mais inteligente que eu conheço.

— Ele vai começar a ficar muito convencido se o senhor ficar por perto, sr. Johnson.

Teddy riu.

As entranhas de Arthur se contraíram só de pensar em Jack ficando. Ele não queria determinar um tempo para o reencontro, não queria saber que estava contando as horas até ver Jack dar adeus. Pelo menos eles poderiam se despedir de forma adequada desta vez.

— Tem alguma ideia de quanto tempo pode ficar? — perguntou ele, hesitante.

— Não sei — respondeu Jack. — Não quero abusar da hospitalidade, mas com certeza vou passar alguns dias em Northbridge para voltar a me familiarizar com a cidade e as pessoas daqui.

Arthur tentou controlar a decepção e forçar um sorriso. Não queria estragar as coisas apegando-se à iminente partida de Jack. Ele tinha uma vida para a qual voltar. E também não devia ser fácil voltar para Northbridge depois de tanto tempo.

Naquela tarde, Arthur levou Jack para ver o showroom de carros. O prédio ficava no lugar da antiga oficina onde haviam se conhecido.

— Você criou uma coisa incrível aqui, Arthur — disse Jack, admirado enquanto andava pelo átrio, balançando a cabeça.

— Foi uma jornada e tanto da antiga oficina com alguns carros na frente.

Arthur riu.

— Eu sabia que você faria coisas grandiosas. Sua família toda deve ter tanto orgulho de você.

— Isso eu não sei — disse Arthur. — Patrick está gerenciando agora. Ele ficou noivo de uma mulher incrível no Natal. Com certeza você vai conhecer os dois enquanto estiver por aqui.

— Eu adoraria. Estar aqui e ter a chance de conhecer sua família é algo que nunca esperei, Arthur, mas estou muito feliz por estar aqui com você.

Arthur tentou se concentrar no sorriso de Jack, mas cada um deles parecia um a menos para ele apreciar antes que Jack o deixasse mais uma vez.

Da oficina, eles seguiram o caminho que acompanhava o rio de volta à cidade. Era um caminho que eles já tinham percorrido lado a lado muitas vezes, mais de cinquenta anos antes. Surpreendentemente, não tinha mudado quase nada.

— Aquele não é o antigo banco, é? — perguntou Jack, estreitando os olhos ao avistá-lo. — As noites em que ficávamos sentados aqui olhando para as estrelas.

Eles se sentaram um do lado do outro. Dois jovens subiam o rio em um barco a remo.

— Você não prestava atenção nas estrelas — disse Arthur, rindo. — Sei que você estava só tentando me agradar.

Jack riu e levantou as mãos.

— Você sabia e ainda assim continuava me trazendo aqui.

— Eu amava este lugar. Escondido, só o som do rio e as estrelas nos guardando. Sempre me senti seguro aqui com você, Jack.

Os joelhos dos dois estavam se tocando.

— Oscar quer nos levar para almoçar esta semana, se você puder — falou Arthur, lembrando-se de repente do recado que Madeleine havia lhe passado.

— Seria ótimo. Estou ansioso para conhecê-lo.

— Tem mais alguma coisa que você gostaria de fazer enquanto está aqui?

Jack se virou para Arthur. Tirou a mão dele de seu joelho e a segurou.

— Eu quero te beijar, Arthur Edwards.

Eles se aproximaram. Arthur sentiu o coração acelerado ao fechar os olhos. Parecia haver fogos de artifício explodindo por seu corpo quando os lábios deles se encontraram.

CAPÍTULO 40
TEDDY

Na segunda de manhã, Teddy olhou para as mesas vazias que preenchiam a redação. As cadeiras logo seriam ocupadas por pessoas digitando em seus teclados. Sua cabeça ainda estava girando por causa dos acontecimentos do fim de semana, repassando cada possível conversa que poderia ter com Ben antes de vê-lo de novo. Ele se sentou em sua cadeira. A fotografia com Shakeel e Lexie, que ele tinha afixado em sua mesa durante a primeira semana de trabalho, o encarava. Fora isso e o fato de sua agenda estar aberta ao lado do teclado, ninguém saberia que ele havia se sentado ali todos os dias pelos últimos seis meses. Ben, por sua vez, tinha decorado sua mesa com imagens e itens que havia colecionado ao longo desse tempo. Teddy jogou o restante de uma garrafa de água abandonada em um vaso de planta murcha sobre sua mesa.

— Oi.

Era Ben. Ele sorria com timidez quando Teddy olhou para ele.

— Olá. Achei que podíamos conversar antes de Dylan chegar.

— Sim, eu gostaria muito. Fiquei feliz com sua mensagem — disse Ben, puxando a cadeira e sentando-se ao lado de Teddy.

— Você queria explicar as coisas, então... estou ouvindo.

— Em primeiro lugar, me desculpe — continuou Ben, e Teddy captou um tom de verdade em sua voz. — Sei que você acha que eu agi pelas suas costas e fiz uma coisa horrível...

Ele continuava olhando para o chão.

— E você fez mesmo. Não, desculpe, continue.

— Você não entende a pressão que estou sofrendo — prosseguiu ele, enquanto Teddy mordia o lábio para não o interromper. — Eu precisava fazer alguma coisa. Esse emprego, toda essa oportunidade... eu podia sentir que ela estava me escapando a cada dia.

Ben olhou para ele: as bolsas sob seus olhos estavam mais escuras do que Teddy jamais havia visto.

— Você é bom no que faz, mas seu coração está mesmo nisso? — perguntou ele. — Você nunca parece feliz de estar aqui e mesmo assim faz tudo parecer tão fácil. Eu sinto que estou lutando só para te alcançar. Dylan tenta fingir, mas eu sei que ele não acha minhas ideias tão boas.

Teddy não disse nada quando Ben parou para tomar fôlego.

— Eu quis falar com você sobre a matéria. Quis tentar te convencer a ir atrás da história, mas não estávamos nos entendendo muito bem ultimamente. Depois seu avô nos contou mais sobre Jack e eu senti que estava esboçando o artigo na cabeça. Eu juro que não ia escrever, mas então o Leo me perguntou se eu tinha alguma ideia para a matéria especial e eu entendi que, se dissesse não, nunca teria chance de conseguir esse emprego. Quando vi, eu estava contando a ele. Vimos como as pessoas reagiram ao Arthur depois da entrevista no *Good Morning Live*. Era uma oportunidade boa demais para deixar passar.

Ele se inclinou para a frente na cadeira, de cabeça baixa.

— Mas você podia ter deixado passar, não podia? — disse Teddy, balançando a cabeça. — Não precisava fazer isso para tentar provar seu valor.

— Você se lembra do nosso primeiro dia aqui? — perguntou Ben.

— Mais ou menos. Não fizemos muita coisa, fizemos?

— Quando eu cheguei, meu nome nem estava na recepção. Você não sabe como é conseguir a oportunidade dos seus sonhos e logo descobrir que se esqueceram de contar para alguém, até para o Dylan, que eu ia começar. Depois descobri quem você era e soube que teria que lutar para alguém me notar, nem que fosse um pouco.

Ambos olharam em volta ao ouvir o som da porta do elevador se abrindo. Um homem que Teddy conhecia vagamente da editoria de política foi até sua mesa sem nem notar a presença deles.

— Eu entendo isso tudo e sei como é se sentir pressionado — disse Teddy, voltando sua atenção para Ben. — Consigo compreender você não saber como falar comigo sobre essas coisas e sei que em grande parte é culpa minha. O que não posso perdoar é você ter ido à casa do meu avô e mexido nas coisas dele. Ele me mostrou onde guardava as cartas e eu fui burro o bastante de confiar essa informação a você. Você não estava sendo pressionado a entregar aquela foto de Jack para ninguém. Você sabe que a matéria teria saído sem ela. Você violou a privacidade dele.

— Está tudo bem com o Arthur? Ele está aborrecido?

— Ele está, mas a esta altura você já sabe como ele é. Ele não acredita que adiante alguma coisa ficar se lamentando. Já está arrumando desculpas para você e me dizendo que preciso te perdoar.

— E você pode fazer isso?

Em cada cenário que Teddy tinha imaginado, este era o que ele mais tivera dificuldade em saber o que responder. Só agora, sentado diante de Ben, que ele se deu conta da resposta que precisava dar.

— Sim, eu posso te perdoar.

Os olhos de Ben se iluminaram. Ele foi se levantar, mas parou de repente quando Teddy levantou as mãos.

— Eu te perdoo, mas o que quer que isso seja, Ben, terminou. — Teddy sentiu um nó se formar em sua garganta. — Você mesmo disse no evento do meu avô. Eu e você... não dá certo. Talvez ainda possamos ser amigos, se vamos trabalhar juntos. Mas nada mais.

Ben se levantou e começou a andar de um lado para o outro.

— Você poderia ter feito isso semanas atrás — disse Ben com a voz falhando. — Você fez eu me sentir culpado, como se eu estivesse te pressionando quando você não estava pronto para se assumir, mas foi você que ficou me enrolando esse tempo todo.

— Isso é completamente injusto! Eu estava tentando entender minha vida — disse Teddy. — E isso não muda o que você fez, Ben.

Como vou saber se você me manteve por perto só para conseguir sua grande história?

Ben parou na frente de Teddy, estreitando os olhos como se estivesse finalmente completando um quebra-cabeça elaborado.

— Ai, meu Deus — disse ele, com desdém. — É o Shakeel, não é? Eu sabia que tinha alguma coisa acontecendo. Pude sentir no estômago durante o fim de semana.

— Não vou falar sobre isso, Ben. Você não vai virar tudo isso contra mim.

— Lá vai você de novo, sem negar. Connor tinha razão. A forma como Shakeel olha para você, a forma como ele fala comigo. Aquela noite no bar, eu devia ter socado o Shakeel quando ele falou comigo como se eu fosse um merda.

Teddy se levantou.

— Chega, Ben. Isso não tem nada a ver com Shakeel. Tem a ver com você agindo pelas minhas costas. Pelas costas da minha família.

— Eu fiz o que tinha que fazer, e faria tudo de novo — gritou. — Eu estava certo sobre você desde o primeiro dia. Estou cansado de me esforçar o máximo possível no trabalho só para ficar em segundo lugar, depois do pirralho mimado de Elizabeth Marsh. Um filhinho da mamãe que não consegue tomar uma decisão sozinho.

Teddy levantou a mão e se lembrou de uma coisa. Quando Shak estava bêbado no barco durante a degustação de vinho, não estava chamando ele de filhinho da mamãe: estava apenas repetindo as palavras de Ben. Como ele pôde pensar que Shak pensaria aquilo dele?

— Filhinho da mamãe — ele repetiu, rindo. — Bem, seu argumento ficou bem claro.

Teddy pegou o casaco no encosto da cadeira enquanto Ben olhava com os olhos arregalados.

— Aonde você está indo?

— Quer saber de uma coisa, Ben? Não é da sua conta.

CAPÍTULO 41
ARTHUR

Arthur e Elizabeth estavam conversando e Madeleine mostrava a Jack e Ralph fotografias dos álbuns de família.

— Eleanor é mesmo a sua cópia — Ralph disse, sorrindo para uma foto de Elizabeth adolescente, de mãos dadas com o namorado da época da faculdade. — Seu cabelo vai estar armado assim no casamento?

— De todas as fotografias, mãe, você precisava mesmo guardar essa? — Elizabeth perguntou, dando-se conta da imagem que tinha motivado a onda de risadas. — Se acha isso impressionante, você deveria ver como era quando estava frisado.

Arthur olhou ao redor da mesa. Eles estavam no café da Cora havia mais de uma hora. Cora tinha insistido em levar um segundo bule de chá para eles depois que terminaram de almoçar.

— Eric ligou mais cedo, quando você estava fora — disse Arthur, inclinando-se sobre a mesa para falar com Madeleine. — Ele me convidou para voltar à Fundação. Eu disse que ia pensar.

Madeleine franziu o cenho para ele.

— Não me olhe assim. A cidade não desmoronou em minha ausência. Talvez seja hora de os jovens começarem a tomar as decisões. Se Northbridge quer sobreviver, são essas as vozes que temos que ouvir.

— E eu não consigo pensar em ninguém melhor do que você para assegurar que isso aconteça — replicou Madeleine. — É você quem pode garantir que esta cidade seja um lugar seguro e feliz para todos.

— Eu volto se você presidir o conselho municipal. Prefeita Madeleine Edwards, até que soa bem.

— Você tem razão. Vou pensar nisso só por você. — Ela riu e depois baixou a voz até virar um sussurro. — Cicely me avisou que sua revista chegou, por sinal. Vou passar lá para pegar quando terminarmos aqui.

Arthur balançou a cabeça.

— Fique, continue conversando. Deixa que eu vou pegar.

Depois de pedir licença e sair da mesa, Arthur foi para a rua. Era só uma pequena caminhada rua acima na direção da banca de jornal. Ele apertou mais o cachecol de lã; ainda havia um frio desagradável no ar.

Arthur esperou os dois estudantes saírem, abriu a porta e entrou no calor do ambiente.

— Boa tarde, Arthur — disse Cicely com animação detrás do balcão. — Veio sozinho?

— Só passei para pegar minha revista. Madeleine disse que tinha chegado.

O rosto de Cicely se iluminou quando ela olhou debaixo do balcão para pegar a nova edição de *Vida Gay*.

— Está bem aqui. Eu não conseguia parar de sorrir quando vi!

Levemente confuso, Arthur pegou a revista da mão dela.

— Meu Deus! — exclamou ele, e seu queixo quase bateu no chão. Ninguém havia dito que ele ia sair na capa da revista.

— É incrível — disse Cicely. — Vou comprar uma cópia para você assinar!

Arthur continuou a encarar a capa, seu próprio rosto sorrindo de volta para ele. Ele esperava ter que folhear a revista toda para encontrar um pequeno artigo.

— Você está bem? Precisa se sentar?

— Ah, não. Nunca estive melhor. Só estou sem palavras.

Cicely riu e colocou uma segunda cópia da revista sobre o balcão e uma caneta preta sobre ela.

— Achei que você estivesse brincando!

Arthur riu, alternando o olhar entre Cicely e a caneta.

— Alguém de Northbridge na capa de uma revista? Isso deve ser histórico!

O rosto de Arthur doía de tanto sorrir enquanto assinava a capa com cuidado.

— Você precisa levar isso para casa e emoldurar, Arthur!

— Obrigada, Cicely. Acho que vou fazer isso.

Arthur voltou para o café da Cora deslumbrado.

De vez em quando, ouvia um transeunte o cumprimentando, sem dúvida achando que seu grande sorriso era para eles.

— Pai? — disse Elizabeth quando Arthur sentou-se de volta à mesa.

Todos haviam enchido as xícaras, estimulados pela chegada de Cora com um prato cheio de sobremesas que haviam sobrado.

— Acho que vou me dar um caramelo de presente — disse Arthur, alcançando o prato. — Só para comemorar.

Todos olharam para ele, confusos.

— O que você está comemorando? — perguntou Jack.

— Só estar na capa da revista *Vida Gay*!

Arthur ergueu a revista com orgulho para todos verem. Ele ficou com lágrimas nos olhos quando um coro de parabéns e aplausos surgiu ao redor da mesa.

— Que maravilha, pai!

Elizabeth estava radiante, pegando a revista e começando a folheá-la.

— Não é você o homem que não podia nem olhar para essa revista na banca no ano passado? — disse Madeleine, olhando para ele com um sorriso irônico. — Você evoluiu muito.

O coração de Arthur se encheu de alegria quando viu Jack ler a matéria. Não importava o que aconteceria depois. Ali, ele queria aproveitar cada instante.

CAPÍTULO 42
TEDDY

Horas se passaram enquanto Teddy caminhava sem rumo pela cidade. Sua cabeça estava girando. Havia apenas uma pessoa que ele queria ver no momento. Seus pés, presos nos sapatos de trabalho, estavam doendo. Ele soltou um suspiro de alívio quando, por fim, encontrou um banco de parque para se sentar. Havia ignorado um telefonema de Dylan, imaginando Ben contando que ele havia saído com raiva. Mesmo relutante, finalmente escutou a mensagem de voz. Dylan confirmou que as entrevistas para a vaga aconteceriam dali a alguns dias.

Sentiu outra pontada de tristeza. Finalmente competiria com Ben por um emprego em tempo integral no *Post*. Era por isso que tudo havia acontecido. Mesmo quando ele não queria admitir, era isso que ele desejava muito antes de colocar os olhos em Ben.

Teddy franziu a testa para o telefone quando ele começou a vibrar de novo em sua mão. Não era um número conhecido. Intrigado, ele atendeu.

— Alô?

— Oi, é o Teddy? Aqui é a Maya do *Good Morning Live*. — Teddy sorriu quando reconheceu a voz amigável do outro lado da linha.

— Oi, Maya. Como você está?

— Estou ótima, obrigada. Eu tentei te ligar no trabalho, mas me disseram que você estava fora. Ouça, queria te perguntar uma coisa, se você tiver um tempinho.

— É claro. É sobre o meu avô?

— Na verdade, é sobre você — disse ela. — Ficamos tão impressionados com você e como organizou todo o evento do Arthur. Mas, além disso, seu trabalho no *Post* tem sido ótimo. Há meses que o Dylan não para de te elogiar.

— É mesmo? — disse Teddy. Dylan não era muito de elogiar, então Teddy nunca soube o que ele achava de seu trabalho. — Então, em que posso te ajudar?

— Bem, estamos procurando um produtor de notícias júnior para trabalhar no programa e eu pensei que talvez você pudesse estar interessado. Se estiver, você pode vir até aqui para conversarmos melhor.

Teddy estava certo de que tinha ouvido errado.

— Você quer conversar *comigo*?

— É claro. Muita gente da equipe começou na imprensa escrita, em jornais ou sites. É preciso ter um bom faro para notícia e está bem claro que você tem isso.

— Não sei o que dizer, Maya... hum...

— Olha, venha conversar comigo na quarta-feira. Você não precisa dizer nem que sim nem que não agora.

Teddy continuou andando, sem parar para processar sua conversa com Maya. Aquilo podia esperar. A bateria de seu telefone tinha acabado, mas não importava. Ele não precisava de um aplicativo — seus pés o estavam levando exatamente para onde queria estar.

Ele parou e olhou para o prédio à sua frente. A porta se abriu quando um homem saiu apressado. Teddy segurou a porta antes de fechar. Não havia mais ninguém por perto quando ele entrou e pegou o elevador.

Ele sabia que ninguém ia atender, mas ainda assim bateu no número 74. Os ossinhos de seus dedos estavam vermelhos devido ao frio e arderam ao colidirem com a porta de madeira. Sem resposta. Ele poderia esperar. Afinal, não tinha que estar em nenhum outro lugar.

Ele encostou na porta e escorregou até o chão.

Teddy perdeu a noção do tempo enquanto esperava. Repassando a conversa com Maya na cabeça mais uma vez, ele não notou

Shakeel saindo do elevador e andando na direção dele, parecendo confuso.

— Teddy? Por que você está aqui? — perguntou ele. — Venha, me dê a mão.

Teddy pegou na mão de Shakeel e se levantou do chão.

— Eu tinha que te ver. Acabou tudo com Ben.

— É melhor você entrar, então — disse Shakeel, destrancando a porta.

Lá dentro, Teddy sentou-se no sofá, de repente sem saber ao certo como explicar tudo o que havia acontecido. Ele observou em silêncio enquanto Shakeel preparava duas canecas de chá.

— Por que você não está no trabalho? — perguntou Shakeel, entregando-lhe a bebida quente.

— É, eu meio que não me preocupei com o trabalho hoje. Passei o dia andando.

— Andando?

— Até chegar aqui. Eu precisava te ver.

Shakeel o analisou, franzindo a testa.

— Eu ando meio confuso há semanas, talvez até meses, tentando entender o que estava acontecendo com você. Eu não me dei conta do porquê estava focando tanto isso. Depois aconteceu tudo aquilo no fim de semana... foi como se de repente fizesse sentido. Eu e você.

Shakeel parecia estar prendendo a respiração.

— Ben pode cair fora — disse Teddy. — Nada disso teria acontecido se eu tivesse te escutado, Shak. Você estava certo em não confiar nele.

Shakeel ficou olhando para ele, mas Teddy levantou a mão antes que ele tivesse a chance de responder.

— Antes que você diga qualquer coisa, eu só quero que saiba que não vim até aqui para te colocar em uma situação desconfortável. Não espero nada de você, mas tenho que ser sincero. — Teddy colocou a caneca sobre a mesa de centro. — Demorei tanto para aceitar por que me importei de você ter me beijado. Você é a pessoa a quem recorro para tudo. Mas como posso vir até aqui e te dizer que acho que gosto de você sem querer estragar tudo o que você tem com Simon?

Shakeel apoiou a cabeça entre as mãos.

— Não tem Simon nenhum — disse ele, finalmente tirando as mãos do rosto. — Não tem namorado nenhum.

Uma onda de alívio percorreu o corpo todo de Teddy. Eles ficaram se encarando. Então, inesperadamente, os dois caíram na gargalhada.

— Ai, meu Deus, Teddy. Não acredito que estou admitindo isso. Eu menti porque estava com inveja. Estava com inveja de Ben.

— Você poderia ter falado comigo, Shak. Você nunca falou nada!

— E quando eu poderia ter falado? Quando é o momento certo de dizer ao seu melhor amigo que você quer mais? Que não consegue parar de pensar nele. Que, quando está com ele, só quer poder pegar em sua mão.

Os olhos dele se encheram de lágrimas enquanto falava.

— Você sempre foi minha pessoa, Shak. Quando meu pai morreu, você me apoiou como mais ninguém.

— Eu te apoio porque quero apoiar, porque quero ser essa pessoa para você quando passar por todas essas coisas. Mas também quero ser a pessoa para quem você volta para casa no fim do dia. Te amar partiu meu coração tantas vezes, mas eu continuei voltando porque não posso me afastar e saber que você está por aí em algum lugar, e não comigo.

— Eu quero estar com você — disse Teddy, estendendo as mãos para pegar as de Shakeel. — Você estava na minha frente esse tempo todo e eu não enxerguei. Não me dei conta de como você é uma parte importante da minha vida. Porque sou sempre o último a perceber as coisas.

Shakeel mexia na manga do suéter. Ele começou a sacudir a cabeça.

— Mas por que agora, Teddy? Desculpe perguntar, mas só quero ter certeza de que estamos falando da mesma coisa antes de arriscarmos nossa amizade de novo.

Teddy fechou os olhos.

— Nos últimos meses — disse ele. — Eu estava tão distraído, tão envolvido em tentar entender por que alguma coisa tinha mudado para você, que não percebi que tinha mudado para mim também. Eu estava perdido, tentando equilibrar Ben e o trabalho. Tudo o que aconteceu colocou as coisas em perspectiva. Foi como se a névoa tivesse se dissipado. É por isso que estou aqui, Shakeel. Vou fazer todo o possível para te provar que é você que eu quero. O filhinho da mamãe está tomando uma decisão.

Shakeel olhou para ele, confuso.

— Ele me chamou disso hoje. Por que você não me contou quando ouviu ele dizer isso no barco?

— Eu não ouvi — admitiu Shakeel. — Eu estava tirando fotos com o celular dele e apareceu uma mensagem daquele cara, Connor. Ele te chamou disso.

— Você devia ter me contado, Shak. Eu o teria confrontado.

Shakeel estava balançando a cabeça.

— Até parece. Você teria acreditado em mim se eu te contasse? Eu estava bêbado. Nem sabia direito se eu tinha inventado.

— Nada disso importa. Estamos aqui agora.

Shakeel sorriu para ele. Ele pegou sua mão, puxando Teddy para mais perto até os narizes se tocarem. Teddy sentiu o hálito de Shakeel em seu rosto, fechando os olhos assim que sentiu os lábios se tocarem. Shakeel colocou a mão em seu peito, depois o empurrou para trás até ele estar deitado no sofá. As bocas não se separaram enquanto Shakeel se inclinava para a frente, deitando o corpo todo sobre ele como se fossem blocos de montar.

— Ai! — gritou Teddy.

— O que foi?

Shakeel afastou a boca para olhar ao redor.

— Seu joelho. Eu meio que quero manter as minhas... — Ele apontou para baixo.

— Desculpe, me deixe te compensar.

Teddy sentiu uma palpitação no peito quando Shakeel começou a desabotoar sua camisa, abrindo-a. Ele parou para desabotoar e tirar a própria camisa e a jogou para trás. Ela bateu na luminária sobre a mesa, fazendo-a balançar e se espatifar no chão.

— Eu detesto essa luminária mesmo — Shakeel disse, puxando Teddy para mais perto dele.

Eles já tinham se visto sem camisa antes, mas Teddy não conseguia deixar de olhar para o peito de Shakeel como se fosse a primeira vez. Colocou as mãos em seus ombros largos e começou a acariciá-los. Seus dedos se movimentavam pela pele macia de Shakeel com facilidade. Shakeel o beijou de novo, gemendo baixinho quando as línguas se tocaram. Teddy sentiu o corpo todo tremer quando a pele nua se uniu pela primeira vez.

Ele viu a tela do telefone se acender e logo ouviu o aparelho vibrar sobre a mesa de madeira.

— Shak. Shak, seu telefone.

— Deixa para lá.

Os lábios quentes de Shakeel estavam pressionados junto ao seu pescoço.

— Ainda está tocando, Shak.

— Tudo bem. — Ele suspirou, saindo de cima de Teddy e alcançando o telefone.

Teddy o observou atender, sentando-se quando o sorriso de Shakeel desapareceu.

— Sim, ele está comigo. Por quê, o que aconteceu?

Ele sentiu seu corpo começar a tremer. Não conseguia falar quando Shakeel desligou e segurou suas mãos.

— Temos que ir. É o seu avô.

CAPÍTULO 43
ARTHUR

Só haviam se passado três horas e Arthur já estava desesperado para sair da cama e voltar para casa. Ele balançou a cabeça, irritado por ter ido parar no hospital. Havia insistido para Oscar não chamar uma ambulância quando ele começou a se sentir mal depois da caminhada que fizeram à tarde, mas Oscar havia olhado para o rosto pálido do amigo e decidido ignorá-lo. Agora Arthur estava em uma situação complicada. Não podia mais evitar a verdade. Com relutância, tinha concordado em deixar Madeleine contar à família.

— Por favor, não faça drama — insistiu. — Eles vão saber que vou ter que operar e vão entrar em pânico.

O quarto não era chique, mas pelo menos era particular. Ele já tinha passado tempo mais do que suficiente nesses quartos ao longo dos últimos três anos.

Seu especialista havia explicado que havia várias opções disponíveis para ele, incluindo uma prostatectomia radical, que removeria a próstata e os tecidos ao redor.

Após uma noite sem dormir, ele tinha concordado com o procedimento. Não haveria segredos desta vez, ele não esconderia a verdade daqueles que o amavam. Estava lutando contra a doença por todos eles. Por Jack.

Como já era esperado, Elizabeth e Teddy foram os primeiros a chegar. Elizabeth não disse nada antes de correr para o seu lado e abraçá-lo.

— Eu pago um hospital particular, pai. Não vamos arriscar — insistiu ela um pouco depois. E não largou a mão de Arthur. — Vou marcar uma consulta o mais rápido possível.

Arthur não se deu ao trabalho de argumentar. Elizabeth precisava sentir que podia fazer alguma coisa para ajudá-lo. Depois dos últimos acontecimentos, ele estava feliz de ela estar ao seu lado.

— Mas você tem que pegar leve — continuou. — Pode estar só se sentindo um pouco fraco e cansado hoje, mas não podemos correr o risco de isso acontecer de novo.

Madeleine trouxe Oscar em seguida, que abriu um sorrisinho para ele. Arthur pôde ver que seus olhos estavam vermelhos de tanto chorar, não podia ficar zangado com ele. Sabia que ele tinha feito a coisa certa chamando a ambulância.

— Vou voltar para casa para resolver algumas coisas. Teddy, você quer uma carona? — perguntou Madeleine, vestindo o casaco.

— Sim, por favor — respondeu Teddy. — Por favor, tente descansar um pouco, vô. Eu te vejo amanhã de manhã.

Oscar e Elizabeth estavam conversando quando Arthur acordou de uma rápida soneca. Ele forçou os olhos devido à luz fluorescente.

— Vocês dois não têm casa?

— Ah, ele acordou e já está pronto para reclamar de novo — Oscar riu. — Como está se sentindo? Precisa de um enfermeiro?

— Não, não, estou bem — insistiu ele. — É só que tudo isso... é um lembrete, não é? De como as coisas são frágeis. Um minuto você está aqui, no outro não está mais. É como se a vida ficasse tentando me dizer isso.

— O que você acha que precisa fazer?

— Não sei. Eu me assumi. Essa era para ser a maior mudança da minha vida. Fiz *wing walking*, completei oitenta anos... Jack voltou... isso não era parte do plano.

— Existe um plano? Você poderia ter me contado sobre ele.

Arthur franziu o cenho, mas depois não conseguiu se conter quando Oscar sorriu para ele.

— Eu sempre pensei que seria feliz finalmente dizendo em voz alta: sou um homem gay. Com Madeleine e meus filhos me aceitando e me amando. Teddy e as meninas poderiam ter orgulho de seu velho e bobo avô. Depois você chegou e eu pude ver que existe muito mais na vida, mesmo na velhice.

— Eu tenho esse efeito nas pessoas — disse Oscar, convencido.

— E Jack nem fazia parte da equação. Ele era uma lembrança, uma lembrança dolorosa, mas feliz. Eu poderia viver o resto dos meus dias esperando que ele sentisse orgulho de mim por finalmente ser quem eu sou.

— Ele vem te ver? Achei que ele estaria aqui.

— Não — Arthur suspirou. — Pedi para Madeleine dizer a Cora que não o preocupasse. Eu o vejo quando sair deste lugar. Outro motivo para eu não ficar perdendo tempo aqui.

— Ainda não consigo acreditar que ele está aqui, Arthur.

— Eu sei. É a melhor coisa que poderia ter acontecido. Mas tê-lo aqui em Northbridge é como voltar a ter 25 anos, esperando tudo dar errado.

Arthur estava agitado. Ele tentou se levantar da cama.

— O que você está dizendo, Arthur?

— Não posso deixar Jack ir. Não de novo.

— Ele pode ficar?

— Não sei. Não perguntei.

— E o que você está esperando? Por que está aqui parado, me contando isso.

— Eu...

— Fale com ele! — Oscar disse, endireitando-se na cadeira. — Vamos, Arthur. Na nossa idade, sabemos como é. A vida não é cheia de finais felizes, mas se você tiver uma chance, mesmo que seja mínima, de ter o seu, você precisa agarrá-la. Pare de esperar as outras pessoas fazerem as coisas acontecerem por você.

Arthur encarou o amigo.

Oscar suspirou.

— Só tenho o prazer de te conhecer há poucos meses, Arthur Edwards, mas até eu percebi que você se coloca em último lugar.

Você sente tanta culpa por querer viver sua vida que se certifica de que todos estejam felizes antes de pensar em considerar a si mesmo. Jack estava por aí esse tempo todo, mas você não quis arriscar procurar por ele. Mesmo depois de todos esses anos, você não achou que merecia. Agora ele está aqui e você ainda é aquele jovem determinado a colocar a felicidade de todo mundo acima da sua. Bem, não se eu puder evitar. Se pudesse te tirar desta cama, eu mesmo te levaria até ele.

— Não vai ser necessário — disse Elizabeth, com os olhos iluminados.

— Eu não ia fazer isso de verdade...

— Pai, você precisa descansar esta noite, mas eu vou te levar até o Jack. Amanhã no primeiro horário. Assim que sairmos daqui.

— Você não precisa fazer isso, Lizzy.

— Sem discussão, pai. Você vai até lá dizer ao homem que ama que não quer perdê-lo novamente.

 ∽

Eles estavam esperando no sinal vermelho, a poucos minutos da casa de Cora, onde Jack estava hospedado. Elizabeth tamborilava sobre o volante, impaciente, murmurando consigo mesma enquanto esticava o pescoço para olhar para o semáforo.

— Isso é ridículo, não deveria demorar tanto.

Ela suspirou.

— Tudo bem, querida, não tem pressa.

— Eu sei, mas é tão frustrante.

— Tem certeza de que quer fazer isso, Elizabeth? Ontem à noite, eu falei sério quando disse...

— Pai, você não tem que me perguntar isso — disse ela, finalmente tirando os olhos do semáforo. — Você merece isso. Só se passaram alguns dias e eu já consigo ver a diferença que fez ter o Jack aqui.

— E se ele estivesse aqui o tempo todo?

— Seria incrível, mas, por favor, não fique muito esperançoso, pai. Eu não quero que fique magoado se ele não puder ficar.

— Já nos despedimos uma vez. Nunca vai doer tanto quanto doeu.

— Pai, se eu soubesse, nem que fosse só um pouco, do que você passou naquela época...

— São águas passadas.

— Não são, pai. É a sua vida. É a vida do Jack. A dor que vocês passaram. Eu não parei para pensar em nada disso. Agora você tem essa chance, Jack tem essa chance, por que algum de nós atrapalharia isso?

Arthur tirou um lenço do bolso e entregou a ela.

— Obrigada, pai — ela disse, secando os olhos. — Eu tive uma segunda chance com Ralph e era a última coisa que eu esperava depois que Harry morreu.

— Eu te devo uma desculpa pela forma com que lidei com seu relacionamento com Ralph, Elizabeth. Não seria justo da minha parte fingir que não fiquei chocado, ou preocupado em você levar alguém novo para a vida das crianças, mas você sabia o que era melhor para você. Desculpe ter colocado minhas preocupações acima de sua felicidade.

— Obrigada, pai, fico feliz com isso. Você recebeu Ralph em seu coração e eu posso fazer o mesmo por Jack.

O carro que esperava atrás deles buzinou alto; o sinal tinha ficado verde.

Eles pararam em frente à casa de Cora vários minutos depois. O imóvel era coberto por uma densa quantidade de hera. Arthur respirou fundo. Ele não havia ensaiado o que ia dizer.

— Não se preocupe, você vai saber o que precisa dizer quando estiver com ele — Elizabeth disse.

Ela se inclinou no assento e deu um beijo no rosto de Arthur, depois limpou a mancha de batom vermelho em sua bochecha.

— Agora vá. Vou ficar aqui esperando. Boa sorte, pai.

Cora, sorridente, abriu a porta para Arthur.

— Estou tão feliz por você estar bem, Arthur — disse ela, abraçando-o com força. — Eu disse que você não estava se sentindo muito bem ontem à noite, então ele não sabe de nada.

Ela o acompanhou até a pequena sala de estar onde Jack assistia a um programa vespertino de perguntas e respostas.

— Vou lá fora conversar com Elizabeth — disse ela. — Chamem se precisarem de alguma coisa.

Jack estava esperando por Arthur quando ele entrou.

— Achei que tinha ouvido sua voz. Como está se sentindo? — perguntou ele com a voz repleta de preocupação.

— Estou bem. Desculpe por ter precisado cancelar ontem. Não, não, por favor, não se levante.

Ele se sentou no sofá ao lado de Jack. Sabia, pelo café, que Cora amava flores, mas nunca imaginou que fosse possível ter tantas estampas florais diferentes em um cômodo tão pequeno.

— Desculpe vir sem avisar, eu deveria ter telefonado para Cora e perguntado antes.

— Aconteceu alguma coisa?

— Na verdade, aconteceu, e é por isso que estou aqui.

Ele sentiu o peso dos olhos de Jack sobre ele, esperando que continuasse. Sabia que tinha que falar agora, ou poderia não dizer nunca mais.

— Não quero que você vá embora de Northbridge de novo.

Arthur não conseguia olhar para Jack. Ele não queria ver o olhar nos olhos dele, nem vê-lo tentando encontrar as palavras para explicar que não tinha escolha além de voltar para casa.

— Arthur...

— Eu sei — disse Arthur rapidamente. — Desculpe por despejar isso sobre você.

— Arthur, isso é tudo o que eu precisava ouvir.

Arthur levantou os olhos. Um sorriso se abria no rosto de Jack.

— Você está dizendo...

— É claro que quero ficar. Eu queria ficar cinquenta anos atrás. Queria te visitar todos os dias, depois de cada história que ouvia de Cora. Você e esta cidade fizeram parte de minha vida mesmo quando eu não estava aqui.

— Você vai mesmo ficar?

— Se você quiser, não há nenhum outro lugar em que eu gostaria de estar. Só precisava ter certeza de que você sentia o mesmo, de que eu não estava impondo minha presença na vida que você construiu.

— Jamais estaria. Você deveria ficar aqui, comigo.

— Já falei com Cora sobre me mudar para cá.

— Ah, bem, é uma boa ideia.

— Você tem outra sugestão? — perguntou Jack, vendo o sorriso de Arthur desaparecer.

— Eu ia dizer que, se você quisesse, e depende completamente de você... que você poderia ficar na minha casa.

— Está me pedindo para morar com você, Arthur Edwards?

— Se prometer não me obrigar a assistir TV durante o dia, sim.

Jack sorriu e colocou a mão no rosto de Arthur.

— Não vou precisar de distrações quando estiver com você.

CAPÍTULO 44
TEDDY

— Não posso acreditar que vocês dois finalmente vão fazer isso!

Lexie sorriu para Teddy e Shakeel. Eles tinham se reunido em volta de uma pequena mesa na varanda de um bar perto do trabalho de Lexie.

— Não acredito que demorei tanto... eu estava tão distraído.

— Nós sabemos — falou Lexie, brincando enquanto Shak sorria para ele.

— Bem, eu tenho alguns dias de folga, então posso me preparar para essa bendita entrevista sem ter que encarar *ele*.

— Você ainda quer trabalhar no jornal?

— Só preciso ver o que Maya diz e tentar entender as coisas.

Teddy ainda não fazia ideia do que realmente queria. Só de pensar nisso, sua cabeça latejava. Ele nunca havia considerado trabalhar na televisão, mas tinha amado visitar o estúdio com Arthur. A agitação de estar naquele ambiente todo dia era empolgante. Por mais que ele tivesse gostado de trabalhar no *Post*, sempre seria o emprego que sua mãe conseguiu para ele. Isso... isso podia ser algo novo.

— Acho que você sabe o que quer. Eu vi no seu rosto quando me contou sobre a Maya — disse Shakeel. — Você nunca tem esse brilho nos olhos quando fala do jornal.

— Não deixe minha mãe ouvir você dizendo essas coisas.

— Falando nisso, como está sua mãe com os novos arranjos propostos? — perguntou Lexie, tirando os olhos do cardápio de sobremesas.

— Você está falando do meu avô e do Jack?

— Não acredito que eles vão morar juntos depois de todos esses anos. É tão romântico!

— Sinceramente, é como morar com uma pessoa diferente. Como se ela tivesse acordado um dia e tudo fizesse sentido na cabeça dela. Eu não ficaria surpreso se ela arrastasse os dois para a parada do orgulho este ano.

Todos riram enquanto o garçom levava três xícaras de café para a mesa.

— É bom vocês terem um quarto a mais para mim quando forem morar juntos.

— Estamos indo devagar por enquanto — Teddy disse, olhando para Shakeel em busca de confirmação.

Ele fez que sim com a cabeça, dando um tapinha na perna de Teddy.

— Eu nunca te agradeci direito, Lex — disse Shakeel. — Mesmo quando eu estava chorando no telefone no meio da noite, você nunca me disse para calar a boca.

— O que posso dizer? — Lexie sorriu. — Sou uma romântica! Vocês dois são perfeitos um para o outro. Eu soube desde que conheci Teddy e vi vocês dois juntos.

— Nossa, obrigado, você poderia ter nos avisado!

— Mas não adiantaria. Não tem como apressar essas coisas — disse Teddy. — Veja meu avô e Jack. Eles se reencontraram depois de todos esses anos.

— Hum, espere um pouco. — Shakeel sorriu para ele, levantando a mão para silenciar Teddy. — Sei que concordamos em ir devagar, mas não vou esperar cinquenta anos por você.

Teddy recostou na cadeira. Ele queria aproveitar esses momentos com Shakeel e Lexie. Quase havia deixado seus medos atrapalharem algo bom de novo, mas, apesar de tudo, estava onde queria estar. Não conseguia parar de sorrir. Não havia mais nada a temer agora.

Maya aguardava Teddy na recepção. Ela seguiu na direção dele para apertar sua mão assim que ele passou pelas portas giratórias.

— Muito obrigada por ter vindo, Teddy — disse ela. — Vamos tomar um café e eu te conto tudo.

Eles subiram um lance de escadas até um pequeno refeitório onde o barista anotou seus pedidos. Com as bebidas na mão, eles se sentaram a uma mesa vazia. Teddy a escutou explicar os detalhes gerais do trabalho.

— Todos ficaram muito impressionados com você e com a cobertura que conseguiu para o seu avô. Você fez tudo aquilo acontecer. Não são muitas as pessoas que podem dizer que organizaram um evento beneficente que arrecadou mais de cem mil libras, principalmente na sua idade.

Teddy sentiu as bochechas ficando vermelhas quando aceitou o elogio.

— Obrigado. Acho que nenhum de nós dois imaginou o quanto tudo aquilo ficaria grande quando meu avô teve a ideia inicial. As coisas meio que progrediram a partir de uma materiazinha que escrevi para o site.

— Mas é disso que se trata, Teddy — disse Maya, com os olhos repletos de empolgação. — Você teve olho para a história, e é isso que queremos. Este trabalho significa estar atento a grandes histórias e compreender o que poderia interessar a nossos telespectadores, mas acho que você já entendeu isso.

— É muito legal da sua parte dizer isso — afirmou Teddy. — Parece uma oportunidade incrível, e eu amo trabalhar aqui na cidade.

— Ah, eu achei que tivesse mencionado isso. Não mencionei? Desculpe, Teddy, essa vaga é para a equipe do nosso escritório no norte.

— Desculpe? No norte?

— Sim, estamos expandindo a equipe para o norte. Você trabalharia com pessoas ótimas.

Seu coração afundou quando a decepção tomou conta de seu corpo. Era bom demais para ser verdade. Como ele poderia considerar um emprego que o afastaria de sua família, de Shakeel?

— Desculpe, eu achei que tinha dito isso a você.

— Não, você deve ter dito e eu não prestei atenção.

Ele não queria deixar as coisas mais constrangedoras. Sabia que sua expressão tinha mudado ao ouvir o que ela dissera.

— Sei que parece um pouco assustador e seria uma grande mudança, mas você é jovem e tem uma carreira inteira pela frente. Por favor, pense com carinho. É uma oportunidade incrível que não aparece todo dia.

— Eu compreendo, e fico muito feliz por terem pensado em mim.

— Ótimo. Você se encaixaria muito bem na equipe de lá. Andei te elogiando para o pessoal. Deve haver uma ou duas conversas formais, mas, sinceramente, se você quiser, é só dizer que vamos acelerando as mudanças. Acelerando a sua mudança!

Teddy forçou uma risada entusiasmada da forma que pôde.

— Me ligue assim que possível — disse Maya, seguindo para o andar de cima.

Parecia que seu corpo estava grudado na cadeira, como se o estivesse fazendo de refém até ele tomar sua decisão, ali, naquele momento. Tudo parecia perfeito. Ele havia sentido a empolgação borbulhando em seu interior quando Maya lhe contou sobre o emprego. Se ela não tivesse jogado aquela bomba, ele quase teria considerado aceitar no mesmo instante. Mas agora seu estômago revirava quando ele se deu conta de que precisava voltar para casa e terminar de se preparar para a entrevista no *Post* no dia seguinte. Poderia ser sua única opção.

Por mais que Teddy tentasse se concentrar na entrevista, não conseguia parar de pensar no emprego na TV. Ele tentou se livrar da sensação de ansiedade na boca do estômago. Não deveria nem estar considerando. Como poderia considerar sair de Northbridge agora? Como poderia dizer a Shakeel até mesmo que pensou nisso? Não. O *Post* era onde ele precisava estar. Todos estavam certos de que a vaga seria dele, afinal.

— Me conte tudo, então. Quando você começa?

O rosto de Shakeel apareceu na tela mais tarde, quando ele ligou depois do trabalho.

— Ela é um amor e o trabalho parece ótimo, mas acho que não é para mim ainda. Preciso pensar a respeito.

— Mas você não disse que era uma grande oportunidade? Não está duvidando de si mesmo, está?

— Sei lá. Olha só, eu vou me concentrar em amanhã e fazer o meu melhor.

Teddy sentiu um aperto no peito quando Shakeel franziu a testa diante do desânimo em sua voz.

— Quer treinar para a entrevista hoje à noite?

— Não, está tudo certo. É melhor eu dormir bem.

Não adiantava nada explicar sobre o outro trabalho ainda. Ele não queria ter aquela conversa. Shakeel talvez nunca precisasse saber o motivo de ele o estar recusando. Mas, mesmo quando ele fechou o laptop e foi para a cama, sabia que seria uma noite longa e agitada.

Teddy nunca havia estado no décimo quinto andar do prédio. Ele olhou ao redor quando saiu do elevador. A disposição era exatamente igual ao décimo terceiro, à exceção das grandes salas de reunião que ocupavam todo o lado direito do andar. Ele deu de cara com Dylan saindo de uma delas.

— Como está se sentindo? — perguntou Dylan.

— Estou bem, obrigado. Fiz o possível para me preparar.

— Não se preocupe, eles não vão querer te induzir ao erro. Esses caras não são burros, não vão perder a chance de contratar o filho de Elizabeth Marsh.

— Ah, certo.

A sensação familiar de terror o atingiu bem no meio do peito. A entrevista não era por ele. Era por sua mãe.

— Aposto que já estão preparando o contrato. É melhor eu ir, estou atrasado de novo. Falo com você depois.

Teddy ficou remoendo as palavras de Dylan. A vaga era dele? Dylan estava tão confiante no que havia dito. Será que tinha ouvido alguma coisa ou só estava fazendo suposições por saber quem Teddy era? As duas opções o faziam querer correr para se esconder no banheiro. Ele não queria a vaga assim. Tinha passado meses tentando provar que era um bom profissional, tentando sair da sombra de sua mãe e mostrar que fazia jus à vaga por mérito próprio.

— Edward? Você já pode entrar.

As pernas de Teddy tremiam quando entrou na sala de reunião. Não reconhecia nenhuma das pessoas que esperavam por ele do outro lado da mesa.

— Obrigado por vir, Edward — disse o homem quando ele se sentou. — Ouvimos muitas coisas ótimas sobre o seu trabalho.

— Obrigado. Tem sido uma grande oportunidade trabalhar aqui e aprender com Dylan.

— Alguma coisa sobre o dia a dia te surpreendeu?

— Acho que a liberdade de trabalhar para várias editoras e aprender com todos. Eu gostei muito de poder...

Teddy os encarava. Sua mente esvaziou. Ele não sabia como terminar a frase. Pensou nas experiências que tivera nos últimos meses. Ben sempre ficava empolgado com cada oportunidade que o trabalho lhe oferecia, fosse escrever matérias para o site ou entrevistar uma celebridade que ele amava. Teddy sabia o que precisava fazer.

— Edward? — A expressão do homem era de confusão.

— Desculpe. Eu só estava me perguntando... por que vocês querem me contratar?

— Como? — A mulher falou pela primeira vez. Sua voz preencheu a sala pequena.

— Por que eu? Vocês viram o que eu fiz desde que cheguei aqui. Quero ter certeza de que essa é uma entrevista de verdade e não uma formalidade.

— Nós não estamos aqui para...

— É por causa da minha mãe? É por isso? Fico grato se for, sei que ela ama este jornal, mas não quero que esse seja o motivo de eu conseguir o trabalho.

Eles estavam boquiabertos. O coração de Teddy estava acelerado. Ele não conseguia acreditar no que estava dizendo.

— Se continuarmos com a entrevista, vamos chegar ao seu trabalho — disse a mulher.

— Acho que não precisamos.

Eles o encaravam sem expressão. Teddy sabia o que seu coração lhe pedia para fazer.

— Sei que existem outros estagiários, mas vocês deveriam dar essa vaga para Benjamin King — declarou ele. — Ele ama este lugar. Quase tanto quanto minha mãe. Esse emprego significa tudo para ele, e ele é bom no que faz. Tipo, muito bom mesmo.

— Você não quer o emprego para o qual está sendo entrevistado neste exato momento?

Os dois entrevistadores se entreolharam, completamente espantados.

— Desculpem, eu não tive a intenção de fazer vocês perderem tempo. Eu não esperava fazer isso, mas, sentado aqui, estou me dando conta de que, mesmo eu sendo bom nisso, meu coração não está aqui. Eu não deveria tirar a vaga de alguém que a deseja. E Ben deseja muito isso. Sei mais do que qualquer um.

— Não sei o que dizer, Edward. Ninguém nunca desistiu no meio de uma entrevista — falou a mulher, colocando a caneta sobre o bloco de notas à sua frente.

— Acho que é melhor eu ir, então. Obrigado por me receberem e pela oportunidade, eu realmente agradeço.

Teddy se levantou e saiu, fechando a porta. Seu corpo estava tremendo. Ele apoiou a cabeça entre as mãos. Parecia que um enorme peso tinha sido tirado de seus ombros. O choque do que havia feito começava a atingi-lo.

— Oi.

— Ele tirou as mãos do rosto e viu Ben o encarando.

— Olá — disse.

— Já terminou a entrevista?

— Já, não foi tão ruim. Eles são legais.

— Ah, certo, isso é bom. Eu quase não vim hoje. Estou um pouco nervoso.

Ben ficou olhando para o chão, como se estivesse constrangido por admitir seu nervosismo em voz alta para seu rival.

— Não fique — Teddy disse a ele. — Lembre-se, você é muito bom nisso e eles teriam sorte em te contratar. Você quer esse emprego, não quer?

Ben o observou atentamente, parecendo ao mesmo tempo confuso e cauteloso.

— Não sei mais. Não estou orgulhoso do que eu fiz. Não sei bem se pertenço a este lugar. Acho que meus pais estavam certos, sabe.

— Não, não estavam. Você quer isso. Aprenda com seus erros e seja o grande jornalista que sei que pode ser.

— Por que está sendo tão legal comigo?

— Obrigado. — Teddy riu. — Você entrou na minha vida no momento certo e ajudou a me empurrar para direção certa, Ben. Nunca vou esquecer isso.

— Obrigado, Teddy. Sei que é mais do que eu mereço, depois de tudo.

— Talvez, mas seu artigo fez meu avô e Jack ficarem juntos de novo — disse Teddy enquanto duas mulheres se espremiam para passar entre eles e entrar no elevador. — Se ele não está chateado, como posso estar? Você fez o que sentiu que precisava fazer pelo trabalho. Eu concordo com isso? Não. Mas não te odeio por isso.

— Benjamin? — O líder dos entrevistadores apareceu atrás da porta. Ele fez um sinal com a cabeça para Teddy e desapareceu de novo.

— É melhor eu ir — disse Ben, esfregando as mãos.

— Boa sorte, independentemente do que decidir. Lembre-se, eles terão muita sorte de ter você, Ben, e não o contrário. Não deixe que te desvalorizem.

Ben lançou a ele um último olhar confuso e entrou na sala. Teddy nem se deu ao trabalho de ficar. Mal podia esperar para sair dali.

Elizabeth cruzou os braços diante do peito. Teddy conhecia bem aquela postura. Era como ela tirava um instante para se recompor depois de ouvir algo chocante. Ela jogou a cabeça para trás e olhou para o teto da cozinha, suspirando alto.

— Não sei o que vamos fazer com você, Edward.

— Então você não está chateada?

Ela baixou os olhos para olhar para ele, inclinando a cabeça.

— De que adianta ficar chateada? Você se conhece melhor do que eu. Você tomou sua decisão. Sei que só posso te empurrar até certo ponto antes que você se responsabilize pelas próprias questões. Estou orgulhosa de você por fazer isso, pelo menos.

Teddy quase quis se beliscar para garantir que estava ouvindo aquilo mesmo. Sinceramente, ele esperava que ela gritasse com ele, até mesmo o expulsasse de casa de novo.

— Para dizer a verdade, mãe, achei que você fosse ficar furiosa.

— Você tem quase 22 anos, Edward. Não posso segurar na sua mão a vida toda, por mais que eu queira. Quero que você seja feliz e fique satisfeito, que ame o que fizer da mesma forma que eu amo. Nunca se esqueça de que você dá orgulho a mim e ao seu pai.

— Obrigado, mãe. Isso significa muito para mim. O que acha que devo fazer em relação a Maya?

— É uma decisão que só você pode tomar. Estou aqui para te apoiar, seja como for, mas, se for uma oportunidade que não quer mesmo deixar passar, você deve a si mesmo agarrá-la com as duas mãos.

— Mas e...

— Eu sei — Elizabeth disse em voz baixa. — Converse com Shakeel. Explique a situação. Eu sempre soube que você estava destinado a coisas maiores e melhores que Northbridge, Edward. Talvez seja hora de abrir as asas.

Teddy tinha muito em que pensar quando foi para a cidade aquela noite. Sua mente ainda estava acelerada quando ele bateu na porta do número 74.

— Você chegou cedo! Fiquei surpreso quando tocou o interfone — disse Shakeel.

— Não quero ter a reputação do meu tio Patrick. — Teddy riu, fechando a porta. — Ele vai chegar atrasado no próprio enterro.

— Eu pedi comida faz pouco tempo, então espero que não esteja com muita fome — disse Shak.

— Não estou. Na verdade, isso nos dá tempo de conversar antes.

— Afe, isso é uma coisa que ninguém quer ouvir — disse Shakeel, arrumando a almofada na poltrona antes de se sentar.

— Eu recusei o emprego no *Post* — disse Teddy, sem rodeios. — Antes que você pergunte o motivo, preciso te contar sobre Maya e o emprego que me ofereceram no *Good Morning Live*.

Shakeel ouviu Teddy explicar tudo sobre a oferta de Maya e sobre ter decidido, no meio da entrevista, recusar a vaga no *Post*.

— Quando você vai embora, então?

Teddy quase gargalhou com a brusquidão com que Shakeel fez a pergunta.

— Muito engraçado.

— Você não vai recusar essa vaga, Teddy.

— Mas...

— Nem pense nisso. Não me use como desculpa para não aceitar esse emprego.

— Não é desculpa, Shak.

— É sim — afirmou Shakeel. A frustração em sua voz só aumentava. — Vamos, nós nem sabemos ainda o que isso é. Você não pode arriscar uma oportunidade como essa por uma coisa que pode nem dar certo.

— Mas não deveríamos pelo menos tentar?

— Você não deveria pelo menos tentar o emprego?

Teddy apertou a almofada contra o rosto e soltou um grito frustrado.

— Eu odeio isso — gritou. — Por que não podia ser aqui? Por que as coisas não podiam ser simples pelo menos uma vez?

— A vida é isso, Teddy. Talvez seja melhor assim.

— Do que está falando? Como assim?

— Veja desta forma: talvez esse emprego tenha aparecido para nos impedir de arruinar nossa amizade. Talvez nada disso fosse funcionar, mas agora podemos ficar na vida um do outro.

— Como você pode estar tão tranquilo com isso, Shak?

— Eu tive que ficar, lembra? Toda vez que achava que meu coração estava se partindo por você, dizia a mim mesmo que era apenas o caminho em que eu estava e que aquilo estava acontecendo por um motivo. Tudo tem que acontecer por um motivo, certo? Bom e ruim. Contanto que continuemos fazendo parte da vida um do outro...

— Não sei o que vou fazer sem você — disse Teddy, sentindo os olhos começarem a arder.

— Sem mim? Você não ouviu o que eu disse? Eu vou te visitar. Você vai voltar para cá sempre que puder. Ainda vamos conversar o tempo todo. Esse é só mais um capítulo.

Teddy sentiu Shakeel pegar na sua mão e puxá-lo do sofá. Ele o envolveu com os dois braços e o abraçou. Eles ficaram assim, em silêncio, por vários minutos.

— Você sabe que Lexie vai querer te visitar lá no norte todo fim de semana, não sabe?

— Ah, eu sei. Ela deve estar organizando a própria mudança para lá em seguida.

A ideia acometeu Teddy assim que ele disse. Ele pegou na mão de Shakeel, empolgado.

— Se mude! — ele disse.

— O quê?

— Venha comigo, more comigo.

Shakeel estava olhando para ele sem expressão. As mãos de Teddy tremiam.

— Eu entendo tudo isso que você está dizendo, mas não posso fazer nada disso sem você.

— Teddy, espere...
— Por favor, venha comigo — disse ele. — Não posso fazer isso sem você. Eu te amo, Shakeel.

CAPÍTULO 45

Três meses depois

— Vamos vô! Se apresse!

Teddy suspirou e ficou andando de um lado para o outro no corredor, olhando no relógio a cada trinta segundos. Ele parou para se olhar no espelho e arrumou a gravata. Sua mãe jamais toleraria uma gravata torta, principalmente no dia de seu casamento. Seu estômago revirava. Meses de planejamento tinham levado àquele dia. Teddy ficou olhando para a capa emoldurada da revista *Vida Gay*, recém-pendurada. Ela estava em um lugar de destaque no corredor.

— Ele *ainda* não desceu? — perguntou Oscar exasperadamente, vindo de fora para verificar pela terceira vez. — Achei que Madeleine estava brincando sobre o skincare dele.

— Desculpe Oscar, não achei que deixaríamos seu amigo esperando tanto tempo.

— Não se preocupe. Sei que você tem muito com que lidar hoje — disse Oscar.

— Não é todo dia que se tem a oportunidade de fazer uma coisa dessas.

— Algum arrependimento?

— Sobre o trabalho? Nenhum. Mudar para o norte não era para mim. Mas minha mãe estava certa, eu precisava mesmo abrir as asas. Só não pensei que isso significaria ir tão longe.

— Estamos muito orgulhosos de você, meu jovem.

Oscar sorriu para ele. Ele tinha se tornado uma espécie de avô postiço ao longo dos últimos meses, ajudando Teddy com os preparativos do casamento enquanto Arthur se recuperava da cirurgia.

— Obrigado, Oscar. Isso significa muito para mim — disse ele. — Agora, só preciso tirar meu avô daqui a tempo.

— Estou ouvindo meu único neto reclamar?

Arthur estava na metade da escadaria, rindo para eles.

— Sim, está mesmo. E eu não vou ser o único se chegarmos atrasados um segundo que seja.

Teddy se afastou quando Arthur parou na frente do espelho do corredor para conferir seu terno.

— Você vai ser o homem mais bonito de lá — disse Oscar, levando a mão ao peito.

— Não deixe o Ralph te ouvir dizendo isso.

— Nem o Jack! — disse Arthur com uma risada, virando-se para os dois.

— Antes de irmos, só quero agradecer a vocês. Vocês me trouxeram até aqui. Organizando tudo isso. Eu não poderia ter passado pelos últimos meses depois da operação sem... bem, vocês sabem. Saber que estava tudo bem e poder ansiar pelo dia de hoje. E agora o dia finalmente chegou.

— Não me faça chorar desde já — disse Oscar, secando os olhos. — Olhe só para você, prestes a se casar com o homem que ama!

— Na verdade, temos mais uma surpresa para você, vô.

— O que é? Espero que não seja nada exagerado. — Ele levantou o dedo na direção de Teddy. — Eu avisei.

— Não se preocupe. Só me deixe pegar seu paletó. Não vai precisar dele.

— Por que não? Sua mãe não vai gostar...

— Ela não vai nem ver. Aqui está, pegue isso.

Teddy abriu o porta-ternos que estava pendurado no batente da porta da sala. Os olhos de Arthur se iluminaram quando ele viu a velha jaqueta de couro que eles tinham encontrado quando estavam limpando o sótão.

— Achei que tinha te falado para ficar com ela.

— Eu fiquei, guardei com cuidado e agora quero que use no caminho.

Arthur passou os braços pelas mangas da jaqueta e a ajeitou sobre o colete.

— Não ficou perfeita, mas serviu — disse ele, olhando-se no espelho. — Mas é um pouco quente para usar no carro, não é?

— Você não vai no carro, vô.

Arthur respirou fundo para questioná-lo, mas Teddy já estava abrindo a porta da frente e o levando para fora.

— Demorou um tempo, mas o amigo do Oscar conseguiu localizar uma — disse ele com alegria.

— Localizar o quê?

Arthur ficou boquiaberto quando colocou os olhos sobre a motocicleta Norton Commando que esperava por ele. Havia um homem sobre ela, já de capacete, segurando um segundo capacete para Arthur.

— Eu lembro que você mencionou a moto de seu tio Frank e, bem... cá estamos!

Arthur deu um abraço forte em Teddy antes mesmo de ele terminar a frase.

— Não sei o que dizer. Isso é... é simplesmente...

— Você não precisa dizer nada. Vamos. Seamus vai te levar e Oscar e eu vamos logo atrás.

Teddy viu seu avô ajeitar o capacete e subir na garupa da moto.

— Divirta-se! — gritou Oscar quando Seamus ligou o motor.

Arthur acenou para eles ao saírem da frente da casa. Teddy soltou um grande suspiro de alívio por ter conseguido fazer a surpresa.

— Certo, meu jovem — disse Oscar, balançando as chaves. — Temos que ir a um casamento!

O grande gazebo em estilo vintage tinha sido montado no terreno da grande mansão campestre. Parecia tão mágico quanto sua mãe havia descrito. Eles passaram de carro em volta da grande fonte e subiram uma rua curta na direção da impressionante propriedade. O pequeno estacionamento já estava cheio.

— Estou vendo as meninas, então vou descer aqui. Obrigado, Oscar.

Eleanor e Evangelina acenaram para Teddy quando o viram se aproximar.

— Está tudo certo?

— Tudo certo — Teddy garantiu a elas. — O vovô vai chegar a qualquer momento. Seamus está dando uma volta com ele de moto pela propriedade primeiro. A mamãe está pronta?

— Ela está com a vovó — disse Evangelina. — Só preciso mandar uma mensagem quando o vovô chegar e ela vai sair. Está nervoso?

— Achei que estaria, mas acho que só estou empolgado. Como está o Jack?

— Está bem. Eu só o vi rapidamente, mas ele já está lá dentro, esperando. A família dele é tão linda.

Eles ouviram o ronco do motor antes de verem a moto chegando na direção deles. Arthur estava radiante quando tirou o capacete e agradeceu profusamente a Seamus pela experiência.

— Você está tão descolado, vô! Não acredito que andava em uma dessas — disse Evangelina, abraçando Arthur. — Minha mãe nunca me deixaria andar de moto.

— Você deveria perguntar sobre o primeiro namorado dela, o Stevie. Veja se ela se lembra da moto dele.

— A mamãe está vindo! — disse Eleanor, quando Elizabeth e Madeleine saíram da casa na direção deles.

— Você está linda, mãe — disse Teddy, beijando o rosto dela.

Madeleine já estava distribuindo pacotinhos de lenço para Eleanor e Evangelina.

Arthur se afastou e estendeu o braço.

— Minha menina. Estou tão orgulhoso de você.

— Não me faça chorar, pai — disse Elizabeth, pegando na mão dele. — Não é melhor começarmos antes que eu comece a chorar e estrague minha maquiagem *de novo*?

Com todos sentados, Teddy esperava na entrada da tenda. Madeleine esperava ao lado dele enquanto Elizabeth e Arthur conversavam do lado de fora.

— Como está se sentindo, vó?

— Estou bem, Teddy — disse ela em voz baixa. — São lágrimas de felicidade hoje!

— Estamos todos admirados com você. Sabe disso, não sabe?

— Não tanto quanto estamos admirados com você, meu jovem — disse Madeleine.

— Não fui eu que impedi que o departamento de trauma e emergência do hospital fosse fechado. Sabe, eu acho que o vovô tem razão. Você devia pensar em se candidatar para prefeita. Como você disse a ele, a idade não é desculpa para parar de fazer essas coisas.

— Você é muito gentil, querido, mas acho que mereço um bom descanso. Bem, você tem coisas melhores em que se concentrar, como viajar e ter experiências com as quais só poderíamos sonhar.

— Nunca diga nunca, vó. Eu te levo para onde quiser ir se puder fazer uma coisa por mim, por favor.

— O quê?

— Pode me ensinar a fazer pãezinhos quando eu voltar?

— Sério? — Madeleine perguntou em um tom repleto de surpresa. — Eu adoraria, Teddy.

Ela olhou ao redor quando Elizabeth e Arthur se aproximaram deles. Arthur e Madeleine se abraçaram, e Madeleine foi se sentar ao lado de James.

— Estou tão orgulhosa de você entrar comigo hoje, Edward — disse Elizabeth, parada ao lado dele. — Obrigada por fazer isso.

Quero que saiba que seu pai estaria orgulhoso do homem que se tornou, não só hoje, mas todos os dias.

— Obrigado, mãe. Não posso dizer que esperava fazer isso, mas aqui estamos.

Ele olhou à sua volta.

— Vô, está pronto?

Com Teddy no meio, Elizabeth pegou em seu braço direito e Arthur fez o mesmo com o esquerdo. Teddy ouviu todos os convidados se levantarem quando a violinista começou a tocar.

— Vamos — disse ele, e os três começaram a andar para o altar.

Teddy ficou concentrado no altar enquanto caminhavam, não querendo olhar para os rostos que os encaravam. Eles pararam diante do sorridente escrivão.

— Eu te amo, mãe — Teddy sussurrou quando Ralph estendeu a mão para Elizabeth.

Ele se virou para Arthur.

— Estou tão orgulhoso de fazer isso por você, vô. Jack, cuide dele, por favor.

Jack pegou na mão de Arthur e deu um beijo em seu rosto.

Teddy se sentou ao lado de suas irmãs e sua avó quando o escrivão começou a falar.

— Estamos aqui reunidos hoje para celebrar o amor. O amor vem em muitas formas, tamanhos e cores. É a primeira vez que faço isso, mas é uma honra estar aqui para celebrar o amor entre Elizabeth e Ralph e Arthur e Jack.

Teddy tirou um lenço do bolso e entregou à sua avó, que chorava enquanto James segurava em sua mão.

— Ela não devia ter distribuído todos os lenços — Evangelina sussurrou para ele com um sorriso insolente no rosto.

O sol estava forte. Teddy tinha dado uma rápida volta pelos jardins após a cerimônia. Ele finalmente podia respirar depois de se jogar na organização do casamento de seu avô. Agora que tudo tinha terminado... bem, era o que o mantinha aqui.

Depois de recusar a oferta de Maya, ele se deu conta de que queria não só sair de Northbridge, mas do país. Viajar era algo que ele nem havia considerado quando sua mãe sugeriu, de passagem. Depois de explorar suas opções, descobriu que dar aulas de inglês era a oportunidade que procurava. Seu plano original era partir o quanto antes depois de recusar o trabalho no norte. No entanto, quando seu avô e Jack pegaram todos de surpresa e anunciaram que queriam se casar, ele ficou feliz em adiar os planos para poder ficar e organizar o evento. Foi para a surpresa de todos que Elizabeth veio com a ideia de um casamento duplo. Com todos de acordo, e para a alegria de Ralph, o grande dia ficou ainda maior.

— Como foi levar sua mãe e seu avô para o altar no mesmo dia? — Lexie pegou no braço dele e caminhou ao seu lado. — Não se preocupe, não vou te pedir para fazer o mesmo por mim.

— Não acredito que terminou — disse Teddy, passando a mão por cima das sebes perfeitamente cortadas. — Depois de tudo aquilo, eles agora estão casados.

— Eu sei. Agora você tem mesmo que começar a pensar em fazer as malas.

— Não fale isso, Lex — disse ele, fazendo-a rir. — Tenho tanta coisa para resolver.

— Então vocês vão viajar juntos?

— Vamos. Meu avô e Jack vão ficar uma semana e depois vão para Singapura.

— Arthur em Singapura. Eu queria poder estar lá para ver! Você está nervoso?

— Por eles ou por mim? — Ele riu. — Eles vão se divertir muito. Mas não sei o que vou fazer sem eles por tanto tempo. Todo dia tem sido tão absurdo, eles são uma dupla e tanto, é difícil acreditar que algum dia estiveram separados.

— Falando em estarem separados... — Lexie disse com timidez. — É melhor você ir falar com o Shakeel.

— Eu vou, não se preocupe. Estou feliz por ele, ainda assim, ter vindo hoje.

— Ele não perderia. Só está te dando um pouco de espaço, depois de tudo.

— Nós conversamos, Lex, não se preocupe. Estamos bem. Eu compreendo as razões dele. Sair daqui vai ser bom para mim. Para ele. Eu preciso ver coisas novas, conhecer pessoas novas.

— E quando você voltar?

— Quem sabe? Ele sempre vai ser meu melhor amigo.

— E eu?

— Bem, isso depende. Só não me substitua por algum daqueles gays mais novos e mais bem-vestidos.

As pessoas estavam começando a se sentar às mesas para a refeição. Teddy sorriu quando reconheceu uma voz na multidão ao passar.

— Oi, Dylan! — disse ele, dando um tapinha no ombro do ex-colega.

— Teddy, eu esperava encontrar com você hoje. Como estão as coisas? Fiquei sabendo que você logo vai viajar.

— É, mal posso esperar. Vai ser uma experiência e tanto.

— Estou com inveja — disse Dylan, com saudosismo. — Queria ter arriscado fazer isso quando tinha a sua idade. Ouça, se quiser escrever sobre viagens enquanto estiver fora em suas aventuras, me mande um e-mail. Você sabe que sempre tem espaço para um Marsh no *Post*.

— Obrigado, Dylan. — Teddy riu, revirando os olhos. — Como está o Ben?

— O quê? Você não ficou sabendo? Ele aceitou um emprego no *Globe*. Um amigo meu de lá disse que ele se adaptou bem.

— Ah, uau — disse Teddy. — Que bom saber disso. Bom, é melhor eu ir. Foi bom te ver, Dylan.

— Aproveite a viagem. Não se meta em nenhum problema — disse ele, apertando a mão de Teddy e voltando a conversar com outras pessoas.

Teddy estava exausto quando terminou a refeição. A notícia de sua viagem iminente pareceu ter se espalhado logo pela família estendida, e todos queriam saber mais e lhe desejar boa sorte. Ele mal podia esperar para chegar em casa e relaxar antes de ter que fazer as malas.

O irmão mais velho de Ralph iniciou os discursos ao pôr do sol.

— Eu só queria dizer algumas palavras — disse Arthur quando finalmente pegou o microfone. — Hoje é obviamente um dia muito especial por vários motivos. Minha garotinha encontrou a felicidade após passar por uma perda terrível. Ralph colocou um lindo sorriso de volta no rosto dela. Obrigado, Ralph, por cuidar de minha Lizzie e de meus três incríveis netos. Madeleine, quero aproveitar para te agradecer por ser meu anjo da guarda. Você esteve ao meu lado nos piores momentos, me mostrou o que o amor podia ser e me deu anos de lembranças felizes. James, continue fazendo essa mulher incrível sorrir. Também quero dizer obrigado e boa sorte ao meu neto, Teddy, que está prestes a partir na aventura de sua vida. Não poderíamos estar mais orgulhosos do homem que você se tornou. Meu Patrick, dizer que estou orgulhoso de você seria muito pouco. Sei que vai ser um marido incrível para a adorável Scarlett e mal posso esperar por seu dia feliz no ano que vem. Obrigado a todos por tornarem o dia de hoje tão especial para nós, principalmente o meu marido. Essa é uma frase que eu pensei que nunca diria em voz alta, muito menos em frente de todos vocês, aos oitenta anos de idade. Mas eu não mudaria nada. A vida me deu uma segunda chance e agora podemos ter nossa própria aventura, juntos. Eu gostaria que todos fizessem um brinde a segundas chances e a não ter medo de agarrá-las.

Teddy se uniu ao coro. Arthur sorriu para ele, apontando a taça em sua direção.

— Quantas chances nós temos? — A voz familiar fez o coração de Teddy parar por um segundo.

Ele olhou para trás e viu Shakeel apoiado no encosto de sua cadeira.

— Aí está você! — Teddy pulou da cadeira e olhou Shakeel de cima a baixo, parado na frente dele com seu terno azul-marinho. — Você está tão lindo.

— Você também. Parece o terno que você usou no baile da escola. Você estava... — A voz dele falhou ao se perder na lembrança. — Desculpe por não ter vindo falar com você antes. Eu estava te dando...

— Não diga "espaço". Eu vou embora daqui a alguns dias e a última coisa de que preciso de alguém, principalmente de você, é espaço.

— Desculpe. É a força do hábito. Como você está se sentindo?

Teddy tentou manter contato visual.

— Empolgado. Nervoso. Para ser sincero, estive tão ocupado com tudo isso — fez um gesto querendo abarcar a cerimônia — que não tive muito tempo para pensar.

— Vai ser incrível, Teddy. Você merece isso, estou muito orgulhoso de você.

Só de ouvir que Shakeel estava orgulhoso dele, Teddy sentiu um nó na garganta.

— Um pouco mais aventureiro do que o norte — disse ele, depois de tomar um gole de água.

Mesmo rindo, os olhos de Shakeel estavam repletos de tristeza.

— Sinto muito não ter podido ir com você — disse ele baixinho. — Achei que você só estava em pânico sobre nós e... era a sua oportunidade, não a minha.

— Eu entendo, Shak. Eu não deveria ter falado isso para você e esperado que largasse tudo por mim.

— Olhe só para você. Você cresceu antes mesmo de partir.

— É o que acontece quando se passa todos os dias com Arthur e Jack.

— E você ama isso. Vai ser igualzinho a eles um dia.

— Espero que nós dois sejamos. Olhe para eles, mais felizes do que qualquer um de nós.

Eles sorriram um para o outro vendo Jack dar uma garfada de bolo na boca de Arthur, que ria.

A pista de dança encheu rapidamente quando a banda foi para o palco. Elizabeth tinha contratado uma banda que ela e Ralph tinham visto em um de seus primeiros encontros. Teddy observou Arthur e Madeleine dançando juntos e depois cada um deles fazer par com Elizabeth e Ralph.

— Vamos, dois pés esquerdos. Você não vai ficar aqui sentado — disse Shakeel, pegando Teddy pelo braço e o arrastando da cadeira. — Quero uma dança antes de você me deixar.

— Não posso, Shak. Você sabe que eu não sei dançar. Vou envergonhar nós dois.

— Meu neto está se recusando a mostrar seus passinhos? — disse Arthur, aparecendo atrás deles. — Como é mesmo aquele ditado?

Teddy ficou olhando para ele, sem expressão.

— Quem dança seus males espanta!

Shakeel sorriu e estendeu a mão para Teddy.

Arthur deu um tapinha nas costas dele antes de voltar para Jack.

Teddy e Shakeel se abraçaram e os outros casais dançavam ao redor deles.

— O que você vai fazer? — perguntou Teddy enquanto dançavam.

— Sei lá. Continuar trabalhando, eu acho. E alguém tem que cuidar da Lex.

— É verdade, ela dá muito trabalho.

— Queria que sua oferta de trabalho tivesse sido hoje — disse Shakeel de repente.

— Por quê?

— Porque eu diria sim. Eu iria com você hoje à noite.

CAPÍTULO 46

Uma semana depois

— Como você perde a hora sabendo que tem um voo? Sinceramente, Edward!

Teddy resmungou, jogando a mala no carro e batendo a porta.

— Não preciso de sermão agora, mãe — disse ele. — Só precisamos chegar ao aeroporto. Jack disse que eles já estão na fila para passar pela segurança.

Ele tentou relaxar no caminho, costurando no trânsito. Não sabia se era o nervosismo ou a direção de sua mãe que estava deixando seu estômago embrulhado.

— Você pegou tudo o que precisa?

— Peguei, mãe.

— Todos os seus cremes e repelentes de insetos?

— Sim, mãe.

— Você vai ligar e mandar mensagens, não vai?

— É claro — disse ele, virando o rosto para ela, cujos olhos já estavam se enchendo de lágrimas.

— Vou escrever todos os dias e ligar sempre que der, prometo. Você não vai se livrar de mim com tanta facilidade.

— Vocês se cuidem, não quero nenhum acidente. A gente ouve coisas terríveis no noticiário ultimamente.

— Por favor, pare de se preocupar. Vovô e Jack vão estar em casa em algumas semanas.

— Estou tão orgulhosa de você, Teddy.

— Obrigado, mãe — respondeu ele, arregalando os olhos, em choque. — Acho que essa é a primeira vez que você me chama de Teddy!

— Não se acostume. — Elizabeth riu. — Você sempre vai ser meu pequeno Edward.

Depois de dar um abraço de despedida em sua mãe, Teddy saiu correndo pelo aeroporto e despachou a mala. Seu coração estava acelerado. Apesar de temer o pior quando viu a longa fila, ele passou pela segurança com relativa facilidade e correu para o portão de embarque.

— Em cima da hora, sr. Marsh — murmurou para ele o homem que verificou sua passagem.

Teddy secou a testa suada e passou pelo corredor.

Quando entrou no avião, Teddy viu a mão de Arthur acenando sem parar sobre a cabeça do passageiro à sua frente. Ele tinha conseguido. Depois de passar pelo corredor apertado, Teddy finalmente se sentou ao lado de seu avô. Jack olhava pela janelinha, observando as malas sendo carregadas para o compartimento de carga do avião.

— Você chegou em cima da hora — disse Arthur quando Teddy fechou o cinto de segurança.

— Nem me fale. Já estou exausto. Minha mãe mandou um beijo, por sinal.

Teddy se virou para o outro lado do corredor.

— Minha mãe mandou um beijo para você também, mas eu falei que você já teria o bastante.

— Porque você vai me beijar muito?

Shakeel sorriu para ele.

— Exatamente.

— Tenho que admitir — sussurrou Shak, inclinando-se de modo que só Teddy poderia ouvi-lo. — Achei que você ia me mandar para o Vietnã sozinho com seu avô e Jack.

— Seria bem-feito. É isso que acontece quando você me deixa acordado a noite toda em pânico, reservando o que deveríamos ter feito uma semana atrás.

— Você já disse isso. Estou aqui, não estou?

Shakeel estendeu a mão pelo corredor. Teddy a pegou e apertou com delicadeza.

— Não acredito que estamos fazendo isso. Estamos mesmo fazendo isso!

Ver Shakeel sorrindo como o gato da Alice fez o coração de Teddy querer explodir.

— Pois é. Um espertinho me disse que tudo acontece por um motivo. Acho que ele deve estar certo, sabe.

Shakeel se inclinou para a frente e pegou algo do chão.

— Veja só, alguém deve ter deixado cair. Pode te manter entretido durante o voo.

Teddy pegou o cubo mágico da mão de Shak e sorriu.

— Ah, estou de boa, obrigado. Eu odeio essas coisas.

AGRADECIMENTOS

Escrever tem sido minha companhia constante durante os momentos bons, ruins e péssimos. Aquilo a que podia recorrer nas ocasiões mais felizes e mais tristes, fosse escrever uma carta na noite em que tentei suicídio ou escrever um e-mail me assumindo para meus pais. Só agora, quando olho para trás, consigo compreender como tive sorte de ter tanto amor por algo a que eu não dava a devida importância. Felizmente, minha mãe e meu pai estavam sempre presentes para me lembrar.

Compartilhar essas experiências e ter vocês dois ao meu lado significa tudo para mim. Não tenho palavras para descrever o quanto ambos me inspiram diariamente. Dar orgulho a vocês todos os dias faz com que todas as experiências pelo caminho tenham valido a pena. Obrigado por serem meus heróis. Amo demais vocês dois.

Onde eu estaria sem irmãos mais novos para me manter na linha e trazer de volta à Terra de vez em quando? Clara, Tess, Jack e Páidí, vocês são os melhores irmãos e irmãs que alguém poderia querer. Personagens que amo estão repletos do melhor de cada um de vocês, todos reluzindo à sua maneira. Sou o irmão mais velho mais orgulhoso do mundo.

Tudo bem se eu agradecer aos meus cachorros aqui? Bem, eu vou fazer isso. Bailey e Buddy, meus ótimos garotos. Vocês me mantiveram são e colocaram um sorriso de volta em meu rosto quando pensei que não fosse mais possível. Quando eu ficava escrevendo até tarde da noite, vocês dois ficavam lá me observando até eu finalmente fechar o laptop e me arrastar para a cama. Sinto tanto a sua falta, Bailey, mas você sempre terá um lugar especial em meu coração, e agora bem aqui também.

Mikey Abegunde, suas infinitas palavras de amor, apoio e encorajamento nunca serão esquecidas. Um dos melhores amigos que uma pessoa poderia desejar. Adeel Amini, foi uma bela viagem até agora. A Yang de minha Grey. Obrigado por ser minha pessoa durante todos esses anos. Richard Dawson, você é único. Conhecer você me tornou uma pessoa melhor. Não consigo imaginar os dias sem você colocando um sorriso em meu rosto.

Megan Carver, não sei se devo chamar você de anjo da guarda ou fada-madrinha, mas obrigado não só por acreditar em mim, mas por sempre me pressionar a acreditar em mim mesmo.

À esquipe da HQ, todos vocês fizeram parte disso, permitindo-me fazer parte de sua vida e aprender muito em cada passo dessa jornada. Lisa Milton e minha incrível editora Cicely Aspinall, desde nossos primeiros e-mails até hoje, dizer *obrigado* não chega aos pés de ser suficiente. Vocês transformaram meus sonhos em realidade e eu não poderia ter pedido por pessoas mais brilhantes e talentosas com quem compartilhá-lo. Mal posso esperar para fazer tudo isso de novo com vocês!

Meg Davis e The Ki Agency, obrigado por arriscarem comigo e me tornarem parte de sua família. Anne Perry, você é uma verdadeira amiga para toda a vida. Eu soube em nossa primeira conversa pelo Zoom que você era especial, e todo dia desde então tem sido um grande prazer conhecê-la melhor e aprender com você.

Vou parar por aqui porque já posso ouvir a música do Oscar tocando, tentando me tirar do palco. Por fim, a comunidade de escritores do X (antigo Twitter) é um lugar especial. Pode-se dizer muita coisa sobre as redes sociais, mas existem pequenas comunidades que nos lembram de como as pessoas podem ser brilhantes, gentis e solidárias. Encontre essas pessoas se puder, elas tornam cada dia dessa experiência surreal um pouquinho mais especial.

DIREÇÃO EDITORIAL
Daniele Cajueiro

EDITORA RESPONSÁVEL
Mariana Rolier

PRODUÇÃO EDITORIAL
Adriana Torres
Júlia Ribeiro
Allex Machado

REVISÃO DE TRADUÇÃO
André Marinho

REVISÃO
Fernanda Lutfi

DIAGRAMAÇÃO
Alfredo Loureiro

ESTE LIVRO FOI IMPRESSO EM 2025, PELA VOZES, PARA A LIVROS DA ALICE.
O PAPEL DO MIOLO É IVORY SLIM 65G/M² E O DA CAPA É CARTÃO 250G/M².